PAS TRISTE

— **Sentimental** —

ROMAN

PAS TRISTE

Émilie COURTS

ECHO Editions
www.echo-editions.fr

Direction Artistique : Émilie COURTS
Photo de couverture : EC Média

ISBN : 978-2-38102-282-6

L'être humain n'aime pas le changement.

Il est réglé sur cette loi basique de physique,
relative à l'attraction des corps célestes.

Il demeure en gravitation autour de son soleil,
parce que modifier sa trajectoire lui demande trop d'énergie.

Nous sommes tous connectés. Parfois, le « destin » place une épreuve sur notre chemin. Parfois au contraire, c'est un sauveur. Nous sommes tous reliés ; les facettes d'une même gemme, les entités multiples d'un seul rêveur.

Préface

— Tu es un mauvais père, un mauvais associé, un mauvais amant… qu'est-ce qui reste ? Je t'ai laissé suffisamment de chances de rattraper le coup, invectivait Élise depuis la chambre de son fils pendant qu'elle changeait une couche débordante.

« *Ce n'est pas moi, ça, ce n'est pas moi.*
Tiens bon, Élise. »

Le cœur de cette pulpeuse mère de famille battait à tout rompre. Il ne fallait rien lâcher. Pas maintenant. Ce jour était le bon, il ne fallait pas rater le coche. Les reproches matinaux d'Alexandre avaient fait déborder le vase. Ne pas faire machine arrière une fois de plus. Élise contenait cette rage distillée dans ses veines comme un poison et retenait sa respiration pour devenir la plus lisse et la plus froide possible. Un mur sans la moindre aspérité. Elle devait paraître la plus posée et la plus impénétrable, pour qu'il ne s'immisce plus dans ses pensées. Quel était le sujet des remontrances, cette fois ? Élise ne s'en souciait plus, ce n'était même pas important.

Toutes les crasses qu'Alexandre lui avait infligées se télescopaient sa tête. De désillusion en horreur, elle en était arrivée au triste constat résumé par cette phrase :

« *Mauvais père, un mauvais associé, un mauvais amant… qu'est-ce qui restait ?* »

Alexandre ne s'était jamais occupé des enfants ni intéressé à eux, alors qu'ils les avaient pourtant désirés, ensemble. « Je déteste les bébés », avait-il lâché au détour d'une conversation badine. Pouvait-on les reléguer au rang de meubles, maintenant qu'ils étaient là ? « Je ne pensais pas que ça pleurait tout le temps ». Certes, et donc ? Élise ignorait aussi ce qu'était « être mère ». Malgré tout, ils avaient conçu un deuxième rejeton. C'est à ce moment qu'Élise s'était retrouvée définitivement isolée, à gérer le foyer devant le désintérêt complet d'Alexandre envers sa famille.

Il prétextait trop de travail dans l'entreprise qu'ils avaient créée ensemble : un restaurant. Élise y avait cru, ne doutant pas un seul instant de l'implication de son concubin dans cette poule aux œufs d'or, car ambitieux, il l'était. C'était sans compter le dernier grief…

Puisqu'il ne se passait plus rien à la maison, puisque « madame » avait pris trop de poids suite à ses deux grossesses rapprochées, Alexandre s'octroyait des pauses dans sa journée de labeur. Des instants avec une maîtresse différente chaque semaine.

Pour Élise, tout ceci avait été insupportable à découvrir. Encore plus long à admettre. Mensonges, tromperies, dédain étaient habilement camouflés par compliments, cadeaux, sourires pour endormir un peu plus la méfiance de la belle ; mais au bout du compte, Élise avait décidé de ne plus se laisser berner et en était parvenue à la conclusion qu'Alexandre était toxique.

C'était un manipulateur pervers narcissique, cette pathologie presque indiscernable, sournoise, jamais reconnue par celui ou celle qui en souffre et qui cause pourtant tellement de dégâts en vampirisant l'énergie de son entourage. Lorsque ce syndrome fut porté à la connaissance d'Élise par une infirmière lors de son deuxième accouchement, ce fut une révélation. Accablante, mais évidente.

Elle avait tout essayé pour construire une famille équilibrée et malgré ses efforts, elle constatait son échec : pour la simple et bonne raison qu'on ne peut pas soigner ce genre de tyran machiavélique. Face à ces satyres dévoreurs d'âme, le seul salut était la fuite éclair. Alexandre devait quitter son existence au plus vite ; c'était la rupture ou la destruction à petit feu. L'une ou l'autre étant inévitables. Élise avait choisi, de manière vitale, la séparation.

— Je t'ai laissé suffisamment de chances de rattraper le coup, répéta Élise, plus bas, les yeux vides, en se raclant la gorge pour masquer ses sanglots naissants.

« Ne flanche pas ! »

— Justement, riposta Alexandre en sortant de la salle de bains, repoussant avec agacement sa fillette de deux ans qui furetait. Ça commence à suffire, tes ultimatums !

L'enfant, qui avait reculé de trois pas, demeurait désormais immobile au centre d'un carreau de carrelage telle une statue de chérubin, dans une chemise de nuit rose et blanche. Seuls un tortillon de cheveux blonds rebelles et ses yeux oscillaient de gauche à droite, papa-maman.

— Tu en as marre de mes ultimatums ? reprit Élise, estomaquée par la remarque et par le geste d'Alexandre envers la petite, qui avait failli être renversée.

Lui arborait un visage gris plus dur que la pierre malgré sa rondeur et son teint hâlé ; ses prunelles noires enchâssées comme des onyx dans un totem hypnotisant.

D'un signe avenant, la maîtresse de maison invita la gamine à se réconforter auprès d'elle. Leurs cheveux ondulés d'un blond solaire s'entremêlèrent, ne formant plus qu'un unique chaos féminin en quête de sens.

Élise chercha à respirer telle la grenouille voulant devenir aussi grosse que le bœuf et posa sa voix de soprano une octave plus basse pour poursuivre :

— OK, embarque ton fourbi et va-t'en.

— Maintenant ?

Bien entendu, elle n'avait pas osé espérer que cela soit facile, ayant envisagé cette scène un nombre considérable de fois. Allait-il recourir à la violence physique, cette fois ? Bien que son attitude fût on ne peut plus menaçante, il ne semblait pas hors de lui ; Élise tenait la barre. Elle ne devait absolument pas dévier de son objectif : il était temps d'en finir, de vivre enfin sans angoisse. Il ne fallait pas qu'il lui retourne le cerveau, pas à nouveau. Elle inspira encore pour s'emplir de courage face à son « bourreau » et acheva :

— Oui, tout de suite, ponctua-t-elle par un jet de couche odorante dans la poubelle tout en regardant son fils.

Allongé sur sa table à langer, l'enfant cadet âgé de huit mois babillait beaucoup moins gaiment qu'à l'accoutumée, ressentant l'ambiance délétère et devinant l'événement charnière qui se déroulait entre le couloir et sa chambre chamarrée rouge et verte.

L'auguste pointure du couvercle arrondi de la poubelle se referma sur le fumet par un « clap » théâtral, en hommage à Alfred de Musset. Bruit de ce petit endroit dont toute la famille se ficha éperdument.

Élise s'emmêla les doigts dans les boutons pression du body du petit garçon, ce qui la fit frémir d'énervement. Il n'y avait jamais le même nombre d'attaches, ça ne coïncidait pas. Les enfants observaient les adultes s'accrocher, encore, sans comprendre les enjeux de cette nouvelle dispute. Alexandre était toujours figé dans le couloir, devant la salle de bains, alors elle articula très distinctement :

— Tu te casses. Maintenant.

— Et je vais où ?

La vue de ce personnage à quelques mètres d'elle – et le potentiel danger qu'il représentait – était devenue insupportable.

« *Purée, il ne va jamais me laisser tranquille ! Qu'il se débrouille, je ne suis pas sa maman !* »

Pleine de rancœur et de lassitude, elle souffla :

— Chez tes parents, avec une de tes maîtresses, sous un pont, je n'en ai rien à secouer. Barre-toi.

Alexandre ne cernait pas bien l'attitude d'Élise. Que lui arrivait-il aujourd'hui ? Comment sa proie osait-elle se rebeller ? Il adopta la stratégie de menace et de chantage qui lui était familière.

— Attention à toi, si je franchis la porte d'entrée, je ne ferai pas demi-tour, ce ne sera plus la peine de me rappeler, je ne reviendrai plus, plus jamais !

Élise plongea son regard azur pour sonder son compagnon dans un sentiment indescriptible de cœur brisé, de haine, de désappointement, mais se recentra rapidement sur elle-même et son espoir de mieux-être pour prononcer robotiquement :

— Parfait, salut.

Alexandre était médusé. Celle-là, il ne l'avait pas vu venir. Élise s'était réveillée, elle lui glissait entre les doigts, s'échappait à son emprise ! Comment était-ce possible, après dix ans d'anéantissement méthodique et progressif ? Où donc avait-elle pu trouver l'audace de se retourner contre lui ? Déstabilisé, il se dirigea vers le porte-manteau et claqua la porte sous le regard toujours interloqué des deux bambins.

Élise vida entièrement ses poumons, le temps de faire retomber la pression, puis prédit à ses enfants :

— Voilà. Ça ira mieux. Papa est parti. Il n'y aura plus de cris à la maison, vous verrez. Ça ira mieux…

*

L'éveillée descella ses paupières ; les cils étaient encore collés en amas sableux. Elle eut besoin de quelques longues secondes afin de se remémorer où elle se trouvait.

La fenêtre à sa droite filtrait les premiers rayons de l'aube à travers de vétustes volets en PVC. Une commode noire à quatre tiroirs provenant d'un célèbre vendeur de meubles en kit lui faisait face sur un mur passablement blanc, un étendoir à linge surchargé aussi imposant qu'une présence humaine occupait le fond de la pièce à gauche et elle discernait toujours la masse endormie de son compagnon à côté d'elle.

Dans un léger grognement, il remua un pied et se tourna vers elle puis ouvrit les yeux.

— Tu es réveillée ? s'enquit-il.

Visiblement, elle l'était. Elle sentit le besoin immédiat de se confier.

— J'ai fait un drôle de rêve, déclara-t-elle. Je m'appelais Élise et je pensais souvent à mon ex. Oh, j'étais tout le temps bourrée, une vraie alcoolique. Tu sais, comme si j'étais consciente que tout ceci en fait n'était pas réel...

Son interlocuteur semblait l'écouter sans réagir, alors elle poursuivit :

— Il y avait aussi les enfants, et toi...

Les souvenirs de son rêve lui revenaient en mémoire au fur et à mesure de sa narration. Elle s'exclama, horrifiée :

— Quelle horreur, je touchais mon visage avec des doigts potelés et je me sentais bouffie, ankylosée, anesthésiée, ce n'était pas moi !

Elle marqua une pause.

— Fabrice, je suis inquiète. Je n'aime pas ce genre de rêve.

Il tourna un peu plus sa tête vers elle, lui caressa la joue en silence. Exténuée par sa nuit cauchemardesque, Sabine [1] se rendormit.

---

[1] À retrouver dans « Pas de Loi ».

Chapitre 1 Bonne annee

Élise Murcoit déambulait dans le supermarché, seule, avachie sur un chariot grinçant encore vide entre les rangées de véhicules alignées le long des poteaux orange défraîchis. C'était une redécouverte pour elle qui, depuis des lustres, commandait en ligne sous l'œil incisif d'Alexandre. Pousser un caddie et se laisser tenter par un achat compulsif ou simplement, à une envie, *à elle*, en totale autonomie, était une liberté presque angoissante.

Hop, franchissement du sas automatique, rideau de chaleur, détour à gauche, détour à droite ; Élise sortit son morceau de papier format A6 griffonné faisant office de liste de courses tout en jetant un regard aux vigiles en pleine discussion sur sa gauche.

Curieuses sensations. Telle un animal trop longtemps en cage, elle se surprit à avoir peur de tout. Cette solitude sans filet pressait son cœur et la faisait haleter ; son corps lui-même s'était accoutumé au manque d'oxygène et cette nouvelle situation lui donnait le tournis.

« Être forte »

La captivité avait-elle quelque chose de confortable, de rassurant ? C'est ce qu'elle se mit à penser, puis elle rejeta cette idée. Était-elle devenue agoraphobe ? Prise de nausée, elle reconnut qu'elle devait se transformer en un mur lisse pour résister à Alexandre. Se muer en un rempart, un pilier inébranlable, car la moindre aspérité, l'infime faille serait son piège, le retour en prison, la clé vers son âme qu'elle aurait oublié de cacher. Seulement, après dix années de destruction de son ego, Alexandre avait réussi à brouiller tous les repères.

« Être forte. Comment on fait ? »

Dans un moment de solitude, elle avait, sur son smartphone, réactivé des applications de rencontre. Un bras droit ne serait pas de refus pour affronter Alex et il n'était pas trop tôt pour atteindre son sauveur. Un gaillard qui saurait l'aider à retrouver une estime de soi, réparer les blessures de son ex, et qui l'emmènerait main dans la main sur le sentier du bonheur dont elle avait rêvé depuis tant d'années !

« Un sauveur… »

Élise souhaitait rejoindre la perle rare, celui qui lui prouverait que les représentants de la gent masculine ne sont pas tous des salauds, car après les tortures d'Alexandre, elle doutait sérieusement.

Divaguant, elle gambergeait à propos des rencontres, des hasards, puisque désormais, tout était possible. Tiens, lui, par exemple, en train d'analyser l'étiquette d'une bouteille d'huile ! Tous deux croisèrent leurs regards. Elle le trouva à son goût, mignon même. Elle soupira. S'enticher d'un quidam dans un supermarché, vraiment ? Enfin, Élise !

Et puis, pourquoi *tomber* amoureuse d'abord ? Pour se blesser à nouveau, à travers les pièges vicieux d'un nouveau pervers ? Certainement pas, elle ferait attention, cette fois. Il lui fallait simplement quelqu'un. Vite. N'importe qui pour la sauver, pour la protéger de *lui*.

Tout était confus. Trouver un libérateur, ou juste un garde du corps ? Pourquoi ne pas s'en sortir, fière et indépendante ? L'évocation de cette idée la fit défaillir. Elle s'accrocha à son chariot et reprit doucement contenance. Seule. Un mot horrible qu'elle n'avait pour ainsi dire… jamais prononcé.

« Tu n'es pas seule, tu as tes enfants ! »

Un nouveau malaise lui traversa le cœur.

« Elever… Seule… mes enfants ! »

Son pire cauchemar s'était réalisé, alors qu'elle pourtant s'était évertuée à emprunter la direction opposée coûte que coûte. Qu'avait-elle raté ?

« Ce n'est pas ta faute, ce n'est pas ta faute ! »

Élise voulut s'écrouler comme un château de sable au milieu du magasin, tout en hurlant son désespoir. Peut-être qu'un de ces agents de sécurité la sauverait et une idylle commencerait ? Ou bien il appellerait un hôpital psychiatrique où on l'enfermerait le temps qu'elle retrouve la raison. Et les enfants, qu'adviendrait-il de ces innocents ? Élise stoppa net son avancée et écarquilla les yeux.

« Être forte »

Les passants dont elle n'apercevait qu'une vague présence commençaient à l'observer avec des yeux étonnés. Elle aurait pu leur attribuer toutes les pensées : ils étaient peinés – sans doute –, moqueurs – sûrement ! Ils la jugeaient pitoyable, misérable, ridicule, à faire peur ; elle devrait immédiatement chez elle ! En réalité, s'ils la regardaient, ils s'interrogeaient simplement, et sans malveillance, sur la raison de son arrêt abrupt au milieu de l'allée.

Élise se demanda une fraction de seconde si elle devait faire demi-tour et passer commande sur Internet. Puis elle se rendit compte que les badauds avaient cessé de l'épier.

« Être forte »

Il n'y avait aucun choix possible. Enfonçant la tête dans les épaules, les cheveux masquant son regard cerné rivé sur le sol, Élise se laissait bercer par le « tacatacatac » des roulettes de son chariot sur les carreaux jaunis juxtaposés, tout en survolant parfois sans le moindre intérêt quelques promotions dans des bacs réfrigérés.

Alors, Monsieur « bouteille d'huile », là-bas, que pouvait-il penser d'elle ?

Verrait-il cette immonde grasse repoussante dépeinte par Alexandre ou au contraire une blonde pulpeuse et toujours désirable ? Et si elle s'arrangeait pour se rapprocher, voire engager une discussion en faisant tomber un pot de confiture… oh, elle aurait l'air maladroite. En lui demandant où se trouve le saumon ? Il répondrait : « à la poissonnerie sans doute ! » en la traitant mentalement de débile :

« *Non, mais est-ce que j'ai une tête de renseignements ?* »

Peut-être qu'une fois à proximité, elle jugerait ce type trop grand ou trop petit, avec une voix trop aiguë, un grain de beauté trop proéminent ou une odeur de transpiration... Peut-être était-il analphabète, inculte, inintéressant ? Peut-être qu'il était tordu et malveillant, plein de vices cachés, comme Alexandre ? Combien de temps faudrait-il pour qu'elle s'en aperçoive cette fois, dix ans également ? Ou alors passait-elle à côté d'une fabuleuse histoire d'amour ?

Oui, non, qui sait ? Qu'est-ce qui prédéfinit une idylle ? Une rencontre fortuite ? Un cadre insolite ? Une œillade ? Ou une sélection drastique basée sur des critères stricts dans un formulaire de site Internet – la limite, c'est quarante-cinq ans. Tu as quarante-cinq ans et un jour tu ne franchis pas la ligne. Triste conception de l'amour.

Tout en poussant laborieusement son chariot pourtant encore vide, Élise avançait, le regard terne et le cœur plein de soupirs. Au milieu de la grande allée, cernée par tous ces badauds affairés, elle se sentait extra-terrestre. Seule l'odeur du rayon poissonnerie, un peu plus loin à droite, la maintenait connectée au réel.

« *Laisse tomber ce type.* »

L'amour est, paraît-il, une suite d'adaptations et de compromis... qu'advenait-il lorsque les arrangements devenaient des contrats... et que ces contrats se brisaient sous le poids des mensonges ?

Elle jeta encore un œil furtif au beau brun qui tournait parmi les céréales bio.

« Un ours qui mange sainement ? C'est bien, ça ? »

Qu'est-ce que ça cachait ? Qui se dissimulait derrière ce visage doux en apparence ? Un dépravé ? Un tout mou ? Une brute ? Il avait l'air gentil…

« Est-ce qu'il me fera du mal ? »

À cette pensée, son cœur se sera à nouveau et une décharge de stress parcourut tout son organisme, qui se raidit sur le chariot, prêt à s'enfuir, à trouver un refuge ou… une arme.

« Est-ce qu'il me fera du mal ? »

Comment, à la vue d'un individu masculin, cette pensée pouvait-elle prendre le dessus ?

« Ils ne sont pas tous mauvais… non, pas tous.

Beaucoup.

Non !

Tu les attires, ma vieille ! »

Élise tremblait comme une brebis traumatisée. Comment connaître les intentions d'un individu, sans perdre de temps ? Comment ne pas retomber dans le même piège ? Comment se fier à quelqu'un alors qu'elle n'avait déjà plus confiance en elle, en ses propres perceptions ? Non, Élise n'avait plus foi en elle, en la gent masculine, en personne. Cette confiance écornée, mise à mal, abolie par son ex, allait être une grosse épreuve à surmonter maintenant qu'elle se retrouvait seule à élever leurs deux enfants.

« Être forte. C'est… impossible. »

Avec le courage issu du plus profond de son instinct de survie, elle était parvenue à un point de non-retour. Chasser Alexandre avait été l'idée lumineuse de sa vie, mais désormais son existence ressemblait à un champ de ruines. Que devait-elle faire ? Comment devait-elle s'y prendre pour avancer sans perdre l'équilibre ? Trouver un partenaire qui prouverait que le précédent n'était qu'un sale type et qu'elle méritait enfin tout le bonheur du monde ?

« C'est mauvais de se poser trop de questions, dit-on, mais foncer tête baissée ce n'est pas idéal non plus, alors quoi ? »

Élise s'arrêta net, à une distance respectable d'un banc de soles, dos à la montagne de crevettes, face à l'étalage abondant de tomes, de crottins et d'autres coagulations de produits laitiers bien françaises, rivalisant olfactivement avec le stand poissonnerie. Elle venait d'apercevoir Pierre, qui arrivait à vive allure.

Il n'avait pas changé : une silhouette de quelques centimètres de plus qu'elle, assez fine dans l'ensemble, mais toujours bien proportionnée, témoignant d'un entretien physique régulier, des yeux noisette et des cheveux châtain clair soigneusement ordonnés, autant que sa barbiche.

Ça alors, Pierre, dans ce supermarché ! Le hasard était décidément bien facétieux.

— Élise, hé ! héla-t-il, s'approchant avec de grands gestes.

Il lui claqua une bise énergique. Elle ne l'avait pas revu depuis… Quand, déjà ? Un an, peut-être.

— Tu fais tes courses ici ? balbutia-t-elle.

— Non, non, je me promenais. Ben oui, je fais mes courses, tu veux que je fasse quoi ?

Élise s'enfonça dans son malaise.

— Ça fait un bail ! reprit-il. Tu as toujours mon numéro ?

La conductrice de caddie hocha la tête positivement.

— Alors, appelle-moi à l'occase, qu'on se boive un verre et que tu me racontes ce qu'il y a de neuf ! s'exclama Pierre. Tu es encore avec l'autre, là ?

— Alexandre ? Non, on vient de rompre, à vrai dire.

— Ah, intéressant ! s'étonna-t-il en s'appuyant sur le chariot d'Élise, qui dérapa. Je veux dire… ce n'est pas trop tôt, quel trou de balle, ce mec. Excuse-moi, mais franchement, t'as eu raison. Je dirais même, ça se voyait à des kilomètres. Pas vraiment fute-fute de te mettre avec un gars pareil…

Pierre ne remarqua pas qu'Élise cherchait à disparaître discrètement derrière un aquarium de langoustes.

— Bon, bah raison de plus pour boire un verre chez moi, et plus si affinité ! enchaîna-t-il.

Elle sourit poliment – re claquage de bise énergique – Pierre tourna les talons.

— Appelle-moi, demain, sans faute ! Je compte sur toi ! lança-t-il en reprenant son trajet.

Élise grommela. Perturbée dans ses réflexions sur l'amour, la philosophie, les relations humaines par… un ancien « sexfriend » c'était cocasse !

« Où es-tu, beau brun qui mange des céréales ? »

Disparu définitivement. Ça ne devait pas être le bon…

Finalement, on devenait de plus en plus sélectif sur son partenaire à travers des curseurs d'âge, des listes déroulantes d'affinités politiques, des cases à cocher de religion, de longueur de cheveux, de couleur des yeux, de tatouage ou non… des critères à n'en plus finir et pour quel résultat ? Les relations duraient de moins en moins longtemps.

Comme un automate zombifié, Élise avait achevé la tâche ardue de remplir son caddie : quatre packs de lait, vingt-quatre kilos de petits pots bébé en tout genre : poissons, viandes, légumes, desserts, et une tablette de chocolat.

« Procédons méthodiquement par étape et élimination. Constat : J'ai besoin de retrouver de l'estime de moi. »

Elle avait l'impression d'énumérer les éléments d'une liste de courses abstraite ou de souhaits au père Noël tout en se dirigeant vers les caisses du supermarché.

« Choisir le contraire d'Alexandre qui me traitait comme un chien… J'en sélectionne un moche pour qu'il mesure tous les jours la chance qu'il a d'être avec une déesse comme moi. Tu parles, ego surdimensionné, là, d'un coup !… »

Oscillant d'un extrême à l'autre, Élise s'avoua totalement perdue. Sortir la cinquantaine de petits pots bébés – soit deux semaines de nourriture – et les poser sur le tapis roulant.

« Et me rabaisser à ça ? Je n'ai pas envie d'être une Domina entourée d'ignobles vers à mes pieds. »

Un souvenir fit irruption, puis disparut en laissant une empreinte de dégoût. Saisir un pack de lait.

« N'importe quel quidam, pour ne pas être seule, qui me dégoûte quand je le vois ? »

Un autre pack de lait.

« Et supporter le regard désapprobateur des gens dans la rue ? Le jugement, toujours le jugement… »

Les deux derniers packs de lait.

« Pff, les sites de rencontre présentés comme du shopping en magasin… on voit l'extérieur du fruit, mais pas s'il est pourri dedans… »

Ne pas oublier la tablette de réconfort.

— Cent seize quatre-vingts ! claironna une voix derrière la caisse.

Déconnectée de la réalité, Élise sortit sa carte bleue et l'introduisit dans le lecteur, toujours en train de ruminer ses pensées. Elle revint à l'instant présent au moment de se remémorer son code et en constatant le montant affiché sur le terminal de paiement.

« Aïe, tant que ça ? Qu'est-ce que ça mange, les gamins en bas-âge, on ne dirait pas ! »

Encore un problème à traiter. Pas les enfants, l'argent. Son train de vie allait changer drastiquement.

Alexandre et elle étaient habitués à un déjeuner au restaurant par semaine, gastronomique si possible, et aux escapades dans des hôtels prestigieux. Ce rythme plutôt aisé avait été chamboulé par l'arrivée des chérubins, mais Alexandre aimait se vautrer dans un luxe éphémère à la moindre occasion, entraînant Élise avec lui. Des paillettes plein les yeux, elle s'était laissée envoûter par ce confort. Elle n'avait pas été éduquée comme cela, mais son prince charmant l'avait embarquée dans une existence féérique. Le retour à la réalité faisait mal. À tout point de vue. Alexandre ne lâcherait pas un centime pour sa progéniture. Puisqu'elle était désormais seule à assumer financièrement le foyer, il faudrait limiter beaucoup de choses. Cette réalité avait un goût amer.

« Tu le savais, que ce serait dur, avant de le mettre dehors. C'est ta décision !

Je ne pouvais plus continuer cela. »

Elle secoua la tête en remettant sa carte bleue dans son portefeuille en cuir noir. Il faudrait qu'elle se débrouille pour se laisser inviter par son prochain prétendant ; au risque de passer pour une arriviste, une clocharde ?

« Encore ce côté arrogant et superficiel qui parle… Finalement, c'est peut-être moi la débile.

Oh, allez, quoi, tu as bien le droit de profiter, dorénavant. Surtout toi, surtout maintenant ! Amuse-toi ! »

Elle referma son sac à main et poussa le chariot vers la sortie tout en consultant son téléphone de manière nonchalante. Ah, un message d'un prétendant sur une application de rencontres, justement…

— Salut, je suis Sébastien. Je suis jardinier paysagiste. Je suis libre, j'aime mon indépendance, mais je voudrais être avec quelqu'un ; je n'ai aucune attache.

« En voilà un qui a le mérite de se présenter clairement. C'est bien mieux que tous ceux qui envoient une photo de leur sexe. Allez, je réponds. »

— C'est un peu contradictoire, ce que tu dis, Sébastien.

— Pourquoi contradictoire ?

— Attaché à ta liberté et être avec quelqu'un. Forcément, quand tu es avec quelqu'un, tu ne fais plus ce que tu veux, puisque tu dois considérer ton partenaire.

Élise franchit la double porte automatique et avança vers sa voiture au milieu du parking. Une bise provoqua un frisson ; elle enfouit son menton dans son écharpe grise.

— Et toi tu prends l'autre en considération ou juste ta propre petite personne ?

La trentenaire médita un moment. Lui répondre avec tact ou l'envoyer se faire cuire un œuf ? Qu'est-ce que c'était que cette question idiote ?

— Bien sûr… si je suis avec quelqu'un, je réfléchis en couple, pas en mode solo, ça n'a aucun intérêt sinon… autant adopter un caniche !

— On apprend beaucoup des chiens ! Je déteste cette image et ce raisonnement.

— OK, bonne continuation.

— Vaudrait peut-être mieux que tu envisages un clébard plutôt que de faire des gosses !

Élise avait indiqué « deux enfants » dans son profil. Osait-il comparer la chair de sa chair à des chiens ou quelque chose du genre ?

« Hein ? Non, mais j'hallucine, pour qui il se prend, lui, avec ses leçons de morale ? », pensa-t-elle.

— Mais je ne souhaite pas un cabot, je veux de l'amour ! Et les gamins, maintenant qu'ils sont là, je ne vais pas les placer au congel, c'est quoi cette façon de juger ? Allez ciao, trouve une nana qui n'a pas d'enfant.

— T'es malade ? Pas bien dans ta vie ?

Pas bien dans ses baskets, évidemment. Souffreteuse, peut-être pas.

Élise était en train de charger son coffre… ou plutôt, de jeter les petits pots et les boîtes de lait dans sa Jaguar vert bouteille avec fureur.

Nécessairement, si on retirait les obsédés, les analphabètes, les non-francophones, les idiots, les laids et maintenant les donneurs de leçons, il ne restait plus guère de candidats !

D'autant plus qu'Élise recherchait un amant, un confident, un père pour ses enfants, un bricoleur masseur kinésithérapeute cuisinier humoriste soigneux grand beau fort intelligent, mais pas trop – elle se sentirait inférieure et elle avait assez souffert de cette position. Elle s'assit dans le siège en cuir crème de son véhicule et s'effondra en larmes tout en appuyant sur le bouton de démarrage. Le bolide émit un petit bruit de moteur taquin.

« Tais-toi donc, voiture de malheur, ne la ramène pas, toi non plus ! »

La Jaguar, une voiture à l'image de son persécuteur. Un char que *Lui* avait choisi pour elle. Elle avait casqué, sans conviction. Elle regrettait tous les jours cet achat. Alexandre avait sélectionné l'annonce, puis avait persuadé Élise – comme il savait le faire –, dans le but de pouvoir conduire la luxueuse berline, évidemment. Tout dans l'apparence, rien en dedans, chère à l'entretien, payée par quelqu'un d'autre… Oui, c'était bien une automobile à l'image de son ex. Il faudrait qu'elle s'en débarrasse. Déjà, elle la haïssait viscéralement, et puis ce ne serait plus possible de l'assumer financièrement.

Battant des cils pour pouvoir regarder la route à travers ses larmes floues et le pare-brise recouvert de neige fondue, elle enclencha la marche arrière du levier de vitesse séquentiel et sortit du parking.

Avait-elle fait le bon choix ? Si c'était si difficile de trouver quelqu'un de bien, ne fallait-il pas garder le père de ses enfants ? Après tout, était-il vraiment violent ?

« Non, non Élise, tu débloques, bien sûr qu'il te faisait du mal ! »

Désarçonnée par la conduite d'Alexandre, elle avait d'abord songé à de l'autisme, puis à une forme de psychopathie, puis avait avidement analysé les articles à propos des « manipulateurs pervers narcissiques », suite aux révélations de cette infirmière de la clinique Sainte-Anne, qu'elle n'oublierait jamais. Bingo. À la suite de cette révélation, la trentenaire s'était documentée, pour tenter de comprendre – de sauver – Alexandre.

Ce type d'individu adoptait des comportements de parasite afin de vampiriser l'énergie de l'autre, de le réduire à néant. C'était particulièrement vrai depuis la naissance de Céline ; c'était devenu insupportable à l'arrivée de Christophe. Les attaques permanentes, sournoises et tordues d'Alexandre, ses campagnes de culpabilisation et de dénigrement quotidiennes, ses sautes d'humeurs violentes et ingérables… tout coïncidait parfaitement avec les attitudes décrites par les reportages sur ces « pervers narcissiques », il n'y avait plus de doute possible. De plus, les spécialistes étaient unanimes : « fuyez avant que le pervers manipulateur narcissique ne vous détruise complètement ». Évidemment, il fallait stopper tout cela afin d'éviter le drame. Ce tourment psychologique était en train de la ronger, et persistait bien que le tortionnaire ne soit plus physiquement à ses côtés.

« Il n'est plus là. Ça ira mieux, ça ne peut qu'aller mieux ! »

Depuis un nombre considérable de mois, voire d'années, elle espérait retrouver la joie de vivre. Pourtant, au fil de leur relation, rien ne s'était amélioré, au contraire. Alexandre ne pouvait pas changer, il était incapable de redevenir l'individu qu'elle avait rencontré dix ans auparavant. Le beau prince charmant s'était métamorphosé en un vil sorcier. Un abject personnage insidieux et dangereux pour sa santé mentale autant que corporelle… tout ceci était contradictoire avec ses rêves de famille idyllique et de bonheur parfait, incompatible avec son bien-être et celui des enfants.

« Au début, tout était tellement… évident et simple… »

Pas une heure ne passait sans que ressurgisse ce choix qu'elle avait fait. Ne surtout pas faire marche arrière. Stressée, elle ruminait quotidiennement et tentait de se rassurer. Elle devait se le marteler pour s'en convaincre : lui imposer de quitter le domicile avait été la meilleure solution pour sa survie et celle de sa famille. Enfin, ce qu'il en restait.

*

— Alors, c'est toujours OK pour le 27 janvier ?

Élise, allongée sur son lit à la parure d'un bleu défraîchi, hésitait, le pouce en l'air au-dessus de son téléphone. Il fallait qu'elle réponde à Pierre, mais quoi ? Ce n'était pas un simple cinq à sept que son ancien flirt lui suggérait, mais une petite réunion coquine à plusieurs, histoire de tester des théories et réaliser des fantasmes. Les extravagances d'une existence d'avant. Elle n'avait plus envie de cette vie-là, c'était Alexandre qui l'avait incitée au pluralisme. Comment le faire comprendre à Pierre ? Comment dire que les facettes glauques de sa personnalité devaient disparaître avec le spectre de son ex ?

— Allez maintenant que tu es célibataire, plus rien ne te retient !

Pierre insistait, devinant les doutes de son interlocutrice à travers son silence.

— Je voudrais faire une pause sur le libertinage, écrivit-elle mélancoliquement.

Des bribes de souvenirs vinrent se télescoper dans la mémoire d'Élise, qui fit un effort considérable pour chasser ces fantômes. Alexandre l'avait poussée à commettre des actes immondes. C'était allé loin, beaucoup trop. Elle désirait tirer un trait avec cette débauche et trouver un partenaire équilibré, simple, « normal ».

— Quoi, alors que tout est organisé ? Tu te fous de moi ! Tu ne peux pas nous lâcher maintenant !

Pierre s'énervait. Elle ne souhaitait pas se brouiller avec le peu d'« amis » qui lui restait… Alors, que répondre ? Elle bâillonna la démone qui lui remémorait mentalement ses fantasmes et décida de jouer la sincérité :

— À vrai dire, j'ai abordé quelqu'un, samedi dernier, il s'appelle Fabrice. J'ignore si c'est sérieux avec lui, mais si ça le devient je veux nous laisser toutes les chances.

C'était vrai. Fabrice Moetlig avait été sélectionné parmi un nombre incommensurable de prétendants afin de passer l'étape 2 du processus de recrutement : le rendez-vous physique.

Après avoir échangé plusieurs messages prometteurs sur l'application de rencontre, ils étaient tombés d'accord sur une date et un lieu : l'événement se produirait autour d'un verre au Bartholdi, un café populaire du centre-ville de Strasbourg, avant les deux candidats suivants – dans deux autres bars –, qui n'étaient aucunement au courant de leur mise en concurrence d'ailleurs.

En tant que maman solo gérante d'entreprise, elle n'avait trouvé que cette solution pour enchaîner les entrevues avec ses trois prétendants. Comment les accoster sinon ? Au travail, sous l'œil venimeux d'Alexandre ? Le soir, entre les bavoirs et les éclaboussures ? Samedi après-midi marathon, alors que les bambins profitaient de leur grand-mère Martha, c'était parfait. Optimiser le temps était devenu une compétence nécessaire.

Pierre ne laissa pas Élise se remémorer davantage cette journée, il l'extirpa de ses rêveries par un cinglant :

— OK. A plus.

Tournicotant une mèche de cheveux blonds entre ses doigts, elle se demanda s'il était vexé. Non, c'était un « sexfriend ». L'avantage de ce statut illégitime, c'est que les sentiments n'étaient pas censés interférer, il n'y avait pas de compte à se rendre.

« Pourquoi devrais-je me justifier, après tout !? »

Elle jeta un œil sur son radioréveil posé sur le guéridon blanc à droite du lit : 22 h. À cette heure-là, Alexandre, qui n'était plus son compagnon, mais toujours son collègue et associé, devait déjà avoir fermé leur restaurant. C'était le rythme convenu depuis la naissance du petit dernier : Alexandre faisait fonctionner l'établissement le soir pendant qu'Élise couchait les rejetons. Ce que son ex faisait ensuite ne l'intéressait pas, tant que l'affaire continuait à subvenir à leurs salaires, en travaillant intelligemment sans trop se croiser.

Élise, désormais seule avec ses pensées, revint quelques jours plus tôt, devant ce fameux bar à la façade bordeaux. Fixant les rails du tram, elle profitait d'une météo relativement clémente en se focalisant sur le méli-mélo de la ville : pigeons, brouhaha, tintinnabulements, klaxons. Arrivée un peu avant l'heure convenue, elle aspirait nerveusement la fumée mentholée d'une longue cigarette blanche. Il fallait qu'elle l'achève avant qu'il ne se présente. Qu'elle ingurgite un ou deux bonbons à la menthe aussi. Elle scruta l'heure sur son téléphone, une fois, deux fois. Elle consulta sa fiche info, se remémora sa photo, vérifia l'heure encore une fois.

Puis il apparut. Fabrice. Tout à fait conforme à sa description. Il mesurait une tête de plus qu'elle – c'était parfait pour se blottir au creux de son épaule –, une largeur réconfortante, un beau gabarit. Ses cheveux étaient coupés très court, une coupe militaire, et ses yeux bleus étaient aussi froids que ce mois de janvier. Pourtant, lorsqu'il lui sourit, elle constata que ce gaillard, malgré les apparences, transpirait la bonhomie et elle fut immédiatement rassurée. Elle lui rendit son sourire avant de le saluer par une bise ni trop brève, ni trop molle, mais suffisamment langoureuse pour qu'elle puisse humer des notes de parfum sublimes. Elle ne pensait pas être à ce point sensible aux odeurs. Ses effluves étaient plus frais que ceux d'Alexandre, mais tout aussi enivrants.

Conservant ses zygomatiques au taquet, Fabrice poussa la porte du bar et proposa un emplacement au niveau d'un recoin cosy tapissé de moquette où Élise s'assit en ouvrant son manteau de laine bouillie noire, dévoilant une robe bleue sans fioriture, mais subtilement décolletée. Après avoir questionné la belle sur ses goûts, le baraqué commanda deux « monaco » en se targuant d'avoir travaillé dans ce bar lorsqu'il était plus jeune.

Ramenée à son lit le temps d'un toussotement de Christophe, Élise éprouva l'envie immédiate de recontacter Fabrice. Il lui avait fait bonne impression, excellente même. C'était peut-être lui, l'idéal !

— On se revoit bientôt ? envoya-t-elle.

La réponse ne se fit pas attendre :

— Si tu veux.

Elle se remémora précisément les traits de son prétendant de quarante ans avec un léger sourire. Un visage détendu qui ne dessinait aucune ride, pas de calvitie remarquable, pas de dent manquante, un menton carré et viril, barbe et moustache soigneusement rasées, assez peu de défauts, hormis peut-être ces deux orbites creuses et profondes pouvant suggérer des cernes monumentales. Un détail. Élise avait, d'après son ex, des yeux trop rapprochés. Peu importait.

Elle se souvint de cette silhouette imposante et athlétique. Un corps d'ancien sportif à s'en lécher les babines, malgré un bidon réconfortant.

Elle se remémora des bribes de discussion. Lors de leur courte heure de rendez-vous, ce fameux samedi après-midi, Élise avait révélé en toute transparence sa situation un peu compliquée, ce qui n'avait aucunement embarrassé Fabrice.

« Ne te livre pas trop, il pourrait prendre peur ! Et puis rappelle-toi comment Alex a utilisé contre toi tout ce que tu lui avais confié. Garde tes secrets, ne montre pas tes failles. Sois forte », s'était-elle répété.

Fabrice avait été un interlocuteur facile. Il avait écouté, et aussi beaucoup parlé, beaucoup plus qu'Élise et cela lui convenait parfaitement – elle n'aurait pas besoin de dévoiler les facettes sombres de son existence. Il lui avait dépeint son travail pour une prestigieuse marque automobile allemande, sa fratrie, ses chats, ses loisirs, ses réunions politiques, son entretien physique quotidien, son passé de footballeur et de militaire, entre beaucoup d'autres choses.

Christophe émit un nouveau bruit ; la cheffe de famille tendit l'oreille ; le petit se mit à pleurer de plus en plus fort. Elle se leva en soupirant. Neuf mois et il ne faisait toujours pas ses nuits. Traînant les pieds dans l'appartement sans lumière, elle se pencha au-dessus du berceau de son fils, tapota le matelas à la recherche de la tétine qu'elle replaça dans la bouche du bébé, rasséréné aussitôt. Après avoir entonné une chanson douce et déposé un baiser sur son front, elle s'enfila à nouveau dans son lit froid, roula sur le côté, et tassa les coussins de sorte à former un boudin à côté d'elle pour simuler une présence. Le nez dans son oreiller, elle éclata en sanglots silencieux pour ne pas réveiller sa progéniture.

*

— Mais alors raconte, il est comment ? Tu as une photo ?

Margot, une replète jeune tatouée, maquillée plus que de raison, sautillait sur le canapé convertible d'Élise comme un thon hors de la nasse, ce qui était particulièrement déplaisant à voir. Ses cheveux d'une couleur indéfinissable en raison des multiples teintures subies retombaient sur ses tempes, lui conférant l'expression d'un disc-jockey sous ecstasy.

L'hôtesse avait couché les petits puis invité son amie à partager une soirée tranquille entre filles. Entre deux biscuits salés, elle venait de lui révéler un début d'un potentiel quelque chose avec Fabrice ; déjà, la bonne copine voulait tout savoir. En racontant la rencontre au bar, au cours de laquelle Fabrice avait marqué un nombre considérable de points en aptitude physique, en culture et en valeurs morales, contrairement aux deux autres candidats de la journée, Élise tendit son téléphone à sa convive pour lui présenter une photo. Margot se statufia.

— Ah ? Ouais.

Visiblement, ce n'était pas ce qu'elle avait imaginé. Margot souligna ce problème de globes oculaires enfoncés, ces cernes prononcés et sa casquette « oh-mon-dieu-c'est-pas-possible-ce-style-là ». Élise haussa les épaules en pinçant les lèvres. Pour elle, cela appartenait au registre anecdotique. De toute façon, sa copine décrétait les mecs « à peine potables » dès lors qu'ils ne ressemblaient pas à des gravures de magazine.

— Et donc, vas-y, raconte quand même !

Élise ne tarit pas d'éloges sur son poulain aux muscles saillants. Certes, il était âgé de onze ans de plus qu'elle, il ne s'était jamais marié et n'avait pas d'enfant, mais il revendiquait des valeurs militaires, une organisation, une hygiène de vie, une attitude bienveillante et des petits détails… craquants.

— Il a dit quoi, quand il a appris que tu roulais en Jaguar, madame la patronne ?

Élise n'avait pas laissé d'indices concernant son ancien train de vie qui ne reflétait plus sa situation actuelle. Visiblement, Margot ne se rendait pas compte du malaise chez son amie. Élise répondit, gênée :

— Oh, finalement, on n'a pas tellement parlé de ça…

— Il bosse dans quoi, ce monsieur ? Et il roule en quoi ? enchaîna Margot.

— Il démarre sa société, il travaille dans l'automobile pour Audi. Et du coup, il conduit une Audi, mais en quoi c'est important ?

— Non, pour savoir, c'est tout…

— Et puis il a cinq chats.

Élise se remémora le monologue de son prétendant : « Oui j'ai cinq boules de poils… j'aime les animaux ; au moins avec eux, il n'y a pas de coup bas… ils ne viennent pas par-derrière et ils ne font pas des trucs tordus. Tu sais toujours à quoi t'attendre avec les animaux, ils ne vont pas commencer à essayer de te retourner le cerveau et à te faire du mal contrairement aux humains ». Elle avait trouvé le discours de son sauveur souvent étrange et décousu, mais elle avait mis cela sur le compte d'une intelligence exacerbée qui l'obligerait à passer du coq-à-l'âne avec un débit de parole rapide, assez caractéristique des personnes surdouées auxquelles elle s'identifiait. Ce colosse semblait doux et bienveillant, c'était exactement ce dont elle avait besoin.

Margot gloussa, ce qui ramena la rêveuse à la réalité :

— Euh… cinq chats ?

— Oui, bon, c'est beaucoup, mais un homme qui aime les animaux ne peut pas être mauvais, pas vrai ?

— Méfie-toi quand même… faut pas que ça soit crado chez lui. Et puis, s'il est très occupé par ses bestioles, il faut malgré tout qu'il ait du temps pour toi… Alors, tu craques ?

C'était la question piège. Élise savait qu'elle pouvait fondre à tout moment si elle baissait sa garde ; elle ne devait pas s'enflammer. Puisqu'elle avait traversé un enfer avec Alexandre, il faudrait que Fabrice soit patient, doux et compréhensif. Cette ambivalence de sentiments était assez étrange à vivre et à expliquer, mais Margot semblait préoccupée par des détails plus croustillants.

— Et vous l'avez déjà fait ?

L'opulente était convaincue que la sexualité fondait l'essence du couple, avis quasiment partagé par Élise, qui avait ajouté ce critère invisible à sa liste, et rayé un des prétendants à cause d'incompétence notoire sur ce sujet.

— Non, j'ignore ce qu'il attend pour me proposer d'aller chez lui, j'admets.

— Bon, ce n'est pas plus mal, au moins ce n'est pas un « mort de faim »... mais si vous n'avez rien fait au cinquième rendez-vous, ce sera grave, c'est qu'il a un problème, je ne sais quoi. Il faudra que tu laisses tomber, que tu passes à un autre. Et sinon, tu penses que ça peut marcher ? Enfin, tu ressens quelque chose ?

Élise ne désirait pas nécessairement répondre à cette question dans l'immédiat. Elle savait, de plus, que Margot côtoyait encore Alexandre ; elle devait doser sciemment la quantité d'informations qu'elle allait dévoiler. Par chance, c'est à ce moment qu'une petite poupée fit irruption dans le salon.

Ses yeux azur mi-clos et ses boucles blondes en bataille, elle avançait silencieusement en titubant dans une immense chemise de nuit, blanche et rose, de la taille d'un T-shirt adulte.

— Céline, qu'est-ce que tu fais debout, ma poulette ?

— Veut faire pipi...

Ouf, pour une fois, l'interruption de la fillette était une bonne excuse à point nommé. La mère de famille s'éclipsa pour s'occuper d'elle, la recoucha, puis retourna sur le clic-clac en faisant mine d'avoir oublié la question précédemment posée.

Fabrice, certes pas un mannequin de magazine, mais physiquement plaisant, avait l'air drôle, gentil – et c'était le plus important –, bien sous tous rapport et « marquait des points ». De là à se prononcer sur la nouvelle âme sœur… il fallait aller doucement avec ces choses-là. Élise n'était plus sûre de rien. Elle voulait tellement croire de nouveau à l'Amour, après ces dix années de mensonges et destruction mentale infligés par Alexandre. Devait-elle fendre sa carapace et laisser Cupidon la transpercer de flèches ?

*

Les journées de travail au restaurant défilaient péniblement. Les matinées étaient rythmées par le développement de la communication, entre le classement des factures et les appels d'Alexandre, en train d'effectuer le réapprovisionnement, qui trouvait n'importe quel prétexte pour déconcentrer son ex.

— Allô Élise ? Ils n'ont plus de saumon chez Metro, je fais quoi ?

— Tu prends tes petits pieds, tu grimpes dans ta voiture et tu vas chez Rungis.

« Chez Rungis, Promocash, Auchan, Leclerc, peu importe, mais arrête de me casser les pieds pour du saumon, franchement ! »

— Je vais en avoir pour une heure si j'y vais ! Je ne serai jamais de retour pour 11 h !

— Coucou, alors comment ça se passe avec l'autre sbire ? avait écrit Fabrice par texto en plein milieu de la conversation téléphonique.

— Élise ? T'es là ?

— Oui, bondit la directrice en se reconcentrant sur l'appel. Eh bien, je ferai la mise en place et l'ouverture du restaurant, comme d'habitude, je sais très bien m'occuper de cela sans toi !

— Et après il faudra que tu m'aides à décharger les courses.

— Si tu veux, on peut se voir tout à l'heure, poursuivait Fabrice par message.

— Oui, oui pas de souci ! Au fait, je prends mon après-midi. Allez, à toute.

Enfin, elle allait rencontrer Fabrice dans son antre. C'était crucial de découvrir le cocon de celui avec qui elle envisageait un bout de chemin. L'odeur, la décoration, les livres dans la bibliothèque ou les films, la vaisselle sale au fond de l'évier, les caleçons qui traînent seraient des indices précieux sur le mode de fonctionnement de son prétendant. Et si tout se passait bien, elle espérait qu'ils feraient l'amour fougueusement. Elle en irradiait de désir, imaginant déjà parcourir du bout des doigts le moindre de ses muscles saillants, embrasser son torse brûlant, caresser du bout des lèvres sa nuque et lui mordiller pourquoi pas le lobe tout en humant son parfum printanier.

Gling, la porte du restaurant sonna et une seconde plus tard, Alexandre débarqua comme un fou dans le bureau d'Élise.

— Les courses, invectiva-t-il.

Élise supposa que cela signifiait : « viens m'aider à décharger les victuailles, s'il te plaît », et se leva. À quoi bon rétorquer, après une décennie de relation maître – esclave. Après tout, le commerce était désormais en vente, il ne faudrait plus supporter cet associé antipathique bien longtemps. Élise sortit de l'établissement et remarqua la voiture d'Alexandre garée en travers de la terrasse, hayon ouvert. Elle n'eut pas le loisir d'admirer la rue, que son ex la houspillait déjà. Tout en lançant un carton à Élise, manquant de la renverser, il siffla :

— D'où tu te permets de prendre ton après-midi ? Est-ce que je prends mon après-midi, moi ?

Élise s'esclaffa nerveusement. Alexandre s'octroyait du repos, et bien plus que de raison – pour soulager ses pulsions à droite, à gauche, mais ce n'était plus son problème. Elle posa le chargement à l'arrière de la cuisine puis revint au coffre de la voiture. Il ne se laissa pas décontenancer par son rire cristallin. Il rebondit :

— Non, tu ne pars pas cet après-midi ; j'ai besoin de toi.

— Comment ça, tu as besoin de moi ?

— Tu restes ici.

Élise ne put demeurer flegmatique plus longtemps.

— C'est hors de question, reprit-elle. On n'est plus ensemble, désormais je fais ce qui me plaît.

Alexandre sentait son ex lui glisser entre les doigts, encore. Il ne se laissa pas décontenancer :

— Je te parle de boulot, tu veux couler le restaurant ? Il faut que tu m'aides à faire du tri dans les factures.

— Du tri dans les factures ? Tu te fiches de moi ? Depuis quand tu t'intéresses à la comptabilité ?

— C'est absolument nécessaire que je sache à quel prix on achète les boissons, pour comparer, si je peux trouver moins cher ailleurs.

— Mais on n'est pas obligé d'effectuer ça aujourd'hui, n'importe quoi. De toute façon, on est en train de vendre ! Ne me raconte pas que tu envisages maintenant d'économiser des bouts de chandelles…

— OK, tu veux perdre de l'argent ?

Élise soupira. Décidément, Alexandre était toujours le même, c'était affligeant. Il fallait trouver un repreneur pour ce restaurant, vite. Et qu'importe ce qu'il pensait, elle rejoindrait son prétendant cet après-midi ! Elle s'empressa de s'enfermer dans son bureau à l'abri des oreilles indiscrètes d'Alexandre pour en informer Margot :

— Ça y est, je vais chez lui tout à l'heure ! s'exclama-t-elle cachant avec peine son excitation.

— Ah, quand même ! Mais… tu as envie de t'y rendre ? Vous allez faire quoi ?

— Je l'ignore. Il m'a parlé de jouer à Mario Kart, il avait l'air déjà heureux à cette perspective, on verra bien !

— Là, ma belle, je ne te sens pas si motivée…

Élise doutait de sa capacité de persuasion, pour passer d'une après-midi ludique à une après-midi galipettes. Elle avait diablement envie de connaître ce nouveau terrain de jeux masculin sous toutes les coutures, sans toutefois forcément s'enfermer tout de suite dans quelque chose d'officiel. Elle souhaitait arpenter le moindre de ses sentiers, découvrir la plus petite de ses failles à lui avant de dévoiler les siennes. Il fallait qu'elle soit sûre.

« Ne t'emballe pas, Élise, cœur d'artichaut ! »

— Par rapport aux autres « candidats », il est pas mal, plaida-t-elle auprès de Margot.

Mais son amie releva un soupçon d'hésitation.

— Pas mal ou… bien ?

— Pas mal... enfin, je ne sais pas, on ne se connaît pas encore, tu vois… Non, il est bien… si on regarde les gens dans la rue… oui, quand même !

— Bien, mais pas convaincant, reformula la bonne copine.

Décidément, ce ne serait pas Margot qui l'aiderait à conforter ses choix. Élise soupira, il fallait bien avancer et ne pas se laisser aller, « advienne que pourra » !

« Sois forte ! », se répéta Élise.

Elle sentit son cœur se serrer. C'est la seule sensation qu'il daignait encore manifester. Rancœur, dégoût, blessure. Disparus papillons dans le ventre et étoiles dans les yeux, ils n'étaient qu'un lointain souvenir perdu dans une nébuleuse dont l'unique clé s'appelait espoir. Pourvu que cet espoir s'incarne dans Fabrice. Une larme commença à couler malgré elle sur sa joue.

« *Est-ce que Fabrice va me délivrer ? Est-ce lui, mon sauveur ?* se questionna Élise. *J'ai tellement peu d'estime de moi-même, comment pourrait-il, lui, m'aimer ? Ai-je misé sur la bonne personne ? Va-t-il me faire du mal ?*

Tu déconnes, ma belle, il n'a pas l'étoffe d'un salaud. Regarde ! C'est déjà un des rares qui n'a pas l'air de s'intéresser à toi que pour un soir ! »

La clochette de la porte retentit, un client cette fois, vite, au boulot, Élise tapota son visage et sortit de son bureau avec le sourire obligatoire d'une patronne de restaurant.

*

— Tu t'es déjà remise avec quelqu'un ? s'exclamait Matthieu au téléphone.

— Comment ça, déjà ? J'ai rompu avec Alexandre il y a un mois !

« *Quatre semaines que j'ai trouvées interminables !* », se dit Élise qui n'avait jamais été seule aussi longtemps.

— Oui, il y a un mois… ça fait six mois que je suis célibataire, moi !

La pensive essaya de prendre en considération la remarque de son meilleur ami tout en ne sachant pas réellement par quelle pirouette rebondir. Elle subodorait que Matthieu avait des vues sur elle, et il enrageait peut-être d'avoir raté une opportunité.

— C’est parce que tu ne tombes pas sur la bonne ! rétorqua-t-elle.

— Et toi, tu l’as trouvé, le bon ? rebondit Matthieu.

Elle marqua un silence éloquent, encore en lutte avec son propre questionnement.

— Ouh là, ce n’est pas bon signe, ça ! s’exclama Matthieu.

Puisqu’elle pouvait se livrer a priori sans filtre et en toute confiance, la romantique révéla ses doutes :

— Cinq rendez-vous… Il a fallu cinq rendez-vous avant qu’il ne me touche… Il a quasiment fallu que je lui rentre dedans sinon il partait pour une après-midi Mario Kart ! Je veux bien être un peu geek, mais tout de même ! Tu en penses quoi, toi ?

— Bah, ce n’est pas terrible, mais je ne peux pas te répondre là-dessus, tu sais bien qu’en ce qui me concerne, j’ai l’impression d’être un obsédé sexuel, alors j’imagine que lui a plutôt envie de te connaître et de construire sur le long terme…

— Oui, oui… c’est certain, on apprend à se connaître… répéta Élise sur un soupir.

Elle voulait tout, tout de suite, trop vite manifestement.

— Mais sinon, c’était bien au moins ?

— C’est un critère important pour moi, évidemment, je valide, oui !

Fabrice avait été correct, cordial, agréable, bon, mais sans plus. Chez lui, c'était propre, malgré les cinq chats, bien entretenu, moderne, bien, mais sans plus. Tout était bien… mais sans plus. Il manquait quelque chose, c'était très étrange, comme une sensation plate, insipide. Alexandre l'avait-il anesthésiée au point de tout trouver fade et sans intérêt ? Que se passait-il ?

— M'en voilà ravi, déclara Matthieu sans conviction. Tu le revois quand, du coup ?

Élise marqua encore un silence. Elle se remémora ses pensées lorsqu'elle s'était rendue au domicile de son nouveau petit ami :

« Fabrice a l'air stable, gentil, fiable et bon à tout point de vue. Une histoire avec lui, ça tient la route, mais, je ne sais pas… y a quelque chose qui ne colle pas… Je m'ennuie rapidement avec lui… j'ai l'impression que ça n'accroche pas. Est-ce qu'on doit se mettre ensemble, vraiment ? Je n'ai pas envie d'y aller… je dois me rendre chez lui demain, il m'a dit de passer… je n'ai pas envie d'y aller, je n'ai pas envie d'y aller, pourquoi j'y vais ? »

— Allô ? s'impatienta Matthieu.

— Oui, quoi ?

— J'ai cru que tu étais partie.

— Non, non.

— Bon, bah, tiens-moi au courant !

Élise raccrocha. Le regard fixe, elle ruminait encore, tout en déambulant dans son appartement à la recherche d'une occupation avant d'aller se coucher.

« Aller chez Fabrice demain ? Oui ou non ? Peut-être ? ... ça me fera du bien… ça va me sortir un petit peu de ma routine quotidienne, mais… je n'ai pas envie d'y aller ! Pourquoi je n'ai pas envie ? Qu'est-ce que c'est que cette sensation de dégoût tout au fond de moi ? »

Elle s'appuya sur le bord de son évier de cuisine, la tête entre les mains, dans la position d'un fou souhaitant arracher son cuir chevelu.

« Mais laisse-le tomber, lâche-le donc si tu ne ressens rien pour lui ! Les sentiments, ça évolue, ça se développe, c'est normal ! J'ai une carapace trop épaisse… ça ne sert à rien. »

Élise se dirigea vers le frigo, saisit un Pinot gris vieilles vignes, un couteau et un tire-bouchon, libéra le nectar avec un « pop » enchanteur. De bonnes bouteilles, des grands crus, des millésimés, elle en avait bu des litres avec Alexandre. Ces précieux breuvages avaient distillé en elle autant de souvenirs que de poisons et désormais, cette ancienne habitude ne signifiait plus rien, il n'y avait plus personne avec qui partager cette convivialité.

« Tu es au courant que tu picoles toute seule, Élise ? Regarde-toi, tu es pitoyable. Alex a raison, plus personne ne voudra jamais de toi. »

Elle sortit une coupe en cristal et versa un peu de vin qu'elle pensait apprécier par son goût sucré. Peine perdue. Elle reboucha la bouteille, la remit au frais puis avança dans le couloir tout en continuant à ruminer.

« Je lui ai dit de ne pas s'attacher, pas tout de suite. OK, mais en attendant : quoi ? Tu vas lui donner de faux espoirs ? Vous allez être ensemble… c'est quoi, cette relation ? »

Dans sa chambre qui lui paraissait démesurément vide, elle posa le verre sur sa table de nuit et se déshabilla devant la glace à la lueur de la lampe de chevet.

« Ça ne rime à rien. C'est une liaison fonctionnelle, comme dirait ma mère… c'est commode, mais sans plus. »

Elle scruta son corps entièrement nu dans le grand miroir en face du lit, observa en grimaçant sa poitrine tombante et son ventre déformé par ses deux grossesses rapprochées. Elle termina son vin avec un haut-le-cœur, plus rien n'avait bon goût de toute manière, et à nouveau, des larmes coulèrent sans son autorisation.

« Il n'y a pas de sentiment… de l'appréciation, peut-être, de voisin-voisine, amie à la rigueur… c'est n'importe quoi. »

Elle se glissa dans son lit froid, sur son oreiller humide de mélancolie, observa le verre aussi vide que son cœur, ne voulut pas se relever pour replacer encore la tétine dans la bouche de Christophe, il n'avait qu'à grandir et commencer à se débrouiller, lui. Au diable, tout le monde.

« Laissez-moi tranquille. »

Chapitre 2 JOYEUSE SAINT-VALENTIN

Élise enrageait d'observer Alexandre vissé en permanence à son téléphone à la recherche d'une nouvelle victime, plutôt que de travailler. C'était encore une stratégie de sa part, c'était évident : il voulait qu'Élise soit témoin de ses manigances. Qu'elle visualise et entende les appels à toutes ces ingénues. Cependant, elle était elle-même collée à son appareil en attente des nouvelles de Fabrice, mais plus discrètement. Il n'était finalement pas très « geek », ce garçon... Ses messages étaient rares, donc précieux.

Elle se mettait à rêver sur ses dernières paroles :

— Toi, tu bosses beaucoup trop... il faut que tu apprennes à te détendre... tu verras, quand on sera ensemble, le soir, quand tu rentreras tard du boulot, je te ferai couler un bain avec des bougies... tu sais, comme j'ai été coach sportif, je connais bien les douleurs musculaires : je te ferai un massage du dos, des épaules ou des pieds avec de la crème ; on regardera des films et en même temps je coifferai tes cheveux... vous aimez ça, les filles, quand on vous brosse les cheveux...

Alors Élise édifiait une image d'impératrice aux longues boucles blondes ondulant dans un bassin rempli de mousse, enivrée de suaves parfums d'encens et bercée par l'oscillation des chandelles sur le rythme mélancolique d'un duduk.

« *Cesse d'imaginer, gros tas visqueux, tu n'as rien d'une princesse. Sois réaliste.*

Sors de ma tête, Alex. Laisse-moi rêver, laisse-moi croire que c'est encore possible. »

*

N'importe quel prétexte était bon pour échapper à Alexandre. Passer le moins de temps possible dans leur restaurant : uniquement le matin pour la préparation, le service du midi, et hop baisser le rideau à 14 h, circulez, il n'y a plus rien à voir, vite, s'évader.

Ce matin-là, il n'avait pas été avare de piques désagréables, du style :

— Alors, j'ai appris que vous vous faites des petites soirées, avec Margot, ça va, vous papotez bien ?

« *Qu'est-ce qu'il insinue ? Devrais-je douter de Margot ? Me limiter dans ce que je lui dis ? Après tout, oui, elle pourrait vraiment tout répéter et me trahir…* »

— Tu devrais être moins sur la réserve avec elle. Ce serait con que tu perdes ta seule amie…

Élise détestait ce genre de suggestion interprétable dans tous les sens. Elle se retrouvait chaque fois bloquée, sans savoir quoi rétorquer, dans un état de statufication physique et mentale. S'évader, vide…

Élise écrivit à Fabrice qu'elle était disponible après le travail.

— T'as qu'à venir chez moi, répondit-il.

— Oui on pourrait se mater un film, proposa Élise.

— On s'en fout du film.

Surprenant, Fabrice avait donc une idée derrière la tête… Élise sourit en coin à la perspective d'une après-midi torride. Elle sortit en trombe du vestiaire, glissa à côté d'Alexandre sans lui prêter la moindre attention. La voir joyeuse le faisait enrager.

— J'y vais, à demain ! lança-t-elle d'une voix musicale, tout en pensant : *« je vais passer un moment extatique ! »*

Elle se gara au pied de la tour où habitait Fabrice, vérifia son maquillage dans le rétroviseur, sonna chez lui, escalada les dix étages à l'aide de l'ascenseur. Il ouvrit la porte, elle l'embrassa langoureusement et il se rassit dans la salle à manger devant son ordinateur. Élise, légèrement décontenancée, fit semblant d'être captivée par son écran, elle aussi.

— J'ai un trajet en Allemagne à préparer, il faut que je cherche une Série 1 pour Monsieur Farkas[1], comme je t'ai dit. Il veut une voiture un peu plus fun, actuellement il roule en C4, tu m'étonnes…

« Comme il m'a dit ? Hum, pas de souvenir de ça. »

---

[1] À retrouver dans « Pas de Loi ».

Elle s'installa sur une chaise à côté de lui et le regarda travailler. Au bout de dix minutes, elle essaya d'entamer une discussion. Il répondit : annonce, véhicule, Audi, client. Elle se leva et se coula un café. Elle tenta :

— Tu en veux un aussi ?

— Non, non merci, ma puce.

Tandis qu'elle se rasseyait, Fabrice lui parlait de ses notifications, de ses berlines, de ses prospects, sans s'apercevoir une seule seconde qu'elle n'écoutait pas. De son côté, elle s'évertuait à prendre des poses suggestives, le regardait intensément ; lui, regardait intensément son écran d'ordinateur. Elle se leva à nouveau après avoir bu son café, commença à le masser, dans la nuque, dans le dos, lui glissa quelques baisers et effleurements, puis descendit sur ses cuisses magnifiques…

— Hum, ça fait du bien, merci puce.

Le téléphone de Fabrice sonna.

— Monsieur Farkas, oui, bonjour ! J'ai le contrat pour votre Série 1, la concession m'a informé que le virement est arrivé, ça, c'est bon…

Élise intensifia ses caresses langoureuses, trouvant le jeu amusant, alors que Fabrice discutait avec son client. Rien, pas même un regard, un signe de réceptivité, d'intérêt, d'excitation. L'aguicheuse se résolut à stopper ses tentatives infructueuses. Fabrice lui avait pourtant dit qu'il avait été libertin, lui aussi, il devrait quand même être un peu plus sensible à la chose ! La conversation s'éternisa…

Pas d'effort particulier pour l'abréger et se précipiter au lit avec la belle. 17 h, l'heure de chercher les petits à la crèche ; elle saisit son sac, son manteau, et rageuse, fit signe à Fabrice qu'elle s'en allait. Il envoya un bisou dans les airs.

Au téléphone, le soir après le coucher des enfants, elle partagea son ressentiment.

— Rhoo, tu es frustrée ?

— Non, pas du tout ! mentit-elle. Mais la prochaine fois, si tu me demandes de te rendre visite, je voudrais que tu passes du temps avec moi et pas avec tes clients.

— Puce, je lance ma boîte ! Sois un peu indulgente ! Mais promis, j'essayerai de faire des efforts. Demain, je pars chercher le véhicule de monsieur Farkas, je ne serai pas joignable de la journée, mais oui ma puce, tu es belle.

— Hein ?

— Y'a Luna qui est venue me faire un câlin.

— Ah, « ma puce » c'est ton chat ?

— Ben oui, elle est toute douce, elle me fait des léchouilles. Oh, elle est trop mimi.

— OK, je vais te laisser alors…

— Bonne soirée !

Élise bouillait. Comment pouvait-on appeler un félin par le même surnom qu'elle ? Avait-elle donc le statut égal à un animal de compagnie ? Ne valait-elle pas mieux ? Non, cela devait être une erreur, une odieuse confusion linguistique… passons. Au même titre que ses conversations décousues, la façon de parler de Fabrice semblait étrange pour Élise. Avec quelques efforts cérébraux d'interprétation de son discours, ça pouvait convenir. Et si c'était encore une technique sournoise pour la déstabiliser ? Et si, à travers son masque de sauveur, Fabrice était, lui aussi, un psychopathe ?

Cette idée la fit frémir. Elle entendit un craquement. Dans un sursaut de paranoïa, elle se rendit compte qu'elle était seule dans son appartement. Sans défense, détruite mentalement, vulnérable à tout point de vue. Les frissons lui parcoururent tout le dos et elle eut la chair de poule. Elle inspira lentement, et de manière saccadée, imaginant que le fait de respirer lui soit interdit, visualisant l'esprit d'Alexandre rôdant encore entre les murs, prêt à s'abattre sur elle au moindre geste de travers.

Que se passerait-il s'il revenait ? Si quelqu'un d'autre tentait de forcer sa porte pour l'agresser ? Si elle subissait une crise d'angoisse, là, au milieu du couloir ?

« Tu dois tout assumer ! Sois forte ! »

Élise tendit l'oreille, tout était calme, pas de gémissement d'enfant pour une fois. Le ventre noué, elle ouvrit le frigo et hésita. Sa main se posa sur un pot de bébé déjà entamé, qu'elle décapsula tout en saisissant une cuiller à soupe qu'elle chargea généreusement et enfonça dans sa bouche. Elle referma le réfrigérateur. Se nourrir ? Il n'était plus question de cela. C'était pour se remplir, combler ce vide immense en elle.

« Regarde-toi, petite sotte. »

Elle avala sans mastiquer et répéta l'opération tout en scrutant les toits à travers la fenêtre, à travers son regard flou, à nouveau, embué par les larmes.

« C'est trop dur. Je suis fatiguée. Comment tenir bon ? Qu'est-ce qui pourrait faire que je ne sombre pas ?

Le boulot ? Il part en cacahuète. Les enfants ? Ce sont mes chéris. Ils sont exaspérants. Mais je les aime. Si je n'étais plus là, qu'adviendrait-il de ces pauvres bouts de chou ? Si je disparais, il n'y a plus rien… pas d'espoir, pas de joie, pas de loi… »

*

À 5 h 30 du matin, un tremblement la réveilla. Dans un demi-sommeil, elle se demanda si c'était Céline ou bien Christophe qui gémissait, encore. Non… ça ne pleurait pas, ça vibrait. Vibrer, ah, le portable. Comme un spectre, elle tendit la main vers son téléphone et alluma l'écran. Elle tomba nez à nez avec Fabrice, en photo, dans le train.

« Mais il est fou, lui ! »

Il enchaîna ainsi six ou sept photos de lui, assis dans un wagon, avec des têtes loufoques et des filtres spéciaux idiots du téléphone. Malgré l'heure, elle sourit à cette originalité, sans se douter un seul instant que l'attention ne lui était pas exclusivement réservée. En effet, elle saurait plus tard qu'il avait envoyé ces messages à – au moins – Barbara.

Elle commenta par un smiley, puis il répondit :

— Je suis dans le train.

« Ben oui, ça se voit sur les photos, il est idiot ou quoi ? »

Elle n'eut pas le courage de répliquer « Ouais, j'ai vu, ça ! », et se rendormit jusqu'à ce que les enfants la réveillent à nouveau au bout de trente minutes.

Le soir même, une fois l'Audi rapatriée, Fabrice n'avait qu'une hâte : cajoler ses chats et se reposer. Malencontreusement, Élise avait envie de le retrouver et lui avait proposé de passer un peu de temps chez elle avec la fratrie… Il avait tenté de plaider sa cause, mais il préféra tout de même honorer la requête de la belle.

Il franchit le seuil de la porte, les bras remplis de cadeaux.

— J'ai fait un détour par le supermarché…

Les bambins, croyant au débarquement du père Noël, se ruèrent sur Fabrice et ses paquets. Il y avait une table basse, deux petites chaises, un sac pour la rentrée à l'école de Céline six mois plus tard, un train, des animaux de cirque, un camion de pompier, une ambulance chantante et un téléphone bilingue « chien-chat ».

— Tu avais besoin d'acheter tout ça ! s'étrangla Élise en échangeant un baiser d'usage.

— Leur père ne leur offre pas de cadeau, leurs chambres sont tristes à mourir, j'apporte un peu de gaieté, quoi !

Voyant la moue de sa chérie, il tenta de se rattraper de plus belle :

— J'ai aussi pensé à toi quand j'étais en Allemagne, j'avais une heure à tuer entre deux trains alors je t'ai pris ça…

Il sortit de son sac à dos un cœur en peluche rouge cousu d'un « Ich liebe dich ».

Ne sachant elle-même si elle était fâchée, touchée ou désespérée, Élise saisit le présent et l'installa dans sa chambre à coucher, avant de préparer le dîner, pendant que Fabrice assemblait les wagons pour Christophe.

— Ce soir, c'est blinis tarama.

— Pardon ?

Élise expliqua le principe de la tartine d'œufs de poissons de couleur orangée provenant de Grèce sur une crêpe épaisse originaire de Russie, avec un peu de citron, d'oignon ou de ciboulette. Association insolite typiquement française et totalement inconnue pour Fabrice. Élise fut prise pour une extraterrestre.

Après le repas, une fois les enfants lavés, changés, bercés, rassurés, câlinés, endormis, réassurés, rebercés, rechangés, rendormis, Élise n'avait qu'un désir : s'affaler sur le canapé. Fabrice avait débarrassé la table, nettoyé la toile cirée avec une éponge et balayé le sol. Elle prononça un remerciement puis demanda à son cher-et-tendre s'il demeurait avec elle. Il déclina. Après cette journée de boulot, il aspirait à prendre une bonne douche et à retrouver son plumard, qu'il envisageait de remplacer prochainement.

— Tu es sûr ? J'ai aussi un lit et une salle de bains, tu sais ?

— Non, vraiment, c'est gentil, mais je suis crevé. Et il faut que je nourrisse les chats.

« Les chats, encore les chats, il les a vus ce matin, ces chats ! Ce ne sont pas des ogres, quand même, ils peuvent survivre vingt-quatre heures, non ? »

Élise, déçue, trembla à l'idée de ranger tous les jouets qui avaient investi le salon, embrassa Fabrice et le regarda s'éclipser, la mort dans l'âme.

*

Arriva le fatidique 14 février, fête des amoureux, comme tout le monde sait. Pour l'occasion, la sentimentale s'était arrangée pour placer les enfants chez Martha, l'autrice de ses jours. Installé sur le clic-clac du salon, Fabrice attendait de connaître la sauce à laquelle il allait être mangé. En effet, Élise l'avait sommé de venir bien habillé, sans lui en révéler davantage à propos du programme. Avant de partir, elle l'avait fait asseoir sur le divan le temps qu'elle recherche un objet…

— Tiens, ouvre-le ! enjoignit-elle en tendant un petit sac à son compagnon.

Ce dernier, mi-ému, mi-inquiet, n'avait visiblement pas l'habitude des cadeaux et manipulait l'ensemble aussi méticuleusement qu'un démineur. Dans l'emballage, il découvrit une ceinture en cuir de grande marque et un flacon de fragrance de luxe. C'était pure folie par rapport aux mois difficiles qui s'annonçaient, mais qu'importait : « quand on aime, on ne compte pas ». Donc elle ne comptait pas, c'était déjà 50 % de fait. Élise crut déceler un quart de larme dans son œil brillant.

— Waouh… je ne sais pas quoi dire… c'est la première fois qu'on m'achète un parfum de riche… je n'ai jamais eu de cadeau comme ça, fallait pas, puce… je ne pourrai pas te rendre la pareille !

Élise haussa les épaules et l'embrassa.

« On ne lui a jamais offert d'eau de toilette alors qu'il va sur ses quarante-cinq ans ? Mais d'où il sort !? »

Elle glissa un œil furtif sur sa montre.

— Ah, c'est l'heure, je t'embarque !

Par courtoisie, comme Fabrice avait été chauffeur d'élite à l'armée et que, de fait, elle lui accordait une totale confiance pour manipuler un volant contrairement à son ex, elle lui demanda s'il voulait rouler la Jaguar. Il refusa. Elle conduisit donc en le laissant dans l'ignorance de la destination, ce qui la faisait sourire intérieurement. Elle lui avait déjà préparé une activité surprise, la semaine passée, débarquant chez lui à l'improviste et le traînant au karting du coin. Elle l'avait d'ailleurs devancé de trois tours sur la piste. Il s'était renfrogné, mais la sortie avait été tout de même joyeuse.

Elle aimait ces instants insolites un peu fous, mais elle s'interrogeait toujours sur son sentiment à lui. Il disait qu'il appréciait, mais demeurait aussi émotif qu'un placard Ikea.

Vingt minutes plus tard, ils approchaient des jardins de l'Orangerie.

— Oh, tu m'as préparé un pique-nique dans le parc, c'est sympa ça, déclara-t-il sans ironie.

« C'est romantique, oui, corrigea intérieurement Élise, mais nous ne sommes pas en tenue de pique-nique ! »

— Pas tout à fait, dit-elle simplement.

Elle stationna la luxueuse berline devant un complexe sportif.

— Hum ? Un bowling ? interrogea Fabrice, surpris.

— Une autre fois.

Cherchant la main de son partenaire, elle s'accrocha à lui et le traîna vers le milieu du parc.

— Non, t'es sérieuse… tu m'emmènes au…

— Buerehiesel. C'est ici. Je passe devant.

Le bâtiment abritait un des meilleurs restaurants gastronomiques de la région. Fabrice connaissait, avait dû y mettre les pieds peut-être une fois, il y avait de cela très longtemps…

— Tu apprécies ? creusa Élise, incapable de lire une quelconque émotion sur le visage de son copain.

— Oui, beaucoup. Merci chouchou.

Se succédèrent topinambours, airelles, anguilles, encre de seiche, tout autant d'aliments fins et divins, aussi familiers au palais d'Élise qu'étrangers à celui de Fabrice. Elle le scrutait.

« C'est sûr, nous avons des habitudes, des référentiels différents. Nous ne sommes pas du même milieu et alors… ça l'empêche d'apprécier la bonne chère ? Je ne peux pas lui faire découvrir les fabuleux mets et vins ? Ces seuls plaisirs qui subsistent un tant soit peu de ma vie d'avant ? Il n'a pas l'air de les aimer à leur juste valeur. »

Fabrice semblait mal à l'aise, mais tâchait de faire bonne figure. Creusant involontairement le malaise, il eut l'infortune d'aborder les styles musicaux et les dessins animés de son enfance.

— Mais si, Albator !

— Oui, je connais Albator… mais ce n'était plus diffusé quand moi j'étais gamine.

— Oh et la Macaréna, qu'est-ce que j'ai pu draguer là-dessus en boîte !

— J'avais neuf ans.

Élise se mordait le coin de la lèvre. Fabrice grinçait des dents.

— C'est bon ? Ton plat, tu aimes ?

— Oui, c'est bon…

— Oh, tu sais, euh, pour mon prochain roman, j'ai bien ficelé l'intrigue, j'ai commencé à écrire le chapitre trois.

— Moui.

— Tu voudras lire le manuscrit, quand il sera achevé ?

— Moui, oui.

Élise essayait laborieusement de trouver un sujet pour contenter tout le monde. Littérature : échec. Se plaindre de son ex ? Ils avaient déjà fait le tour. Aborder les enfants ? Aucune envie. Discuter sexualité ? Tentant, mais pas opportun. Contre toute attente, Fabrice rebondit sur le thème linguistique.

— J'ai jamais compris comment tu pouvais écrire ; je veux dire, être autrice tout en étant à la fois maman, patronne de restaurant…

— J'admets, ça fait un moment que je n'ai pas rédigé grand-chose.

— Où tu trouves le temps ?

— Là, j'ai l'impression que l'inspiration revient, je...

— Tu écris la nuit ? Ben voilà pourquoi tu dors mal, ne cherche plus ! C'est vrai qu'avec l'autre énergumène à tes côtés, je veux bien croire que tu aies besoin d'une soupape de sécurité, je comprends que ça puisse débloquer chez toi.

Oscillant entre l'amusement et l'irritation de devoir subir les questions et les réponses posées comme des évidences, Élise se tut. Sur le moment, ça l'arrangeait bien de ne pas dévoiler sa source d'inspiration.

Le reste du repas se déroula dans un calme à la limite du conventionnel. Elle le dévisageait, l'étudiait sous les moindres coutures dans l'espoir de s'accrocher à un détail qui pourrait devenir une révélation.

— Tu cogites beaucoup, toi, non ? analysa Fabrice.

— Oui, je réfléchis…

— À quoi, donc ? Qu'est-ce qui te travaille, dis-moi ?

Il se pencha en avant, avança les coudes sur la table, elle recula imperceptiblement.

— Tu peux tout me dire, tu sais.

Alexandre utilisait les mêmes mots. Elle scannait ses rétines glaciales pour y déceler le bien-fondé de son intervention. Manipulation ou bienveillance ?

« Sois forte, Élise, ne craque pas.

Il n'est pas Alexandre !

Autorise-toi à refaire confiance à quelqu'un. Tu n'es pas une pierre. »

— Je suis là pour ça, je t'ai déjà dit, je partage les bonnes et les mauvaises choses…

Élise se mordit la lèvre inférieure. Impossible de déceler un comportement rotors chez Fabrice. Il était sincère dans sa démarche, ou alors diaboliquement machiavélique.

— Ce qui me tracasse… bah, un peu tout, avoua-t-elle. Mon ex, les enfants, le restaurant, les beaux-parents…

— C'est pour ça que tu dors mal ! Tu as vraiment l'air fatiguée…

Le sommeil était décidément un thème récurrent chez Fabrice. Elle ne s'en était pas aperçue lors de leurs premiers échanges.

— C'est exact, j'ai des insomnies, j'ai souvent des douleurs lombaires.

— Ha, bienvenue au club…

— Et Christophe qui ne fait toujours pas ses nuits, la Jaguar qui est en vente aussi depuis des lustres… beaucoup de contrariétés à régler, oui, je ne suis pas zen.

— Ça travaille du bocal, dis donc. Déjà, ce n'est pas normal. Tu devrais essayer de dormir, la nuit.

Élise faillit s'étrangler de rire en avalant une gorgée de Saint-Émilion. « Tu devrais essayer de dormir, la nuit » : ça, c'était du conseil avisé !

Le couple reprit la route pour regagner cette fois le domicile de Fabrice. Élise se réjouissait à la perspective d'instants câlins, elle n'avait, pour le coup, pas du tout l'intention de s'assoupir cette nuit-là.

Allongée sur le lit grinçant recouvert de plastique pour empêcher les chats de le salir, Élise s'était sensuellement déshabillée. Elle n'était toujours pas à l'aise avec son corps et préféra se cacher immédiatement sous la couette.

Dévêtu hâtivement, Fabrice l'avait rejointe et l'embrassait langoureusement. Elle laissait courir ses mains sur l'ensemble de ce corps chaud et sculpté, bien plus large qu'elle, de sorte qu'elle se sente enveloppée de sécurité. Les caresses douces de Fabrice l'apaisaient et la stimulaient en même temps. Comme c'était agréable de retrouver ces sensations, cette excitation mise en sommeil bien trop longtemps ! Lorsqu'il se redressa pour contempler son visage, elle resta dans l'attente, analysant ses détails, son regard, décelant les manifestations de désir. Cette expression singulière avait disparu des yeux d'Alexandre depuis des années. Elle ferma les paupières quelques instants, profitant du silence rythmé par leurs respirations en accord. Il l'embrassa dans le cou, à plusieurs reprises, sous l'oreille, ce qui la chatouilla et lui décrocha un petit rire. Oh, un rire ! Elle avait oublié cela aussi : le rire, la complicité. Quel moment de félicité à la fois hors du temps, à la fois bien concret lorsqu'elle sentit son sexe dur comme le marbre au seuil de ses cuisses. Avec un sourire taquin, il suspendit ses caresses et il se retourna vers la table de nuit pour récupérer un préservatif. L'opération dura plusieurs secondes et Élise, tournée sur le flanc, ne voyait que le dos de l'Adonis affairé avec le morceau de plastique. Elle osa un maladroit :

— Tu veux un coup de main ?

— C'est quoi cette merde ? lâcha-t-il.

Élise, les lèvres pincées, ne discernait plus le ton humoristique de Fabrice. Il devait réellement se trouver en difficulté. Se retournant brusquement, le visage fermé, il conclut :

— Tant pis, on fera sans !

Un écho de mauvais souvenirs souleva le cœur d'Élise, qui s'éloigna d'un demi-mètre avec la rapidité d'un lapin de garenne. Au bord du lit, le pied dans le vide, prête à bondir, elle avait repéré l'emplacement de toutes ses affaires pour filer.

« Il est comme Alexandre, il va te faire du mal. »

La seule difficulté résidait dans le fait qu'elle se trouvait acculée près de la fenêtre à l'opposé de la porte dont il barrait la route directe.

— Euh, Fabrice, non… balbutia-t-elle, prise de panique, mais sans bouger davantage.

Il la fixa intensément dans les yeux, sans approcher, sans la toucher pour la maintenir. Qu'attendait-il, pourquoi restait-il si loin, ne voulait-il pas la violenter ? Bien que contrarié, il parla d'un ton calme et posé, tout le contraire d'Alexandre en pareille situation.

— Écoute, si on doit construire une relation, tu crois vraiment qu'à ce stade, je vais te trahir ?

Élise ne bougeait plus, ne respirait plus, dans l'expectative. Ce mot « trahison » était judicieux, il était réellement question de confiance.

« Les hommes sont tous des gros nazes, tu le sais très bien. »

— On est ensemble ou on n'est pas ensemble ?

Élise ne s'était pas posé la question en ces termes. Fallait-il remplir un contrat ? Ne pouvait-elle pas d'abord tout connaître de lui avant de s'engager ?

— Je ne suis pas comme ton ex ; je suis avec toi, je ne vais pas m'amuser à aller à droite, à gauche.

Elle fondit. Même si ces paroles pouvaient n'être que des mensonges, sur le moment, les entendre lui fit un bien fou.

— Je ne veux pas te faire du mal. Moi, je suis clean, y'a pas de souci. Et toi ?

Élise se calma. Elle avait été libertine, Fabrice le savait, mais évidemment qu'elle était « clean »…

« Il est sincère ! Brise ta carapace, bon sang ! »

Elle releva ses yeux océan et esquissa un timide sourire, alors ils décidèrent mutuellement de s'octroyer leur confiance.

*

Le lendemain en fin de matinée Élise récupéra ses enfants chez Martha, leur grand-mère.

— C'était bien, au moins ? glissa-t-elle.

Élise interpréta :

« J'espère que je ne me donne pas la peine de les garder si ça ne vaut pas le coup. »

— Tu m'offres un café ? éluda-t-elle.

La distributrice de friandises acquiesça alors que les bambins jouaient dans le salon plus ou moins tranquillement. Entre deux gorgées de boisson trop chaude, Élise raconta le restaurant gastronomique, détailla la montagne de cadeaux pour les petits, les décalages entre Fabrice et elle, l'envie d'y croire malgré tout…

— Mais tu restes avec lui pourquoi ?

« Il m'apaise, je crois. »

— Je reste avec lui pourquoi ? Parce qu'il me sort de ma routine, qu'il me divertit…

— Est-ce que c'est une bonne raison pour s'éterniser avec quelqu'un, ça ?

« Qu'est-ce qu'elle me veut ? »

— Indéniablement, il me fait du bien oui… il ne peut pas me causer plus de tort que le précédent, de toute façon !

— Bon, alors ça va ! conclut la grand-mère.

Élise se rassombrit. Il lui faisait du bien, il la « divertissait ». À aucun moment, elle n'avait parlé d'amour. Pourquoi n'avait-elle donc pas de sentiments ? Est-ce qu'ils allaient naître un jour ou l'autre dans son cœur ? Quand ?

« Tu es foutue, ma pauvre. Un déchet. Détruite. À la poubelle, Élise ! »

Est-ce qu'elle était devenue une pierre complètement froide et insensible et totalement tordue, suite à ce qu'elle avait vécu avec Alexandre ?

Avec Alexandre… c'était si fort, si intense dans tous les sens du terme… Si puissant, si malsain, si… tout. Était-ce ça, l'amour ? Ce sentiment si douloureux qu'il brûle tout pour ne plus laisser que violence et amertume ? L'avait-elle aimé ? C'était de la servitude, du désir ou de l'éblouissement ?

« L'amour rend aveugle ; OK, donc je l'aimais. Mais Fabrice ? »

*

Dans sa berline, en route vers les Vosges, Élise écoutait Fabrice avec politesse et ennui. Sur un coup de tête, ils avaient décidé de profiter de l'après-midi pour une promenade dans la neige, même si la demoiselle ne portait absolument pas les chaussures appropriées.

— Tous les ans, en début d'année, je fais une soupe chinoise… Cette année, j'ai pas encore eu le temps de la faire, il faut que je la fasse…

— Qu'est-ce que c'est donc, une soupe chinoise ? questionna Élise, intriguée par cet étrange rituel.

— C'est un rendez-vous avec les voisins du quartier ou même de l'immeuble, tu sais, parce qu'on est plus que des voisins, je suis un enfant du quartier, moi… tout le monde me connaît… il faudrait que je prévoie les invitations et tu verras, c'est sympa, on se réunit –

une dizaine de personnes – avec tous les voisins qui sont présents et on prend une soupe chinoise.

— Mais c'est quoi, la soupe chinoise ?

— Le principe c'est qu'on mélange plein d'ingrédients… ça dure trois jours pour faire la recette ! On mélange tout et on mange dans des grands bols d'un litre et crois-moi avec ça, il y a de quoi manger !

— Mais c'est quoi une…

L'écrivaine s'efforça de reformuler pour obtenir enfin la réponse adéquate, par intérêt culinaire :

— Il y a quoi dedans ? Avec quoi c'est fait ? insista-t-elle.

— Oh, plein de choses ! Il y a des vermicelles, il y a du poulet, il y a du bœuf, il y a des crevettes… plein de choses, plein de choses !

À ce stade, il était prématuré d'envisager cette préparation de « plein de choses, plein de choses » à la carte de son restaurant, qu'elle tentait de réinventer pour faire revenir les clients en attendant la vente qui tardait.

Élise voulait profiter de la demi-heure de trajet pour sonder Fabrice sur ses orientations politiques, puisqu'il avait annoncé cette activité, puis sur ses fantasmes sexuels, sur ses perspectives d'avenir, tous les sujets primordiaux pour définir un bon parti ou non. Au lieu de cela, il monopolisa la parole sur sa soupe chinoise et ses chats. Parce que – Élise commençait à être au courant – : « C'est inadmissible de faire du mal aux bêtes, ils n'ont rien demandé à personne. C'est bien d'avoir des animaux chez soi. Les gens qui ont des animaux ne peuvent pas être mauvais ».

Arrivés au Champ du feu, ils constatèrent grisaille et bise à perte de vue. Elle hésita à quitter le confort britannique de son siège chauffant, mais elle suivit malgré tout le sportif, ravi d'inspirer les cristaux de givre à pleins poumons. La poudreuse jusqu'aux genoux, elle se permit toutefois de lui signaler qu'elle ne subirait pas ces conditions pendant une heure, alors il s'élança vers elle, non pour la revigorer, mais pour essayer de la rouler dans un amas de flocons. Grâce à l'effort physique pour esquiver, elle fut dégelée tout de même pour une courte durée, la bise se changeant en tempête.

— Viens ! concéda-t-il.

Le couple se réfugia dans un petit chalet, Élise se réfugia, elle, dans une chopine de blonde IPA – cette bière tellement chargée en houblons qu'on aurait dit un petit-déjeuner complet – et tenta de positiver.

« C'est ça qui l'amuse ? Me rouler dans la neige alors que je suis transie de froid ? Il est sournois, c'est insidieux, tu ne t'en rends pas compte, mais c'est mauvais, tu vois : il veut te détruire. »

Au moins, elle avait piloté la Jaguar entre les congères sans accident, c'était déjà ça.

— Tu cogites encore ? s'enquit-il avec un large sourire.

« C'est complètement faux, il ne ferait pas de mal à une mouche, regarde-le. C'est ton sauveur, c'est lui. »

La glace sur la moustache naissante de Fabrice commençait à fondre, elle pourrait à nouveau envisager de l'embrasser. Elle quitta ses pensées et répondit par un léger frémissement des zygomatiques.

— Faudra quand même que j'achète mon nouveau lit avant la fin des soldes… J'en ai repéré un, tu m'accompagneras ? Vu que tu es concernée aussi, c'est bien si tu m'aides à choisir !

Pas de discussion enflammée, pas de sujet passionnant, mais une implication dans la validation du couchage ? C'était toujours bon à prendre. Le téléphone de Fabrice bipa.

« Une maîtresse. »

Élise scruta, l'œil mauvais. Fabrice jeta un regard, puis reposa son smartphone.

« Il ne répond pas, ce n'est donc pas un client. Il a une maîtresse. Ou plusieurs, comme Alexandre. Tous des enfoirés, je le sais, c'est évident. De toute façon, personne ne peut t'aimer, tu ne suffis à combler personne. Tu es lamentable. »

— On y va ?

« Il est pressé de retrouver sa belle, il abrège notre escapade, il en a déjà marre de ta présence, tu vois ? Tu es insignifiante, il n'en a rien à foutre de toi. »

Silencieuse, Élise s'emmitoufla à nouveau dans son long manteau de laine noir et se cacha sous son écharpe pour dissimuler ses pensées.

De retour à proximité de la voiture, Élise lui laissa le volant. Détaillant sa réaction, elle insinua qu'elle pourrait le caresser et il ne pourrait pas se défiler, ce serait palpitant… puis ils pourraient s'arrêter dans un coin de forêt et se câliner… Mais Fabrice fit mine de ne pas avoir entendu.

« Tu vois ! Tu ne l'excites pas. D'ailleurs, comment pourrais-tu intéresser quelqu'un, laide comme tu es ! Ha, il n'a même pas besoin de toi pour se vider. Tu ne sers à rien. »

Le téléphone vibra encore. Sous couvert d'humour, tout en gardant en tête les méfaits tragiques de son ex, Élise demanda d'un air faussement naïf :

— C'est ta maman qui te harcèle, comme ça ?

D'un ton tout à fait décomplexé, il répondit !

— Non, ma mère est hospitalisée, elle souffre d'Alzheimer. Ça doit être Barbara.

— Barbara ? C'est qui ?

— Une amie.

Une amie, toujours se méfier de « une amie ». Il en avait déjà parlé, elle se le rappelait. Barbara, Barbara Lang… qui était cette Barbara ? Il fallait enquêter sur cette identité suspecte. Le mobile vibra encore.

— Dis donc, tu lui manques à « Barbara » ! releva Élise, crispée.

— Prends mon téléphone et réponds-lui que je suis au volant, si tu veux !

Ni une, ni deux, Élise saisit l'occasion de discuter avec cette mystérieuse rivale. Elle détailla le portrait affiché de cette opulente, rieuse et douce. Elle fit défiler les messages… rien de croustillant. Peinée, presque, de ne pas découvrir d'indice compromettant, elle envoya un factuel :

— Fabrice conduit, je lui ai filé les clés de la Jag.

Elle désirait citer en référence le personnage Carlton dans « Le prince de Bel Air », mais cela passa totalement inaperçu.

— Tiens, salut miss ! rebondit Barbara, joviale. Il paraît que tu écris des livres ? La classe, il faudra que tu m'en dédicaces un ! Quand est-ce que j'aurai l'honneur de faire ta connaissance ?

— Quand Monsieur voudra bien me présenter à ses amis…

Élise profita de l'opportunité pour sonder Barbara – cela faisait plusieurs années que ces deux-là se côtoyaient –, elle regorgeait sûrement de réponses à lui fournir.

— Tu sais pourquoi il est parfois distant ? reprit-elle.

— Son ex l'a fait souffrir, révéla Barbara.

— Ah, lui aussi… Pourtant, si je le drague ouvertement, il devrait être réceptif, non ?

— Oui, d'autant plus qu'il était libertin, il a dû te le dire déjà. Essaye ! Tiens, et puis donne-moi ton numéro, comme ça on papotera directement.

Élise ne résista pas et enchaîna :

— Bon, je lui ai sous-entendu qu'on pourrait s'arrêter au bord de la route et… tu vois ce que je veux dire, mais ça n'a pas l'air de l'enchanter.

Fabrice scruta son téléphone en diagonale tout en conduisant et, harponnant quelques mots, s'exclama :

— Dis eh, ça va, Élise ? Je te laisse deux minutes avec Barbara et ça discute cul, déjà !?

Élise rit malicieusement, avec sur le bout de la langue l'envie de rétorquer :

— À défaut de pratiquer.

Elle se ravisa, et posa le portable pour continuer plutôt son investigation auprès de son Apollon.

— Et donc, avec Barbara, vous vous êtes connus comment ?

— C'est une amie du poker avec son mari Martin. On est plusieurs à jouer au poker, du coup on est devenus amis.

— Au fait, c'est quoi ton type de femme ?

— J'aime les femmes qui ont des formes.

— Des formes… comme Barbara ?

— Je viens de te dire que Barbara a un mari, depuis trente ans. Mais si tu veux savoir, oui mon ex avait des formes comme Barbara.

À la limite de l'obésité morbide, pour te dire, c'est pour cela que je l'ai accompagnée à son opération pour se faire poser un anneau.

Élise associa l'anneau au mariage, mais rechercha des précisions :

— Un anneau gastrique ?

— Oui, c'est ça, le machin qui te réduit l'estomac ! Pendant qu'elle était hospitalisée, elle m'a même demandé de l'épouser.

Élise fut estomaquée devant cette révélation pressentie. Sans constater la mine stupéfaite de sa nouvelle compagne, il poursuivait :

— Mais en fin de compte, elle divaguait à cause de la morphine et ça ne s'est pas fait, voilà. Pas marié, pas d'enfant, c'est la vie.

Elle décela une once d'amertume dans sa voix, mais ne parvint pas à lire son visage impassible inexorablement orienté vers la route. La petite cuisine d'Élise avait tout de même porté ses fruits. Elle marqua un blanc dans son interrogatoire pour intégrer les informations qu'elle venait d'apprendre. Donc comme ça Fabrice aimait les grosses…

« Mince alors ! »

Élise ne correspondait pas à ce critère ! Elle n'était pas obèse, quel dégoût, plutôt mourir ! Elle fut saisie d'un haut-le-cœur, frappée par la vérité en se disant que, si. La réalité la rattrapait : suite à ses deux grossesses, elle était bel et bien en surpoids et justement son propre corps lui faisait horreur. Non, non, quand même, pas à ce point-là ! Mais alors, Barbara était donc malgré tout une rivale !? Se redonnant de la contenance, elle porta l'estoc final :

— Du coup, il ne s'est jamais rien passé avec Barbara ?

— Jamais, affirma Fabrice.

Élise mordit ses lèvres en pensant : « *Mais il pourrait en avoir envie* ». En rester là pour le moment. Toujours pas rassurée.

« Il préfère les grosses. Moi, je me déteste avec ce corps. Je ne suis pas ça. Je veux être un objet de désir et de fantasme, je ne suis pas un amuse-bouche, une passade, un délire temporaire, quelque chose qu'on croque, comme ça, parce qu'il n'y a rien d'autre ! Il a une maîtresse, il ne m'aime pas.

Qu'est-ce qu'on fait ensemble ? Oh bon sang de bonsoir ! On n'a rien en commun ! Qu'est-ce qu'on partage ? Ça marche ou ça ne marche pas ?

Onze ans d'écart purée, c'est énorme ; on n'a pas les mêmes références. Lorsqu'il me parle d'un truc, je suis larguée parce que je ne connais pas… il dansait en boîte quand je perdais mes dents de lait, quoi ! »

— Élise, ça va ?

— Hum ?

— Tu es silencieuse tout à coup, à quoi tu cogites, encore ?

— Rien, rien, tout va bien.

« Il a souhaité qu'on se mette ensemble ; pourquoi ? Pour me piétiner ? J'ai accepté, j'ignore pourquoi… Il doit me prouver que je suis celle qu'il désire… pourquoi m'a-t-il choisie au juste ? Je me questionne… Il m'a sélectionnée sur ce site de rencontre à cause de ma photo de profil, j'en suis certaine… Cette photo où je pose avec mes ongles pointus, mon air de dominatrice, habillée en cuir

noir… mais cette personnalité fait partie de mon existence précédente… j'aurais dû supprimer cela, je ne veux plus être cette fille… cette succube qui apparaît sous alcool, cette princesse de la débauche que je tente d'effacer parce que ce n'est pas vraiment moi, c'est une facette de moi, un trait sombre que j'aimerais étouffer… »

— Élise !

— Quoi ?

— Parle-moi ; y'a un truc qui ne va pas ?

— Non, non, promis. Rien du tout.

*

Élise s'allongea sur le matelas. Il n'était ni trop ferme, ni trop mou. Pendant que Fabrice discutait avec le vendeur, elle analysait la tête de lit en alcantara, les larges tiroirs sous le sommier, grimpa une nouvelle fois, sautilla pour tester le rebond… ce couchage était très bien. Immense, mais très bien ; et en promotion.

— C'est une chance : -70 % quand même ! s'exclama Fabrice, comme si Élise y était pour quelque chose.

— Alors, tu l'achètes ?

— Oui, je vais le réserver. Je ne pourrai pas le prendre aujourd'hui et de toute façon, il faut que je me débarrasse de l'ancien.

Le couple se dirigea vers les caisses du magasin avec le bon de commande. Il y en avait pour une coquette somme, tout de même.

Justement, à cette annonce, Fabrice eut l'air inquiet et rangea sa carte bleue.

— Ça ne passera pas.

— Comment ça, « ça ne passera pas » ?

Fabrice expliqua qu'il était en train de changer de banque pour regrouper son compte professionnel et son compte personnel dans la même agence. Élise imaginait qu'il avait donc un compte courant à sec et un second lié à son activité d'importation de véhicules, pour lequel il était difficilement justifiable l'achat d'un lit. Mais en réalité, ce n'était pas ça du tout. Fabrice avait une seule situation bancaire à la limite du découvert. Il se retrouvait stupide, devant la caisse, avec son feuillet de commande dans la main, attendant quelque chose.

— Bon alors, on fait quoi ?

— Ben je ne peux pas le prendre, il faut que je repasse par chez moi pour récupérer mon chéquier, et qu'ils encaissent un peu plus tard…

— On ne peut pas faire ça, monsieur, réfuta l'hôtesse. Il y a un acompte à régler tout de suite…

— Combien ?

— Cinq cents.

— Ah la vache, quand même !

— Sinon on ne peut pas vous garder l'article, vous comprenez.

— Bah, tant pis pour les -70 %, je laisse tomber…

— Quoi ? fulmina Élise.

« Tout ça pour ça ? »

— Arrête de dire des bêtises, reprit-elle tout en sortant sa propre carte bleue. Je le paye, tu me rembourseras plus tard. Il me faudra un ticket, s'il vous plaît.

— Bien sûr, mademoiselle.

Fabrice, s'il avait été aussi machiavélique qu'Alexandre, se serait empressé de se frotter les mains discrètement, mais il resta complètement impassible. Sa bouche formula :

— Merci, puce, promis, dès le mois prochain quand je touche l'argent de monsieur Farkas, je te rembourse, c'est juste une question de timing, je suis désolé.

— Ce n'est rien, c'est normal, susurra-t-elle entre ses dents.

« Il a intérêt à s'acquitter de sa dette rubis sur l'ongle, ce sera le test de confiance, ou la révélation que je ne suis qu'une grosse quiche.

En même temps, c'est moi qui ai proposé de lui avancer la somme.

C'est sûr, ça ? Ne t'a-t-il pas manipulée pour que tu en arrives là, justement ?

Qu'est-ce que tu fais, Élise ? Tu penses encore comme Alex. Fabrice est ton prince charmant, ton sauveur !

Il l'est ?

Il l'est ! »

C'était quand même étrange, son histoire de compte. Pourquoi changer, au fait ? Et s'il était interdit bancaire ? Et s'il avait perdu tout son argent au poker ? Qu'il était fauché ? Qu'il avait repéré la belle poule en Jaguar et qu'il s'était dit : chouette, voilà la nana à pigeonner ! Ça expliquerait qu'il vive en HLM, qu'il ait des réticences à sortir, qu'Élise n'ait pas encore aperçu son Audi…

— Au fait, la prochaine fois, on prendra ta voiture, OK ? C'est sûrement plus facile à garer que mon char ! glissa-t-elle subtilement.

— Si tu veux, dit Fabrice laconiquement.

Il mit sa mâchoire inférieure en avant et commença à grincer des dents. Sentant un malaise, elle tenta de lancer une discussion.

— Tu en es où dans ta soupe chinoise ?

Oh, malheur, pourquoi avoir choisi ce sujet ?

— J'n'ai pas encore eu le temps de m'en occuper… il y a beaucoup d'ingrédients ! Il faut que je vérifie les épices, normalement il y en a une dizaine, mais je crois qu'il m'en manque… mais ça va être fait, je pense, cette semaine… il faut juste que je réunisse les ingrédients.

« J'ai peut-être l'air de t'écouter, mais ma tête fait du vélo. »

— Tu viens chez moi ce soir ? enchaîna-t-elle. Tu pourrais rencontrer ma mère, si ça te dit.

Fabrice avait peut-être besoin de plus de préparation psychologique pour croiser belle-maman, néanmoins, il ne se démonta pas et accepta l'invitation.

*

Le quadragénaire eut l'air aussi à l'aise avec Martha qu'avec Céline et Christophe. La soirée se déroula cordialement, bien, sans plus. En débarrassant les restes du repas, la maman d'Élise lui glissa à l'oreille :

— Il aurait pu enlever sa casquette à table, quand même.

Élise ne releva pas.

« Elle est en train de me critiquer, là ? »

Fabrice portait un couvre-chef, oui et alors, ce n'était pas conforme aux usages de la bienséance, certes, mais bon. Fabrice, lui, inspectait le mobilier.

— Je n'avais jamais fait attention, en fait chez toi, c'est un gros mélange d'ancien et de nouveau, il n'y a pas vraiment de style… observa Fabrice.

« Il est en train de me critiquer, là ? »

— Beaucoup de meubles modernes sont partis avec Alexandre, qui n'en a absolument pas l'utilité, mais ce n'est pas grave… répondit Élise en haussant les épaules, aussi stoïque que possible.

« Ne trahis pas tes pensées. Reste forte. »

— Ah, tu as vu ta porte de placard ? Elle est de travers.

« Il est en train de dire que tout va de travers chez moi. »

— Je te la revisserai à l'occasion.

— Avec plaisir.

La déco, ce n'était pas son dada, à Élise ; tant que c'était à peu près joli et surtout pratique à cause des enfants. Les divers armoires, chaises et buffets étaient un vaste pêle-mêle de récupérations successives au gré des déménagements et… des décès.

Soudain, un son retentit dans le couloir. Un bruit qui fit sursauter Fabrice, mais qu'Élise ne remarqua pas.

— Oh mon dieu !

— Hein ?

Fabrice se précipita au milieu de l'appartement sous les regards déconcertés d'Élise et de la grand-mère.

— Oh, mais c'est quoi, cette tocante ? On dirait celle de mon grand-père !

— C'est exactement ça.

— Quoi, tu le connais ?

— Hein ? Mais non, c'est celle de *mon* grand-père.

— Mais qu'est-ce que tu fais avec ça chez toi, en plus ça fait un bruit de dingue !

« Doudidoudong dadoudida didoudadong, dong dong dong », quelque chose de ce genre, guère plus, d'Élise ne l'entendait même plus. Elle se contenta de sourire puis partit vérifier l'activité de Céline et de Christophe, anormalement silencieux. Tout allait bien. En revenant, elle reprit :

— C'est justement ce son que j'aime. C'est très sentimental, ça me rappelle les heures que je passais chez mes grands-parents…

— Hum, interjeta Fabrice, sans conviction. C'est sympa chez toi, mais c'est dommage… tu as de très jolis meubles, ils ne sont pas mis en valeur… quand j'aurai un peu de temps, je te referai un peu la déco, chez toi.

« Pour qui il se prend ? Fais gaffe, il veut détruire l'endroit où tu vis ! »

— C'est ton truc, la déco. Tant que tu ne réarranges pas tout sens dessus dessous, concéda-t-elle.

Les enfants furent couchés et la mère d'Élise partit peu de temps après. Céline se releva.

— L'est où mamie ?

— Rentrée chez elle. Retourne dans ta chambre.

— Mais, reprit la petite, j'ai mal au…

La demoiselle en chemise de nuit termina sa phrase dans un bruit guttural et répartit le contenu de son repas sur le carrelage du couloir.

— Oh, Céline !

— J'ai vomi ! pleurait Céline.

— Oui, j'ai vu, ne bouge pas…

— Occupe-toi de ta fille, proposa Fabrice, je vais nettoyer…

Le bienveillant fouilla les placards à la recherche d'une serpillière tandis qu'Élise passa l'enfant sous la douche, tout en priant pour que le capharnaüm ne réveille pas le bébé. Une fois rincée, Céline fut rhabillée d'un pyjama propre et reconduite dans son lit. Berceuse, câlin, verre d'eau, bisou, dodo. Élise s'écroula sur son canapé.

— Pff, je n'en peux plus. Merci pour le coup de main.

— Mais de rien, c'est normal.

Fabrice avait vraiment de bons côtés. Ce n'est certainement pas le géniteur qui aurait levé le petit doigt pour s'occuper d'eux. Certainement pas pour nettoyer quelque chose. Certainement pas du vomi !

*

Le lendemain, au téléphone, Élise s'entretint avec Martha. Son avis était important.

— Pas fan de son jean troué, déclara-t-elle. Sinon il a l'air bien, surtout s'il est exceptionnel avec les enfants.

— Je n'ai jamais dit « exceptionnel ».

— Si : nettoyer du vomi, c'est exceptionnel. Ce n'est pas Alexandre qui aurait fait ça.

— C'est exactement ce que j'ai pensé.

— Mais ?

— Mais quoi ?

— Il y a un « mais ».

Élise soupira. Elle ne pouvait rien cacher à sa mère.

— Je ne suis toujours pas sûre de ce que je ressens.

— Tu veux que je te dise quelque chose ? Alexandre pouvait te malmener, tu étais malheureuse et stressée, pourtant j'observais des gestes d'affection entre vous, des marques de tendresse. Là, je n'ai rien vu.

— Tu crois que c'est de la pudeur ?

— Ça saute aux yeux qu'il n'y a pas de douceur entre vous… il n'y a pas d'attention, pas de caresses.

— Si, il y en a, tenta de défendre Élise.

— Peut-être, furtivement, des petits câlins, des bécots... mais c'est froid, ça ressemble à l'automatisme.

« Qu'est-ce qu'elle essaye de démonter, là ? Fabrice est ma bouée de sauvetage, c'est sûr ! »

Pourtant c'était vrai. Sans se forcer, mais sans être totalement naturelle, Élise effleurait Fabrice et déposait de fugaces baisers lorsqu'il était à proximité, sous la main, et puis ça passait comme ça, mais il ne lui rendait rien : il manquait la chaleur, la spontanéité… l'amour.

— Mais tu ressens quoi, pour lui ? insista sa mère.

— Je ne sais pas encore, je pense qu'Alexandre m'a un peu anesthésiée… mais ça va venir !

« Alexandre m'a anesthésiée ? C'est faible ! Il m'a euthanasiée, oui ! Électrocardiogramme plat, coma général, arrêt cérébral ! »

La naïve raccrocha. Bon sang qu'attendait Cupidon pour pointer le bout de son nez ? « Ce n'est pas le bon, tout simplement », dirait ironiquement Matthieu.

Élise était désespérée. Elle voulait appeler Margot pour se confier, mais elle avait un mauvais ressentiment. D'abord, elle ouvrit le frigo, analysa la situation, sortit la bouteille de Pinot gris vieilles vignes entamée et se servit un petit verre de vin.

« Hum, ce nectar, ce réconfort liquide et doux comme du miel… Vieilles vignes en plus ? Allez, soyons fous. Profitons tant qu'on est vivant. Quand on est mort, c'est trop tard. »

Elle envoya un message à Margot, pour tâter le terrain.

— Quand est-ce que tu passes à la maison, qu'on papote un peu ?

« J'en ai marre d'esquiver Alexandre et de ne pouvoir me confier à personne… »

La mélancolique patienta en tapotant nerveusement son mobile, tout en sirotant le vin.

— On n'a qu'à aller boire un verre, à l'occase ! répondit Margot.

Élise rit jaune, c'est exactement ce qu'elle aimerait, sauf que sa condition de responsable d'enfants en bas âge l'empêchait de sortir à sa guise. Tu ne peux pas te rendre au bistrot ? Il accourt jusqu'à toi, le lien social en moins.

— Tu délires, ma vieille, tu connais ma situation avec les petits, je ne peux pas les reléguer dans un coin pour retrouver ma liberté !

— Je n'ai pas trop le temps en ce moment.

Pourquoi Margot ne voulait-elle plus venir ? En réalité, elle était accaparée par de nombreuses escapades nocturnes, de son côté, sans Élise. Très occupée à sortir… avec Alexandre.

— Quoi ? Hé, ne me laisse pas tomber, tu es ma seule amie !

— Toi, laisse tomber. Si c'est pour me parler de Fabrice, tu sais bien ce que j'en pense. J'en ai marre de t'entendre pleurnicher. Prends-toi en main, réagis et arrête de t'apitoyer sur toi-même.

— Ne m'abandonne pas, qu'est-ce qui t'arrive ?

— Tu es *folle*, vas te faire soigner, salut.

« … Qu… Quoi ? »

Élise n'eut plus jamais de nouvelles de Margot, si ce n'est à travers Alexandre qui se délecta à plusieurs reprises en lui révélant que sa meilleure amie et lui passaient des petites soirées vraiment délirantes.

*

« Je sors d'une relation tellement compliquée… Est-ce que c'est le moment de me remettre avec quelqu'un ? Je hais le célibat, je déteste être seule.

Tu as tes enfants.

Je parle de discussions entre adultes, de complicité, de… Il me manque cette légèreté… j'ai besoin de quelqu'un.

Et Fabrice ?

Je ne sais pas.

C'est parce que tu ne prends pas le temps de construire quelque chose.

Bien sûr que si, je dispose du temps requis ! J'aimerais quelqu'un qui pourra m'épauler, m'aider à aller mieux, comme un remède… c'est ça ! Mon âme nécessite un pansement !

Fabrice est ton médicament.

Fabrice est mon sauveur ?

Fabrice est mon sauveur. »

Élise remuait dans ses draps, en sueur. La fatigue l'avait achevée à 22 h, après la discussion avec Margot et elle s'était écroulée sur son matelas sans se démaquiller ; elle avait les yeux dégoulinants de larmes. 2 h du matin. Elle se tortillait comme une anguille dans son lit sans trouver le sommeil. Christophe couina. Elle se leva comme une automate, lui colla la tétine dans la bouche, mit en route le doudou musical, retourna se coucher.

« J'ai besoin de relations, de sorties, de changement d'air. Il me faut quelqu'un qui pourra me soutenir avec mes enfants, dans la vie, bref… toujours à la recherche de l'éphèbe parfait...

Fabrice est ton sauveur. »

Élise soupira en entendant le carillon sonner 2 h 30. Elle gigota pour se caler en chien de fusil contre un énorme oreiller.

« Bien sûr, sexuellement, il faut que ça colle et puis on rajoute quelques critères physiques et puis le son de la voix, l'odeur, tout ça, ça compte ! Ça y est, on a la base de la relation… Avec Fabrice, il y a tout ça. Alors, qu'est-ce que tu désires de plus ? »

Céline appelait « maman ». Elle toussait et voulait boire. Élise se leva, prit le gobelet, le remplit d'eau, déposa un baiser sur le front de sa fille et retourna se coucher. 3 h sonnèrent. « Doudidoudong dadoudida didoudadong, dong dong dong ».

« Il faudrait qu'il supporte mon caractère de cochon, qu'il accepte mes enfants, qu'il tolère mon anéantissement… ce n'est pas une mince affaire tout ça. Et moi, suis-je prête à approuver son passé, son présent, ses projets ? »

Élise sentit les larmes noyer son corps tout entier. Secouée de sanglots, elle se retourna à l'autre bout du lit, du côté d'Alexandre. 4 h 30.

« Je suis persuadée que Fabrice est interdit bancaire. Qu'est-ce qu'il a magouillé pour en arriver là ? Que cache-t-il ? Il m'a raconté la liquidation de son ancien magasin… C'est à cause de ça qu'il est en faillite personnelle. J'ai rêvé ou il m'a parlé d'une dette de plus de 200 000 euros ? Maintenant, il tente d'arnaquer tout le monde et moi, il me prend 500… Ah non, c'est moi qui ai proposé de le dépanner…

Élise, tu débloques, tu devrais essayer de dormir, la nuit.

500 euros, quand même ! On ne peut pas se décider à acheter du mobilier et finalement s'apercevoir à la caisse qu'on n'a pas l'argent ! »

Christophe pleurait. Élise se leva, entra dans la chambre en contenant son énervement dû à la fatigue, alluma la lampe, récupéra la tétine, l'enfonça dans la bouche du bébé, éteignit la lumière, ferma la porte, se recoucha.

« Pourquoi deux comptes bancaires ? Franchement, il me raconte n'importe quoi ! Si c'est pour son travail, il devrait posséder deux cartes bleues, deux comptabilités bien séparées : pro d'un côté et perso de l'autre. Oui… Il m'a dit qu'il est autoentrepreneur, alors il peut tout mélanger… mais non, ce n'est pas normal, ça ! Ça ne va pas du tout ! »

5 h sonnèrent au carillon.

« 500 balles… il me les rend le mois prochain, soi-disant… il faut qu'il me paye sinon je vais enrager. Je ne roule pas sur l'or, moi ! Il faut que je reste avec

lui encore trente jours, OK… Pff, quoi ? Je m'attarde avec lui simplement pour qu'il honore sa dette ? Je prends le pari de la confiance… Cesse ta parano. Il n'est pas Alexandre ! Allez, ça va être le test de la confiance, oui… je lui prête 500 et il a intérêt à me rembourser ! On verra bien si c'est quelqu'un d'honnête. Au pire des cas, j'aurais perdu 500 euros et je me serais fait avoir encore une fois comme une grosse nouille. »

Céline appela « maman ». Élise grommela « chut ». Céline héla « maman », plus fort. Élise grogna « chut », plus fort. Céline cria « maman ». Élise invectiva dans son oreiller en gesticulant et en tapant de toutes ses forces dans le matelas. Elle se leva, arbora son plus grand sourire, et à la lueur de la veilleuse demanda :

— Qu'est-ce qu'il y a, ma poulette ?

— J'ai perdu doudou lapin.

Élise se crispa, dans un effort pour contenir ses émotions.

— Mais non, il n'est pas perdu, doudou lapin. Il doit être par là…

Après avoir retrouvé la peluche, Élise retourna s'allonger dans son lit complètement défait.

« Mon rêve de reconstruire une famille idyllique est quelque peu émoussé. Sa génitrice est, comme qui dirait, hors course, mais son père s'est remarié avec une dame charmante, à ce qu'il paraît. Ils ont une maison, pas loin… peut-être qu'ils feraient de bons grands-parents pour mes petits, c'est bien, ça, non ? »

Le portable se mit à vibrer.

« Rhaa, mais c'est pas vrai, enfin ! »

Il était 6 h 30, l'heure de se lever.

*

Le premier SMS du jour fut envoyé à Fabrice :

— On se voit, aujourd'hui ?

Encore une journée bien triste dans un restaurant sans client attendait Élise. Elle avait commencé à inventorier les objets qu'elle devrait vendre à la clôture de l'établissement. Cette histoire de société avec Alexandre avait été une monumentale erreur, une pure perte financière, un véritable gâchis, selon Élise, elle qui avait caressé l'ambition de le développer en franchise et d'enseigner les rudiments du commerce à Céline, sur ses genoux, les matins, lorsqu'elle mettrait en place la caisse… Tous ces efforts, toute cette énergie annihilée. En classant les pièces de comptabilité, elle sentait son ventre noué plus qu'à l'accoutumée, à deux doigts de la nausée.

— Y'a plus de thon chez Metro, je fais quoi ?

Élise posa sa tête contre le bureau. Alexandre enchaînait :

— Réponds ! Décroche ton téléphone et appelle Rungis pour savoir s'ils ont du thon.

La tourmentée mit son poing dans sa bouche et souffla de toutes ses forces. Même séparée, tant qu'elle travaillerait avec lui, elle n'aurait jamais la paix. Avoir la paix. Être en paix. La paix éternelle. Mourir. Disparaître.

« *Disparaître…* »

— Ho, je fais quoi ! harcela Alexandre, dix secondes après son premier message. Si on n'a pas de poisson, on est dans la merde !

— Oui, tu viens quand tu veux, envoyait Fabrice à ce moment.

Élise inspira une immense goulée d'air.

— Y'a de l'albacore chez Rungis, vas-y.

Devançant la question suivante, elle prévint :

— Tant pis si c'est plus cher, on a besoin de thon.

Elle allait répondre à Fabrice lorsque le téléphone sonna :

— Allô bonjour, c'est la crèche, on a un souci avec Christophe, il a 39 de fièvre et des selles liquides, il faudrait le chercher.

— OK, j'arrive.

La restauratrice éclata d'un rire nerveux sitôt raccroché. Elle mâchouilla sa lèvre inférieure tout en réfléchissant. Sa mère n'était pas disponible cette semaine, c'eût été trop simple. Demander de l'aide aux ex-beaux-parents ? Ils lui avaient bien fait comprendre qu'il était hors de question qu'ils gardent les enfants malades. Surtout quand il s'agissait de Christophe qu'ils avaient l'air de détester viscéralement. Alors Élise patienta jusqu'à l'arrivée de la salariée et se résolut à déléguer la responsabilité de l'établissement en attendant un Alexandre qui ne réapparaissait toujours pas. Elle grimpa dans sa voiture et fonça en direction de la crèche tout en avertissant Alexandre de la situation. Ce dernier fut plus ému de laisser le restaurant aux mains d'une employée que de l'état de santé de son fils.

— T'es sûre que tu vas rester à la maison et t'occuper de Christophe ou bien tu vas retrouver ce vendeur de voiture que tu as rencontrée en club libertin, claironna Alexandre à travers le haut-parleur du téléphone d'Élise.

— Je sais ce que j'ai à faire. Tu délires complètement.

— Tu me plantes le service.

— Christophe est malade !

— Tu fais chier.

*

— Et là, tu fais quoi ?

— Christophe s'est endormi, je l'ai mis au calme avec un suppositoire, bah une gastro à mon avis… c'est de saison, ça va passer. J'espère juste qu'il ne la transmette pas à Céline ou à moi, je te laisse imaginer le tableau.

Élise tournait en rond dans son appartement en attendant l'heure de chercher Céline à son tour. Elle avait bien essayé de se reposer après sa nuit cauchemardesque, mais le sommeil n'avait pas été pas au rendez-vous. Alors, elle discutait par message avec Matthieu.

— Et avec Fabrice, toujours pareil ?

— J'ai du mal à le cerner.

Élise raconta à son meilleur ami les éternels problèmes de communication avec son nouveau compagnon. Ce n'était pas nécessairement dû à son débit de parole, ni à son articulation, mais plutôt à ses constructions de phrases tarabiscotées, avec des termes qui n'avaient aucun rapport les uns avec les autres. Après avoir trop sollicité ces méninges, elle basculait en « mode blonde » :

— Je souris, j'acquiesce et je cesse de l'écouter jusqu'à ce qu'il reprenne le fil d'une discussion normale.

— C'est étrange, ça.

— Tu vas rire... à la Saint-Valentin, il me dit « c'est la première fois qu'on m'offre un cadeau »… Et puis, il n'a jamais vécu ailleurs que dans son patelin, se rend inexorablement en vacances au même endroit chaque année – qu'il veut absolument me faire découvrir, d'ailleurs.

— Personne ne lui a jamais fait de cadeau à la Saint-Valentin ? Ai-je bien compris ? Mais qu'est-ce que c'est que ce mec… Bon sang, Élise, qu'est-ce que tu fous ? Barre-toi ! Ce type, c'est l'ennui incarné !

— Je te laisse, Christophe s'est réveillé.

Tout en autorisant le bébé – en pleine forme grâce au médicament – à circuler librement, Élise entreprit de ranger son appartement. Trier des objets lui permettait d'ordonner son cerveau. Elle déplaça ainsi un meuble, une pile de papiers à droite, un tas de classeurs à gauche, puis de nouveau à droite. Un item sur deux finit à la poubelle ou au recyclage, sans ménagement. Lorsque l'heure de récupérer Céline arriva, elle contempla son œuvre de l'après-midi : il ne restait plus rien qui dépassait dans le salon, devenu bichrome en noir et blanc. Tout objet de couleur avait disparu.

Chapitre 3 GIBOULEES

Fabrice parlait ; il palabrait beaucoup. Élise ne se rendait pas compte qu'elle l'écoutait seulement à moitié. Ce que Fabrice racontait n'était pas passionnant, mais c'était mieux que l'ennui. Et la politesse lui interdisait de l'informer qu'elle le trouvait barbant.

Parfois, en le regardant discourir, elle s'imaginait une araignée dansant le rock acrobatique avec des claquettes. Le ton employé par Fabrice était souvent en décalage. Par exemple, sur l'air enjoué qui siérait à :

— Grande nouvelle, mon frère va se marier !

Fabrice déclarait plutôt :

— J'ai acheté une boîte de crevettes pour la soupe chinoise ! C'est vrai qu'à la base, c'est mieux avec des grosses crevettes fraîches... comment ça s'appelle ?

— Des gambas ? intervint Élise, se sentant anormalement utile.

— Oui, à la rigueur, j'irai acheter des grosses crevettes, mais il faudrait que je les achète au dernier moment. Alors du coup, comme je ne sais pas encore quand est-ce que ça va être fait, j'ai pris des crevettes en boîte pour assurer le coup !

Et elle l'écoutait, bien élevée, en patientant jusqu'au sujet suivant. Elle en profitait pour se repaître de la vision de ce corps râblé. Lorsqu'un creux survenait dans la discussion – dans le monologue, elle tentait :

— Ah, tiens, waouh, on est déjà au mois de mars !

— Oui, il pleut. Quel temps pourri !

— Certes… tu as des nouvelles de ton lit ?

— Oui, il faut que j'aille le chercher d'ailleurs, j'attends que Martin soit disponible avec sa camionnette, et mon oncle aussi, pour me donner un coup de main. Un machin de deux mètres sur deux, je sens qu'on va galérer, déclarait le quadragénaire.

— C'est possible ; je ne pourrai pas t'aider, *cette fois…*

Tourner autour du pot ne servait visiblement à rien. Il n'y avait pas pire sourd que celui qui ne voulait pas entendre.

— Bon, et donc pour l'argent que tu me dois, on fait comment ?

Fabrice la toisa avec un regard qu'elle ne lui connaissait pas. Elle n'aimait pas du tout, mais alors, pas du tout ce regard typiquement similaire à celui d'Alexandre.

— J'ai dit que je te rembourserai. Je fais toujours ce que je dis.

Le ton ne laissait aucunement place à une quelconque réponse, bien qu'Élise brûlait d'envie de le bousculer avec un « Quand ? » cinglant. Elle ravala sa salive et sa rancœur. Patience et respiration. Lui, il mit sa mâchoire inférieure en avant et commença à grincer des dents.

« On arrive au mois de mars, il ne m'a pas encore remboursée comme il me l'avait promis… des engagements pas respectés, j'en étais sûre ! J'aurais dû me méfier. Encore une fois trop bonne, trop conne.

Oh, Alex, qu'est-ce que tu m'as fait, qu'est-ce que je suis devenue ? »

*

Un après-midi de ce mois de mars, alors qu'elle s'était éclipsée dès le rideau de fer baissé pour rejoindre son ex-footballeur, restauratrice avait une idée en tête pour insuffler un peu de passion au sein de son couple. Bien qu'elle ne soit plus totalement à l'aise avec cet exercice lui rappelant une foule de mauvais souvenirs, c'était peut-être la clé qui allait déverrouiller la relation. Puisque Fabrice lui avait indiqué sans se cacher avoir été libertin, ouvert à toutes sortes de pratiques, et elle aussi, ce dernier ne serait certainement pas réfractaire à l'idée d'un petit jeu de rôle coquin.

En dessous de son long manteau, après le service du midi, elle avait donc vêtu une nouvelle tenue toute noire et satinée, avec un petit chemisier opalin. Selon la manière de s'attacher les cheveux et de porter différents accessoires qu'elle avait prévus dans une mallette, elle pouvait, au choix, endosser le rôle de l'écolière impudique, de la soubrette farouche ou de la dominatrice impitoyable. Ces exercices avaient déjà été pratiqués avec Alexandre de sorte qu'aucun des rôles ne lui soit inconnu. Elle pouvait les jouer sur le bout des doigts, en parfaite adéquation avec le meilleur fantasme de son homme.

Cheminant vers Ostwald, elle demanda innocemment par texto s'il était plutôt d'humeur dominante ou soumise et la réponse aiguilla l'actrice en herbe sur le chemin de la Maîtresse en cuir.

Toc-toc-toc. Quelques minutes plus tard, une tigresse aux cheveux flamboyants frappait à la porte de Fabrice, martinet en main et attaché-case dans l'autre. Son long manteau noir laissait entrevoir une poitrine généreuse enserrée dans ce chemisier immaculé trop ajusté et la jupe en cuir relevée sur les bas résille rehaussait d'interminables cuissardes.

Avec l'embout du fouet à lanières multiples, Élise posa les règles d'une voix ferme et grave :

— À partir de cet instant, tu m'appelles Madame. Maîtresse ou Reine à la rigueur. Je fais ce que je veux, tout ce que je veux, quand je le veux. Mes désirs sont des ordres ; tu exécutes. As-tu compris ?

Fabrice, les yeux écarquillés, ne put s'empêcher de pouffer :

— Oh, comme ça… hum. Oui, si tu veux !

La Domina fit un pas en avant et tonna :

— Tu devras me vouvoyer ! Oui « qui » ?

— Ah, euh, oui « madame ».

— Bien ! À chaque manquement, je vais compter des points. Ce sera pour ta punition, plus tard. Fais attention ! Ce ne sont pas des points en l'air ! Tu risques de ne pas apprécier !

— Ouais, tu fais peur.

— Pardon ?

— Vous faites peur, madame !

— Ça fait un. Le premier, je t'en fais grâce, tu ne savais pas. Maintenant, tu es au courant des règles. Prends garde à toi.

— Bon. Y'a-t-il quelque chose pour ton… votre service ?

— Un café, pour commencer.

Fabrice s'exécuta, docile. La Domina s'installa sur une chaise de la salle à manger pour le regarder faire et lui demanda s'il avait beaucoup de travail en ce moment. L'importateur automobile secoua la tête. Ils avaient donc tout l'après-midi pour jouer, du moins jusqu'à l'heure de chercher les enfants.

— Tu veux que je le pose où ? demanda-t-il une fois la tasse remplie.

— Hum hum ! Ça fait deux !

Fabrice grogna et la maîtresse en cuir indiqua un emplacement avec son menton. L'esclave d'un jour s'exécuta puis s'installa devant son ordinateur portable.

— Euh ! Tu fais quoi ? s'enquit la Domina.

— Je termine ça, tu vois ?

Pour la sentence, Élise compta trois points et informa son soumis qu'il devait demander l'autorisation avant de faire autre chose que s'occuper d'elle ! Elle lui demanda ouvertement s'il avait vraiment été en club libertin, il répondit que ça faisait longtemps. Elle supposa qu'il n'y avait pas été si souvent que ça, pour être aussi léger avec la procédure.

— Ce jeu ne te plait pas ? C'est aussi pour toi, puisque tu m'as dit tout à l'heure au téléphone…

— Oui c'est bon, puce, euh, Maîtresse. Continue, j'aime !

Appliqué, cette fois, le bellâtre demanda l'autorisation d'enregistrer le fichier ouvert sur son ordinateur afin de ne pas égarer les informations.

— Accordé. Et quand tu auras fini, tu pourras me faire un massage.

Jusque-là, rien de bien méchant, Fabrice faisait parfois cela sans qu'on lui ordonne, mais c'était pour Élise le moment de profiter de ses promesses.

— Et… tu es trop habillé ! finit-elle par constater.

Alors le quadragénaire entreprit un déshabillage formel sans fioriture pour se retrouver nu devant sa belle, qui s'efforçait de tenir son rôle jusqu'au bout par des poses et des commentaires.

À ce stade, elle décida de poursuivre dans la chambre, et Fabrice la suivit à quatre pattes sur le linoléum tandis qu'elle le dirigeait avec une laisse de fortune bricolée avec la ceinture de ce dernier. Elle demanda à plusieurs reprises si son soumis était bien, car dans ce genre de jeu, il était important d'opérer dans le respect mutuel. Le toutou aboya de satisfaction, sans toutefois déborder d'enthousiasme.

— C'est quoi tes points, du coup, des coups de fouet ? demanda le commercial sans crainte particulière.

— Et me vouvoyer, c'est en option ? Nous en sommes à treize. Vraiment, tu ne vas pas aimer. Non, ce ne sont pas des coups de cravache.

Une fois installée sur le lit, elle demanda un nouveau café, mais cette fois, Fabrice devrait faire la table. Il devint donc le support du réceptacle brûlant, sans broncher, pour que le liquide noir ne se déverse pas sur son matelas. Parallèlement, la dominatrice extirpa de sa mallette une demi-bouteille de crémant qu'elle avait sortie du frigo trente minutes avant, et la posa également sur l'épaisse musculature de son homme, qui dut maintenir la position en dépit du chaud et du froid, dont s'amusait beaucoup la tortionnaire. Voyant qu'il exécutait la tâche avec brio, elle le soulagea du café, qu'elle but, et fit rouler la bouteille de part et d'autre de ses épaules, provoquant soubresauts et frissons.

— Bon, tu vas chercher deux coupes ?

— Tu veux que je boive avec toi ?

— Quatorze.

— Voulez-vous qu'on boive ensemble, madame ?

— C'est une option, oui !

— Je dois décliner, je ne voudrais pas partager ça avec vous.

Légèrement déçue, l'adepte du martinet déclara qu'elle rangerait la bouteille pour une utilisation ultérieure. Pour évacuer sa frustration, elle ordonna à son souffre-douleur de l'allonger sur le ventre, et elle traça un quadrillage sur son dos à l'aide de ses ongles acérés.

L'esclave ne parlait plus beaucoup. Peut-être avait-il compris que désormais dix-sept « quelque chose » n'auguraient rien de bon. Estimant que le nombre était assez important, Élise commanda au sportif de se tourner sur le dos et elle lui banda les yeux avec une longue étole.

Désormais aveugle, le cobaye ne vit pas les accessoires que son amie sortait de sa mallette obscure. En réalité, il s'agissait d'une chandelle rouge et d'un briquet. Au son de la roulette grattant la pierre, il comprit. Pendant les quelques secondes de chauffe, la blonde expliqua :

— C'est intéressant, les bougies. Lorsqu'on est debout au-dessus, la cire a le temps de refroidir pendant sa chute.

Ploc, une goutte sur le torse de Fabrice.

— Une. Nous sommes à environ un mètre vingt.

Ploc, une seconde tache rouge sur le torse de l'allongé.

— Deux. À cette distance, on ne peut pas trop bien viser.

Ploc, une nouvelle éclaboussure de cire apparut à côté d'un mamelon.

— Trois. Et puis, au fur et à mesure… Quatre… qu'on descend… Cinq… – nous sommes à un mètre – la cire devient de plus en plus chaude… Six… et la zone plus sensible aussi… Sept… Huit…

Élise descendait son bras régulièrement en poursuivant son explication.

— On ne sait jamais où et quand la cire va tomber… Neuf… c'est ça qui est intéressant…

Les points s'orientaient petit à petit vers l'entrejambe ; Élise sentit Fabrice crispé et se demandait si toute cette mise en scène était bien nécessaire. Son anxiété qu'elle avait mise de côté pour revêtir la parure de Domina était en train de la regagner. Elle se racla la gorge et se reconcentra, car elle avait raté trois gouttes de cire sous les mugissements de son supplicié.

— Douze. Cinquante centimètres. Treize. C'est un peu bas pour toi, je vois. Je vais remonter. Quatorze… Quinze…

Les deux dernières taches de cire sur l'Apollon ressemblèrent à un voyage au soleil en comparaison des précédentes. Elle soupira :

— Je vais m'arrêter là ; ça ne m'intéresse pas de te faire du mal si tu n'y éprouves pas un minimum de plaisir de ton côté.

— Humpf, maugréa Fabrice.

Devant le manque total de réaction érotique, Élise décida d'abandonner le jeu et redonna la vue à son partenaire.

— Bon, euh, ça t'a plu un peu, quand même ?

— Mpf. Ouais, c'était sympa, baragouina-t-il.

— OK, tu as raison... Ce n'est plus pour moi non plus, je préfère de loin la douceur…

Élise avança la main vers ces cuisses musclées qui lui tendit les bras, mais elle fut repoussée et entendit :

— Ben non, puce, faut que je prenne une douche là.

La douche, interminable, fit couler les minutes jusqu'à l'heure de revêtir la tenue de mère de famille qui va chercher ses enfants. Élise se promit de ne plus jamais jouer de scénario à Fabrice.

*

— Tu veux porter plainte ?

Élise, au téléphone avec Fabrice, était encore tremblante des événements qui venaient de se produire.

— Puce, il y a déjà eu des précédents de violence lorsqu'il a hurlé en présence des petits, comme tu m'as raconté. Là, ça va trop loin, il faut que tu portes plainte, déclara Fabrice.

Le cerveau de la bousculée s'activait à la vitesse de la lumière. Dénoncer Alexandre ne serait pas sans conséquence. Il y avait les risques de représailles, les implications sur le travail, les enfants, le restaurant, il lui rendrait la vie impossible… Mais son existence était *déjà* insupportable !

Une fois de plus, il était sorti de ses gonds, une fois de trop. Sous un prétexte fallacieux, il s'en était pris à elle.

— Dis-moi qui c'est au téléphone, avait-il sommé.

La main sur le combiné, elle avait chuchoté :

— Un commercial de Rungis.

— Depuis quand tu engages la société, toute seule ?

— C'est moi la gérante. Allô, veuillez m'excuser, je…

— Passe-le-moi.

— Non, et tais-toi, s'il te plaît, je n'entends plus ce qu'il raconte !

Par un bond digne d'un jaguar en colère, il s'était rué sur elle et, d'un geste précis, vif et puissant, avait frappé le poignet de son ex pour qu'elle lâche l'objet convoité, qui s'écrasa d'abord sur un mur, puis sur le carrelage au fond du bureau. En état de sidération, Élise avait cessé de respirer.

— T'as de la chance qu'il faut que je parte en courses !

En quittant la pièce, il avait claqué la porte si fort, que les cloisons tremblantes avaient laissé tomber avec fracas le diplôme de « Meilleure entrepreneuse femme » initialement accroché au linteau.

Retrouvant ses esprits et une parenthèse de répit, elle avait envoyé un message à la salariée :

— Je dois aller chez le médecin, j'essaye de revenir à l'heure pour t'ouvrir. Rien de grave, à tout à l'heure.

Avant toute plainte, il fallait faire constater les blessures physiques. C'était la base de la démarche, elle la connaissait.

Dix ans de maltraitances psychologiques infligées par un pervers narcissique ne laissaient pas de trace visible ; un coup dégainé sans réfléchir sur le scaphoïde était un élément tangible et concret. Un choc, un seul, le déclencheur d'une procédure libératoire.

Une heure d'attente et un verdict : ecchymoses – sans gravité –, bandage au poignet, un jour d'ITT. Légalement suffisant. Dans la rue, à son retour, dirigeant la Jaguar d'une seule main, elle s'aperçut qu'Alexandre était déjà revenu au restaurant. Perturbée, Élise ne vit pas, lors de sa manœuvre, le poteau déchirer le côté gauche de la luxueuse voiture, sous le regard déconcerté des badauds. Tremblant de toute part, elle prit une inspiration pour se donner de la contenance et contourna prudemment Alexandre en direction du vestiaire.

— Tu étais où ? l'apostropha-t-il.

Élise disparut en cuisine pour aider l'employée et procéda à la mise en place quotidienne. Alexandre la pista comme son ombre ; il remarqua le bandage et l'attitude d'Élise qui se tenait le poignet, tout en évitant de croiser son regard.

— Arrête de faire la conne, tu n'as rien. Réponds, tu étais où ?

— Ne dis pas que je n'ai rien, tu n'es pas médecin. J'ai mal. *Tu* m'as fait mal !

— Je n'ai rien fait du tout, j'ai juste voulu que tu lâches ce putain de téléphone alors que j'étais en train de parler et tu ne m'écoutais pas…

— Laisse-moi passer.

— Oh, non. Tu as l'intention de faire quoi ?

— Laisse-moi passer, j'ai du travail !

— Élise, fais pas la conne, pense aux conséquences, tu projettes de faire quoi ? Ne me dis pas que tu envisages de porter plainte, je ne t'ai pas frappée, tu le sais très bien, tu n'as aucune preuve !

La clochette de la porte du restaurant retentit.

— Ça suffit, Alexandre. Un client.

Le trentenaire se retourna comme une crêpe et accueillit l'inopportun avec un sourire commercial.

Le service du midi se déroula dans une ambiance plus glauque que d'habitude. À 14 h, l'employée s'éclipsa à la vitesse de la lumière. Élise rassembla quelques objets qu'elle entassa dans son coffre.

— Élise, qu'est-ce que tu fais, tu vas où avec tout ça ?

— Laisse-moi tranquille.

Il y avait du monde sur la placette aux abords du restaurant, Alexandre préféra rentrer les griffes. Il siffla un inaudible :

— Ça ne se passera pas comme ça.

À l'abri dans sa voiture de luxe détériorée, les portières verrouillées par précaution, Élise rappela Fabrice.

— Tu es où, maintenant ?

— J'ai fini le service, tu peux me chercher ? Je crois que je ne suis pas tout à fait en état de conduire…

— Et lui, il est où ?

— Il est en train de fermer le restaurant, il s'en va, je ne sais pas où.

— Faut pas qu'il soit là quand j'arrive, lui. Je viens, on va aller voir les flics ensemble.

Vingt minutes et trois cigarettes plus tard, Élise aperçut Fabrice débarquer dans une Peugeot de collection. On classe un véhicule en « collection », non pas pour sa rareté, sa beauté ou son prix… mais parce qu'il a plus de vingt ans. De fait, Fabrice possédait ce type de charrette. Faisant fi de l'état de décrépitude du carrosse, Élise s'enfonça dans le siège passager et voulut ouvrir la fenêtre pour s'aérer l'esprit.

— Euh, non, la vitre ne marche pas.

Fabrice se sentit obligé de fournir une explication. Ceci était donc son véritable et officiel moyen de transport, qu'il n'avait pas eu besoin de remplacer depuis son achat, il y a vingt ans de cela, puisqu'il roulait toujours avec les imports de ses clients. Voilà pourquoi il disait circuler en Audi. Mais au mois de juillet prochain, si les affaires prospéraient comme son business plan le laissait entrevoir, le chef d'entreprise envisageait d'investir, en son nom cette fois, dans une nouvelle berline.

— C'est bien que tu te décides à porter plainte. Au moins, il y aura une trace quelque part. Qu'est-ce que tu comptes faire ensuite ? Je pense que tu prends conscience que tu ne peux décemment plus travailler avec lui !

La choquée soupira. Elle avait tellement espéré que tout aille bien, que la rupture avec le papa se passe en bonne intelligence pour les enfants, pour le restaurant… À n'en pas douter, elle avait tout faux.

*

Le soir, elle n'eut pas la force d'assumer ses enfants. Elle implora Martha de les garder pour la nuit, histoire de se ressourcer chez Fabrice. Compréhensive, la grand-mère accepta avec joie. Après avoir grignoté plus que mangé et regardé un film dans les bras musclés et réconfortants de son compagnon, l'éreintée voulut s'endormir dans la chambre, mais Fabrice l'arrêta.

— Je n'ai pas encore mis les draps ; en fait, je n'ai pas de draps assez grands pour ce lit, je n'ai pas pris en compte l'épaisseur du matelas !

— Oh, ça y est, tu l'as récupéré finalement ! C'est vrai qu'il est gigantesque, il occupe presque toute la pièce ! Tu dois bien te reposer là-dedans, tu n'auras plus mal au dos !

« Et on va pouvoir s'envoyer en l'air dans tous les sens ! », pensa-t-elle.

— Oui, renchérit Fabrice, j'attendais que tu viennes pour y dormir.

— Tu ne l'as pas encore essayé ?

— Non, en ce moment je roupille sur le canapé !

« *Et sinon, me rembourser… ?*

Tss, Alex, sors de ma tête ! Il faut que je fasse confiance, bon sang. Confiance ! »

Fabrice lut dans les méninges de sa compagne.

— J'ai touché la part de ma dernière vente ; je te ferai un chèque demain. Je compte sur toi pour me le rappeler !

— Effectivement… grinça Élise.

Comme elle s'y attendait, l'angoissée ne ferma pas l'œil pendant une longue partie de la nuit. Au sein de ce grand lit aux draps étriqués, malgré la chaleur et la douceur de Fabrice, impossible de se lover et de dormir, à l'inverse des cinq bienheureux chats étendus sur le duvet et depuis longtemps au pays des songes.

« *Il faut évincer Alexandre. C'est maintenant ou jamais, le licencier pour faute grave suite à son geste, comme ça, j'économise son salaire et je peux reprendre l'affaire à mon compte, sans associé, plus besoin de vendre le bail, dans ce cas.* »

— Tu penses que je pourrais y arriver ?

— De quoi, puce ?

— Tenir le restaurant, seule ?

— Évidemment, c'est toi qui as tout monté, qui as formé le personnel, et tout. Et puis quand j'y ai mangé, l'autre jour, c'était bon, vraiment ! Rien à redire !

Elle se blottit un peu plus contre son prince. Elle sentait en lui de la bienveillance, de la force, un soutien inestimable pour l'empêcher de sombrer dans la folie. Elle avait besoin de lui comme d'une béquille, d'une bouteille d'oxygène, d'un bouclier inébranlable face à Alexandre. Elle aimait inhaler son odeur légèrement citronnée, parcourir de ses doigts et de ses lèvres chaque centimètre de sa peau à la fois rigide et douce. Elle retrouvait enfin un ersatz de plaisir des sens trop longtemps mis en sommeil sous l'égide de son bourreau. Les tracas et les ennuis provenaient d'elle et de ses valises empoisonnées ; c'était sûr, il fallait qu'elle envisage un avenir plus radieux : Fabrice y contribuerait. De solution en solution, ils bâtiraient, pierre par pierre, un couple infaillible et durable, pour l'éternité. Lorsque tout serait réglé, ils couleraient des jours heureux. Il fallait simplement s'armer de courage et de patience.

« Ce cher restaurant dans lequel j'ai mis toutes mes tripes, l'héritage de Céline et de Christophe, je peux le sauver, je veux le sauver. Il me faudrait embaucher un remplaçant. Les courses, je pourrais les effectuer, j'en fais mon affaire… Suer, le soir, jusqu'à 23 h ? J'ai déjà fait, il suffirait que ma mère ou les autres grands-parents me donnent un coup de main… »

Tournant dans tous les sens les futurs possibles, Élise finit par s'assoupir.

Fabrice la réveilla à l'aube avec un café. Lui, il envisageait de se recoucher une fois sa « puce » partie au travail ; il prenait son temps, le matin. Alors qu'Élise attendait que la boisson refroidisse un peu, Fabrice l'interrogea sur ce qu'elle projetait de faire.

— La solution la plus intelligente, c'est de le mettre à pied, par mesure conservatoire, pour qu'il ne m'approche plus. Je compte lui annoncer ça avant le service de ce soir.

— Bien, par contre, j'aimerais être là, au cas où, quand tu vas lui dire… je connais même un garde du corps professionnel qui ne prend pas cher, tu veux que je l'appelle ?

« Un garde du corps, carrément ? »

— Non, Alexandre n'est pas si stupide, il ne se hasardera plus à un quelconque contact physique, rassura Élise.

— On ne sait jamais ; en tout cas, je veux être dans le coin, pas loin, tu laisseras même ton téléphone allumé. S'il tente quoi que ce soit, s'il fait juste semblant de lever la main, je lui tombe dessus. Il comprendra qu'on ne s'en prend pas à une femme !

— OK, on fera ça.

— Par contre, il faut que je fasse une course dans l'après-midi, du coup, préviens-moi avant de démarrer d'accord ?

— Entendu. Quoi comme emplettes ?

— Il faut que j'achète un cadeau pour l'anniversaire de Kilian.

— Kilian ? C'est qui ?

Fabrice parut s'embrouiller. Il bafouilla :

— Le garçon de mon ex.

— Celle qui t'avait demandé en mariage ?

Il baragouina quelque chose, puis se ressaisit :

— Oui, on était très proches, il compte beaucoup pour moi… je l'entraînais comme un futur footballeur et on a tissé un lien très fort… je vais donc lui chercher un cadeau pour son anniversaire.

« Comment peut-il encore entretenir une relation avec le fils de son ex ? »

Élise serra les dents, si fort que ça devint douloureux.

— Mais… tu parles encore avec tes ex ?

— Oui, en général on s'entend bien… Toutes mes ex regrettent de m'avoir quitté. Elles pensaient que l'herbe était plus verte ailleurs. C'est vous les filles, là aussi, toujours à vouloir être en couple avec des « bad boys » qui vous font souffrir ensuite, ton ex, il est déjà un sacré spécimen, de surcroît… Bref, lorsqu'elles parlent avec moi, elles me disent : « Oh Fabrice, si j'avais su » et demandent si elles peuvent remettre ça avec moi. Mais non. Moi si on me tourne le dos une fois, après c'est terminé. Aujourd'hui, les gens se séparent pour un oui ou pour un non… moi, je ne pardonne pas. Quand c'est fini, c'est fini. Maintenant, les petits, ils n'y sont pour rien, tu peux comprendre ça, en tant que maman… les enfants n'ont pas à payer la bêtise des adultes !

Élise avait la mâchoire tellement crispée qu'elle eut du mal à desserrer les dents. Elle but son café d'une traite sans dire un mot, s'habilla et partit travailler avec un bisou d'au revoir froid et formel. Fabrice, comme promis, lui glissa le chèque pour rembourser sa dette de 500 euros, mais ne décela rien d'anormal.

En reculant une carcasse de Jaguar depuis son emplacement de parking, Élise se fia au « bip-bip » du radar sans regarder derrière elle. Comment Fabrice pouvait-il entretenir de telles relations avec ses ex et leurs enfants ? Enfin, une en particulier. C'était malsain ! Comment allait se dérouler le face-à-face avec Alexandre ? Avait-elle assez de courage pour reprendre le restaurant, et « Bim ».

— Bim ? Qu'est-ce que… ?

Élise sortit de la voiture et se dirigea vers l'arrière. Le radar n'avait pas détecté le promontoire qui se trouvait trop au-dessus des capteurs et avait enfoncé le coffre de la berline.

La Jaguar, cette voiture maudite, revêtait un aspect extérieur totalement désastreux, en écho parfait à l'état psychologique d'Élise. La conductrice reprit son poste et laissa tomber sa tête contre le volant de cuir en mugissant de rage, tout en autorisant des larmes chaudes et piquantes à lui brûler le visage.

*

La convocation d'Alexandre s'était déroulée comme prévu, ou presque.

— Tu sais qu'après ce qui s'est passé, je pourrais te licencier pour faute lourde, avait commencé Élise.

— N'importe quoi, persifla-t-il. Il ne s'est rien passé. Si tu me licencies pour faute grave, je te traîne aux prud'hommes et tu vas morfler, ma vieille ; tu vas raquer jusqu'à ton dernier centime et moi je m'esclafferai en te regardant bouffer des cailloux.

« Ne rien montrer, ne rien lâcher, rester forte. »

Après quelques secondes de respiration, Élise reprit, la plus stoïque possible :

— Arrête-toi là. Pour le moment, tu es mis à pied pour mesure conservatoire.

— C'est quoi ton délire ?

— C'est-à-dire que tu quittes l'entreprise pour trois semaines, le temps que je discerne tous les éléments. Tu seras prévenu par courrier de la suite des événements. Il y aura dans tous les cas une nouvelle convocation pour le licenciement.

À l'issue de l'entretien, Alexandre, furieux, voulut emporter du matériel ; Élise s'y opposa fermement, il tenta de forcer le passage, elle appela la police municipale, il la traita de cinglée, Fabrice déboula avant les forces de l'ordre et empêcha Alexandre de subtiliser l'ordinateur. La confrontation dura une éternité devant le restaurant heureusement vide.

— Franchement Élise, tu n'as trouvé que *ça* pour me remplacer ?

L'ambiance était au combat de coqs, avec Élise pour arbitre entre les deux partis. Dressé comme un serpent venimeux, les yeux plus noirs que les ténèbres, Alexandre sifflait :

— Je sais qui tu es. Espèce de demeuré, tu as laissé tes coordonnées quand tu as commandé ici, la dernière fois. Je me suis renseigné, c'était facile ; tu possèdes une entreprise minable dans une cité, espèce de cassos.

— Mais tu es un fou, toi ! rétorqua Fabrice. Si je suis un cassos, comme tu dis, je prends mon téléphone, je passe un coup de fil et toute ma cité débarque pour te casser la gueule, tu comprends ça ? Alors, reste tranquille, nabot, t'es un moins que rien ! T'es qui, d'abord, pour t'en prendre à une femme ?

« Qu'ils n'en viennent pas aux mains, par pitié ! »

Dans une posture de défi ultime, en lui tournant le dos, Alexandre grommela :

— On verra bien quand les flics seront là.

Lorsque les trois policiers débarquèrent, ils étaient déjà au courant de divers méfaits concernant Alexandre, qui n'en était pas à son premier esclandre. Il avait notamment agressé une cliente devant le restaurant, ce qui avait contribué au désastre actuel en matière de réputation et de fréquentation. Élise, puisque c'est elle qui avait téléphoné, expliqua la situation. Elle rappela en quoi consistait une mise à pied disciplinaire : Alexandre devait quitter l'établissement sur-le-champ, sans rien emporter. Alexandre s'en mêla :

— Ce monsieur n'a rien à faire ici, il ne fait pas partie de la société.

— Je suis là pour seconder mademoiselle, qui est ma compagne, puisque monsieur Alexandre, en face de moi, qui est son ex, est quelqu'un qui frappe les femmes !

Les policiers se consultèrent, consternés. À l'intérieur de l'établissement, la salariée regardait la scène à travers le passage menant à la cuisine sans savoir comment se positionner. Élise tenta de la rassurer par un pouce en l'air. Tandis qu'un agent de la force publique contrôlait l'identité d'Alexandre, ce dernier tempêtait :

— Non, je ne dégage pas sans mon PC ! Cet ordinateur est ma propriété personnelle !

Élise endossa sa casquette de patronne du restaurant et négocia pour qu'Alexandre s'en aille une fois qu'elle aurait récupéré, au sein du disque dur, toutes les données de la société. Par mesure de sécurité, le cœur battant à tout rompre, sous l'effet du stress, elle effaça rapidement une partie des codes d'accès, afin que son ex ne puisse pas nuire à l'entreprise à distance.

« Pourvu que je n'aie rien oublié. Avec ses compétences, il pourrait encore se connecter aux caméras ? Non, normalement, non. Pourvu que je n'oublie rien… Et l'adresse mail ? Fait. J'espère que je n'ai rien oublié. »

Cela fait, elle fit signe aux policiers qui laissèrent partir Alexandre avec son butin.

« Bon, te voilà seule aux commandes, ma grande. »

*

« Embaucher quelqu'un. Surveiller les tentatives de piratage ou les potentielles nuisances d'Alexandre. Vérifier si le scooter est toujours en état de marche pour les livraisons. »

Élise se réveilla en sueur. Son fils pleurait. Elle se leva en traînant les pieds, se cogna sur le bord du lit, se mordit la lèvre pour ne pas jurer, entra dans la chambre de Christophe, chercha la tétine. Elle était où, cette maudite tétine ?! Elle replaça l'accessoire dans la bouche du bébé, ferma la porte, retourna se coucher.

« Scooter, faire révision ? Se renseigner. Révision.

Garagiste Jaguar ! Réparer la carrosserie, elle est défoncée de partout, cette cochonnerie de bagnole ! Fabrice m'a dit connaître un bon artisan…

Lui faire confiance ou garder le mien ? C'est lui le pro de l'auto, on va prendre son garagiste. »

Christophe gémissait de nouveau. Élise pesta, se leva, repositionna la tétine dans la bouche du bébé qui cessa de pleurnicher instantanément. C'était quand même magique, ce bout de plastique.

« Envoyer les documents de la mise à pied. Respecter les délais. Ne pas laisser le moindre jour de carence, la quelconque faille. Préparer un dossier de licenciement pour faute lourde. Faute lourde ou grave ? Quelle est la différence ? Se renseigner. »

Encore des sanglots.

« Oh, Christophe ! Mais ce n'est pas possible ! Grandis, apprends la vie, et là tu auras comme moi, de vraies raisons de pleurer ! »

*

Élise sirotait un soda à la terrasse de son restaurant. Il faisait incroyablement bon pour la saison et le service du soir était terminé. Elle prenait ce moment pour elle, exploitant chaque seconde, car les enfants étaient pour la nuit chez sa mère. La soirée avait été lucrative, elle avait déposé plusieurs commandes dans toute la ville, en Jaguar, à défaut de savoir piloter un scooter. Des livraisons en voiture de luxe… Insolite et peu pratique à vrai dire. C'était temporaire.

« Il faut que j'apprenne, tant que je n'ai pas de livreur ; ça ne doit pas être sorcier. »

Puisqu'Alexandre n'était plus dans ses pattes, l'ambiance était déjà meilleure. La cuisinière était sortie de son mutisme et commençait presque à sourire.

« Ça va aller mieux, maintenant, ça va aller. »

Il faudrait réimprimer quelques prospectus en indiquant un changement de propriétaire et les clients reviendraient très certainement. Alexandre était responsable de la mauvaise réputation et de toute la décrépitude du projet. Sans lui, tout irait sûrement pour le mieux.

— Alors, miss, quoi de neuf ?

Un message de Pierre.

— Je savoure un moment de calme sur ma terrasse, tu me rejoins et on papote ?

Le sémillant apparut dix minutes plus tard et s'installa en face d'Élise. Il manqua de croiser les pieds sur la table comme un pacha.

— Tu me sers une coupe de champagne ou je dois passer commande ?

« Tu passes commande. », pensa Élise.

— Tu as faim ? demanda-t-elle.

— Non, juste soif. Une petite coupette de ce genre m'ira très bien ! conclut-il en désignant le crémant du menton sur l'affichage. Tu peux m'offrir ça, non ? Bon, alors, quoi de neuf ?

— Comme tu sais, je ne suis plus avec Alexandre. Je suis en train de le licencier aussi, pour faire court, disons qu'on n'a pas pu travailler ensemble sereinement.

— Mais tu es avec quelqu'un là ?

— Oui, il s'appelle Fabrice.

— Ah, et moi alors ? Je veux dire… c'est sérieux ? Ça se passe bien entre vous ?

— C'est moins fou que la relation précédente… mais ce n'est peut-être pas plus mal… Il a onze ans de plus que moi.

— Ah ouais, tu fais dans le vieux !

Élise éclata de rire et défendit immédiatement son partenaire :

— Mais arrête, il n'est pas vieux ! Je me suis dit qu'un homme plus mature aurait plus le sens des responsabilités.

— Il n'est pas grabataire au pieu, au moins ?

— Rhoo, mais non…

— Tu as une photo ? Montre-moi voir ?

Élise dégaina son téléphone et présenta un portrait de Fabrice.

— Mouais, douta Pierre avec un rictus. Je pense que tu mérites mieux, franchement. Au moins, tu es restée dans le classique, ce coup-ci ; le précédent était déjà assez exotique… Bon, et sinon, quand est-ce qu'on se prévoit un petit cinq à sept ? Ne me dis pas que tu t'es transformée en jeune fille sage et fidèle ?

Élise sourit, gênée.

— Allez, je suis sûr que ce n'est pas si merveilleux avec lui, sinon tu ne m'aurais pas proposé de passer, je me trompe ?

« Oui, tu te trompes, je t'ai demandé cela en toute simplicité… »

Élise réfléchissait à la réponse adéquate, mais laissa un silence trop long, Pierre coupa :

— Bon, tu m'invites chez toi la semaine prochaine, je passe, et on boit un verre. Là, je dois filer. Mes amitiés à Fabrice !

Et Pierre s'éclipsa avec un clin d'œil.

*

Alors qu'Élise présentait à Fabrice son nouveau projet de prospectus, il dégustait une des dernières recettes. Elle voulait remodeler entièrement la communication. Recentrer le concept, reprendre de belles photos qualitatives, et surtout, harmoniser les tarifs à la baisse. Ce serait un argument-choc pour se démarquer de la concurrence et faire revenir les clients ; les livraisons, surtout en Jaguar, n'étaient vraiment pas une évidence. Entre deux bouchées de riz, Fabrice déclara :

— C'est bien, tu as de bonnes idées ; comme j'ai été gérant d'un commerce, si tu veux, après le service, je t'aide à revoir tes prix.

— Ah oui, magnifique, avec plaisir. Et, dis-moi… tu sais piloter un deux-roues ?

— Tu parles du scooter du resto ?

— C'est ça. Financièrement, je ne peux pas me permettre d'embaucher une personne, donc je vais devoir effectuer les livraisons moi-même, mais il faut que je me mette au scooter.

— Toi, tu vas rouler en scoot' ?

— Ça n'a pas l'air si difficile et puis je n'ai pas le choix, il faut que j'apprenne. En vérité, je ne sais même pas s'il fonctionne encore correctement.

— Je t'aiderai pour ça aussi, si tu veux.

Élise massa les solides épaules de son alter ego en lui demandant si elle pouvait débarrasser.

— Merci, c'était très bon. Franchement, je suis sûr que tu peux y arriver, je ferai tout ce qu'il faut pour t'aider.

Elle se pencha près de son oreille et murmura :

— J'aurais bien une autre idée, ce soir, à la fermeture, plutôt que de retravailler la carte…

Fabrice ne dit rien, elle enleva son assiette en lui glissant un clin d'œil.

Lorsqu'elle revint de sa dernière livraison, elle trouva Fabrice en train de gribouiller sur un set de table, l'air très préoccupé.

— Alors, j'ai pris un peu les devants pendant que tu étais à l'extérieur, je t'ai révisé tous les prix, les boissons aussi…

Élise retomba comme un soufflé, les câlins avaient disparu du programme.

— Ne bouge pas, je me change et je viens voir ça.

Lorsqu'Élise sortit du vestiaire, Fabrice adopta un ton très sérieux et lui présenta son morceau de papier.

— J'ai bossé toute la soirée là-dessus, je pense qu'on est bon.

Élise attendait la suite.

— Voilà, alors tes boissons, elles sont à 2 €. Il faut les passer à 1,95. Les vins à 15 €, tu les mets à 14,95. Le menu à 30, tu le descends à 29,95.

La jeune patronne éclata de rire.

— Tu as réfléchi tout ce temps pour ça ?

— Ce sont des prix psychologiques, s'offusqua Fabrice.

— Oui, je connais ! Dans ce cas, pourquoi pas 1,99, 14,99, 29,99 ? C'est aussi psychologique, et je perçois plus d'argent.

— Tu n'es pas à un centime près, quand même !

— Quelle est la différence entre un montant à 95 centimes ou à 99 centimes ? « Psychologiquement », c'est pareil ! Sauf que dans ta proposition, je perds quatre centimes, dans l'autre je gagne quatre centimes. Au bout du compte, c'est exponentiel !

— Écoute, je ne t'oblige à rien, si tu veux, tu prends mes prix et tu testes.

— Je ne vais quand même pas les modifier cinquante fois.

— Et pourquoi pas ?

— Parce que c'est trop fastidieux ! dit-elle en soupirant.

Elle détailla :

— Il faudrait tout changer, réimprimer, reprogrammer le site, c'est trop long à expliquer ; je t'expliquerai… quand tu seras grand ! s'esclaffa-t-elle.

Fabrice, du haut de son mètre quatre-vingt-six, ne saisit absolument pas l'humour et entra dans une colère noire.

— OK c'est comme ça ! Je me casse le cul toute la soirée pour toi et voilà comment tu me remercies, ça vaut bien le coup de t'aider ! On ne me parle pas comme ça à moi, non, mais qu'est-ce que c'est que cette attitude ? Ne me demande plus jamais rien, franchement, après tout ce que j'ai fait pour toi ! Regarde comme tu me parles mal, ce n'est même plus la peine de compter sur moi !

Élise, d'abord surprise par ce retournement de situation violent, se renferma, elle aussi. Elle avait pratiqué dix ans de colères d'Alexandre. Ne plus jamais le solliciter ? Qu'à cela ne tienne. Elle ne lui raconterait plus rien, surtout si c'était pour raboter tous ses prix de cinq centimes, elle était largement capable de calculer cela toute seule ! Elle ne requerrait plus ses services pour quoi que ce soit, même pour porter des sacs de riz de vingt kilos, elle se casserait le dos, qu'il la prenne en pitié, ou elle utiliserait des phrases détournées du genre « ce serait bien si… », « j'aimerais bien que… », jusqu'à ce qu'il fasse les choses de lui-même sans jamais rien lui demander directement. D'ailleurs, *il s'était proposé de lui-même*, non ? Elle serait irréprochable sur ce point « mais je ne t'ai rien demandé, mon chéri, tu as fait ça tout seul ! ». Fabrice ne la déstabiliserait plus à ce petit jeu-là !

Souhaitant apaiser toute forme de conflit, elle relégua cette résolution au fond de son crâne, s'approcha de son partenaire, revêtit une attitude rassérénée et câline, puis caressa ses bras musclés en susurrant :

— Tu viens quand même chez moi, après ?

— Non, je vais devoir y aller. Ce soir, je ne pourrai pas, y'a un match important.

— Quel match ?... Tu sais, j'ai aussi une télé : tu peux regarder chez moi.

— Non, tu n'as pas les chaînes sport. C'est un match bien spécifique ligue 2 très important Chessy-les-Prés contre Perpette-les-Oies.

*

Élise se rendait à une soirée professionnelle. L'occasion de décompresser, de voir du monde, de sortir de son rôle inextricable de capitaine de famille. Fabrice n'avait pas souhaité l'escorter.

— Qu'est-ce que tu veux que je foute à une conférence sur le développement économique ? Je vais me faire chier, j'ai autre chose à faire, avait-il déclaré sans périphrase.

Puisqu'Élise avait l'opportunité de venir accompagnée, elle avait songé à inviter Matthieu. Cependant, il habitait à une heure de route et cela ne l'enchantait guère de rentrer après une soirée potentiellement alcoolisée. Elle avait alors envisagé Pierre : ils n'avaient pas eu l'occasion d'échanger depuis leur dernière rencontre éclair au restaurant. Au moins, dans un séminaire professionnel, il n'aurait pas la tentation de lui sauter dessus et la relation demeurerait purement amicale, c'était parfait.

Élise se rendait aussi à ce congrès dans l'optique de déguster les magnifiques trouvailles d'un buffet gargantuesque. Pierre, lui, dans le but de consommer Élise.

Durant la conférence, dans un silence monacal, le fripon envoyait des SMS croustillants à sa voisine, dont les joues s'empourpraient au fil des minutes. Alors qu'elle réfléchissait à un autre sujet de discussion pour calmer le jeu, ou cesser purement et simplement l'échange de messages, son regard se posa quelques rangs en contrebas, à une dizaine de mètres.

« Mais que… ça alors ! »

Elle reconnut immédiatement un couple échangiste, croisé quatre mois auparavant lors d'une soirée privée, entraînée par Alexandre.

« Étrange de les observer habillés. Qui pourrait croire… Oh mon Dieu ! Ils vont me voir en compagnie de Pierre ! »

Un frisson glissa le long de son échine.

« Ils sont libertins, ça ne les dérangera pas ! Ils savent que tu l'es aussi !

Je l'étais ! Je l'étais ! Je ne le suis plus ! Je ne suis plus cette dévergondée sans scrupules ! Alex me rendait comme ça !

Ton changement, ils l'ignorent. Comment pourraient-ils être au courant ?

Ils me voient avec Pierre !

Et alors ?

Ils ne connaissent pas Fabrice non plus, de quoi as-tu peur ? Tu penses qu'ils vont le dire à Alexandre ? Allons, ils ne communiquent pas avec lui. Aucun risque. Personne n'aura vent de ta petite escapade avec ton sexfriend.

Hein ? Je ne fais pas d'escapade avec mon sexfriend. Nous sommes ici en toute amitié.

C'est ça, ouais. »

En guise de réponse dans son dialogue intérieur, son portable se remit à vibrer.

— C'est qui que tu mates comme ça ? Ton prochain casse-croûte ? Il est avec quelqu'un. Tu les connais ?

— Un couple de libertins. Sûr que c'est eux ; ils me poursuivent, ma parole…

— Et moi, quand est-ce que je te baise ?

— Reste tranquille.

— Tu en as envie ; Fabrice ne te comble pas, ça se voit, sinon tu serais avec lui ce soir, pas avec moi.

Au moment du cocktail dînatoire, Élise se laissa entraîner de petits fours en petits fours. Frustrée de ne pas avoir pu profiter de ce genre d'événement depuis trop longtemps, elle s'empiffrait plus que ne dégustait. De plus, elle avait son chauffeur personnel, alors elle oublia ses scrupules en sirotant son troisième verre de vin.

Initialement emballée à l'idée de voir du monde, de sortir de sa position d'éducatrice et de retrouver un semblant de vie sociale et professionnelle, elle était désormais perplexe en observant le comportement de ses confrères. Des rires gras libérés par l'enchaînement des boissons alcoolisées commençaient à se faire entendre. Minauderies, confidences, niaiseries, messes-basses… ce cinéma lui donnait des haut-le-cœur. Elle scruta deux représentants lisses dans leurs costumes Versace, se pavanant auprès d'une célébrité dans l'espoir d'obtenir quelconque sponsor. Une brune rondelette un peu perdue cherchait du regard une figure connue, tout en saluant à tour de bras, la bouche pleine de petits fours, tous ceux qui croisaient sa route. Une personnalité politique invitée pour l'occasion échangeait de plates banalités avec un organisateur, feignant brillamment un intérêt pour le sujet de la conférence, grappillant quelques points de sympathie pour les prochaines élections. D'autres se rapprochaient de leurs concurrents avec un sourire beaucoup trop étincelant et un œil perçant d'inquisiteur, pour sonder le marché, glaner de savoureux potins ou de précieux indices sur le fonctionnement de leur entreprise…

*

Pierre la raccompagna en voiture. Garé en bas de chez elle, en s'extirpant de la Peugeot, il lança :

— Ben alors, tu ne me fais pas monter ?

Élise sortit de ses rêveries, stupéfaite de cette question qu'elle n'avait pas envisagée.

« Qu'est-ce qu'il veut ?

Tu sais très bien ce qu'il veut ! »

Elle bafouilla :

— Y'a ma mère chez moi, elle garde les enfants !

— Ne me laisse pas comme ça, y'a bien un endroit pour que je te fasse ta fête !

Les quelques verres de vin ingurgités firent ressurgir la personnalité enfouie d'Élise, cette débauchée qu'avait construite Alexandre au fil des années, qu'elle avait juré d'enfermer à tout jamais dans les recoins sombres de sa mémoire.

« *Tu es tout émoustillée, qu'est-ce que tu risques ? Personne n'en saura rien, fais-toi du bien. Fabrice ne te comble pas. Oh, tu sens bien que tu as besoin de caresses.*

… »

Plus totalement maîtresse d'elle-même, Élise suggéra qu'il y avait une entrée en passant par le sous-sol…

— Ah, une cave ! Voilà une bonne idée ! Manquerait plus que j'invite des copains ! s'esclaffait-il en tenant Élise par le bras tout en descendant les escaliers poussiéreux.

Élise n'eut pas le temps de déterminer son degré d'humour, que le déluré la plaquait déjà contre un mur de béton gris tout en l'embrassant.

— Pierre, tu ne crois pas qu'on devrait…

Le frétillant minet continuait de caresser l'opulente poitrine de la plantureuse blonde éméchée tout en essayant de déballer un préservatif.

— Attends…

En guise de réponse, il la retourna et la pressa contre une porte de bois en baissant le string et le collant d'Élise. Il enfila le contraceptif en un temps record.

— Pierre…

— Chut. Ce sera pas long, t'inquiète pas.

« *Ce n'est pas ça qui m'inquiète. Qu'est-ce qui m'arrive ?* »

Il entra en elle sans sommation.

— Non, je…

« *Arrête de faire ta vierge effarouchée, tu le désires depuis le début de la soirée, tu l'as invité pour ça, non ? Franchement, Élise, tu sais bien comment fonctionnent les mecs !* »

Il entama des va-et-vient rapides, accroché aux hanches généreuses d'Élise qui, elle, tentait de s'agripper aux aspérités du mur en retenant son souffle. Son esprit embrouillé ne parvenait plus à analyser la situation correctement. Il se passait quoi, là, au juste ?

— Ah, c'est pas Fabrice qui te prendrait comme ça !

« *Quoi, c'est fini ?* »

— Moi je sais ce que tu aimes, je suis sûr que tu as kiffé.

« *Oui, euh, non, je ne sais pas…* »

— Merci pour la soirée, on remet ça quand tu veux !

Élise demeura muette tandis que Pierre reprenait les escaliers vers la sortie et la salua d'un rapide clin d'œil, puis elle se recoiffa sommairement, rentra chez elle en congédiant celle qui lui avait donné la vie comme une vulgaire baby-sitter, s'écroula sur son lit et s'endormit en sanglotant, c'était n'importe quoi.

*

Élise n'était pas fière d'avoir trompé Fabrice. L'alcool n'excusait pas tout. Elle avait un poids sur le cœur et mâchouillait sa lèvre inférieure chaque fois qu'elle y songeait. En même temps, elle essayait de démontrer à Fabrice qu'elle avait besoin de plus de présence et d'attention de sa part. Mais il semblait complètement insensible à ses demandes. Un soir, alors qu'elle était allongée à côté de lui sur son grand lit, elle lança un sujet de manière anodine :

— Fabrice, tu penses quoi de l'infidélité ?

— Ton ex t'a trompée, tu sais à quel point ça fait mal, non ?

— Attends, lui, c'était à échelle industrielle… Tu n'envisages pas qu'il y ait un droit à l'erreur ?

— Un droit à l'erreur ? Tu te fous de moi ! Tromper, ce n'est pas une erreur ! Non, non, il n'y a pas de pardon possible.

Élise se mordit la lèvre jusqu'au sang.

« *Qu'est-ce qui m'a pris, qu'est-ce qui m'a pris ? Je ne veux pas tout fiche en l'air, non ! Fabrice est celui qui me sauvera, c'est lui, c'est lui !* »

— Pourquoi tu me demandes ça ?

— Oh, comme ça, pour connaître ton avis. Vu que tu as été libertin, je me disais que tu avais peut-être une autre philosophie…

— C'est derrière moi, ça, je n'ai plus vraiment envie de ça.

« *Je pense la même chose.* »

— Et tes amis, ils pensent quoi ?

— Tu sais, les footeux, c'est comme une famille. Dans le domaine du foot, il y a des règles, quand on est une équipe, on est comme des frères… c'est-à-dire que s'il y en a un qui ramène sa copine, c'est chasse gardée. Il n'y en a pas un qui la regarde ou qui la touche, surtout quand ils ne sont plus ensemble : c'est hors de question qu'il y en ait un autre qui la récupère, même si elle est mignonne.

— Ah, donc tous tes amis pensent comme toi ?

— Quoi, tu imagines la fille ? Tu voudrais qu'elle se tape toute l'équipe ? À ce moment-là, c'est plus une fille, c'est une pute !

Élise préféra se taire ; sous la couette, elle passa la main sur l'épaisse cuisse musclée de l'ex-footballeur et détailla une large cicatrice, lui aussi avait eu son lot de souffrances. Elle n'avait jamais remarqué à quel point cette cicatrice semblait profonde.

— J'ai eu un souci, quand j'étais petit, confia Fabrice.

— Tu m'en parles seulement si tu as envie, ne te sens pas obligé.

— D'accord. Une autre fois, peut-être.

Il ne faudrait jamais qu'il sache ce qu'elle avait fait. Jamais. Fabrice se retourna vers elle et la caressa également. Profitant de sa chaleur, elle se colla à lui et l'enlaça comme un singe agrippé à son manguier. Le contact de ce corps robuste lui conférait un apaisement sans pareil.

« *C'est lui, le bon. C'est lui !* »

Il glissa sur elle, appuyé sur ces avant-bras, de sorte qu'elle ne supporte absolument pas le poids de cette imposante musculature. Elle le regardait intensément, cherchant à deviner les pensées de ce colosse à travers ces yeux doux pourtant éteints. Elle crut déceler une expression à la fois triste et bienveillante. Elle l'embrassa avec toute la passion et le lâcher-prise dont elle était capable.

« *Fabrice, c'est Toi. Il faut que j'apprenne à t'ouvrir mon cœur. Donne-moi un peu de temps, s'il te plaît. C'est difficile.* »

Leur baiser sembla durer une éternité suspendue dans une nouvelle dimension où plus rien d'autre qu'eux ne comptait. Pourtant, Élise ne pouvait s'empêcher de penser.

« *Tu es incapable de me faire du mal, Fabrice, n'est-ce pas ? Tu me le promets ?* »

Il lui était compliqué de se laisser aller complètement et de briser les barrières qu'elle s'était forgées pendant ces longues années auprès d'Alexandre. Malgré tout, elle voulait franchir ce cap. Alexandre devait être relégué au rang de simple mauvais souvenir, il fallait qu'elle passe à autre chose. Le sexe chaud et dur de Fabrice glissa en elle avec une extrême délicatesse, ce qui la ramena instantanément au moment présent.

« *Il est si doux… rien à voir avec la sauvagerie à laquelle j'étais habituée…* »

Elle gémit de plaisir tandis qu'il débuta par de langoureux mouvements de bassin, tout en couvrant son cou de minuscules baisers. Des friandises. Les lèvres de la sensuelle se délectaient du contact de sa peau, partout où elles se posaient alors que les ondulations de Fabrice devenaient plus intenses. Les deux corps s'échauffaient et semblaient parcourus de frissons, de toute part. Cet instant avait quelque chose de magique.

« *Je ne le mérite pas.* »

Les soupirs de Fabrice résonnaient auprès de son lobe comme de nouvelles caresses éveillant ses sens.

« *Tu ne sais pas ce que c'est, le bonheur, Élise. Ce n'est pas pour toi.* »

Alors que l'extase semblait à son comble, Fabrice l'embrassa à nouveau aussi légèrement qu'une brise et lui glissa à l'oreille :

— Tu es belle.

Elle éclata en sanglots.

— Qu'est-ce qui t'arrive ?

Élise tremblait de toute part. Confuse, honteuse, désemparée.

— Tu es trop stressée, toi, tu travailles trop du chapeau ! Faut que tu te détendes, un peu…

Belle, comment pouvait-il la trouver belle avec son ventre ignoble ? Comment pouvait-il la trouver belle puisqu'elle se détestait elle-même ? Comment pouvait-il la trouver belle alors qu'il y avait tellement de noirceur dans son cœur ?

Chapitre 4 Poisson d'avril

En proie à ses doutes profondément enracinés, Élise se demandait quand Fabrice se résoudrait à lui faire connaître ses amis : Éric, avec qui il allait courir tous les dimanches matins, Barbara et son mari… Elle en entendait parler, mais ils demeuraient invisibles. Pourquoi ne la présentait-il pas ? C'était pour la préserver ? Avait-il honte ?

Décidée à intégrer pleinement la vie de son nouveau compagnon, Élise prit les choses en main.

— Je vais organiser un événement le week-end prochain, comme une inauguration, maintenant que je suis seule aux commandes du restaurant. Tu verras, j'ai changé la musique, déplacé quelques tables… J'aimerais planifier une soirée spéciale, malheureusement Matthieu est indisponible. On pourrait proposer à Barbara et à Martin, tu les contactes ?

Fabrice acquiesça, sans conviction. Elle enfonça le clou :

— Barbara voudrait que je lui dédicace mon dernier roman.

— Je viens de te dire oui !

*

Lorsque les invités apparurent dans le restaurant, le soir de la fête, il n'y avait toujours pas de client. Excellente musique, formidable ambiance, les voisins venaient satisfaire leur curiosité en dodelinant de la tête, mais pas de réservation de table.

— C'est vraiment bien ici, affirma Barbara. Les écrans, les posters de manga, la borne de commande tactile… j'aime bien ! C'est class, moderne, tout ça ! Dommage que ça ne soit pas plus connu, tu as un bon concept !

Fabrice se targua d'avoir donné de judicieux conseils à Élise quant à l'implantation des banquettes.

— C'est normal, on m'appelle monsieur déco. Toutes les personnes qui viennent chez moi me disent « comme c'est bien décoré chez toi ! » et tu verras, dès que j'aurai fini chez moi, je m'attaque à chez toi, conclut-il en se tournant vers sa compagne.

Puis, il fixa un pot qu'Élise avait placé dans un coin du restaurant.

— C'est quoi ces plantes qui tirent la gueule ?

— Ce sont des Oxalis. Et ça ne « tire pas la gueule » ! Elles sont juste fermées parce que c'est le soir… c'est joli non ?

— Bof, pour moi, les plantes, ça n'a rien à faire à l'intérieur ; ça doit rester dehors, déclara-t-il alors qu'il cherchait depuis des semaines à installer un gigantesque ficus dans son couloir.

Puis il retourna palabrer avec Barbara pendant qu'Élise vérifiait si tout se passait convenablement en cuisine, alors qu'il n'y avait rien de plus à servir. De loin, elle tendit l'oreille pour saisir la teneur de la discussion entre Fabrice et Barbara :

— Je compte sur toi, hein, pour la soupe chinoise, tu viendras ?

— Ah, tu la refais quand cette année ?

— Je ne sais pas encore, tu sais, c'est au minimum trois jours de préparation…

— C'est quoi la soupe chinoise ? demanda le malheureux Martin.

— Il faut que je découpe le paleron, tu sais, ce gros morceau de bœuf… oui, paleron tu connais ? C'est le même morceau qu'on utilise dans le bœuf bourguignon et dans la soupe chinoise, c'est juste un régal avec plein d'autres ingrédients : il y a du poulet, il y a des crevettes, il y a du crabe, il y a les spaghettis chinois bien sûr et ça prend… oui au moins trois jours de préparation. Je fais ça chaque année avec tous les voisins.

— Ah, ça a l'air sympa, tu me diras quand tu prévois ça !

En même temps, la jeune cuisinière pianotait sur son Smartphone.

— Désolé pour ce soir, je ne pourrai pas venir à ta petite sauterie… ça se passe comment avec Fabrice ? demanda Matthieu.

— Je l'ignore, il est vraiment distant.

Ne tenant pas en place, Élise virevoltait du fond du restaurant à la terrasse et de l'extérieur à la salle ; elle dégoupilla une mousse pour trinquer avec ses convives tout en s'enquérant de leur bien-être et de leurs désirs en matière de victuailles. Service trois étoiles.

— Tu sais ce que j'en pense. Laisse tomber.

Vers vingt-deux heures, Élise congédia la salariée, baissa le rideau métallique et salua Martin, Barbara et Fabrice, qui ne dormirait pas chez elle, une fois de plus. La bière ingurgitée sur quelques grammes de poisson cru tournait dans son estomac comme les élucubrations qui se télescopaient dans sa tête. Sur la route, le volume de l'autoradio du bolide était proportionnel au degré de mélancolie. Musique à fond pour s'assourdir, pour oublier. Elle évita d'embrasser sa mère pour qu'elle ne sente pas qu'elle avait fumé et bu, la remercia sommairement d'avoir gardé les enfants pendant qu'elle travaillait, puis alla se coucher.

*

« Faire confiance à Fabrice, lui faire confiance, ce n'est pas Alexandre… refaire confiance à un homme… », ruminait Élise comme un mantra.

« J'analyse trop… je doute de tout… je cherche le microscopique indice pour le compromettre… s'il ne donne pas de nouvelles de la journée, c'est louche. Il va me causer du tort, en douce, comme Alex. Il me trompe pendant ce temps-là, c'est sûr... aller chez lui à l'improviste… consulter sa messagerie… se fâcher… scruter la plus petite erreur, la moindre contradiction, le seul écart de langage qui – consciemment ou non – s'apparente à des techniques de manipulation…

Alexandre court-circuite tout. Même lorsqu'il n'est plus là, c'est la paranoïa qui domine. Ce sentiment d'insécurité… que faut-il pour que je sois enfin rassurée, comblée, heureuse ? »

Céline se mit à pleurer, Élise pleura aussi.

« Pourquoi je reste avec lui, si ce n'est pas le bon ? Je veux y croire… Pourquoi j'ai besoin de lui ? Parce que je déteste me retrouver seule ? Parce que j'ai peur de me retrouver seule… en face de mon ex ».

Le concerto de gémissements et de hurlements nocturnes devint insupportable, Élise sortit enfin de son lit et gronda dans le couloir :

— Rhaaa ! Silence !

*

En cet après-midi d'avril, Élise était chez Fabrice, dans l'espoir d'un peu de réconfort. Lui, il était devant son ordinateur. Se délectant d'un café bien serré, elle fit semblant de s'intéresser à son travail. Elle, qui maîtrisait l'outil informatique sur le bout des doigts, supportait mal de voir son partenaire cliquer laborieusement dans ses tâches bureautiques, mais elle se remémorait la remarque cinglante de Fabrice à ce sujet, il y avait plusieurs semaines de cela :

— Laisse-moi faire, je ne t'apprends pas à faire la cuisine, moi, si ?

Elle s'était fait remettre à sa place sans ménagement d'une manière particulièrement marquante. Depuis, elle se gardait de dilapider ses conseils techniques.

Fabrice lui avait simplement demandé de le seconder, à l'occasion, pour remplir des tableaux Excel avec sa comptabilité en retard depuis des mois. Elle avait accepté ; ça ne lui prendrait qu'une heure ou deux, a priori.

Ce jour-là, elle se contentait de regarder l'écran, d'écouter poliment et de masser la musculature de rêve de son sportif. Lui, il avait sa mâchoire inférieure en avant et grinçait des dents.

— Tu as des nouvelles de ton ex, ce gnome ? Oh, c'est insultant pour les gnomes, ce que je dis…

— Non, il ne bronche pas. Il doit patienter jusqu'à réception de ma lettre recommandée, de toute façon. Il y a plusieurs semaines de délai, le temps que ça passe à l'inspection du travail.

— C'est confortable pour lui, en attendant, il est payé à ne rien faire !

— C'est vrai, enragea Élise. Mais au moins, il n'est plus là pour me porter sur les nerfs.

— Tu devrais n'en avoir rien à carrer, de ce nain, oublie-le… Moi, ce sont mes chats qui m'ont appris à lâcher du lest, j'étais rigide avant.

« Il voit en Alex un lamentable microbe alors qu'il est un poison hautement toxique. Ignorer mon ex ? Il en a de bonnes, il ne sait pas de quoi il est capable. Mais qu'est-ce que ces chats viennent faire dans cette discussion ? »

— Tu voudrais partir où, en vacances, cet été ? demanda-t-il soudain, dévié de son travail par une publicité sur son écran.

— Je doute d'avoir le temps ou les moyens de m'octroyer des loisirs, prochainement.

— Il faudra que je t'emmène à Biscarosse, déclara-t-il avec l'accent du Midi.

Fabrice aimait beaucoup la prononciation du Sud ; c'étaient des sonorités chantantes qui évoquaient les cigales alors qu'ici, il y avait tellement de grisaille… Alexandre, lui, aurait beuglé :

— Mais tais-toi, avec ton élocution de merde, on dirait un attardé ! Apprends donc à parler correctement !

Le quadragénaire poursuivit, plus sérieux, sortant Élise de ses perspectives de vacances au soleil :

— Et les beaux-parents, ils te font toujours chier aussi ?

— Ça ne se passe pas très bien. Tout à coup, ils exigent de garder les petits toutes les semaines… enfin, surtout Céline, parce qu'ils ont l'air de détester Christophe…

Comme Fabrice avait un avis bien posé sur tout et tout le monde, il déclara fermement :

— Mais c'est toi la maman, tu fais ce que tu veux !

— Je ne vais quand même pas couper les enfants de toute cette famille… Le problème c'est qu'*eux* ne font pas ce que je veux ! J'ai l'impression qu'ils s'évertuent à contrer chacun de mes principes d'éducation. Mais tu comprends, je ne peux pas imposer ma loi : j'ai besoin d'eux pour garder les petits quand je travaille !

— Ce sont les grands-parents, justement, ce ne sont *que* les grands-parents. Donc ils verront les enfants une fois à Noël et aux anniversaires, à la rigueur, et basta.

— Et je fais comment, le soir et les week-ends au restaurant ? Ma mère ne peut pas s'en occuper tous les jours !

Fabrice répondit en évoquant vaguement la possibilité d'embaucher une baby-sitter, ou même de recourir à Barbara éventuellement. Élise opta pour un sujet de discussion moins polémique.

— J'ai pris des places VIP pour assister à un rallye en septembre, j'espère que ça te plaira… Bloque déjà le 20 septembre sur ton planning.

— Ah, merci.

« Tu auras intérêt à apprécier, se renfrogna-t-elle. *Vu le prix des billets ! En plus, en septembre, je ne sais même pas si nous serons encore ensemble ! »*

Puis elle remarqua un dépliant sur la table.

— Sushis à volonté et massage en duo ? Ça a l'air super !

— Oh, ça… À la base, je voulais t'offrir ça pour ton anniversaire, mais finalement, il y a Sabine[1] qui est passée l'autre jour…

— Sabine ?

---

[1] À retrouver dans « Pas de Loi ».

— Mais si, la voisine du troisième, qui fait du bénévolat et qui a aidé ma mère, je t'en ai parlé… Donc elle est passée et elle a dit que ça ne valait pas le coup, elle a déjà testé, c'est naze, enfin pas génial. On trouvera autre chose…

— Oh, dommage. Elle vient souvent comme ça, chez toi, « Sabine » ?

— Ben, on est voisins !

— Oui, et alors ?

— Je la connais depuis très longtemps, comme je t'ai dit, on a vécu toute notre vie dans le même immeuble quasiment ; sa mère a soigné la mienne… Sabine, c'est quelqu'un qui compte pour moi.

« *Il a l'air amoureux quand il en parle, on dirait qu'il souhaite plus qu'une simple relation de voisinage avec elle…* »

— Bon accessoirement, reprit Fabrice emballé, c'est aussi mon ex.

« *Ah, bingo ! J'étais persuadée qu'il me cachait quelque chose !* »

— Mais on n'est pas restés ensemble très longtemps, je ne suis pas son genre, a priori… Mais elle sait qu'elle peut compter sur moi et on se rend des services, comme ça. C'est quelqu'un d'admirable, tu pourrais t'en inspirer. Tiens, c'est drôle en y regardant, elle a aussi eu des enfants avec un pervers narcissique.

— Oh, pauvre Sabine, persifla Élise sans que Fabrice décèle le malaise.

« *C'est hilarant, ouais ! Remets-toi donc avec elle, si elle si formidable que cela !* »

— Ah, au fait…

Fabrice se leva et farfouilla dans un vide-poche posé sur le rebord de la cuisine et faisant office de bar.

— Je voulais te donner ça, chouchou, prononça-t-il en brandissant un trousseau. Si je te laisse les clés, c'est parce que j'ai confiance, tu vois : j'ai rien à cacher.

Élise eut un imperceptible mouvement de recul.

« *Changement de sujet, souffler le chaud et le froid pour me distraire… Il essaye de m'endormir… Il envisage de me faire du mal. Qu'est-ce que ça sous-entend ? Pourquoi fait-il ça ?* »

— Tu peux débarquer n'importe quand. Il n'y a personne d'autre que toi qui a les clés, tu vois la marque de confiance que je te donne ?

— Personne de ton entourage n'a de double ? Vraiment ?

— Voilà.

— Même en cas de pépin ? interrogea Élise à la fois flattée et perplexe dans la perspective de devoir céder en retour un trousseau de chez elle à Fabrice.

— Non effectivement, il n'y a personne d'autre que toi. Pas un ami, pas un voisin, il n'y a que toi.

Chapitre 5 FAIS CE QU'IL TE PLAIT

« Ça n'ira pas. Il est trop tard pour relancer toute la com. Alexandre a vrillé le scooter, je ne peux pas le conduire, je ne peux pas engager ma responsabilité en plaçant cet engin entre les mains d'un employé ; je ne peux pas en racheter un ; il faut licencier la cuisinière, vendre le restaurant résolument. J'ai fait tout ce que j'ai pu. »

Fabrice avait apprécié la ténacité et la volonté guerrière d'Élise tentant de dompter le deux-roues, mais il avait fallu se rendre à l'évidence : Alexandre l'avait détérioré à un point proche de l'épave, il était in-rou-lable, même pour quelqu'un d'expérimenté. Comment diable avait-il pu effectuer les livraisons jusqu'à sa mise à pied ?

En outre, il y avait trop de rumeurs, trop de retard, trop de travail pour redresser le restaurant. Tous les prospectus et les meilleures recettes du monde ne suffiraient pas à rattraper ce désastre. Élise pronostiqua la cessation d'activité au 30 juin et en informa la salariée, qui fut un monument de compréhension. Restait désormais à vendre, cuiller après cuiller, tout le mobilier et les accessoires de l'établissement… Et il y en avait, des babioles à monnayer… Élise regardait avec regret les aménagements que Fabrice avait réalisés dans la cuisine qui était devenue optimale, elle sourit en observant le flyer arborant des prix « psychologiques » à 95 centimes… C'était le début de la fin de cette histoire, avec l'espoir que ça aille mieux.

« Ça ira mieux… », soupira-t-elle tout en comptant la caisse.

Arriva le 8 mai. Céline, Christophe et Martha étaient dans l'appartement. Élise gambergeait en entortillant ses cheveux, attendant fébrilement le moment de se rendre au restaurant pour le « rush » du midi.

À quoi bon, puisqu'il n'y aurait aucun client ?

— Élise ! héla Martha. Tu n'as pas oublié l'heure ? Il est onze heures !

Sortie inopinément de ses pensées, la gérante se dirigea à la hâte pour embrasser ses enfants, trébucha et se tordit l'orteil sur un jouet en forme de chenille.

La chape de tous ses malheurs s'abattit une nouvelle fois sur sa nuque. Souhaitant paraître constamment sereine aux yeux des chérubins et trompant le regard aiguisé de Martha, elle étouffa son juron, câlina ses petits, salua sa parente et fonça ouvrir son établissement juste à l'heure. Seule dans les immenses mètres carrés froids, la salariée étant en congés, elle effectua la mise en place, prépara un peu de riz, désarêta et découpa le saumon, puis tourna en rond pendant deux heures.

À quoi servait toute cette énergie, puisque les gens allaient forcément manger ailleurs ? Quelle mascarade ! Autant rester fermé pour le soir et profiter un peu, en famille. Un repas « tarte flambée » était prévu avec les enfants, sa maman et Fabrice ; ils devaient rejoindre des amis dans un restaurant, plein à craquer, lui. Enfin, elle caressait le rêve d'une vie normale, au lieu de travailler pour rien.

« Ça ira mieux, une fois que tout ça sera fini, forcément, ça ira mieux… »

Elle ne se rendit pas tout de suite compte qu'elle boitait. Elle était fatiguée de son rythme de vie, c'était la fatigue, juste la fatigue. Le soir, en conduisant la Jaguar vers le restaurant avec toute la famille, son pied meurtri glissa malencontreusement de la pédale à deux reprises. Décontenancée, vrillée de douleur, elle chevaucha un trottoir et réalisa son degré d'épuisement.

— Élise, tu roules n'importe comment, qu'est-ce qui t'arrive ?

« Oh ça va, foutez-moi la paix un peu, y'a rien de mal ! », pensa-t-elle.

— Pardon, balbutia-t-elle finalement, verte de honte.

« Rester forte. Ne pas montrer ses faiblesses, jamais ! »

Les amis de Fabrice, déjà tous attablés, furent présentés dans une cacophonie telle qu'Élise ne retint aucun prénom. Sa tête pleine d'endorphines assourdissait les voix, les tintinnabulements des verres et les piaillements des enfants impatients qui criaient famine. Martha tentait de les canaliser tant bien que mal tout en cherchant du regard un soutien de la part de Fabrice, trop occupé à discuter avec son voisinage. L'orteil d'Élise palpitait au rythme de son cœur, répandant les décharges lancinantes du pied à la hanche. Elle but une gorgée de

Gewurzt et se massa les tempes. Trop de bruit… trop chaud… Elle allait tourner de l'œil.

N'en pouvant plus, elle lâcha les armes. Il n'était plus temps de faire bonne figure, désormais, il y avait urgence. Au lieu de s'écrouler, elle se leva d'un bond :

— Faut que j'aille à l'hôpital, formula-t-elle d'un ton suppliant, la bouche déformée par la souffrance et le regard humide. Maman, tu veux bien gérer les enfants ?

Fabrice ne laissa pas Élise prendre le volant de la Jaguar et la déposa aux urgences, puis retourna auprès de ses amis.

La peau était gonflée, bleue ; la radio montra un petit orteil fêlé : Élise dut marcher avec une attelle pendant quinze jours. Livrer les commandes du restaurant, en Jaguar, avec le pied emplâtré, on a connu mieux… Élise ne s'avouerait jamais vaincue par une blessure. Il fallait maintenir l'activité professionnelle, travailler, rester la tête hors de l'eau, quoi qu'il en coûte. Encore un dogme d'Alexandre, qui avait su imposer – et exploiter – cet état d'esprit à sa poule aux œufs d'or.

« Et maman, elle s'est cassé le pied sur une chenille ! »

La voix de Céline résonnait dans ses tempes. Ses enfants étaient si charmants… Élise était si désemparée.

« Ils ne méritent pas une marâtre comme moi, ils nécessitent beaucoup mieux… sanglotait la cyclothymique dans son lit. *J'en ai tellement ras le bol…*

L'oiseau blessé qui rencontre son sauveur, ce n'est que dans les contes de fées… Je voudrais simplement retomber amoureuse, vraiment, comme avec Alex au début, lorsqu'il n'était pas encore devenu ce monstre… »

*

Fabrice était allongé dans la chambre d'Élise, qui – ô combien – appréciait son inestimable présence, elle qui ne pouvait pas toujours laisser les enfants à sa mère, la nuit, pour se rendre chez son compagnon. C'était tellement plus simple quand c'était lui qui venait, même si son couchage à elle était ridiculement petit en comparaison du sien. Ce soir-là, il n'y avait pas d'Audi à négocier, pas de match important, pas de poker… victoire !

Étendu dans le lit à côté d'elle alors qu'elle zappait à la recherche d'un long-métrage digne d'intérêt, Fabrice posa la main sur sa hanche. Le contact soudain la fit tressaillir, sans doute un peu trop.

— Tu as l'air tendue, sonda-t-il.

Elle ne répondit pas.

— C'est encore toutes tes histoires qui te prennent la tête ?

— Oui, ça me tracasse, mais là ça va, je suis bien.

— Tu es trop dans le contrôle, non-stop. Lâche-toi. Tu n'as pas besoin de cette carapace avec moi.

Suivant une bipolarité diabolique, les deux cerveaux d'Élise pensèrent simultanément :

« Ça me rassure d'entendre ces mots. Cela me repose, le simple fait d'entrevoir la possibilité de me décontracter, d'être moi-même.

Attention, c'est exactement ce que disait Alexandre. Tu relâches ton attention et bim, tu reçois un coup de poignard dans le dos. »

Le smartphone de la jeune blonde se manifesta d'un « ding » spécifique que Fabrice n'avait jamais discerné. Élise devint fébrile, parcourue de sueurs froides. Elle savait, tout comme lui, sûrement, que ce bruit était celui d'une application de rencontres. L'air de rien, il annonça :

— Dis donc, il sonne beaucoup ton téléphone, là…

Dans un moment de doute, Élise avait réactivé son compte. Une partie d'elle pressentait l'issue inéluctable et songeait à mettre fin à cette relation stérile avec Fabrice, alors que l'autre faisait tout pour construire quelque chose, s'accrocher à sa « bouée de sauvetage », dans l'espoir de faire renaître l'Amour, le vrai. Mais au fond, l'avait-elle seulement déjà connu ?

— C'est ton amant ? enchaîna Fabrice.

Élise rit jaune. Fabrice ignorait l'existence de Pierre, ce n'était pas le moment de le mettre sur la voie. Elle préféra jouer cartes sur table :

— C'est une application de rencontres.

— Je sais ce que c'est cette sonnerie. La question est : qu'est-ce que tu fous avec une application de rencontres sur ton téléphone ?

Avec un aplomb digne des plus grands joueurs de poker – qui la surprit elle-même –, elle affirma :

— Je discute pour vendre mes dessous féminins.

Observant la tête de Fabrice, complètement sidéré, elle ajouta :

— J'ai été libertine et toi aussi. Tu sais qu'il y a un marché pour ça.

Voyant que l'information avait du mal à passer, elle poursuivit :

— Oh arrête… Ne me dis pas que toi, tu es choqué pour ça ! Il n'y a rien de malsain là-dedans. C'est un business pour tenter d'arrondir mes fins de mois en attendant autre chose, c'est tout. Je n'ai encore aucun client. Et si ça devait arriver, c'est une vente de la main à la main comme n'importe quel objet, ni plus ni moins.

L'allongé ne broncha pas. Élise alluma la télévision et fit comme si de rien n'était. Une heure plus tard, comme Fabrice n'avait toujours pas ouvert la bouche, elle demanda :

— Tu es fâché ?

En guise de réponse, il bascula sa mâchoire en avant et se mit à grincer des dents.

— T'es sérieux ? Tu boudes ?

— J'ai pris note. Je digère l'information. C'est tout, maugréa-t-il en se retournant sur le côté pour dormir.

Elle éteignit la télévision et vint se blottir contre lui. Elle se résolut à supprimer ces applications dès le réveil. Quelques euros de ventes hypothétiques ne pesaient pas lourd face à une potentielle vie de couple épanouie, vraiment ? La priorité était d'épargner Fabrice. Préserver Fabrice absolument.

Le lendemain, le quadragénaire muet avait inexorablement l'air préoccupé, tout en scrutant son propre smartphone. Sa compagne s'en inquiéta. Était-il toujours persuadé qu'elle exerçait des activités louches à la limite de la prostitution ou quelque chose du genre ? Avait-il mal dormi ?

— Raconte-moi ce qui te tracasse, je constate bien qu'il y a un truc qui ne va pas, dit-elle, persuadée d'être à l'origine du malaise.

— C'est ma tante.

Élise sursauta. Pourquoi cette parente faisait-elle irruption dans la discussion ? Fabrice poursuivit :

— Tu sais, je t'avais dit qu'elle était malade… En fait, elle a un cancer généralisé en phase terminale ; j'ai reçu un message, on vient de l'emmener aux urgences, là. Je pense passer la voir cet après-midi.

Élise connaissait l'importance de la famille, surtout dans ces moments.

— Tu souhaites que je t'accompagne ?

— Si tu veux.

Élise devait retrouver Fabrice à l'hôpital directement, vers 14 h 30. N'aimant pas débarquer les mains vides, l'inventive exécuta un petit détour pour choisir un bouquet de lys et gypsophile à offrir. Elle l'avertit qu'elle aurait un peu de retard.

— Tu es où !!?

— J'arrive, juste 10 minutes, je viens !

Pestant contre la circulation, elle déboula sur place vingt minutes après l'heure fixée. Fabrice avait une tête d'enterrement.

— Franchement, Élise ! Ça fait une demi-heure que je t'attends !

— J'ai acheté un assortiment de…

— On s'en fout des fleurs, aboyait-il comme s'il y avait eu un désastre.

Élise pressa le pas, au cas où la tante de Fabrice décéderait d'une seconde à l'autre. En réalité, il n'y avait ni urgence ni drame, le quadragénaire n'avait juste pas apprécié de patienter sur les marches d'escalier. Ils restèrent sur place deux heures environ. Élise admirait le franc-parler de cette aïeule pleine de pugnacité encore, malgré la maladie. Elle serait ravie de lui ressembler si elle atteignait son âge. En sortant, Fabrice avait l'air décomposé. Il savait très bien quelle était l'issue lors d'une hospitalisation en cas de cancer généralisé. Il s'inquiétait également pour son oncle et pour ses cousins, car cette battante était le ciment de la famille : les liens allaient sûrement se briser, tout cela ne présageait rien de reluisant. Élise tenta de le réconforter comme elle pouvait ; tous deux étaient bien démunis face à la situation.

— Dis-toi qu'elle est entre de bonnes mains, ils font ce qu'ils peuvent pour qu'elle ne souffre pas.

Fabrice soupira puis bloqua sa respiration. Il venait de s'apercevoir qu'Élise portait des talons de douze centimètres et une mini-jupe avec un décolleté profond.

— Eh, tu bosses, ce soir ? demanda-t-il, suspicieux.

— Bien sûr, pourquoi ? objecta-t-elle, naïve.

— C'est quoi cette tenue ?

La trentenaire s'observa.

— On est en mai, il fait chaud !

— Mais… s'étrangla Fabrice, tu vas faire les livraisons, habillée comme ça ?

— Ben oui, qu'est-ce qui ne convient pas ?

— Rien, lança-t-il laconiquement.

Élise s'agaça. Fabrice lui avait rabâché que la communication était ultra importante, qu'il fallait tout se dire, le bien comme le mauvais, mais il ne mettait jamais en application ce bon principe.

— Ben si, dis ! C'est quoi le problème ?

— Non, non, tout va bien… Juste que… les mecs vont finir par commander chez toi juste pour te voir et pas pour manger.

— Quoi, tu n'aimes pas ? C'est trop limite, tu trouves ?

— Fais comme tu veux.

*

Fin mai, Élise était attristée de n'avoir que des nouvelles sporadiques de son bien-aimé. Il envoyait un ou deux fades messages quotidiens, toujours en réponse à ceux d'Élise. Son habituelle réponse du matin, vers 10 h, était quelque chose du genre :

— Je viens de me réveiller. J'ai mal au dos. Et toi, bien dormi ?

Et plus rien de la journée, si ce n'est un bref :

— Je vais me coucher tôt ce soir, suis fatigué.

Avec une variante sur le motif : boulot, mal dormi, couché tard, chats qui ont fait le bazar durant la nuit. Élise désespérait de passer un moment dans le même lit que son cher et tendre ; elle quémandait un peu plus de considération, d'attention, d'amour !

Comme elle n'obtenait pas ce qu'elle désirait, elle essayait de provoquer une réaction en se montrant, elle, très présente, en tâchant tout de même de ne pas l'étouffer, plutôt en lui envoyant des marques de soutien, d'affection, des encouragements, des messages indiquant qu'il pouvait tout lui dire et parfois, subtilement, que cela faisait longtemps qu'ils ne s'étaient pas vus… Elle enfonçait le clou par des exemples notables, lui remémorant par exemple que la petite Céline lui avait offert, à lui, le cadeau de la fête des Pères ! Une attention pour la fête des Pères… c'était quelque chose ça, non ?

Fabrice paraissait insensible à toute tentative de construction et de rapprochement.

En plein désespoir, elle avoua à nouveau ses doutes à Matthieu :

— J'ai peur de me montrer telle que je suis, parce que… à l'intérieur, je suis triste et mélancolique et je sais très bien ce qui se passe quand on commence à parler chagrin et cafard… les gens s'en vont… ça les saoule. Je me confie à toi, mais je ne dirais pas ça à Fabrice ou à Barbara, qui prétend être une copine… Le monde fuit la tristesse et la mélancolie. Il préfère la légèreté et le rire. Alors les amis…

— Quoi, les amis. Je suis ton ami, moi.

— Les amis, eh bien… avec eux, on met un masque. Quand on demande si ça va, on répond : « oui, très bien ! Et toi ? »… Personne n'a envie d'entendre ce qui se cache à l'intérieur… C'est pour ça, je ne me livre pas.

— Tu n'as simplement pas trouvé la bonne personne pour pouvoir te confier et être toi-même ! Tu n'es pas heureuse, n'est-ce pas ?

À la lecture de la dernière phrase, Élise planta la discussion avec Matthieu, éclata en sanglots et envisagea d'aller se perdre dans une bouteille de Riesling grand cru.

« Pourquoi je reste avec lui ? Je ne peux pas le laisser tomber maintenant, avec sa tante malade, il nécessitera mon soutien psychologique… Et puis non, en fait c'est moi qui ai besoin de lui. J'ai peur de me retrouver seule. »

À chaque vague émotionnelle, il fallait boire, se noyer, n'importe où, n'importe quand, en cachette de préférence, pour ne pas susciter de commentaires. L'alcool était devenu un refuge vicieux. Un poison qu'Alexandre lui proposait très facilement. Ingurgiter n'importe quoi pourvu qu'il y ait l'ivresse et la perspective de moments agréables, la quête illusoire d'un début de bonheur éphémère. Saké, bière, vin blanc, même tiède, ou rosé pas frais et bas de gamme, parfois vodka... Entre deux haut-le-cœur, esquivant les papilles gustatives, le sourire était de retour, ça convenait.

*

— Fabrice, il faut qu'on parle. Ça ne va pas trop. Je pense que tu t'en es rendu compte ?

— C'est vrai, je vois que ça fait quinze jours que je ne suis pas très présent pour toi, j'étais très occupé avec tout ce qui se passe, avec la famille… J'ai même mis de côté mon boulot, je vais avoir beaucoup de mal à rattraper tout ça, tu comprends ? Mais oui, j'ai eu peur, je me suis dit : « elle va se barrer ».

« J'ai failli. J'aurais dû ? C'est clair, j'aurais dû. », pensa Élise.

— Eh bien non, tu constates que je suis toujours là, déclara-t-elle, contenant sa colère.

Encore une fois, elle encaissait. Encore une fois, elle s'effaçait pour maintenir un bonheur en coma artificiel, alors qu'elle s'était juré de sortir de ce schéma. Alexandre lui avait complètement lavé le cerveau.

— Je comprends, reprit-elle en forçant l'empathie, sinon on dirait : « ce n'est qu'une égoïste ». Je ne vais pas me barrer à la première difficulté et surtout que là, tu n'y es pour rien… je veux dire : ce sont des événements de la vie, c'est normal que tu sois présent près de ta famille.

« Mais pourvu que tout ce bazar cesse, et vite. J'ai besoin d'un partenaire, pas d'un courant d'air. Il est hors de question que j'entretienne une relation avec un fantôme. »

— Je sais ce qu'on va faire, proposa l'ex-sportif. Ce week-end, on va se promener sur une brocante, tous les deux on aime ça, il fait beau en plus, c'est le bon moment et c'est bien pour les enfants aussi.

— Adjugé, acquiesça Élise, qui avait espéré une autre suggestion.

Le samedi suivant, le couple et la descendance déambulaient parmi les bibelots. Fabrice, toujours féru de décoration, scrutait tout ce qui se rapportait à la marque Coca-Cola pour en orner sa cuisine. Élise ne cherchait rien, si ce n'est peut-être, une illumination. Elle n'avait pas d'argent pour ces babioles de toute façon. Céline et Christophe, malgré le soleil, la fatigue, la marche, furent des exemples de sagesse, émerveillés par tous les objets. Des enfants parfaits, un chéri parfait, une sortie parfaite. Que demander de plus ?

« Voilà, on y arrive, une bulle de bonheur toute simple dans mon existence, ça n'a pourtant rien de sorcier ! Alors qu'est-ce qui cloche ? »

Une vendeuse un peu maladroite s'adressa à Céline :

— Tu aimes cette peluche ? Peut-être que ton papa va te l'offrir ?

— C'est pas mon papa, c'est Fabrice !

Une autre, quelques mètres plus loin, fit une remarque similaire, puis une troisième… Chaque fois, Élise sentait son cœur se serrer. Mais comment auraient-ils pu deviner ? Sur le tableau, ils formaient la famille idéale – papa-maman-rejetons – absolument heureuse.

Personne ne pouvait imaginer la quantité de raccommodages derrière la façade. En rentrant, les enfants épuisés s'écroulèrent dans leur lit respectif pour une sieste bien méritée. Élise aurait aimé les imiter.

— Pfiou, il fait chaud ! Tiens, j'ai soif. Tu veux quelque chose ?

— Soif d'eau, ou d'autre chose ? releva Fabrice.

Élise se liquéfia dans le couloir. L'allusion était très claire. Fabrice était donc au courant de ses petites digressions alcooliques. Bien sûr, comment cacher ça, alors qu'elle l'embrassait régulièrement à pleine bouche. Non, elle n'était pas une ivrogne. Barbara pouvait l'être. C'était elle qui avait sifflé la bouteille de vin à une vitesse impressionnante pendant la soirée au restaurant. Élise avait vu ça, s'en était étonnée, mais n'avait rien dit. Élise, elle, n'était pas malade. Juste malheureuse. Et l'éthanol momentanément servait de béquille, à défaut de combler ce vide par la présence d'une âme sœur en permanence à ses côtés. Mais comment justifier cela ?

Sans répondre, Élise saisit son paquet de Vogues mentholées et s'enferma sur le balcon. Encore une échappatoire, le temps d'une cigarette, un temps pour réfléchir.

« Je comprends bien son allusion franchement désagréable ! Je n'ai jamais dit : "j'ai soif", pour signifier que j'ai envie d'alcool ! Quand je dis : "j'ai soif", il fait chaud, j'ai besoin de me rafraîchir avec de l'eau, du coca, du sirop, quelque chose qui désaltère ! », bouillait intérieurement la fuyarde.

Élise ne voyait vraiment pas où était le problème. Elle–n'était–pas–alcoolique. Tout comme elle ne se considérait pas fumeuse. Elle ne ressentait pas physiquement la nécessité de boire et de griller une cigarette, juste envie de s'octroyer une bulle... d'oxygène, un sas d'air à l'extérieur, une parenthèse, un temps pour elle. Et le fait de s'enivrer, c'était surtout pour déconnecter son cerveau qui pédalait dans tous les sens pour traiter tous ces problèmes, ce cerveau... qui prenait la tête.

Elle avait besoin de légèreté, bon sang, besoin de divertissement, besoin de rire de s'amuser, et sous alcool, c'était tellement plus facile !

*

La fin de l'année scolaire approchait ; des examens se déroulaient au centre de formation des apprentis en restauration.

Pour le cursus « barman », un certain Gabriel avait besoin d'un jury de professionnels du secteur. Il sollicita Élise, qu'il avait croisée quelques années auparavant, et cette dernière, ravie de renouer contact, accepta de lui prêter main-forte, saisissant l'opportunité de tisser un réseau et, aussi, celle de déguster de nouvelles idées.

Malencontreusement, une fois sur place, elle se rendit compte que l'épreuve pour laquelle elle était juré n'était que théorique.

Cachant sa déception, elle réussit tout de même à se faire inviter à boire un café par Gabriel, après le débriefing. Elle eut l'occasion de raconter son désespoir quant au restaurant et demanda à son confrère s'il n'était pas par hasard intéressé par une machine à glaçons, un extracteur de jus ou un stock de bouteilles.

En vérité, Gabriel n'avait cure de ce matériel, c'était Élise et sa plastique qu'il briguait. Au fil des échanges, il tentait inexorablement de savoir ce qu'il était advenu du papa de ses enfants ; elle lui avoua finalement, gênée, qu'Alexandre lui avait fait beaucoup de mal, mais qu'actuellement il avait disparu de la circulation sans chercher à s'occuper des petits.

C'était certainement une manipulation retorse en vue d'un mauvais coup contre elle. Elle poursuivait en disant qu'elle était devenue phobique du téléphone, en installant par exemple une application « enregistreur de conversation », ou encore en laissant le répondeur enregistrer les appels pour avoir le temps de préparer une parade et ne pas être prise au dépourvu dans l'immédiateté d'une discussion.

Gabriel cherchait à connaître les détails de son quotidien, si elle était libre ou si elle avait refait sa vie… mais Élise ne s'apercevait de rien, elle se contentait de converser tout en sirotant son espresso.

Chapitre 6 MAIGRE FOIN

Le 4 juin avait lieu l'audience devant le Juge aux Affaires Familiales, afin de clarifier, une bonne fois pour toutes, la situation avec Alexandre : la pension, la garde des enfants. Enfin, ça, c'était la théorie, car le malotru demeura aux abonnés absents, ce qui rendit la procédure caduque et l'annula. À la poubelle. Il fallait tout recommencer.

Le même jour, la tante de Fabrice était décédée des suites de son cancer.

À peine l'entretien au tribunal terminé, Élise fonça à l'hôpital retrouver Fabrice et le soutenir. Sans fleurs, cette fois-ci ; elle eut l'occasion de croiser quelques cousins-cousines, tous en pleurs, le visage caché derrière leurs mains. Triste contexte effectivement pour connaître la famille.

Quelques jours plus tard, lors de l'enterrement, Élise était mal à l'aise. Tout ce qu'elle pouvait faire, c'était être présente, masser les trapèzes et les deltoïdes de Fabrice, en essayant de retenir les prénoms de ses interlocuteurs. Il avait fallu un événement dramatique pour qu'il se décide à lui présenter ses proches, c'était un peu étrange…

— Bon, là c'est ma sœur ; tu verras, elle est un petit peu « rentre-dedans », mais tu vas t'y faire. Nicole, voici Élise, mon amie.

— Enchantée, Élise, claironna Nicole ; puis elle se tourna vers son frère. Alors, mon salaud, tu t'es trouvé enfin quelqu'un pour t'entretenir ?

— Tu ne crois pas si bien dire, Madame roule en Jaguar !

Très embarrassée par ce genre d'humour, Élise se força à rire en dépit de son sentiment mitigé.

L'ambiance au sein du groupe semblait électrique. Un peu à l'écart, une énergumène d'une soixantaine d'années se montrait agitée avec sa fille, entourée de trois parents.

« Qu'est-ce qu'il fait là, lui ? C'est un serpent ! », discerna à peine Élise à travers le brouhaha, tandis que Fabrice l'en détourna par l'épaule.

— T'inquiète pas, on a deux ou trois « cas » dans la famille. Je ne sais pas pourquoi elle est venue, cette vipère. T'occupe pas d'elle.

Pour détendre l'ambiance, Élise proposa à son petit ami une escapade à l'issue de la cérémonie. Elle avait obtenu un pass open-bar dans l'hôtel quatre étoiles de Gabriel, c'était l'occasion d'en profiter. Évidemment, ce soir-là, Fabrice avait le ventre noué. Il demanda à Gabriel un Monaco qu'il toucha à peine et ne prit qu'une bouchée des toasts au foie gras que sa copine avait commandés.

« Quel gâchis, franchement ! », déplora Élise.

Gabriel, entre deux clients, s'installa à leur table pour discuter, mais il releva très vite le malaise de Fabrice. Il ne sut l'interpréter : une certaine jalousie, une rivalité, autre chose ? Toujours est-il qu'après cette rencontre, il ne donnerait plus jamais de réponse aux messages d'Élise.

Pendant ce temps, la demoiselle sirotait son cocktail avec délice, simulant la joie et la détente.

— Ça va ? demanda-t-elle à son compagnon qui s'était enfoncé dans son fauteuil et muré dans un silence pesant.

— Franchement, non, je suis fatigué, je ne suis pas dans une bonne ambiance, je n'aurais pas dû dire oui pour ce soir.

— Effectivement, je vois que tu ne profites pas. Tu veux rentrer ?

— Si ça ne te dérange pas.

Le couple arriva devant la voiture de luxe garée sur le parking de l'hôtel ; Fabrice remarqua que la berline était réparée.

— Ah ben elle est mieux comme ça, quand même. Il a bien bossé, mon garagiste, hein ?

Le visage d'Élise s'assombrit.

« Son garagiste… », se remémora-t-elle.

Effectivement, elle avait fait confiance au professionnel recommandé par l'expert. Elle s'était rendue chez ce carrossier, tout sourire, espérant profiter d'une ristourne en se présentant de la part du célèbre Fabrice, comme indiqué par ce dernier.

— C'est pour la Jaguar, il vous en a sûrement touché un mot ; je viens de la part de Fabrice Moetlig.

— Qui ça ?

Élise était restée figée dans son élan, ne sachant plus comment réagir. Elle avait balbutié :

— Fabrice Moetlig ! Euh… de Audi Import… ?

— Jamais entendu parler.

*

Elle alluma une Vogue mentholée.

— Alors, c'est du beau travail, hein ? persista Fabrice.

— Je ne sais pas, sans doute, je n'y connais rien…

Elle lui tendit les clés.

— J'aimerais que tu prennes le volant, si ça ne te dérange pas.

— Tu as trop picolé ?

Elle le foudroya du regard et rétablit la vérité.

— Non, mais toi tu n'as rien bu. Je peux conduire, si tu veux.

— C'est bien de reconnaître quand tu as bu : c'est déjà un pas en avant que tu fais, mais franchement, faut te calmer, parce que tu ne bois pas des petites doses… en plus chaque fois c'est de l'alcool fort.

Élise grommela. Tout ceci était faux, archi faux…

*

Quelques jours plus tard, Fabrice était toujours désespérément absent. Absorbé par ses soucis ou par son travail, il adoptait le comportement de l'ours solitaire dans son appartement. Plutôt que d'envoyer à son compagnon une énième invitation à dormir chez elle – qui resterait sans réponse –, l'abandonnée contacta Pierre pour se plaindre de son délaissement. Le soir même, il débarquait avec un grand sourire pour éponger ses malheurs. Il lui demanda ce qu'elle avait à boire ou à manger, comme s'il était au restaurant ; elle lui réchauffa généreusement un plat de riz avec du poulet à la sauce soja et déboucha une bouteille de crémant. Ensuite, tout en parlant à voix basse pour ne pas réveiller les enfants, ils fumèrent une cigarette sur la terrasse de son appartement.

— Franchement, il y a un vrai fossé avec lui, je ne comprends pas, j'ai beau solliciter toutes mes ressources cérébrales sur lui, il y a des choses que je n'explique pas. Je déteste ignorer ce qui cloche.

« Comment se fait-il qu'il se refuse éternellement à moi ? Il a un problème de libido ou quoi ? »

— Des exemples ?

— Tiens, je lui parle de télécharger un film, il me propose de le louer au vidéo club. Tu saisis le décalage ?

— Ha, ha ! Il est vieux à ce point ? Rassure-moi… il a Internet ou il bosse avec une machine à écrire ?

— C'est moche, ne te moque pas ! Autre chose… Dans toutes ses phrases, il m'annonce : « comme je t'ai dit, ce matin nanani nanana », alors que je suis persuadée qu'il ne m'a rien dit. Il a dû en parler à quelqu'un d'autre…

— Une autre fille ?

— Oui, ou peut-être à Barbara avec qui il travaille de temps en temps… Sinon, ah, ce qu'il peut radoter ! Sans arrêt les mêmes choses à tout le monde…

— Je t'ai dit, c'est la vieillesse. Quel âge il a ? Dix ans de plus ?

— Onze. Mais attends ; si je réponds : « non, je ne pense pas que tu m'en aies parlé », puisque finalement je doute, il va me rétorquer : « tu vois, tu retiens jamais de ce que je te dis ! Tu as un problème, ma grande, si tu ne retiens pas ce que je te dis » et puis il va encore me mettre en porte-à-faux. Comme mon ex, en fait.

Pierre s'approcha d'elle et l'embrassa pour qu'elle se taise. Cela surprit Élise, qui croyait rester sur le registre de la conversation entre amis.

— Moi je dis, on a assez discuté de Fabrice, il ne sait pas ce qu'il rate, c'est un con.

Il vida sa flûte de crémant, Élise fit de même, il la traîna vers sa chambre et la déshabilla tout en resservant les deux verres. Il contempla la sensuelle, qui se laissait aller, enchantée que quelqu'un s'occupe enfin d'elle. Pierre lui fit l'amour comme tout sexfriend qui se respecte, c'est-à-dire ni trop vite, ni trop lentement, ni de manière brutale ni romantique.

— Hum, vraiment, il ne sait pas ce qu'il rate, en tout cas, à moi, tu me conviens parfaitement !

Quelques instants plus tard, bouclant sa ceinture et réajustant son T-shirt, il s'esclaffa :

— Je pense que tu vas passer une meilleure nuit, et ce n'est pas grâce à lui. Allez, j'y vais. Envoie mes amitiés à Fabrice.

*

« Enfin ! songea Élise, *nous avons finalement une soirée en amoureux rien que tous les deux ! »*

La rêveuse marchait d'un pas léger, presque en sautillant, bras dessus bras dessous avec Fabrice. Elle avait attendu ce moment depuis, semblait-il, une éternité. Les enfants étaient pour le week-end chez Martha et elle pouvait profiter du premier jour de l'été à la fête foraine avec son amoureux. Au programme, ce serait barbe à papa, churros, burgers – qu'importaient les calories – manèges à gogo, tir à la carabine déréglée, musique assourdissante, puis nuit intime câline et torride… un cocktail de frissons intenses, un régal d'émotions.

Ayant sondé son ami avant de se rendre dans cet endroit d'exubérance, elle était sûre de passer un moment merveilleux et de se mettre la tête à l'envers dans le bon sens du terme. Fabrice n'avait pas mangé, car son estomac, lors de sa dernière tentative, avait mal résisté au secouage intempestif.

Élise tirait sur le bras athlétique de Fabrice, exaltée à l'idée de démarrer la soirée dès le coucher du soleil par le premier grand huit. À peine le temps de faire la queue, le couple enchaîna un second manège. Fabrice ne riait plus, il criait. Élise se moquait doucement : pas si fortiche, le gaillard, finalement ! Elle en voulait plus, beaucoup plus, s'enivrer de sensations jusqu'à se sentir quitter la Terre ! Dans la troisième attraction, Fabrice ne riait plus, ne criait plus, il n'émettait plus un seul son. Élise fut prise de panique et le surveilla pendant les longues minutes du tour. Il maintenait les yeux fermés ; elle clama :

— Ça va ?

Il gémit. Au moins, il n'avait pas sombré dans l'inconscience. En descendant, le colosse était livide, Élise dut mettre à rude épreuve sa musculature pour soutenir les cent kilos de son ami. Elle l'assit à une table, demanda comment elle pouvait agir, si elle devait appeler la sécurité, le poste de secours, le SAMU, les pompiers ?

— Non, non, ça va, je vais me reposer cinq minutes… grommela Fabrice.

L'infirmière improvisée s'installa, lui massa le dos, les tempes, tapant nerveusement du pied. Au bout de vingt minutes, elle questionna :

— Alors, comment tu te sens ?

— Berk, il faut que je mange quelque chose.

Aussitôt, elle fonça vers la première baraque à frites et burgers et commanda un menu complet qui tenait au corps pour requinquer son compagnon.

« La dernière fois, soi-disant, il a régurgité un repas trop riche, là il est près de vomir parce qu'il n'a pas dîné… Il faut qu'il se raisonne : ce n'est plus de son âge, c'est tout ! »

Elle revint les bras chargés de nourriture ; Fabrice picora trois malheureuses frites.

— Tu ne manges pas ? demanda-t-il.

— Et toi ? rétorqua-t-elle.

« Non, mais il s'imagine que j'ai envie de me remplir le ventre ? Ce que je souhaite moi, c'est m'amuser, allez ! »

Elle regarda sa montre. Encore une demi-heure venait de s'écouler, assis sur un banc, à observer la foule en train de se distraire, contrairement à eux.

— Et maintenant ? s'impatienta-t-elle.

— Toujours pas. Ça doit être le bruit, et la fatigue. Je suis fatigué.

Élise envisagea de cogner dans l'une de ces machines, non pas pour mesurer sa force, mais pour lâcher sa colère.

— Bon, on rentre alors ?

— Oui, s'il te plaît, confirma-t-il.

Sur le trajet du retour, la trentenaire ne desserra pas les dents. Évidemment, la nuit câline ne serait pas au programme non plus ; à se demander s'il ne commençait pas à faire exprès.

« Non, mais pour qui il me prend… »

— Désolé, ma doudou, bah, des sorties il y en aura d'autres, comme le week-end prochain chez Daniel.

Effectivement, Daniel, le frère de Barbara, avait convié une trentaine de personnes à un tournoi de poker le samedi suivant. Même si Élise ne jouait pas, elle était invitée à profiter de la piscine avec les enfants durant l'après-midi avant que la partie ne commence. C'était l'occasion de rencontrer tous les amis de Fabrice, ou plutôt, de les recroiser puisqu'à l'occasion de la soirée « tarte flambée » au restaurant le 8 mai dernier, elle n'avait retenu aucun visage.

*

— Tiens, regarde, il y a Barbara déjà dans la piscine, glissa Fabrice à l'oreille de sa compagne. Salut Barbara !

— Salut beau gosse ! cria Barbara depuis son espace aquatique. Salut, Élise, salut les enfants !

« Salut beau gosse ? », tiqua Élise.

Les sacs furent posés sur la terrasse une fois les présentations de Daniel et de son épouse effectuées. Ils étaient quasiment les premiers, c'était mieux ainsi, Élise parvenait plus facilement à mémoriser la trentaine d'identités au fur et à mesure des arrivées.

Tout en veillant à ce que la marmaille ne tombe pas dans le bassin, elle revêtit son maillot de bain, déshabilla les poissons en herbe, installa Christophe dans une bouée et équipa Céline de petits brassards. Elle avait toute confiance en ses enfants une fois dans l'eau, ils se débrouillaient très bien. Cependant, elle gardait toujours un œil sur eux et ne parvenait pas à se détendre un seul instant. Barbara remarqua la vigilance constante de la mère et intervint :

— T'inquiète pas, va, je suis là, je les surveille, va donc te chercher un verre !

Élise ne se fit pas prier, elle sortit de la piscine et alla inspecter le bar.

« Oh, RedBull vodka ! »

Elle repéra son cocktail énergétique favori et s'en versa sans mesurer. Il disparut aussitôt. Beaucoup trop vite à son goût. Elle s'en servit un deuxième et retourna près de la piscine au bord de laquelle étaient apparus des petits fours et de nouveaux invités. Bises.

— Enchantée, Élise…

— Bah, je sais, on s'est vus au restaurant. Tu ne te rappelles pas ? Muriel ! Je t'avais même dit que j'avais lu ton dernier bouquin !

Élise grimaça et prit un teint rouge pivoine.

— Y'avait beaucoup de monde ce soir-là… murmura-t-elle pour se dédouaner.

Elle partit s'enfermer dans les toilettes, verte de honte.

« Allez, ma belle, courage. Ne fais pas ton asociale. »

En sortant des w.c., elle fit un détour par le bar, histoire de ne pas promener un verre vide, grignota un petit four. Un quinquagénaire vint se placer derrière elle et lui colla une peur bleue lorsqu'il claironna :

— Salut Élise !

Il lui claqua une bise énergique et elle se figea. Bon sang, c'était qui, lui ? Il marqua une pause, puis rappela :

— Bertrand !

— Ah, mais oui ! força-t-elle avec un petit rire jaune, en grimaçant, désormais plus du tout détendue.

Elle prit une profonde inspiration et se dirigea vers un duo atypique. C'était sûr, eux, elle ne les avait jamais vus ! Elle tendit sa main en avant :

— Bonjour, ravie de faire votre connaissance. Élise, l'amie de Fabrice.

Le couple se retourna, interloqué.

« Mais qu'est-ce qui lui prend, à celle-là ? »

— Oui, Élise, on était au restaurant.

La trentenaire faillit exploser. Elle vida son verre d'un trait et, pour broyer du noir, alla s'enfoncer dans la piscine en compagnie de Céline et Christophe. Elle se réfugia, tête sous l'eau, cria de toutes ses forces, puis ressortit son visage, souriant, comme si de rien n'était.

Les arrivées et les faciès inconnus se succédèrent tandis qu'Élise restait dans le bassin et saluait de loin les invités, d'un air faussement ravi, tout en faisant semblant de jouer avec les petits. Fabrice, qu'elle avait pu admirer en maillot en se disant qu'elle croquerait volontiers dans ses cuisses d'Apollon, l'avait abandonnée à son sort.

Lorsque tout le monde fut installé dans le jardin, elle se décida enfin à ressortir de l'eau, absente, blanche comme un linge, en déléguant la surveillance des enfants à Barbara, pour remplir son estomac de calories et ses poumons de nicotine. L'après-midi s'annonçait navrant. Mieux valait manger, boire, fumer, oublier. Déambulant près du bar en bikini, elle ne put s'empêcher de remarquer les regards masculins sur son corps.

« Une silhouette grasse et déformée qu'elle devrait vite cacher dans les vagues en barbotant comme un cachalot », interprétait-elle.

« Il en a de la chance, Fabrice, d'avoir harponné cette bombasse », pensaient-ils réellement.

Vers dix-sept heures, les joueurs de poker se mirent aux choses sérieuses laissant Élise mimer à tour de rôle le requin, le dauphin, le crabe, et toutes sortes d'espèces marines pour divertir la fratrie. Tout à coup, quelqu'un s'écria :

— Mojito ! Qui en veut ?

Un cocktail à la menthe ? Bien sûr qu'elle en souhaitait ! Il était temps d'ailleurs de sortir tout le monde de l'eau ou ils allaient se changer en éponges. Elle sécha les enfants, les rhabilla, fit de même pour elle, sommairement, installa sa progéniture devant une feuille avec des crayons de couleur et alluma une cigarette.

— Tu fumes beaucoup, non ? s'étonna Barbara qui avait rejoint la terrasse.

— Je m'y suis mise à cause de mon ex. C'est de sa faute à lui tout ça, mais j'arrête quand je veux.

— Tu es bourrée, Élise, déclara Fabrice. Quand tu as trop bu, tu parles fort et, de surcroît, tu dis n'importe quoi.

Sa compagne se crispa de plus belle.

— Je ne suis pas ivre, fit-elle en se promettant de ne plus ouvrir la bouche de la journée.

— Son ex, c'est un nabot, je l'ai vu, j'ai eu l'occasion de le remettre en place. Il est aussi insignifiant qu'une mouche.

Barbara s'esclaffa. Elle avait dû trouver Fabrice hautement spirituel. La jeune blonde se servit un verre de n'importe quelle bouteille au hasard. Il n'y avait plus de RedBull.

La partie de poker se poursuivit. Le soleil commençait à décliner et Élise s'aperçut que tout le monde s'amusait sans elle : qu'elle soit là ou pas, quelle importance. De plus, il faudrait coucher les petits. Elle prit Fabrice en aparté ; il avait l'air furieux.

— Je vais y aller, déclara-t-elle.

— C'est quoi ton comportement ? C'est inadmissible.

— De quoi tu parles ?

— Regarde, tu tiens à peine debout !

Entre les mottes de terre, avec ses chaussures à talons de dix centimètres, Élise constata qu'elle avait effectivement des difficultés à rester bien droite. Elle haussa les épaules.

— Je ne comprends rien à ce que tu dis, je vais rentrer, il est tard, il faut que je couche les enfants.

— Martin ! héla Fabrice. Il faut que tu prennes ta camionnette et que tu l'accompagnes.

— On fait comment pour les sièges-bébés ? Je n'ai pas de quoi les attacher, moi, dans la fourgonnette. Et on fait comment pour sa voiture ?

— Au pire des cas, je…

— Arrêtez de vous tracasser, je peux très bien conduire, je ne sais pas du tout ce que vous manigancez, laissez-moi tranquille.

Élise se tordit trois ou quatre fois les chevilles dans l'herbe du jardin pour atteindre les cabas contenant, entre autres, les serviettes et les maillots de bain trempés, agrippa ses deux enfants et se dirigea vers la berline, vexée, sans saluer personne. Fabrice la rattrapa et l'aida à porter les affaires jusqu'au coffre de la Jaguar.

— Envoie-moi un SMS pour dire que tu es bien arrivée, OK ?

Elle maugréa et se laissa tomber sur le siège en cuir.

Dans son sous-sol, la restauratrice hissa le sac sur le dos, Céline, douze kilos, sur l'épaule droite, Christophe, huit kilos, sous le bras gauche, verrouilla la porte du garage avec le pied, appuya sur le bouton d'ascenseur avec le menton, coucha les précieux paquets somnolents en pestant contre les abrutis qui lui rabâchaient encore de se mettre au sport pour retrouver la forme, puis elle se glissa dans une nuisette et enfin dans son lit. Elle pianota :

— Les enfants dorment, moi aussi, à demain.

Elle ferma les yeux et se laissa envahir par ses cauchemars habituels.

*

— Maman, on va chez pas triste aujourd'hui ?

— Qui ça ?

— Pas triste !

Élise explosa de rire comme il ne lui était pas arrivé depuis un moment.

— Fabrice !

— Ben oui, pas triste !

Elle sourit, attendrie. Intéressante, la manière des enfants de s'approprier les choses et de les transformer naïvement, simplement, par un léger défaut de prononciation. Élise aimait l'évocation d'un compagnon « pas triste », venu d'un quartier populaire pour achever, comme un preux chevalier, toutes ces années de mélancolie, de ruminations, de cauchemars. Peut-être était-ce lui, finalement, la clé du bonheur tranquille auquel elle aspirait tant, peut-être était-ce lui, le sauveur « pas triste »…

— Je ne sais pas, ma poulette, je n'ai pas de nouvelles.

« Comme d'habitude », ajouta-t-elle en pensée.

Tapotant son téléphone, elle se résolut à écourter cette insupportable attente et appela son partenaire.

— Allô Fabrice ? Tu vas bien ?

— Oui, tout va bien.

— Euh… tu fais quoi ? Tu as bien dormi ? Tu as prévu de faire quoi ?

— J'n'ai rien de prévu.

— OK… eh bien… tu as envie qu'on se voie, ou alors tu as quelque chose en tête ?

— Non, non, viens si tu veux.

Élise marqua un blanc pour se concentrer. Ce détachement était totalement déstabilisant. Comment formuler sa demande pour savoir réellement ce qu'il pensait ?

— Euh, ça te fait plaisir si je passe la nuit chez toi, que je m'arrange pour que ma mère garde les enfants ?

— C'est toi qui vois, si tu as envie de venir, tu viens, comme je viens de te dire, je ne fais rien de particulier.

La dubitative raccrocha, heureuse à la perspective de se blottir au chaud sur la musculature rassurante et réconfortante de son athlèthe, mais mitigée quant à la conversation froide qui s'était déroulée. Qu'est-ce qu'elle craignait, elle n'avait rien fait de mal ! Après avoir négocié ferme pour que Martha garde les enfants une nuit, encore, elle rassemblait ses affaires pour dormir chez Fabrice. Il pourrait quand même s'efforcer de venir plus souvent, lui, ça faciliterait les choses, tout de même !

Quelques instants plus tard, alors que l'amoureuse préparait trois sacs : le sien et ceux des petits pour leur séjour chez la grand-mère, elle reçut un SMS :

— En fait, il faut que tu arrives dans 10 min.

Elle répondit du tac au tac

— T'es malade ! En temps normal, il me faut 15 minutes pour arriver, là je dois encore déposer les enfants.

— C'est ton problème, moi je pars dans 10 minutes.

« *Hein, mais il est fou, lui !* »

Elle temporisa :

— J'en ai pour 1 h, peut-être 45 minutes si je fais vite.

— Gouille-toi.

Le cœur d'Élise battait à tout rompre. Qu'est-ce que c'était que ce scénario, encore ? Une surprise pour son anniversaire ? Ce n'était que dans quinze jours ! Elle essaya de le joindre, mais personne ne décrocha. Avec les trois sacs sur le dos et les clés entre les dents elle pianota :

— Je me dépêche, je m'y applique, promis.

Tout en activant une vigilance plus aiguisée qu'un pilote de rallye, Élise conduisit la Jaguar à la limite de l'indécence. Les enfants étaient enchantés. Elle jeta les affaires sur le plancher de Martha, balbutia un « bonjour merci je suis en retard à demain bisous », survola les cinq étages pour s'enfoncer à nouveau dans sa berline et faire vrombir le moteur jusqu'à l'autre bout de la ville. Puisque Fabrice devait partir, elle imaginait qu'il l'attendît en bas, mais non : personne. En tapotant son portable « t'es où ? », en nage, elle gravit la tour de son prince tout en se barbouillant un peu de déodorant sous les aisselles.

En arrivant, elle découvrit Fabrice sur son canapé, les doigts de pieds en éventail.

— Ah, t'es là ! salua-t-il.

— Quoi… comment… que… ?

Le corps entier d'Élise se rigidifia tandis que Fabrice chaussait nonchalamment ses baskets.

— OK, on va se mettre en route alors, annonça-t-il.

Encore sous l'effet du stress, Élise consulta sa montre puis regarda le maître des lieux avec des yeux de carpe frite :

— Mais euh, ça va ? On n'est pas en retard ?

— Non, juste bien.

— Mais *où nous rendons-nous* ?

— Voir une brocante.

Elle fut estomaquée.

— T'es sérieux ? Mais… mais y'a pas d'impératif horaire pour un vide-grenier ! Et puis j'aurais pu emmener les enfants !

— Hum ? Oh, c'est un peu loin, je ne voudrais pas qu'on y soit trop tard. Comme on aime bien ça tous les deux, je me suis dit que ça te plairait. Tu me dis toujours qu'on ne fait rien en amoureux ! Faudrait savoir ! Bah, sinon on n'y va pas, hein !

*

Ce soir-là, après avoir échangé quelques phrases, grignoté quelques fruits de mer et regardé une série stupide, Élise déclara qu'elle voulait s'allonger. Elle avait pris la décision d'oublier l'incident de l'après-midi. Demeurer désappointée et rancunière ne servait à rien, peut-être avait-elle mal compris après tout. Fabrice ne bougea pas. Elle dut insister sur son envie qu'il la rejoigne. Ouf, il s'en était fallu de peu pour qu'elle se couche seule, encore, bien qu'elle fût chez lui ! Au bout d'instants immobiles qui parurent une éternité, alors qu'elle le dévisageait avec des yeux de braise dans la pénombre, il aboya :

— Qu'est-ce qui y a ?

Élise, frustrée au point d'exploser, tenta de garder un ton approprié à une discussion chaleureuse, en désignant le chat qui s'était incrusté entre eux et qui ronronnait, au comble de la béatitude, lui.

— Tu veux bien te décider à virer ce chat et on fait l'amour ?

« Aïe, trop sec, se dit-elle après coup en se mordant la lèvre. *Mais merde, c'est vrai enfin, il attend quoi, pour me câliner ? Que je sois vieille et ridée ? »*

Fabrice ne bougea pas d'un poil. Pas de réaction. Aucune.

« Mince, il est mort ? »

Il mit brusquement sa mâchoire inférieure en avant et commença à grincer des dents.

— Quoi, tu fais la gueule ? le bouscula l'allongée.

— Est-ce que j'ai déjà demandé à ce que tu vires de la pièce ton putain de fils ?

« Waouh. »

Elle ne s'attendait pas du tout à cette réaction-là.

« OK, bon on va se calmer, hein c'est – juste – un – chat ! Et puis Christophe n'a jamais dormi entre nous deux… »

Elle commençait à comprendre que l'écart entre elle et Fabrice était bien plus large qu'un matou. Elle avait énormément besoin de contact, de caresse, de sensualité, de douceur, de chaleur. Tout ça, il ne le lui apportait pas. Il demeurait distant en dépit de tous ses efforts. Sans doute, elle ne savait pas s'y prendre, c'était sûr, il y avait quelque chose qui n'allait pas chez elle : ses dix ans de relations tordues avec son ex l'avaient enfermée dans un mauvais schéma, indubitablement. Elle était trop grosse pour Alexandre, pas assez pour Fabrice, ou alors quoi ?

« Bon sang, mais qu'est-ce qui cloche chez moi ? »

Cette fois-ci, ce furent les oreillers du lit de Fabrice qui s'imbibèrent de maquillage et de larmes silencieuses.

*

— Tu as bien dormi ? demanda Fabrice le lendemain matin sur un ton presque enjoué.

« Tu te fiches de moi ? Tu es schizophrène ou c'est moi qui deviens complètement folle ? »

— Non, pas vraiment, répondit-elle.

— Moi j'ai bien dormi. Je n'ai pas eu mal au dos, ça fait du bien, ça faisait longtemps.

« OK, on s'en fout. Quand est-ce qu'on aborde les sujets importants ? »

— Tu as de la chance, fit-elle ironiquement, sans que Fabrice ne relève quoi que ce soit.

— C'est vrai, tu as l'air encore fatiguée, observa Fabrice.

— J'ai fait des cauchemars, répondit-elle.

« Et tu y es pour quelque chose. »

— Ça, c'est parce que tu travailles trop du bocal. La nuit, tu n'arrives pas à te reposer parce que tu cogites trop, ton cerveau ne s'éteint pas, tu bosses même la nuit !

Et comme s'il s'était métamorphosé en un puits de science au sujet des troubles du sommeil, il ajouta :

— Christophe qui ne fait pas vraiment ses nuits, Céline qui te réveille pour un oui ou pour un non… tes enfants, il faut leur apprendre à rester au lit le matin, le week-end.

— Mais bien sûr, fit l'incomprise, ignorant si elle devait rire ou sortir de ses gonds.

Sûr de son fait, Fabrice argumenta :

— Je faisais ça avec les gamins de mon ex, tu sais le petit Kilian…

« Mais oui, le petit Kilian… celui à qui tu offres des cadeaux alors que tu n'es plus avec la maman, mais tu gardes quand même de bons contacts avec toutes tes ex. »

— Il avait quel âge, Kilian, rappelle-moi ? demanda-t-elle de manière rhétorique.

— Je ne sais plus, il devait avoir six ou sept ans…

— Ben voilà ! Sept ans ! Et les miens ont combien, tu te souviens ?

— Mais peu importe ! Dormir, ça marche à tout âge, s'emporta Fabrice. Ne me dis pas qu'ils ne savent pas ce que c'est que de dormir !

Plutôt que de commencer à polémiquer, puisque le ton montait et que monsieur était tellement sûr de lui, Élise préféra écourter la discussion.

Elle se leva d'un bond, passa sous la douche, ne proposa pas à Fabrice de la rejoindre – puisque chaque fois qu'elle l'avait suggéré, de toute façon, cela avait été un échec cuisant –, elle engloutit un café tout en s'habillant et avant de franchir le seuil de l'appartement, elle déclara :

— C'est le jour de fermeture définitive du restaurant aujourd'hui. Profites-en, si tu veux venir manger, c'est la dernière occasion, si ça t'intéresse encore !

— Pourquoi tu dis ça ?

En guise de réponse, elle claqua la porte.

Chapitre 7 FETE NATIONALE

Fabrice, chez Élise, regardait un match à la télévision pendant qu'elle couchait les enfants. Après les avoir embrassés et bordés, elle rejoignit son invité et s'assit à côté de lui en faisant mine de s'intéresser à la partie. Elle tint cette mascarade, ponctuée d'une cigarette ou deux sur le balcon, jusqu'à la mi-temps. C'est seulement à ce moment que Fabrice daigna lui adresser la parole.

— Faudra vraiment que je refasse ton appartement. Tu m'étonnes que tu déprimes sans arrêt avec cette peinture maronnasse là, ce n'est pas possible ! Et je te réaménagerai un vrai coin bureau, là-bas, avec un plan de travail et des étagères comme chez moi. Si tu as confiance et que tu me laisses faire, tu verras, ça sera bien.

— Je t'ai déjà dit que j'étais d'accord, je crois ; j'ai commencé à regarder pour de nouveaux meubles et j'ai même fait des petits croquis, tu veux jeter un œil ?

Elle fouilla dans un tiroir et sortit quelques dessins que Fabrice survola poliment, sans se prononcer.

— Au fait, puisque la Jaguar ne se vend pas en l'état, je vais devoir baisser le prix ou bien peut-être traquer les éventuels défauts, je ne sais pas, je ne comprends pas…

— Tu parles de ta voiture de luxe qui n'avance pas et qui n'a pas de Bluetooth ?

Élise se crispa. Elle était convaincue que l'achat de cette voiture avait été une erreur, basée sur les mauvais conseils d'Alexandre. Un acte impulsif, un craquage, la compensation d'un manque d'affection, déjà. Fabrice remuait le couteau dans la plaie. Le faisait-il sciemment ?

— Tu vas perdre beaucoup d'argent, reprit Fabrice. Personne n'en voudra, c'est une marque de niche avec beaucoup de décote.

— Hum. Comme elle est quasiment neuve, j'ai sûrement des chances qu'elle parte, non ?

— Ouais. Mais faut que t'arrêtes d'acheter des bagnoles qui ne se revendent pas, hein !

Élise haussa les épaules.

— Oh, je ne travaille pas dans l'automobile, moi. Je ne sais pas à l'avance si une voiture conserve de la valeur ou pas. Je ne suis pas si différente de tout le monde, si ?

Fabrice la fixa avec un regard qui en dit long. Élise changea de sujet.

— Je vois, reprit-elle. Tu voudrais m'accompagner à Metz ? Ce serait l'occasion que je te présente à mon tour toute ma famille, mes amis, et là où j'ai passé mon enfance, ça pourrait être chouette, non ?

— Je vais avoir du taf à cette période.

— Je ne t'ai même pas encore annoncé quand ! Et ce serait sur un week-end, pas plus !

— Comme je t'ai dit, ça dépendra du boulot, puce.

Le match reprenait, Fabrice se mura à nouveau dans le silence. Élise se mit à discuter avec Matthieu par SMS.

— Coucou…

— Bonsoir ! Alors, comment ça va avec Fabrice ?

— Sur la phase descendante, a priori. Mais d'ailleurs, je ne sais même pas s'il y a eu une phase montante un jour.

— Tu m'as raconté l'autre jour que c'était ton médicament !

— Fabrice, mon remède ? Je commence à douter.

— Il est mieux que le précédent quand même !

— Indéniablement… De mieux en mieux, je finirai peut-être par trouver le bon ?

— Ce n'est pas celui-là, le bon.

— Tu vas me prétendre que c'est toi, c'est ça !?

— Mais non ! Ne me dis pas qu'il n'y a pas mieux, quand même ! Des mecs cool avec les enfants, il y en a des tas ! Et le reste alors…

— Je te rappelle qu'il y a aussi un nombre considérable de fumiers… Malgré tout, je demeure convaincue qu'il y a un truc qui cloche avec Fabrice.

— Quoi donc ?

— Tu ne vas pas me croire, mais parfois j'ai le sentiment qu'il joue au con.

— [smiley qui pleure de rire] Qu'est-ce qui te fait dire ça ?

— Je l'ignore. Non bon, c'est moi qui déconne… il faut que j'arrête de penser ça ! Il n'est pas con, quand même, il travaille avec l'Allemagne !

— À qui tu envoies des messages tout le temps ? tiqua Fabrice.

— Rien de particulier, c'est juste Matthieu.

Élise eut le mauvais réflexe de cacher l'écran pour qu'il n'épie pas la teneur de la conversation.

— Il parle allemand ?

— Pas terrible en fait. Il missionne Barbara au téléphone avec les concessionnaires.

— Quel Matthieu ? reprit Fabrice.

— Mais si, tu l'as déjà croisé, il nous avait invités pour son anniversaire en février dernier.

— Qu'est-ce que c'est que ce mec, bon sang de bonsoir ? Tu m'aurais dit la vue de loin, soit. À 45 ans, il est presbyte, c'est normal, mais il fait bosser ses amis pour parler allemand à sa place ?

— Ouais, non, je n'en sais rien, je ne l'ai jamais accompagné chez Audi pour analyser comment ça se passe. Je te dis, c'est moi qui débloque complètement…

— Ah, Matthieu, avec qui tu as déjà couché.

— Comme je te l'ai annoncé en février, lui et moi, on a eu une aventure y'a longtemps. Maintenant, on est amis. Point. C'est très clair pour tout le monde, fit Élise, blessée par la remarque.

— Amis ou sexfriends ? creusa Fabrice.

— Amis, amis.

« Le sexfriend, ce n'est pas lui... », songea-t-elle.

— C'est quand même bizarre, je vois bien que tu discutes par SMS avec quelqu'un et pas avec moi et tu rigoles, je t'observe, hein ! Et même quand tu vas aux toilettes, je suis sûr que c'est pour envoyer des messages discrètement.

— Et après tu dis que moi, je suis parano ! s'esclaffa Élise.

— Si j'étais toi, je ne la ramènerais pas trop.

— Pardon ? s'étrangla l'interlocutrice, surprise par le changement de ton.

— Pour la première soirée où tous mes amis sont là, que je te présente à tout le monde, et tu ne trouves rien de mieux que de te mettre dans un état… tu finis bourrée… franchement j'ai eu honte. Tu m'as fait honte, Élise. D'ailleurs, dès le lendemain, j'ai dû m'excuser auprès de Daniel de ton comportement… franchement, la première fois que je te présente à mes amis, tu te comportes de cette manière, c'est inadmissible.

Élise laissa un temps mort, alla fumer une cigarette, puis à son retour, lança sèchement :

— Je vais me coucher. Si tu veux, j'allume la télévision pour regarder le foot au lit ou alors tu restes sur le canapé, ou même chez toi, à la rigueur… c'est toi qui choisis.

Après un bref détour à la salle de bains, brossage de dents de rigueur et parfumage pour masquer l'odeur de tabac, lorsqu'elle enfilait sa nuisette, elle vit Fabrice entrer dans la chambre. Il avait opté pour l'apaisement, semblait-il. Elle régla donc l'écran sur la chaîne du match, mais Fabrice la fixait, elle.

— Tu as revu ton ex ?

— Comment ça ?

— Alexandre, tu l'as revu ?

— Mais non, pourquoi donc le reverrais-je ?

— Regarde-toi, tu as des bleus partout. Et ce n'est pas la première fois que je vois ça.

Élise observa ses membres inférieurs nus dépassant de la nuisette.

— Ah, oui, fit-elle simplement.

— Il se passe quoi, chez toi, tu te fais frapper par des fantômes ou quoi ?

Fabrice poussa un cri étouffé.

— Mais regarde ta cuisse ! On dirait une trace de main !

Le haut de la jambe droite d'Élise portait effectivement les stigmates bleu violacé d'une ecchymose à cinq doigts, de la taille d'une paume d'homme.

— Ou alors tu te fais ça toi-même pendant la nuit !

« *C'est normal d'avoir des bleus et de ne pas forcément se rappeler ce qu'on a cogné, non ?* »

— Comment veux-tu que je me fasse ça moi-même ? interrogea la suspecte, tandis qu'elle contorsionnait son poignet pour adapter ses phalanges à la plaie sur sa jambe.

Élise sentit son cœur palpiter. Incroyable : Fabrice était en train de la traiter de folle, vraiment ? Elle le scruta. Il jouait théâtralement son rôle de petit-ami terrifié, désirant prendre soin de sa moitié, tout en jetant l'opprobre sur sa santé mentale. C'était du grand art. Du grand Alexandre. Elle aurait dû nier en bloc, évidemment, mais au lieu de cela elle prit peur. Les traces étaient bien présentes. Impossible de s'en rappeler la provenance.

— C'est une marque de doigts comme si tu avais serré ta cuisse avec une force incroyable, renchérit Fabrice. C'est pour ça que tu dors mal, c'est parce qu'en fin de compte tu te fais du mal quand je ne suis pas là, la nuit !

Élise se souvint d'un soir où elle avait entendu du bruit dans le couloir. Encore à moitié léthargique, mais tétanisée, elle s'était accrochée à l'idée que cela puisse être Céline en train de grimper sur les toilettes, avant d'imaginer le spectre de son ex arpentant le corridor. Des sueurs froides roulèrent sur son échine. À cause de cette remarque de Fabrice, elle se surprit à penser que les manifestations nocturnes puissent provenir non pas d'un quelconque fantôme, mais en réalité d'elle-même. Peut-être était-elle somnambule ? Frissonnant, glissant vers l'effroi, elle s'efforça de se rattraper à des considérations rationnelles. Quelqu'un lui avait fait ça. Pas elle, elle le saurait. Fabrice l'aurait-il maintenue jusqu'à la blessure pendant qu'elle dormait, pour justement appuyer la théorie de la folie ?

Ce serait tellement tordu ! Ce serait tellement possible !

« Tu te fais du mal quand je ne suis pas là, la nuit… », se répéta Élise, puis elle secoua la tête comme pour effacer cette idée.

— N'importe quoi ! conclut-elle.

— Tu fais peur, Élise, faudrait peut-être que tu songes à voir quelqu'un.

Fabrice enfonçait le clou. Que cherchait-il ? Elle fit mine de ne pas avoir entendu.

Après un temps désespérément long, comme elle ne souhaitait pas s'endormir en colère et subir un sommeil agité, elle se retourna vers le renfrogné et tenta :

— Bisou ?

— Non, là, franchement, je n'ai pas très envie de t'embrasser.

Élise éprouva une décharge électrique de ressentiment dans tout son corps. Fabrice argumenta :

— Tu crois que je ne le sens pas, quand tu viens de boire de l'alcool ? Quand tu t'es servi discrètement un petit verre dans le frigo ou quand tu viens de fumer une cigarette ? Tu crois que c'est agréable d'embrasser une bouche pleine de tabac ?

« Et voilà, encore un reproche… Et il mélange tout. Il avait bien indiqué "tolère la fumée" sur son profil. Je n'ai pas rêvé, si ? C'est quoi, la prochaine étape ? »

Fabrice, lancé à toute puissance, continua :

— Regarde Sabine…

« Qu'est-ce qu'elle vient faire là, celle-là ? »

— Sabine, malgré tous ses problèmes, elle reste sobre, tu devrais t'en inspirer. Elle aussi a deux petits bouts en bas âge. Elle ne dit jamais que ce sont de boulets. Pourtant elle est tombée sur un sacré pervers narcissique, elle aussi !

« Si ça se trouve, c'est le même ! », pensa Élise, en souriant « jaune » intérieurement.

— Peut-être même pire que le tien ! poursuivit Fabrice, coupant court aux digressions d'Élise. Sa maman a été une grande psychologue, mais sans prendre le melon, tu vois, des gens bien, terre à terre, comme moi. Sabine, malgré tout, elle gère tout, toute seule, mais contrairement à toi elle garde la tête haute. C'est une fille formidable, comme je t'ai dit elle est bénévole dans plein d'assos' ;

elle a un peu les mêmes valeurs et la même hygiène de vie que moi ; tu vois, moi qui ai certains principes, ce n'est pas évident d'être une fille qui élève ses enfants seule ; tu sais, elle a beaucoup souffert avec son ex franchement je la respecte par rapport à tout ce qu'elle fait.

Élise était sidérée.

« OK, là c'est le bouquet. Sabine, qu'elle aille au diable ! »

Avec cette pensée, une secousse empoisonnée parcourut ses veines. Un frisson de jalousie ? Un courant d'air ? Encore un « fantôme » ?

« Fais attention à ce que tu souhaites ou tu pourrais l'obtenir. »

Serrant les dents, elle se répondit à elle-même :

« Rien à faire de Sabine, qu'elle disparaisse ! Hop, problème réglé. »

— Bonne nuit ! fit Élise en tournant définitivement le dos à son compagnon.

Le lendemain matin, alors que la trentenaire avait côtoyé ses cauchemars, comme d'habitude, Fabrice lui annonça qu'il ne souhaitait plus dormir chez elle. Du moins, plus aussi souvent – la blague. En effet, cette nuit-là, il avait fait particulièrement chaud dans l'appartement d'Élise, et Fabrice avait pris ce prétexte pour s'allonger sur le clic-clac. Lui, il racontait avoir couché sur le balcon.

— Tu n'écoutes pas ce que je te dis, je t'ai dit : la nuit, il faut ouvrir toutes les fenêtres.

— Je te rappelle que j'ai des enfants en bas âge, gronda Élise. Ouvrir toutes les fenêtres c'est beaucoup trop dangereux !

— On s'en fout de ça ! Il faut aussi fermer les volets en journée, je te l'ai déjà dit.

« On s'en fout de la potentielle mort imminente de mes enfants qui passeraient par la fenêtre !? »

— Je ferme les volets sur la façade où il y a du soleil ! s'expliqua la résidente. De l'autre côté, quand je suis là pour surveiller, j'ouvre...

— Mais non, surtout pas, n'importe quoi ! Regarde chez moi, il y a une température tout à fait acceptable.

— Je ne vais quand même pas vivre dans le noir toute la journée ! Et ce n'est pas comparable ; on n'a pas la même orientation ! Mon appartement est traversant, c'est le dernier étage, arrête de tout mélanger, c'est franchement pénible.

Élise était à deux doigts d'annuler la sortie chez Barbara l'après-midi, mais une fois de plus, elle respira, déglutit, et récita son mantra favori :

« Ça va aller, ça ira mieux, ça va aller. »

*

Chez Barbara, Fabrice fut un modèle de gentillesse. Il jouait avec Céline, donnait le goûter à Christophe, s'occupait des enfants comme si c'étaient les siens. Élise fondait sur place, le tableau était magnifique. Au moment de la sieste, comme souvent, Fabrice dédramatisa la situation et suggéra que la progéniture d'Élise s'allonge sur le lit de Martin et Barbara, solution approuvée par tous, et les petits s'endormirent presque sans histoire. Soulagement. Subtilement, la nicotinomane fit remarquer à Fabrice qu'elle n'avait plus fumé depuis presque vingt-quatre heures.

— Quoi, tu veux que je te félicite ? Je ne vais pas te féliciter pour quelque chose qui me paraît normal !

Tous les muscles d'Élise se contractèrent à nouveau. Elle changea de sujet :

— Je vais à Metz dans trois jours, au fait. Tu m'accompagnes ?

— Je t'ai déjà dit, puce, ça dépend du boulot.

« OK, même pas foutu de me dire si dans trois jours il est dispo ou pas. »

Barbara déballa un jeu de société et ils purent profiter d'un moment de divertissement entre « grands ». Le principe était de faire deviner des expressions sans en prononcer d'autres. Au tour de Barbara, interprétant un nom à l'attention de Fabrice, elle s'exclama :

— Élise en est un !

« Un ? Je suis un quoi ? »

Fabrice parut embêté par cette définition, puis sortit au hasard :

— Caméléon !

L'assemblée pouffa de rire, mis à part Élise, gênée par cette association d'idées.

— Mais non, un auteur ! grogna Barbara. Le mot à deviner, c'était Auteur ! D'ailleurs, on dit auteure ? Écrivaine ?

Élise ne sut pas vraiment si la question lui était destinée, car Fabrice monopolisa la parole :

— Tu n'avais rien de mieux comme définition ? Élise, un auteur… ça aurait pu être tout et n'importe quoi ! On aurait pu dire un restaurateur, un artiste, un patron, un chef de famille !

— Ah, voilà pourquoi « caméléon » ! comprit Élise.

« Oui, je suis une romancière, pas une Renaudot ou Goncourt, mais tout de même ! J'ai même un grand psychiatre parisien qui m'a avoué trouver inspirants mes écrits. Francis Becker[1]*, je crois… »*

Élise tâchait de restituer les fragments du mail de son « fan » tout en écoutant son compagnon palabrer.

— C'est ça… parce que tu es, on va dire… versatile. Non, ce n'est pas le mot. Adaptable ! Tu as plein de personnalités différentes, tu sais te transformer aussi bien par exemple… que ce soit en pleine campagne ou à un dîner mondain, tu peux changer de visage… mais ce n'est pas un reproche que je te fais, puce, hein ! ajouta-t-il en observant la moue de sa chérie. C'est un talent !

Élise demeurait dubitative. En public, il annonçait que ces multi-facettes lui plaisaient, en privé, il lui jetterait l'opprobre en implicitant qu'elle serait *bipolaire*…

---

[1] À retrouver dans « Parallaxe ».

— À propos de rédaction, reprit Élise sur un ton détaché, tu connais l'écriture miroir ?

Fabrice n'avait jamais entendu parler de cela. Élise détailla le principe des messages cachés pour lesquels il est nécessaire de lire à l'envers, avec une glace. Non pas pour étaler sa culture, comme eut l'air de le comprendre Barbara, mais parce qu'elle avait une idée derrière la tête.

*

À n'en pas douter, Élise avait de l'imagination. Puisque dix jours après son anniversaire, Fabrice n'avait toujours rien organisé, elle s'était mis en tête de prendre les choses en main. Elle s'était arrangée pour que Barbara garde les enfants chez elle et avait manigancé à scénario à la « Da Vinci Code ». Ce n'était pas, à la base, un test des capacités intellectuelles de Fabrice, mais plutôt un jeu grandeur nature, comme elle-même aurait voulu le vivre.

À son retour d'Allemagne, il reçut un SMS :

— Est-ce que tu peux venir ? Je t'attends au restaurant.

Il tenta d'appeler Élise, mais la communication était mauvaise. Impossible de savoir ce qu'il en était. Il s'imagina une fuite d'eau, une agression d'Alexandre, toutes sortes de choses horribles. Il ne prit pas le temps de se changer, fonça aussi rapidement que sa voiture de collection le pouvait, et atterrit devant l'établissement fermé… Pas d'Élise. Il courut dans tous les coins, devant, derrière, rien. Il s'arrêta sur la place et envoya un SMS, puisque l'appel ne fonctionnait pas.

— Qu'est-ce qui se passe, tu es où ?

Il n'avait pas vu la feuille A4 d'un bleu vif, collée en plein milieu de la porte du restaurant qui indiquait en gros caractères :

« Celui dont le métier est d'en importer doit regarder le côté gauche de la mienne. »

Élise observait son partenaire, complètement perdu, en train de déambuler sur la place. Elle se résolut à envoyer un message pour l'aiguiller vers le bon chemin.

— Tu vois ma voiture ? Regarde-la attentivement.

Elle scrutait la réaction de Fabrice depuis la fenêtre d'une chambre d'hôtel trois étoiles, juste en face du restaurant. Son petit rire nerveux et son excitation s'étaient mués en ennui et en agacement, car Fabrice ne se dirigeait pas du tout vers sa Jaguar, pourtant bien en évidence, sur laquelle elle avait laissé l'indice numéro deux. C'était une nouvelle feuille A4 bleue fixée sur la vitre du véhicule, et il fallait en découvrir le contenu en lisant dans le rétroviseur (écriture miroir !). L'inscription révélait :

« Retrouve-moi à l'hôtel juste en face, chambre 324. »

Au lieu de suivre la piste tracée par Élise, Fabrice tournait en rond comme un fou devant le restaurant.

— On s'en fout de ta voiture, dis-moi où tu es ou je m'en vais.

Elle soupira de dépit.

— Retrouve-moi à l'hôtel en face, chambre 324.

Fabrice leva le nez, elle eut à peine le temps de se cacher derrière le rideau. Il grimpa les étages quatre à quatre, toqua à la porte, et découvrit son amie en porte-jarretelles et tenue vinyle.

Il parut plus surpris qu'excité et exigea un éclairage. En guise de réponse, elle sabra une bouteille de champagne de prestige qu'elle avait mise au frais dans le minibar, servit deux coupes et ouvrit le paquet de biscuits apéritifs.

— Relax, détends-toi…. Mais assieds-toi donc, on a la soirée devant nous, je t'explique.

Elle lui détailla alors le stratagème qu'elle avait imaginé et qui avait provoqué un bide monumental.

— Oui, parce que franchement, j'ai failli partir, comme tu n'étais pas là. La prochaine fois, préviens que c'est un jeu ! Ne me mets pas en stress comme ça, je me suis mis en condition de devoir frapper Alexandre, ou que sais-je ! avoua-t-il, à la fois soulagé et mal à l'aise.

— Joyeux Anniversaire, Élise, dit-elle laconiquement en se noyant dans son verre de bulles tout en caressant l'envie irrépressible d'allumer une cigarette.

Fabrice, embarrassé, bredouilla :

— C'est toi qui t'offres ta soirée d'anniversaire… j'espère que ça ne t'a pas coûté trop cher…

« Non, bah non, hôtel trois étoiles, plus champagne prestige, plus le dîner et le petit-déjeuner, tu crois que ça vaut combien… mais ce n'est pas grave… puisque

toi tu ne le fais pas, je me fais plaisir. », pensait la rejetée, les dents serrées, tout en respirant profondément.

— Je me rattraperai, promis, jura son compagnon. C'est une honte que je ne puisse pas t'offrir ça à ton anniversaire et que ça soit toi, qui sois obligée de prendre les devants… Mais j'avoue que là, avec le boulot, je n'étais pas du tout dans l'état d'esprit… je me rattraperai promis, répéta-t-il.

« *J'ai tellement envie de m'affranchir des blessures de mon ex, envie de rencontrer un olibrius et me dire "ah c'est lui !" Fabrice n'est pas le grand amour, mais les sentiments, ça se construit, non ?* »

Décidée à profiter d'une soirée acceptable, Élise délaissa son verre de bulles et s'installa à califourchon sur les cuisses de Fabrice, assis sur le lit king size, pour l'embrasser langoureusement en lui caressant tendrement la nuque. À tâtons, l'ex-footballeur se délesta également de sa coupe et joua de ses paumes sur le dos de sa belle, des épaules jusqu'aux hanches, en passant par le creux des reins. Émoustillée par ses frôlements, elle glissa vers sa joue, son oreille et son cou pour y dessiner un chapelet d'affectueux baisers, puis plaça ses mains sur ses pectoraux et le repoussa avec force pour qu'il s'allonge. Positionnée ainsi en amazone, elle commença un va-et-vient ondulatoire et suggestif. L'alléché ne put rester passif et se retourna soudainement pour se retrouver au-dessus d'elle et lui retira son string. Il enchaîna avec la boucle de sa ceinture et laissa rapidement tomber son jean sur le sol de l'hôtel. S'ensuivit le caleçon alors qu'il la regardait se mordiller la lèvre, un index au coin de la bouche. Ses yeux de braise étaient sans équivoque. Il remonta délicatement le long de ses cuisses et caressa son sexe humide, puis, d'un geste assuré, il la renversa sur le ventre, légèrement cambrée et entra en elle, alternant douceur et fermeté. Les gémissements d'Élise, d'abord timides, devinrent de plus en plus expressifs, au rythme des pénétrations de Fabrice. Haletante, elle ne tarda pas à jouir, suivi de très près par son compagnon, qui poussa un râle de satisfaction en se retirant pour s'allonger à côté d'elle et jouer sensuellement avec son téton.

Quelques instants après, ayant recouvré ses esprits, Élise suggéra :

— On sort quelque part ?

Fabrice s'était endormi.

Chapitre 8 ALERTES ORAGEUSES

Début août, Élise avait organisé une série de petites surprises pour l'anniversaire de Fabrice. Le matin, sans rien dire, elle avait prévu de débarquer chez lui à l'improviste… Armée de son jeu de clés dans une main, un paquet dans l'autre, elle s'introduisit dans le domicile de son compagnon. Il était 10 h, elle espérait ne pas l'importuner en plein travail… Sur la pointe des pieds, elle avança dans le couloir et découvrit un léthargique, ronflant béatement sur le canapé, entouré de trois de ses félins. En réalité, elle le dérangea en plein sommeil. Elle posa son attirail silencieusement sur la table de la salle à manger, ouvrit l'emballage et disposa joliment l'assortiment de pâtisseries de luxe qu'elle avait achetées sur le trajet. Il y eut du bruissement dans le salon, les fauves avaient décelé sa présence, il avait détecté le mouvement des chats. Il apparut dans l'encadrement de la porte :

— Ah, t'es là ? Bonjour, puce !

— Je t'ai rapporté une petite surprise ! fit-elle, radieuse, en présentant les desserts de toutes les couleurs qui brillaient comme des joyaux lustrés.

— Oh, c'est gentil, chouchou. Je suis en vrac, j'ai mal dormi.

« Tu m'étonnes. Sur un pauvre canapé étroit avec trois chats alors qu'il a un lit top compétition… »

— Sers-toi, je vais prendre ma douche, conclut-il.

« Mais il est sérieux ? Il est au courant que je n'ai pas investi trente balles de sucreries pour les manger moi-même ! Définitivement, la gastronomie et les mets fins, ce n'est pas son truc. Pas gourmet. Il n'apprécie pas les bonnes choses, la prochaine fois je l'enchante avec une tarte de supermarché, ou c'est encore trop bien pour lui ? »

— Tu sais, avec la fin du restaurant, ma situation financière devient compliquée, tenta Élise.

« Du moins, pas aussi complexe que la tienne semble l'être », pensa-t-elle en observant les piles de courriers de relance de facture qui traînaient malencontreusement sur un coin de bureau. Sa problématique bancaire était visiblement toujours en cours.

— La prochaine fois, on fera les courses ensemble, puce, tu choisiras une bouteille, ce que tu aimes : rosé ou autre, et je te la paye, si c'est un souci.

La poursuiveuse de caddie fronça les sourcils ; pourquoi lui parlait-il de *vinasse* ? Fabrice, à la salle de bains, ne voyait pas sa réaction. Soufflant tout l'oxygène de ses poumons, Élise prit ensuite une grande inspiration d'air frais et dit à son compagnon, assez fort pour qu'il entende malgré le bruit de la douche :

— Ce soir, tu viens manger chez moi.

— Je ne sais pas, puce, ça dépend du boulot !

— Non, ce n’était pas une question. Ce soir, tu dînes chez moi ! fit-elle, sur un autre ton.

*

Élise avait mis les petits plats dans les grands. Belle vaisselle, champagne, savoureuse déclinaison de mets… Pour l’occasion, elle avait convié Barbara et Martin, mais Fabrice l’ignorait. Il s’attendait, au mieux, à un repas frugal sans prétention.

Il arriva une fois les enfants couchés et il sembla plus enchanté de la présence de Barbara que des efforts et des cadeaux d’Élise. La pensée d’oublier son malaise en buvant un verre ou deux de plus la traversa, mais comme elle se sentait observée aussi sur ce terrain-là, elle se ravisa et prit l’air sur le balcon. Sans cigarette. Elle fut rejointe par les convives qui admirèrent sa terrasse très agréable en ce soir d’août, sauf Fabrice qui ne trouva rien de plus intelligent à dire au couple d’amis que le quartier en réalité était « craignos », qu’il avait vu des poubelles brûlées, qu’il espérait que Martin ne tienne pas trop à son véhicule – valait mieux être prudent. Lui-même ne venait plus se garer dans la rue avec les Audi des clients et, pour preuve, il mettait en relief le tintamarre de la moto qui effectuait un rodéo dans le parc à une centaine de mètres de là.

— Ce sont des fous, ici, y’a du bruit en permanence.

— Ah bon ? Tu ne te sens pas en sécurité, Élise ? demanda tout de même Barbara.

— Personnellement, je n'avais rien remarqué, fit-elle en haussant les épaules. Ce n'est pas pire que chez Fabrice.

— C'est ça, ouais. Chez moi, il n'y a pas de poubelles brûlées !

Élise faillit rétorquer que les containers de son quartier étaient en métal et donc, ne pouvait pas se consumer, et qu'elle avait de ses yeux observé des récupérateurs à vêtements vandalisés au moins une fois par mois. Elle savait très bien ce qu'il en était et ce qu'elle avait vu. Pas la peine de générer du conflit ce soir, ça lui serait reproché de toute façon.

Les amis reprirent une discussion bon enfant qui dévia petit à petit sur le travail.

— Tu vas faire quoi, maintenant que le restaurant est en vente ?

— Je suis en train de créer une nouvelle société, là. Je me mets en indépendant. D'ailleurs, j'ai dit à Fabrice que j'arrêtais sa comptabilité. Je serai accaparée par mon activité, j'aurai mes propres documents administratifs ; à la rentrée, je n'aurai plus une minute à moi, déjà que j'y consacre deux heures par jour pour rattraper tour le retard depuis janvier…

Tout le monde savait qu'Élise passait des heures chez Fabrice en journée. Pour être avec lui, pas nécessairement pour saisir des lignes de facturation. La tâche initiale qui consistait à donner un coup de main était presque devenue un travail à temps partiel. Fabrice feint la surprise.

— Quoi, tu arrêtes ma compta ? fit-il en riant, mais avec des yeux lançant des éclairs.

— Ça fait trois semaines que je te l'annonce. Je t'ai même proposé de te former.

— Jamais entendu ça.

— Je t'ai préparé les bases. Les huit premiers mois sont enregistrés dans un fichier Excel aux petits oignons, c'est carré. Maintenant, il n'y a plus qu'à poursuivre. Je t'ai demandé quand tu serais enfin disponible pour que je te montre comment j'ai fait.

— Non, première nouvelle, s'étrangla-t-il tel un coq courroucé.

Élise soupira et secoua la tête imperceptiblement. Comment pouvait-il la déstabiliser en permanence, ça lui procurait un sentiment de supériorité ? Il voulait se faire mousser aux yeux de Barbara ? Il souhaitait blesser Élise pour qu'elle franchisse le pas, le quitte, le laisse finalement tranquille ? Qu'est-ce qu'il cherchait, au bout du compte, se poser en sauveur puis la détruire morceau par morceau exactement comme l'avait fait Alexandre ?

Élise effectua son devoir de maîtresse de maison en se comportant toute la soirée de manière robotique. Froide, distante, pleine de rancœur à l'intérieur ; avenante, souriante, serviable à l'extérieur. Au moment du départ, Barbara et Martin remercièrent Fabrice pour ce moment agréable.

« Mais ! Il n'y est pour rien, lui ! », rageait-elle.

Et lors de la bise d'au revoir, Fabrice déclara :

— Je vous accompagne, je vais y aller aussi.

— Comment ça, tu vas y aller aussi ? s'exclama Élise, sidérée.

— J'ai bossé toute la semaine, je suis crevé, chouchou.

— Mais, tu peux dormir ici !

« J'ai un lit ! Et dans ce lit… il y a moi ! »

— Mais non, je n'ai pas mes affaires.

— Ce n'est pas grave, ça !

« D'ailleurs, c'est faux, se rappela-t-elle, *il a une serviette et une brosse à dents attitrées chez moi. Alors quoi… un caleçon, des chaussettes ? Il changera demain ! »*

— Tu peux dormir ici ! martela la passionnée avec toute sa force de persuasion.

— Tu sais bien que non, reprit-il avec un large sourire. À cause des chats !

— Hein ? À cause des chats ?

« Qu'est-ce que c'est que cette excuse, encore ? »

— Ben oui, j'étais en déplacement tous les jours, ils ne m'ont pas vu de toute la semaine. Allez, j'y vais. Embrasse les enfants demain matin de ma part !

Et il courut presque rejoindre Martin et Barbara qui attendaient au seuil de l'ascenseur en secouant la main en guise d'au revoir.

*

Le week-end suivant, Élise roulait vers Metz pour y séjourner une semaine en famille. Malgré ses efforts pour impliquer Fabrice dans une visite des lieux chers à son cœur, où elle avait passé toute sa jeunesse, rencontrer les amis et ses proches, elle n'avait pas pu modifier l'avis de son compagnon. Pire encore : il avait décidé de ne pas l'accompagner, mais lui avait fait miroiter l'espoir de venir la rejoindre en fin de semaine ! Si seulement Élise n'avait pas été aussi naïve !

Le dimanche soir, une fois les enfants couchés, vers 20 h, n'ayant aucune nouvelle de Fabrice, elle se munit de son téléphone et tenta de l'appeler. Fabrice était un personnage très occupé : il décrochait toujours avec le haut-parleur dans un environnement bruyant, parce qu'il conduisait, faisait le ménage, préparait à manger ou que sais-je, et cela avait le don d'agacer prodigieusement Élise, qui devait faire des efforts d'écoute surhumains pour saisir un mot sur quatre. Ce soir était l'appel de trop. Elle eut l'outrecuidance de répéter une énième fois que cette manie de mains-libres était fastidieuse, car elle n'assimilait rien – outre le fait qu'il articulait mal – et ne pouvait pas tenir une conversation. La réponse fut sèche et sans appel :

— Tu ne vas pas me chier une pendule pour ça !

— Je ne « chie pas une pendule », je dis simplement que je n'entends rien quand tu utilises ton téléphone en haut-parleur, pas en face du micro, ça résonne. Déjà qu'on n'arrive pas à se comprendre, au moins, fais un effort !

— OK, salut.

Rageuse, la vacancière tourna et retourna la situation dans son cerveau.

« Enfin quoi, c'est légitime de demander à tenir une conversation, ne serait-ce qu'audible ! C'est la base, non ? »

Un peu plus tard, vers 20 h 30 puisque son compagnon avait visiblement pris la mouche et n'envisageait pas de discuter convenablement, elle tapa un SMS.

— Tu me rappelles ?

Pas de retour. Puisqu'elle savait que Fabrice était un adepte de Facebook, elle tenta la communication à travers ce canal. Elle envoya un message d'excuse avec moult explications de la situation. Pédagogie, pédagogie. Riposte :

— Fais comme tu veux.

« Quoi fais comme tu veux ? Comme je veux quoi ? Ça n'a rien à voir avec la conversation ! »

En se glissant dans son lit, à 23 h, elle glissa également un SMS qui demeura sans réponse.

— Bonne nuit…

Elle se dit qu'il s'était sûrement endormi devant un match. À 2 h du matin, ne trouvant pas le sommeil, elle fit :

— Bisou.

Sans plus de succès. À 9 h, le lendemain, elle retenta l'expérience messagerie instantanée en envoyant une photo de sa fille qui faisait le pitre. Aucune réaction. Elle déduisit en fin d'après-midi que le buté boudait et décida de lui demander pourquoi. À 18 h 30 seulement, Fabrice daigna lui répondre encore un :

— Fais comme tu veux.

Accompagné cependant par :

— Quand tu parleras avec moi autrement, on en reparlera.

À la lecture du texte, l'éconduite se gratta le menton avec circonspection, alors elle remit une couche d'éclaircissement et de pédagogie :

— Je ne comprends rien dans ton téléphone en mains-libres. Je m'excuse et je te réexplique. Ça ne mérite pas de me faire la gueule 24 h !

— Comme tu veux, c'est ton choix.

« Hein, mais qu'est-ce qu'il raconte ? »

— C'est pas mon choix, c'est toi qui as rompu la communication 24 h !! Tu me fais quoi, là tu veux me quitter ?

— De 1, tu me respectes pas… de 2, tu as décidé de ne plus m'aider pour ma compta. OK j'en prends note… ne me demande plus de t'aider pour quoi que ce soit.

« Le voilà qu'il mélange avec la compta, maintenant ! »

— Où ça, je te manque de respect, donc !?

— Je dors chez toi… il fait très chaud, je viens quand même et le matin, tu ouvres tout alors que le soleil tape, alors que je dors encore… une question de bon sens ! Tu laisses la fenêtre fermée et les volets aussi, avec la porte fermée pour éviter que les enfants me réveillent…

« Eh voilà le problème… Si les enfants se réveillent à 7 h, monsieur veut dormir jusqu'à 10 h, comme s'il était chez lui, comme mon ex, rester béat comme un pacha et me laisser tout assumer dans un silence monacal, jusqu'à ce que Môsieur se réveille ? C'est l'hôtel, chez moi ? Non, mais dans quel monde vit-il ? »

Fabrice reprit sa vague interminable de griefs :

— Ensuite, tu me demandes de venir régulièrement ; OK je fais ce qu'il faut et je perds du temps et des clients, car faut que je sois présent.

Et Élise hallucina. Lui tenir compagnie chez elle était donc une contrainte qui impactait le chiffre d'affaires de l'entrepreneur ! Elle crut rêver.

— Et puis, un peu de bon sens, parfois ! À force de me reprocher ça plus ça plus ça... non ça donne plus envie de donner.

« Mais punaise, de quoi il parle ? »

— C'est bien de vouloir toujours demander… ou toujours vouloir... Je pense que depuis le début de l'année j'étais présent ou soutenu pour pas mal de choses alors tu ne veux plus rien faire, OK j'arrête de faire, c'est donnant-donnant.

Élise lisait une suite de mots, elle discernait des phrases, mais tout cela n'avait aucun sens. Il n'y avait donc pas seulement à l'oral que Fabrice était confus. C'était aussi le cas à l'écrit. Malgré tous les essais cérébraux et linguistiques… non, pas moyen de comprendre de quoi il retournait.

— Je t'ai demandé d'avoir une autre hygiène de vie… tu ne fais rien pour la changer… Moi oui, je la change maintenant… Boire… fumer… et j'avoue, tu as fait des efforts sur l'hygiène… mais merde, tu veux quoi… tu veux tout et moi je dois subir les caprices et les envies sans même un petit retour ; je ne vois pas cela comme ça, à toi de voir pour la suite à donner.

« Allez, Élise, bim ! Prends ça dans les dents. Il n'a même pas constaté que tu avais définitivement arrêté de fumer. Ça mériterait bien une cigarette, ça, pour la peine, histoire de se calmer… Ah non, je n'en ai plus. »

Comme ce n'était pas suffisant, Fabrice porta encore quelques coups :

— Sache déjà que je ne viendrai pas cette semaine pour des raisons de boulot déjà, car pas envie de perdre mon temps à Metz et d'autre part je suis interdit de circuler avec mon véhicule vu que je suis niveau 5 et qu'ils ont mis en place que les niveaux 1 2 3... je pollue[1]. Est-ce que je suis clair dans ma communication ???

Profondément heurtée parce que son compagnon écrivait, Élise préféra temporiser la réponse, histoire de se laisser un moment pour « digérer ».

---

[1] Le certificat qualité de l'air (Crit'Air) est un autocollant qui indique la classe environnementale du véhicule. Le niveau 5 désigne le plus polluant et ne peut pas circuler lorsque la qualité de l'air est jugée mauvaise.

Le mardi, à quelques kilomètres de Metz, elle avait rendez-vous avec sa vieille connaissance, Pierre, féru d'informatique, afin de sauvegarder les archives du restaurant. Elle avait informé Fabrice de l'existence de ce Pierre, qu'elle fréquentait depuis plus de quinze ans, de ce qu'ils feraient ce jour-là et s'était évidemment bien gardée d'évoquer l'autre du même nom.

Tout semblait clair. Pierre était un ami, elle passait la journée chez lui, point. Il s'avéra que le soir, la sauvegarde n'était pas achevée. Pierre proposa de se remonter le moral au restaurant et de laisser travailler l'ordinateur. Faute à pas de chance, un orage éclata et à leur retour, il fallut tout recommencer. Exténuée, désemparée à l'idée de rentrer sur route humide en pleine nuit, la voyageuse piqua un somme sur le lit de son hôte pendant que ce dernier occupait le canapé.

En tout bien tout honneur, elle repartit le lendemain à l'aube, le devoir accompli. Au volant de son prestigieux véhicule maudit, perdue en rase campagne, elle sortit son téléphone pour enclencher le GPS. Son regard fut interpellé par sa messagerie Internet, qu'elle scruta avidement à la recherche d'un signe de Fabrice, un mot, un sourire, un petit quelque chose…

« Non, mais franchement qu'est-ce que j'espère, ce sera quoi ma vie avec lui ? Continuer avec ou sans lui ? Est-ce mon chemin ? »

Tout à coup, elle entendit un vacarme assourdissant, fut secouée, lâcha son téléphone et se rendit compte, avec le cœur au bord de l'explosion, que son automobile faisait face à des épis de maïs. Sortie de la route.

Encore tremblante, elle contourna son véhicule, constata que le bitume était détrempé suite à l'orage de la veille et ses pneus quasi lisses. Elle fit le tour de la Jaguar, ne repéra aucun dégât, par chance ; l'asphalte s'étalait en petit virage recouvert de gravier avant de se prolonger dans le champ. Il n'y avait miraculeusement pas de fossé à cet endroit, à croire que le destin lui avait adressé un signe diablement éloquent... Elle se remit de ses émotions en pensant à la symbolique de ce qui venait de se produire, publia un statut sur son profil Internet afin d'évacuer sa frayeur sans aucunement songer aux conséquences, puis reprit le volant.

Elle avait appris que, pour résoudre les conflits, il était bon d'utiliser le « je » et d'exprimer ses sentiments. Alors, le mercredi à 1 h du matin, avec une grande inspiration, elle rédigea :

— Je me sens blessée de ce que tu m'as dit et je le vis comme une injustice. Quand tu seras prêt à entendre ma version, nous pourrons entamer une discussion à propos des griefs que tu m'as cités, mais je préférerais faire cela de visu.

Fabrice la laissa dans le silence le plus total. Le même jour, en début d'après-midi, elle insista :

— Je n'apprécie pas cette situation de dialogue rompu.

« Tout de même, c'est lui qui me rabâche depuis le début que la communication est ce qu'il y a de plus important ! Oh, une réponse ! »

— C'est ma façon de te faire comprendre ça doit changer.

— Je n'aime pas cette façon. Je passe de mauvaises journées/nuits. Tu n'as même pas remarqué que j'ai arrêté de fumer. J'aurais préféré que tu me dises les choses en face au fur et à mesure. Pas vingt-quatre heures de silence puis tout en vrac à deux cents kilomètres de moi ! Je le vis très mal et je t'en veux.

— À force de me répéter, je pense avoir donné assez de signes ; ben la goutte d'eau ce fut le coup de tel, je n'ai pas choisi.

— À quel sujet ?

— Relis tout avant de discuter dans le vent avant que je m'énerve sérieusement cette fois. Profite bien de cette semaine où je ne suis pas là et pose-toi les bonnes questions. Moi c'est déjà fait.

« Mais il me menace, ma parole, ou c'est encore moi qui déconne ? »

Comme la Messine ne répondait pas, Fabrice poursuivit :

— Pas besoin de jouer la déçue, ça marchera pas. Et si je dois encore me répéter, je le ferai, je mettrai sur papier, tu pourras lire et bien sûr signature à la fin, pour être sûr. Voilà pourquoi tu m'énerves pour un rien, tu montes en pression et tu fais des réflexions à la con. Maintenant que je discute, voilà ce que tu fais. C'est bien, continue, j'en ferai de même.

Pour le coup, cette fois, Élise voulut clore l'échange.

— Excuse-moi, je pleurais dans un coin. À plus.

— Pourquoi chialer, je n'ai pas dit que c'est fini. On récolte ce qu'on sème, mais il faut réagir.

— Je vis les choses mal, je sors de la route, car je pense à toi et cette situation de merde ! Tu crois que je peux rester zen ? Je suis sensible ; je le ressens de manière injuste et je te trouve violent avec moi, parce que je ne comprends pas… en attendant, laisse-moi pleurer. À plus.

Pas de réaction.

« Et puis, non ! Je ne vais pas céder devant cet abruti ! »

— On récolte ce qu'on sème ? Va te faire voir, je n'ai pas mérité ça !

« Hum, j'y suis peut-être allée un peu fort… »

— OK je prends note.

— Arrête de prendre note, si c'est pour faire des conclusions bidon ! Et cesse de m'insulter en me rabâchant régulièrement que je suis soi-disant alcoolique, qui ne se lave pas et qui pue.

— Je comprends que c'est dur à admettre, mais si tu n'admets pas tu n'avanceras pas. Tu crois que ça me fait plaisir de te le dire ?

— Laisse-moi tranquille dans mes 110 bouteilles, 49 paquets de clopes et ma douche d'il y a 3 semaines.

— On attendra ton retour si tu es disposée à discuter. Je vais reprendre le boulot si tu veux bien. J'invente rien, je t'explique. Arrête de faire ta victime là, bouge et réagis.

« J'hal-lu-cine. Le voilà qui inverse la situation, encore ! »

Éprise d'un sérieux doute quant à la suite de sa relation avec Fabrice, Élise procéda à une réactivation méthodique de ses applications de rencontre. Et hop en quelques instants, elle se remit en recherche dynamique et discussion frénétique. Un, deux, trois prétendants... quatre, cinq, six candidats potentiels, trier… douze quidams à sa botte, quatorze, punaise, les contacts se multipliaient plus vite que des champignons !

« OK me voilà rassurée : je sais qu'en une semaine, si je veux, je ne suis plus célibataire… »

La voluptueuse étudiait tous les cas de figure. En vraie stratège, elle accrochait cinq ou six cordes à son arc et jouait avec la vie comme aux échecs : planifier, anticiper, ne jamais être prise au dépourvu.

« Demeurer forte, ne plus se laisser avoir… »

Cependant, pour la première fois depuis le départ d'Alexandre, Élise redouta de regagner son domicile.

*

À peine avait-elle rangé sa valise, qu'Élise appela Fabrice pour l'informer de son retour et le convia pour une explication chez elle. Il ne fallait pas que la situation s'enlise, ça la rendait physiquement malade. Les enfants étaient couchés, le couple s'enferma sur la terrasse pour que les éventuels éclats de voix ne les réveillent pas. Élise s'était assise dans un des fauteuils tellement profondément qu'on aurait dit qu'elle voulait adhérer à lui et disparaître dans les interstices du plastique. Elle avait cependant vaillamment imprimé la discussion Internet, qu'elle avait méthodiquement annotée à l'aide d'une feuille de calcul Excel, afin de répondre point par point en demandant des explications sur ce qu'elle n'avait pas compris. Elle put aborder le premier point, tout le reste partit en vrille. Elle pensait parler du problème de téléphone avec le mains-libres, de l'absence de communication pendant plus de vingt-quatre heures, puis de la manière dont il l'avait traitée, au-delà de ça, Fabrice dégaina le premier :

— Alors comme ça tu fais des sorties de route.

Elle ne sut comment se positionner. Ça sentait le piège.

— Oui, c'est vrai, avoua-t-elle simplement.

— Et tu revenais d'où, comme ça, pour faire une sortie de route, le matin, en rase campagne ?

— De chez Pierre, je t'ai dit que je m'y rendais…

— Pas que tu y passais la nuit ! coupa Fabrice avec les yeux pleins d'animosité.

Élise posa chaque mot avec mesure pour lui expliquer comment s'était déroulé cet épisode, heure par heure.

— Vous êtes allés au restaurant. De mieux en mieux. Et je parie que tu as bu !

— À peine. Une bière.

— Une bière, c'est cela.

— Bon, deux.

Fabrice poussa une exclamation en levant les bras au ciel.

— Et donc tu t'écroules chez lui, et le matin quand tu pars, encore imbibée, tu t'étonnes de faire des sorties de route !

— Hein, mais tu délires complètement ! J'ai…

— Tu as dormi dans son lit, oui ou non ?

— Oui, mais…

— Eh ben voilà on y arrive, tu vois quand tu veux, tout est dit.

— Comment ça « tout est dit » ? Absolument pas ! Il y a un contexte ! Il a…

Fabrice n'avait même pas laissé le temps de révéler que Pierre avait dormi sur son canapé.

— Peu importe le contexte, c'est une question de respect, on y revient !

— Mais non pas « peu importe » ! Il a dormi sur le canapé ! Tout n'est pas binaire « oui ou non » !

— Ouais, fous-toi de moi. « Et la marmotte, elle met le chocolat dans le papier d'alu[1] ». Tu ne me respectes pas ! tonitrua Fabrice sans écouter une seule seconde les justifications d'Élise.

Furibond, il reprit en martelant chaque syllabe :

— On ne va pas coucher chez le premier venu...

— Alors maintenant, je suis une pute qui couche avec le premier venu ? C'est la meilleure !

---

[1] Publicité Milka.

Il ne démentit pas le terme dénigrant sa compagne, et poursuivit, vert de rage :

— Un mec que je ne connais pas, de surcroît.

« Comme si ça changeait quelque chose ! Ce n'est pas faute de lui avoir demandé de m'accompagner… »

— Soit tu es avec moi et tu acceptes mes conditions, c'est une question bon sens ! Et puis c'est comme ça la vie, ça passe ou ça casse, si tu me passes l'expression…

« Qu'est-ce qu'il raconte ? Il est de nouveau connecté à une exoplanète, je crois. »

Élise chercha quelque chose de cohérent à rétorquer :

— N'importe quoi, je t'ai expliqué ce qui a eu lieu, c'est-à-dire : rien. Change ta façon de penser. Il y a des nuances, dans le monde.

— Tu parlais de confiance, l'autre jour. Pour moi, c'est réglé, la confiance, ça se mérite.

— Mais enfin, hurla Élise, tout n'est pas tout noir ou tout blanc !

Il fit des yeux ronds puis il éclata de rire.

« Il se moque, ma parole, mais il est insupportable ! »

— Une chose, Élise… le prends pas mal, mais il faut que tu arrêtes de crier. Ça ne te va pas. Peut-être que ça passe auprès de tes enfants parce que tu es leur maman, mais vis-à-vis de moi ou d'autres personnes, il faut vraiment que tu arrêtes de crier, parce que tu fais plus rire que peur... tu n'es pas du tout crédible. Trouve autre chose.

Le cœur serré de dépit, Élise préféra quitter le balcon avant que son ressentiment ne se change en haine et prit un temps pour elle dans la chambre, laissant Fabrice sur la terrasse. Avec une mélancolie romantique qui n'existait que dans sa tête, elle imaginait son partenaire la rejoindre, l'enlacer tendrement par derrière, lui glisser un baiser dans le cou et lui murmurer amoureusement :

— Excuse-moi, puce.

Mais lorsqu'elle rouvrit les yeux, elle était toujours seule dans la pièce, qui lui semblait gelée en plein mois d'août. Elle fit craquer ses épaules et sa nuque, prit une inspiration profonde puis retourna sur le balcon. Fabrice était debout, accoudé, et observait le néant. Élise, elle, préférait regarder le ciel. Début août, c'était normalement la période des étoiles filantes et des vœux – à ce qu'il paraît.

— Bon, c'est quoi la solution, selon toi ? lança-t-elle d'un ton calme avec des trémolos dans la voix, que Fabrice ne remarqua pas.

— Je voudrais que tu montres les SMS que tu envoies sans arrêt à je ne sais pas qui. Les SMS à Pierre pour commencer.

— Supprimés.

— Quoi, tu effaces tes messages ? s'étrangla Fabrice. Mais personne ne fait ça, sauf si tu as quelque chose à te reprocher !

— Un réflexe à cause d'Alexandre.

L'excuse pourtant naïve et véridique ne passa pas.

— Je veux que tu arrêtes de boire.

« Que j'arrête de boire, non, mais sérieusement il se prend pour qui ? Il en est hors de question ! Ce n'est pas lui qui va me contrôler dans ma vie, c'est pas lui qui doit me dire ce que je dois ingérer, qui je dois voir et comment je m'habille ! Et puis quoi encore… »

— Ou du moins que tu limites en soirée, modéra-t-il. Plus rien en journée.

— Je ne bois pas en… pff, soit ! grogna Élise. Autre chose ?

— Je veux que tu fasses un test.

— Un test de… ?

— Elle me demande un test de quoi… rugit Fabrice. Un test ! Je ne vais pas te faire un dessin !

Élise n'avait pas l'intention de commettre un acte de violence, mais elle bouillait, au bord de l'explosion. Elle réfléchit à une approche moins frontale et tenta de déjouer l'attaque.

— OK, tu parles de SIDA, clarifia-t-elle. Non, je ne le ferai pas. Si je le fais, c'est que j'ai un doute. Donc ça légitime ta version. Or, je n'ai rien à me reprocher. En conséquence, je ne le ferai pas, CQFD.

Fabrice trouva le résonnement tordu puis répondit simplement :

— Comme tu veux. On ne fera rien pendant trois mois alors. Je ne couche pas avec n'importe qui, moi, je ne sais pas où tu as traîné.

« Je ne sais pas où tu as traîné ! Se rend-il seulement compte de ce qu'il dit ? »

La sensation du cœur qui part en miettes… Elle l'avait déjà éprouvée dans une autre mesure quand elle avait appris les tromperies du père de ses enfants, Alexandre. Et là, Fabrice piétinait allègrement ces miettes alors qu'elle avait imaginé qu'il avait fait irruption dans sa vie pour les recoller. Comment pouvait-il dire des choses aussi ignobles ?

« Je ne dis pas que je suis totalement innocente, au contraire, mais pour le coup il est vraiment à côté de la plaque et complètement injuste. »

— Non, je ne te donnerai pas cette satisfaction-là, réfuta Élise.

— Comme tu veux, c'est toi qui vois. Je te l'ai déjà dit, on récolte ce que l'on sème, je ne suis que ton miroir. En ce qui me concerne, je trouve que j'ai déjà beaucoup donné.

— Oui, justement, sois précis un peu, pose des mots, des exemples, j'aimerais du tangible… tu as donné quoi ?

— C'est facile d'oublier ces choses-là !

— Mais concrètement, articula Élise, tu as fait quoi ?

— Ah ben ça fait plaisir ! Tu vois, ton souci c'est de voir le verre à moitié vide, toujours ! Faudrait bien regarder ce qui se passe chez toi déjà avant !

Les constellations paraissaient floues et irréelles à travers le rideau de larmes qui glissait devant ses yeux. Elle se referma dans son mutisme, les bras croisés, également pour se réchauffer, car la nuit tardive accentuait cette sensation glacée sur ses épaules nues. Elle s'imaginait encore Fabrice, changé par une baguette magique, qui viendrait se coller à elle. Oh, une étoile filante ! Fabrice rompit le silence et s'approcha d'elle pour la prendre dans ses bras.

— Si je te dis tout ça c'est pour que tu fasses quelque chose parce que, mine de rien, je tiens à toi, et bon sang je pourrais même dire : je t'aime !

« Non, je suis encore en train d'affabuler ; qu'est-ce qui lui arrive, de m'annoncer ça maintenant ? »

Il était bel et bien là, collé à elle, et elle laissa sa tête tomber sur ses pectoraux divins avec un gémissement.

— Tu sens bon, murmura-t-elle en masquant les sanglots de sa voix.

— C'est le parfum que tu m'as offert.

Cet instant magique lui faisait oublier toute notion de réalité, tous les heurts, toutes les paroles blessantes qu'il avait pu prononcer, à peine quelques minutes auparavant. Sous ce ciel étoilé du mois d'août, elle était captivée par ses bras athlétiques, envoûtée par son odeur, enivrée de lui.

Maladroitement, Fabrice tenta d'apporter son éclairage à la situation :

— Je pense que tu es une personne très intelligente, peut-être même supérieure à toutes celles que j'ai connues, peut-être même supérieure à moi, supérieure à la moyenne, certainement. Mais des fois, tu as des absences, comme si tu avais des trous d'air… c'est ça ! Tu as des trous d'air. Je ne sais pas si c'est ton côté artiste, mais parfois tu es absente, dans le vague, *tu n'es plus là.*

Élise, occupée à rêver et à profiter de l'éphémère instant magique déjà rompu par le monologue de Fabrice, ne saisit que la fin de sa phrase.

— Hein ? Tu as dit quoi ?

— Voilà, c'est exactement ce que je disais. Tu as des trous d'air.

— Dis tout de suite que je suis folle…

— Bah des fois, je me demande, quand même… y'a un peu de ça ! Mais je te rassure, ce n'est pas grave, il y a beaucoup d'artistes qui sont complètement perchés et c'est presque normal, j'ai envie de dire, pour des artistes…

Le moment de félicité amoureuse et céleste avait, cette fois, définitivement disparu du tableau. Élise revint pour de bon à la réalité terre à terre, à l'aigreur, à la tristesse.

« C'est positif ce qu'il vient de déclarer, non ? Et puis, tu vois, ma vieille, il ne veut pas te quitter ! Sans déconner, il a quand même prononcé : je t'aime ! Il l'a fait !

Comment… il m'aime alors que j'ai vingt kilos de trop, c'est pour ça qu'Alexandre ne me touchait plus ; mon corps me dégoûte. Et puis je suis un caméléon en fait, avec ses multiples casquettes dans la vie personnelle, sexuelle ou professionnelle… je deviens dysmorphophobique et complètement schizo ? »

*

Fin août, Martha avait réservé une semaine dans un célèbre club de vacances de luxe. L'occasion rêvée, a priori, pour se détendre et savourer. Fabrice « à cause du boulot, puce », ne serait pas de la partie. La grand-mère avait bien repéré que sa fille était moralement au bout du rouleau.

Les activités sportives proposées par le centre ne l'intéressaient pas. D'office, elle se définissait comme rouillée, monstrueusement grasse, incapable de remuer. Elle n'avait pas la moindre envie de se couvrir de honte et de ridicule au profit de quelques milligrammes d'endorphine au milieu des perles de sueur. Elle estimait partager assez de loisirs avec ses enfants, si bien qu'elle souscrit au « mini-club » pour qu'ils puissent s'amuser tandis qu'elle occuperait son temps libre à patauger dans sa déprime. Elle s'était imaginé faire quelques rencontres, mais les moments opportuns avaient lieu après 20 h. Impossible pour elle de s'y rendre : dès le crépuscule, il fallait rester avec les petits !

Élise eut le sentiment d'une bataille avec sa mère et vivait mal le fait de devoir, à trente ans passés, négocier encore pour sortir après le dîner. Elle finit tout de même par se libérer une fois ou deux. Mais que faire, isolée dans une soirée… s'installer dans un coin de la salle, picoler Daikiri sur Caïpirinha en attendant que quelqu'un désire lui parler ? Les vacanciers étaient déjà tous en couple ou riaient entre amis !

« Qui veux-tu donc séduire, lamentable, malheureuse, comme un pilier de comptoir ? Sortir, rencontrer des gens, mais l'unique personne que tu croises, ma pauvre fille, c'est Norman le barman ! »

Sa solitude grandissant au rythme des chansons niaises de la sono, Élise se mit à scruter son répertoire. Elle s'esclaffa toute seule en se remémorant ce film où les héros avaient suggéré d'enregistrer un code d'accès « anti mec bourré », justement pour éviter d'envoyer des SMS lorsqu'on est imbibé. Elle haussa les épaules, elle n'en avait pas besoin. C'était son unique moment de rire, de délire, de décompression, autant en profiter !

« Sous alcool, la fête est plus folle ! Open bar, all inclusive, soyons extravertis, gavons-nous, tournée générale ! »

Ses SMS n'avaient désormais plus rien à voir avec du français. Elle communiquait n'importe quoi à n'importe qui, tant que ce n'importe qui daignait lui répondre.

Surtout, ne pas se sentir désespérée ou elle commencerait à chialer, comme ça, devant Norman le barman qui ne la consolerait même pas. Il la raccompagnerait auprès de sa mère qui la sermonnerait, évidemment, comme si elle avait besoin de ça. Non, non, ne pas sombrer, rester vaillante, coûte que coûte, le craquage était uniquement permis en huis clos, lorsqu'elle était en tête à tête avec son oreiller froid.

Élise ressassait ses idées noires, affalée sur le comptoir. Elle se morfondait et se noyait dans son verre. Elle voulait se divertir, mais avec qui ? Elle était abandonnée de tous !

« La SOLITUDE, bordel ! C'est quoi cette soirée de merde ? »

23 h, la fête avait à peine commencé. Elle regardait cette masse de moutons danser la chorégraphie du club et ignorait quelle attitude adopter : se moquer ou se lamenter. Elle quitta cette ambiance grotesque et se dirigea vers l'étage inférieur, à la discothèque, quasiment vide, délétère. Il n'était « que » 23 h. Alors, pour terminer cette escapade en beauté, elle se décida à rentrer dans sa chambre luxueuse à pas de loup pour ne pas réveiller les petits, ni Martha, s'effondra sur son lit et, comme prévu, inonda de larmes son oreiller tout en pensant :

« Pourvu qu'il ne sache jamais à quel point ce soir j'ai picolé pour oublier toute cette misère ; ma mère aussi, bon sang, qu'est-ce que je dois dire à ma mère… punaise, que j'ai mal. J'ai le mal de moi-même. »

Dans ses cauchemars désormais familiers, Élise entendait :

« Je n'ai pas de leçon à recevoir de quelqu'un qui ne prend pas de douche. »

Christophe, qui dormait dans son petit lit dans un coin de la chambre, se mit à pleurer, car il avait perdu sa tétine. Elle se leva, dans l'obscurité, heurta une table basse – elle aurait un nouveau bleu –, étouffa un cri, replaça dans la bouche de son fils la sucette puis retourna s'allonger en contournant le meuble de deux mètres, pour être sûre.

« Je n'aime pas ton quartier ; on s'y sent pas en sécurité ; je n'ai jamais eu autant de "pètes" sur ma carrosserie que depuis je me gare en bas de chez toi ; je ne veux plus me garer en bas de chez toi et puis chez toi, je ne me sens pas bien,

je ne sais pas dire pourquoi : tu as des endroits où tu te sens bien, des endroits où tu ne te sens pas bien, voilà c'est tout ! »

Son dos devenait extrêmement douloureux ; elle en avait « plein le dos » ; elle se retourna.

« Tu dis que tu t'es fait manipuler, que tu étais victime d'un pervers narcissique, mais en fin de compte, c'est toi qui calcules tout depuis le début. C'est toi la manipulatrice ! Tu réfléchis comme sur un jeu d'échecs : tu ne laisses pas la place aux sentiments, tu es une pierre. »

Que ça cesse, enfin ! Que tout cela s'arrête ! Le bruit, cette souffrance lombaire… la paix, bon sang, Élise voulait la paix, le bonheur, la tranquillité ! Était-ce si compliqué ?

« Toi, tu as eu le courage de quitter Alexandre pour changer de vie ; tout le monde n'a pas ce courage-là. »

Chapitre 9 Rentrons

Début septembre, Élise avait observé avec fierté les premiers jours d'école de la petite Céline.

La disciple d'Atlas passa une soirée hyperactive en compagnie de Martha qui était restée lui donner un coup de pouce. Vers 22 h 30, cette dernière venait juste de claquer la porte, Élise s'écroula sur son divan et avant de songer à zapper, elle prit son téléphone pour recontacter Fabrice qui avait tenté de la joindre plusieurs fois. Malencontreusement, au même moment, Martha l'appelait ; elle plaça donc Fabrice rapidement en attente pour savoir ce que sa mère désirait, à peine partie. Elle avait oublié ses lunettes.

Pendant que la grand-mère remontait par l'ascenseur, Élise rechercha activement les binocles dans l'appartement. Puis, une fois l'objet rendu et l'aïeule redescendue, elle se rassit sur le convertible. Trois minutes écoulées s'affichaient sur le mobile, Fabrice était toujours en ligne alors elle reprit la communication.

— C'est bon. Me revoilà. Fabrice ?

Pas de réponse. Élise regarda son écran, la liaison était pourtant bien établie.

— Allô ? répéta-t-elle.

— Oui, maugréa son compagnon au bout d'un silence interminable.

— Bon, c'est fini, ce boudin ? badina-t-elle, lèvres en avant.

« Quel enfant, je n'ai pas que ça à penser ! »

— Non, fit-il sèchement.

— T'es vraiment un gamin en fait, dit-elle en riant.

— Non, pas du tout. Là tu me raccroches pratiquement au nez pour répondre à ta mère.

— Parce qu'elle vient de s'en aller, donc je me dis qu'elle a oublié quelque chose, et oui effectivement c'était le cas.

— Et moi si j'oublie un truc, tu réponds pas, je fais comment ?

« Ma parole, le revoilà en communication extra-terrestre. Il manque des mots dans sa phrase, ou c'est moi ? »

— Quoi ? Non, mais c'est une question de contexte, je me doute que si tu me téléphones à cette heure-ci, c'est pour demander des nouvelles de la journée, comme d'habitude !

— Donc si tu m'appelles dans l'après-midi, je ne te réponds pas non plus, parce que ce n'est pas urgent, alors. J'ai bien pris note. On est d'accord ?

Élise soupira. Cette conversation n'avait aucun sens. Ne sachant comment démêler tout cela, elle laissa un silence pesant s'installer, le temps de réfléchir. Elle reprit :

— Mais tu cherches à démontrer quoi, là ?

— Rien, c'est gonflant ! Tu me fais le reproche à moi, mais tu ne fais pas mieux ! Donc quand tu fais des reproches aux gens, fais en sorte de faire mieux !

Élise fit un effort surhumain pour se rappeler à quoi il faisait allusion. Bingo, elle lui avait rabâché qu'elle souhaitait des nouvelles régulièrement. Le fait qu'il compare sa situation d'ours solitaire, uniquement responsable de lui-même, à celle d'une maman débordée courant toute la journée dans tous les sens – école, crèche, bouchons, préparer à manger, donner le bain, lire des histoires, patati patata – la mit hors d'elle.

— Ouais, alors nuance : quand moi, je ne parviens pas à te contacter, c'est pendant plus de quatre heures, au point où je suis obligée de demander à Barbara ce qui t'arrive, si tu vas bien, ou si tu fais la gueule, si tu es mort ou quoi que ce soit !

Élise paniquait dès que son partenaire ne donnait aucun signe de vie pendant plus de quatre heures. Le temps de la tromper avec une maîtresse, en somme. Encore une blessure due à Alexandre.

— Toi là, tu as essayé de me joindre il y a moins d'une heure.

— Non, je t'ai appelée deux fois.

— Le premier, je l'ignore, il est passé à la trappe. Le deuxième, il était 19 h 45. Tu sais très bien qu'à cette heure, je suis en train de coucher les enfants ou de leur donner le bain, c'est le pire moment de la journée.

— Je t'ai téléphoné bien avant : 17 h 30 ou 18 h 30, je ne sais plus.

— Je n'ai pas vu !

— Voilà, à chaque fois y'a une excuse, moi aussi je peux en trouver des excuses, hein !

— Donc là, tu vas me faire la gueule pour ça ? s'étrangla Élise.

— Bah, je ne fais pas la gueule ! Je dis que c'est pénible ! Moi, si je ne réponds pas, comme tu l'as dit, tu fais la gueule, t'es pas contente, on est d'accord !

— Attends, moi je te parle d'un intervalle de quatre heures !

« Quatre heures, le temps de me tromper… »

— Quatre heures ? C'est une après-midi, c'est rien du tout. Mais ça ne date pas d'aujourd'hui, puce ! Tu me fais le reproche à moi que je ne te réponds pas, et ça tu sais très bien pourquoi et comment. Par contre effectivement quand toi tu m'appelles pour une connerie…

— Minute ! Là, il y a ma fille qui me demande… donc je dois l'ignorer parce que je suis au téléphone avec toi, c'est ça ?

— Ce n'est pas la question ; tu poses ton tel et tu vas la voir, y'a pas de souci.

— OK, à tout de suite.

Élise laissa le smartphone sur le canapé, furieuse. Elle contint sa rancœur pour s'enquérir de ce que voulait Céline. Un verre d'eau. Un bisou. Bonne nuit.

— Me revoilà. T'es là ?

Silence. Puis grognement.

— Donc ce que tu me proposes, c'est que je me promène avec l'oreillette Bluetooth toute la journée pour répondre du tac au tac chaque fois que tu sonnes ?

Fabrice partit dans une explication aussi tordue qu'un fil de fer barbelé, tant et si bien qu'Élise dût plisser les yeux pour s'aider à réfléchir. Plisser les yeux l'aidait à comprendre, parfois.

— Si effectivement, je n'ai pas le temps, reprit-il, je te dis : « je n'ai pas le temps ».

Jusque-là, Élise suivait à peu près la logique. Il continuait :

— Mais au moins, réponds-moi, c'est le minimum ! L'autre jour, tu m'as fait le reproche à moi, parce que je ne t'ai pas répondu pendant quatre heures, mais c'est parce que je faisais la gueule pour des raisons, certes, concrètes, mais ça tu le savais très bien, c'est pour ça que tu n'as pas eu de message, et t'as essayé de savoir ou quoi comment machin, et je peux comprendre que c'est énervant !

« Il fait allusion à l'épisode du mois d'août où il ne m'a rien dit pendant quatre JOURS ? Ou bien au nombre incalculable de moments où il m'ignore ? On est sur une échelle de trois à quatre fois par semaine, pas juste "l'autre jour !" C'est moi qui dois être échauffée, pas lui ! Qu'est-ce qu'il essaye de faire, me retourner le cerveau ? Oh ils sont vraiment tous comme Alex ? »

— Mais si tu me dis à moi de faire en sorte de te répondre, même si effectivement ce n'est pas important, au moins savoir si ça va ou si ça ne va pas, et moi de l'autre côté, j'attends deux plombes… en plus tu me réponds pas ; quand tu m'appelles, c'est une heure ou deux heures plus tard, d'accord ? Et de surcroît, quand moi je t'appelle, ah ben non, il y a ta mère qui t'appelle derrière, tu me raccroches au nez limite.

— Je ne t'ai pas raccroché au nez, s'offusqua Élise qui ne pouvait laisser raconter autant d'inepties à la minute. Je t'ai annoncé : il y a maman qui m'appelle, je te mets en attente…

— Si, tu m'as raccroché au nez.

— Je t'ai dit « j'ai un double appel » !

— Et alors ?

— Je t'ai mis en attente.

« Mais il est bugué, ce garçon ? Cette conversation n'a vraiment aucun sens ! »

— Et alors ? Tu me mets en attente tout de suite là, au lieu de dire « je la rappelle plus tard », attends non, non !

— Mais tu peux te calmer deux minutes ? désespéra Élise. Si je suis dispo, je prends le coup de fil !

— Mais tu n'étais pas dispo, t'étais avec moi au téléphone ! Elle n'a qu'à rappeler dans cinq minutes ; c'est pas grave, hein ! Elle va pas mourir !

Élise s'impatienta :

— Et sinon, tu avais quelque chose d'urgent à porter à ma connaissance ? Ou c'est juste pour me bassiner que tu me contactes, là ?

— Non, c'était pas pour te faire euh… je t'appelais pour te demander simplement si samedi soir ce que tu faisais, ce que tu avais prévu par rapport à la soirée, parce qu'effectivement, y'a Barbara qui m'a demandé de faire un poker chez moi, samedi soir, et comme je sais que t'avais envie de venir je me suis dit ben écoute… je vais t'en parler avant de lancer la sortie, pour savoir si effectivement tu avais un truc de prévu, ou pas. Tu vois, je suis quand même, avant de lancer quoi que ce soit, je suis venu vers toi pour te demander si effectivement tu es dispo, s'il y a moyen effectivement de faire quelque chose, ou si tu n'es pas dispo, enfin bref voilà, peu importe. Voilà. Comme je sais que tu avais été intéressée par la soirée, je me suis permis effectivement de t'appeler pour savoir ce qu'il en était, parce que Barbara m'a demandé de lancer la sortie.

Plus il prononçait de mots, plus le débit de la voix de Fabrice s'accélérait, cela devenait à la limite du supportable :

— J'ai dit « euh, j'ai envie de le faire, effectivement », mais j'attends de voir effectivement par rapport à toi. Mais si à chaque fois je dois attendre ta réponse, la réponse de madame, pfiou ! Donc dorénavant je ne le ferai plus, hein, je ne t'attendrai plus ! Très clairement ! Que tu sois là, pas là, limite, je m'en fous, c'est clair, très honnêtement. Voilà.

Élise avait patienté jusqu'à la fin de son discours dans l'espoir d'une pause afin d'en placer une. Cependant, la conclusion était largement différente du début, et la construction de sa réaction s'en retrouva retournée comme une crêpe. Un frisson venimeux parcourut l'intégralité de ses veines et elle siffla :

— Tu sais quoi ? Tu sais quoi…

Elle dut se répéter en haussant le ton pour être sûre d'avoir l'attention de son compagnon, être certaine qu'il soit redescendu de sa liaison ésotérique avec l'au-delà, et bien recentré sur l'univers concret, pour écouter enfin ce qu'elle devait lui dire.

— T'as qu'à faire ta vie ! continua-t-elle. Tu t'en fous que je sois présente ou pas !? Bah c'est très bien, c'est noté.

Elle avait délibérément repris les tournures et les mots mêmes de Fabrice. Elle imaginait qu'en empruntant cette stratégie de communication identique à la sienne, ils arriveraient peut-être à se comprendre.

— C'est par rapport à la situation.

Fabrice prononçait encore des phrases hors contexte qui ne voulaient rien dire. Il fallait le ramener à la réalité, Élise avait l'impression de discuter avec un sourd. Elle adopta un ton grave, pour l'ancrage, et reformula :

— Écoute-moi, écoute-moi bien ; tu ne demandes rien, là, tu t'en moques. Tu t'en fous que je sois là ou que je ne sois pas là, c'est exactement ce que tu viens d'annoncer mot pour mot. Voilà ce qui est sorti de ta bouche !

— Ce n'est pas la question ! Ce n'est pas ça le problème ! Alors, arrête de dire des conneries, maintenant ! Et justement si je t'appelle encore ce soir effectivement, c'était pour savoir quelles étaient tes disponibilités, comment tu vois la chose, comment est-ce que c'est possible de faire, ou pas, donc c'est que je m'intéresse à toi ! Non ? À ce que t'as envie de faire ou pas ! Mais à la fin de l'histoire effectivement, c'est chiant ! Parce que le début de l'histoire, c'est si on reprend le début dès le début…

— Stop. On s'en fiche de tourner autour du pot. Tu m'appelles pour quelque chose et ensuite tu me gonfles avec des reproches que je ne comprends même pas. Alors la solution, c'est quoi ? Que je réponde immédiatement à la moindre de tes propositions ? « Oui, chef… tout de suite maître », pour éviter ton courroux ? Tandis que toi, tu prends tout ton temps lorsque je quémande ta présence, et au bout d'une heure tu arrives comme un prince ? Souviens-toi l'autre jour, lorsqu'il fallait impérativement que je sois chez toi dans les dix minutes ? Tu m'as fait traverser toute la ville en urgence pour aller... dans une brocante !

— Et alors ?

Élise voulut cogner sa tête contre quelque chose.

— Un petit peu de réciprocité, enfin, s'il te plaît ! prononça-t-elle, désespérée.

— Ben oui, ben effectivement moi, au bout d'un moment je m'adapte à la personne, moi. Voilà c'est tout !

— Tu t'adaptes à la personne ? reprit Élise qui se demandait si elle avait sombré dans un rêve surréaliste.

— Ben oui par rapport à cette situation à un moment donné effectivement, moi je fais ce que toi tu me fais. Tu me dis à chaque fois « ouais qu'est-ce que tu fous, machin… » et je suis obligé de me speeder à chaque fois, donc je le fais, et voilà.

— De–quoi–tu–parles ? osa-t-elle demander en détachant chaque syllabe pour les ancrer dans le réel.

— Ben oui, le nombre de fois où tu m'as appelé « ouais t'es où, machin, ça fait une heure que je t'attends… » non, mais attends laisse-moi terminer ce que j'ai à faire et puis je viens ! Donc oui la dernière fois je t'ai fait le coup en disant « bah, écoute, si tu n'es pas là je m'en vais » oui effectivement ! s'emportait Fabrice, la voix partant dans les aigus. Attends, c'est donnant-donnant hein, puce ! Je te l'ai dit hein ! Moi je ne suis que l'image de ce que tu es, c'est tout !

— De toute façon, soupira Élise, j'ai bien compris que tu voulais me voir seulement quand toi tu avais envie…

— Non, c'est pas vrai.

— Qu'on faisait l'amour seulement quand toi t'as envie…

— Non, c'est pas vrai.

— Que tu me cales dans ton agenda seulement quand tu peux, que je dois répondre à tes ordres au moindre de tes coups de fil.

— Non, c'est pas vrai.

— C'est exactement ce que me dis aujourd'hui ! Que je dois décrocher en un clin d'œil, sinon tu pètes un plomb parce que je te rappelle une demie heure plus tard, euh, ça va quoi ! tempêta Élise.

« Mais il se fout de moi ! »

— Ce n'est pas une demi-heure plus tard là, puce. Je suis désolé, hein ! J'ai appelé à 18 h…

— Le premier de 18 h, il est passé à la trappe, répéta Élise. J'ignore pourquoi ; parce que Céline a appuyé sur un bouton, parce que je n'ai pas de réseau, parce que je n'ai pas vu, parce que le truc était en vibreur, parce que ci ou ça...

— Mais tu me le dis à chaque fois, ça !

— Qu'est-ce que je dis chaque fois ?

— Tu me le dis à chaque fois qu'il n'y a pas de réseau !

« Ah bon ? Non ! »

— Euh, quand bien même, c'est possible ou pas ?

— Mais j'en sais foutre rien moi ! À chaque fois tu n'as pas de réseau ! La question est la suivante maintenant ; est-ce que samedi tu es dispo ou tu as quelque chose de prévu samedi soir ?

— Mais j'ai les enfants ! Voilà ce qu'il y a de prévu.

— Est-ce que tu veux faire la soirée avec nous ou pas ?

— J'aimerais beaucoup, sauf si c'est pour me prendre la tête.

— La question n'est pas de se prendre la tête à l'origine, putain, mais t'es pénible, sérieux ! Parce que je dois lancer la sortie, c'est par rapport à ça que je te pose la question ! Si tu penses que c'est possible de le faire entre parenthèses, que tu viennes avec les enfants ou pas je ne sais pas, si c'est possible que tu puisses le faire, tant mieux, quitte à ce que les enfants, effectivement, dorment dans ma chambre s'il le faut, d'accord ? Tu vois ce que je veux dire ? Voilà ça c'est une possibilité, ce n'est pas un problème, mais c'était la question. Tout simplement. Là on est mercredi soir, si je dois lancer une sortie faut que je le fasse maintenant ! Pas demain ou après-demain en fonction de quand tu m'appelles, c'est simplement par rapport à ça !

— Tu viens de dire tu t'en fous. Donc, programme ton poker et on verra.

— Mais à la base, non, puce, tu interprètes à ta façon ! Enfin s'il te plaît ! Tu interprètes ! Je t'ai appelée à 18 h 30 et ensuite une seconde fois et tu ne réponds pas. Ce qui m'a énervé c'est le fait que tu raccroches parce qu'il y a ta mère qui t'appelle ; je veux savoir le degré de priorité par rapport à certaines personnes. Si je suis le dernier dans ta liste de priorité, tu seras dernière dans ma liste de priorité ! C'est tout !

Décidément, cet échange était magique. Élise s'esclaffa, atterrée :

— Je crois que c'est déjà le cas, non ? Tu m'as très bien fait comprendre que j'arrive derrière ta famille, derrière ton travail, derrière tes chats… Quelque part, dans ta liste de priorités, je ne suis pas au top niveau, cesse de dire le contraire !

— Arrête de dire que je te mets en dernier, ce n'est pas vrai.

— Tu me positionnes derrière ta famille. Vrai ou faux ?

— Évidemment, je te mets derrière ma famille, c'est quoi le problème ?

— Tu me positionnes derrière ton boulot. Vrai ou faux ?

— Mais à un moment donné, faut que je bosse enfin ! Tu plaisantes ou quoi ?

— Alors, ne me condamne pas pour ma mère et mes enfants, s'il te plaît !

— Mais à quel moment je t'ai reproché tes enfants là ?

— À l'instant !

— Non ! Je t'ai reproché par rapport à ta mère…

— Depuis douze minutes maintenant qu'on est au téléphone, tu me blâmes de ne pas avoir répondu entre 18 h et 20 h. Tu sais très bien que c'est la période où je m'occupe de Christophe et de Céline.

— Je n'en sais rien ce que tu es en train de faire ! Je ne peux pas deviner, je ne suis pas Madame Soleil !

— Évidemment, je suis en fait à la plage, en train de me la couler douce, 100 % disponible, je n'ai pas de mouflets, ils sont dans le congélateur... Mais bien sûr que je suis occupée ! Tu t'imagines que je fais quoi d'autre ?

— À 18 h 30 aussi ?

— Mais oui !

Sur un ton archi sec, Fabrice ne démordait pas :

— Non à 18 h 30, la première fois où je t'ai appelé, là où tu n'as pas répondu. C'est bizarre, parce que tu me dis que tu n'as pas de réseau, ce n'est pas vrai parce que ça a sonné.

— Je n'en sais rien enfin ! Le téléphone, il est en vibreur ou dans un coin, je ne sais pas où, il n'est pas dans ma poche…

— Ce n'est pas vrai, tu l'as toujours sur toi, quand moi je suis avec toi tu l'as toujours sur toi. Faut arrêter là, il est toujours dans ta poche ou à côté de toi.

— Je ne l'ai pas sur moi quand je suis à la maison ou en train de donner le bain, par exemple... fit Élise en soupirant, résolue à l'idée que Fabrice ne l'entendait pas.

— Donc voilà.

— Je ne le porte pas quand je suis chez moi ! haussa-t-elle le ton, désemparée.

— Non, mais il n'est pas très loin, et tu regardes de suite qui t'a appelé ou qui ne t'a pas appelé.

« Je rêve, il est en train de me réinventer la fable du loup et l'agneau : quoi que je dise, j'ai tort. »

— Mais s'il est en vibreur, je n'entends pas !

— Donc maintenant il est sur vibreur ? Non, mais eh, franchement tu vas chercher toutes les excuses ou quoi ?

Résolument, cette discussion de sourds tournait en rond.

— Mais j'en sais rien ! Un appel m'a échappé, c'est possible ça ou pas ? Ce n'est pas la première fois qu'il est en silencieux ou hors ligne ou que sais-je ! Merde à la fin !

— Sans déconner, quoi ! Mais bon toutes les excuses sont bonnes, n'est-ce pas… ce n'est pas grave, dans l'absolu ce n'était pas ça la question. La question est de savoir qu'est-ce que tu en penses pour samedi soir. Alors ?

— À la base, ça m'aurait fait très plaisir, mais là tu me saoules, donc je n'en ai aucune idée.

— Tu me le dis de suite ou pas du tout, je ne vais pas non plus tourner autour du pot pendant quarante heures ! Soit tu me dis effectivement « ça me plairait bien » et puis on s'organise et on fait en sorte, ou alors tu me dis non, tu m'envoies chier et puis basta, OK j'aurais compris, je te laisse tranquille et puis on se rappelle lundi et puis c'est tout.

— Faut juste que tu cesses de m'assommer de conneries !

— Eh oui, mais bon attends ma grande, si tu veux que j'arrête entre parenthèses… si je dois m'arrêter de te prendre la tête, ben fais en sorte que toi aussi de l'autre côté ce soit la même chose !

— Je répète que je n'ai pas aperçu ta première tentative et toi tu pars immédiatement du principe que ce n'est pas vrai !

— Mais peu importe.

— Non, pas « peu importe » ! Tu mets ma parole en doute, merde ! C'est chiant !

— Bah excuse-moi ! Moi je vois comment tu réagis. Quand je suis avec toi, je vois comment tu es avec ton téléphone. Je suis présent. Je passe une journée complète, je vois tout ça ; alors oui, parfois, tu as ton téléphone à l'autre bout, tu ne l'entends pas, certes, mais dans la foulée tu regardes qui c'est qui t'a appelé, qui ne t'a pas appelé… Je vois que dans les cinq minutes, tu regardes. Ne me dis pas que c'est pas vrai. Je te pratique assez régulièrement alors me dis pas de connerie, s'il te plaît ! Limite, tu me dis « j'avais pas envie de te répondre » ; là c'est clair, je préfère que tu me dises ça ; au moins ça, c'est honnête.

« *Comme il me désespère… c'est clair, j'aurais dû dire ça.* »

Élise tenta encore laborieusement d'inculquer à Fabrice la réalité des faits :

— Tu es convaincu d'une version qui est complètement fausse… ça me gonfle ! Je ne veux pas me battre contre tes persuasions débiles. J'essaye de te dire la vérité depuis le début, et toi tu pars du principe que non. C'est insupportable !

— Eh ben dans ce cas-là, faut répondre de suite comme ça, y'a pas de problème ! Ou alors, si tu ne peux pas, tu me dis : « écoute, je te rappelle plus tard », comme ça, dans la foulée. Ou alors tu m'envoies un message, par exemple : « je suis occupée, je te rappelle ».

Élise en était intimement convaincue : elle avait basculé dans un autre monde. Non seulement Fabrice répétait en boucle les mêmes choses, mais il n'avait toujours pas compris le principe simple de « je n'ai pas regardé mon téléphone. » Comment lutter ? Comment revenir à une discussion raisonnable et cohérente ? Comment parler logiquement avec un obstiné, persuadé de sa version, comme son ex… ?

Il retournait la situation et reprochait à Élise de ne pas faire justement ce que lui ne faisait... Jamais.

— Tu vois, un petit SMS rapidement, poursuivait Fabrice en bon donneur de conseils. Ça prend deux secondes, hein ! Je ne dis pas dans les trente secondes… dans la minute au moins… tu m'as demandé de faire des efforts par rapport au fait que, quand j'ai mes clients… alors effectivement parfois j'ai mes clients qui sont au téléphone, je leur réponds prioritairement, ce qui est normal ; dès que j'ai raccroché, deux solutions : soit je t'appelle, soit effectivement je t'envoie un SMS. Ça maintenant, c'est ma philosophie.

« Tu parles ! », pensait Élise en laissant déblatérer Fabrice.

— Au moins pour te rassurer, poursuivait-il, que tu puisses savoir si oui ou non effectivement, si ça va ou pas, voilà poser la question au moins. Et comme j'ai dit, s'il m'arrive un truc demain, ce n'est pas la peine, je ne peux pas compter sur toi, j'ai bien noté !

« Ça y est, le voilà reparti sur autre chose encore, mais ce n'est pas vrai, il va s'arrêter quand ! »

— Je ne sais pas ce qui peut se passer, j'extrapole, c'est tout... là c'est une extrapolation, mais je me dis que si maintenant demain j'ai un problème, limite, il faut plutôt que j'appelle Barbara au moins je sais qu'elle va me répondre, quoi.

— Si tu as un souci dans la journée, que je n'ai pas les enfants, je peux faire ce que je veux.

— C'n'est pas une question d'enfant.

Élise ne tint plus, elle s'écria :

— Mais si c'est exactement ça ! J'ai deux verrues. Ce sont deux entraves, que j'ai eues avec un mec à la con ; je me retrouve toute seule à tout gérer et voilà un autre mec, que je croyais amoureux de moi, qui m'aimait, qui me prend le chou parce que je ne lui réponds pas dans la seconde ! Est-ce qu'on rêve ou est-ce qu'on est sérieux là ?

— Eh il faut que tu te calmes un petit peu parce que moi je n'ai rien contre toi… je suis juste en train de t'expliquer une situation, c'est tout.

— Mais tu tournes en rond dans une version débile. D'accord ?

— T'as pas besoin de t'énerver !

— Si, je m'énerve ! Je démontre depuis avant que, lorsque je suis avec les petits entre 18 h et 20 h, ce n'est même pas la peine d'essayer de me joindre, et tu me reproches « euh, on ne peut pas compter sur toi ! », eh bien non ! Tu oublies entre 18 h et 20 h, et également la nuit, d'accord ? Parce que je ne peux pas laisser mes enfants tout seuls ! Donc, non, tu ne peux pas compter sur moi ! C'est carré maintenant ? C'est clair ?

— Oui, mais bon euh, pas besoin de parler comme ça non plus, hein et enfin tes deux verrues comme tu dis ce n'est pas de leur faute…

— Arrête de me balancer des inepties du genre : « oh, on ne peut pas compter sur toi » !

— Je ne te parle pas de ça, je te parle juste avant tu m'as raccroché au nez par rapport à ta mère non, mais sans déconner faut arrêter les conneries.

— Je ne te raccroche pas au nez, je te mets en attente. Au même titre que lorsque j'ai été voir Céline.

— Pour une fois que je t'ai au téléphone, putain tu me mets en attente au bout de deux secondes « oh, y'a ma mère » en fin de compte je suis comme tout le monde, je passe en dernier, c'est ça ? Tu fais en fait ce que moi, a priori, je te fais, et ce n'est pas le cas, parce que moi en plus de surcroît, à chaque fois que tu me demandes un truc je le fais.

— Sérieusement... est-ce que je dois encore t'éclairer là-dessus ?

« Il n'a pas compris ? »

— Non, mais bon, mais même, c'est un peu gênant quoi.

« Ben non, il n'a rien compris. »

— OK, on réexplique.

Élise synthétisa la situation avec des phrases très courtes cantonnées aux faits déroulés entre 18 h et 20 h ce soir-là, jusqu'à l'appel de Fabrice. Loin d'admettre une autre vision des choses que la sienne, il trancha :

— Ouais, bref, c'est une discussion qui va tourner en rond, ce n'est pas grave.

Élise gloussa d'un rire nerveux.

— Sinon, tu peux compter sur moi de 9 h à 17 h du lundi au vendredi, confirma Élise.

— Et moi je dois faire quoi, quand tu m'appelles ? Je dois te répondre tout de suite ?

— Je n'ai jamais dit ça.

— Tu m'as dit, toutes les quatre heures…

— Ce n'est pas la même chose !

— Si c'est la même chose.

« Ce mec est fou. »

— Je ne t'ai pas demandé de répondre tout de suite, j'ai simplement besoin d'avoir de tes nouvelles régulièrement ! Juste avoir de tes nouvelles !

— Mais enfin pour quel motif ? Je ne vois pas le truc. Je suis toujours en vie… ou alors tu veux que je meure toutes les quatre heures ? Oui ben si je meurs, de toute façon, limite je t'appelle et je suis sur le banc, sur le lit de mort, toute façon tu ne seras pas là, donc ça ne sert à rien ! Puisqu'il y a des horaires auxquels je ne peux pas t'appeler. Donc s'il m'arrive un accident grave, je peux t'appeler après 17 h ? « Non je ne suis pas libre » OK d'accord, pas de problème.

— C'est vrai, je ne suis pas disponible à 17 h pour me déplacer en cas d'urgence.

— J'ai bien noté.

Élise sentait la rage et l'injustice transpirer par tous les pores de sa peau. Elle aspirait simplement à recevoir de petites attentions, de succincts messages dans la journée, ou à entendre la voix de celui qu'elle pensait aimer. Quatre heures lui semblaient un délai raisonnable compte tenu du fait qu'elle avait été habituée pendant près de dix années à côtoyer Alexandre 24 h/24. Lorsqu'il s'absentait quatre heures… c'était pour la tromper.

— Franchement, écoute. Si les enfants sont en train de dormir, je ne vais pas les réveiller et les jeter dans la voiture pour aller voir fissa ce qui se passe !

— J'ai bien noté, j'ai bien noté… tu viendras quand tu auras le temps.

— Enfin, ce n'est pas une question de temps !

— Ben si !

— C'est juste « quand je peux » !

— Ben si, c'est ça !

— C'est Quand Je Peux ! scandait Élise.

— Quand tu auras le temps, quand tu peux… c'est la même chose. Oui oui, parce que si maintenant je suis à l'hôpital, si j'ai un accident, et que je t'appelle et tu réponds quand tu peux, c'est bien la même chose ! Puce, c'est n'importe quoi ! Demain, il t'arrive quelque chose…

— Non !

— Et que ce soit…

— Non, mais tu me laisses t'expliquer ?

— Mais je serai évidemment le premier à venir…

— Ho !

— Bien évidemment dans les cinq minutes…

— Je sais bien que tu serais le premier à venir !

— Ben alors ?

— Tu n'as pas d'enfants, bon sang !

— Et alors ?

— Tu ne comprends rien !

— C'est une excuse à deux balles les gosses !

Élise accéléra le débit de parole pour réussir à caser son point de vue :

— N'importe quoi ! Écoute-moi ! Si demain t'as un accident, qu'il est, comme actuellement… 21 h. Qu'est-ce que je fais ? Je ne peux pas accourir tout de suite ! C'est une nuance très importante, car « quand je peux » signifie que je vais me démener pour trouver quelqu'un pour garder mes enfants et me libérer, d'accord ? Rien à voir avec « quand j'ai le temps ».

L'obstiné resta imperturbable et, fidèle à lui-même, n'accepta pas de dévier un tantinet de son point de vue.

— Certes… maintenant, la question est… en toute simplicité… qu'est-ce que tu en penses pour samedi ? Si t'arrives à occulter le fait de se prendre la tête ?

— La réponse va être limpide ; si je peux, je viens, mais ça ne m'enchante pas de me déplacer avec les petits.

— Tu l'as dit toi-même à l'instant même : t'as pas le choix ! Excuse-moi, je vais revenir maintenant sur un point totalement différent : tes enfants ne doivent pas être considérés comme – excuse-moi l'expression – des boulets pour toi. C'est ce que tu penses ?

Élise aimerait bien réfléchir autrement, mais que répondre ? Céline et Christophe, elle les adorait ; ils n'étaient en rien responsables de la situation. Mais alors, quoi : les refiler – encore – à Martha, sortir, passer pour une mère indigne ou bien rester à la maison avec eux et se morfondre en rongeant son frein, broyer des idées noires et tourner en rond pendant que le reste de la clique s'amuserait et rigolerait sans elle ?

Élise finit par accepter l'invitation ; elle irait avec ses deux enfants sous le bras, qu'à cela ne tienne, avec évidemment une valise pleine de doudous, tétines, jouets, lit parapluie, pyjamas, rechanges, couches, lingettes, biberons, lait infantile… tout ça pour une soirée poker qui finalement n'eut rien d'exceptionnel.

« Tu parles d'une détente… »

*

En ce lundi de deuxième semaine de rentrée scolaire, Élise était chez elle. En ramassant les jouets par terre, elle repensait à son fabuleux week-end passé à alterner entre bébés nageurs, craies grasses, dessins animés, comptines, promenades, toboggans, bac à sable… Son entreprise démarrait doucement, les enfants étaient à la crèche et à l'école, tout allait pour le mieux. Elle mit un peu de musique électronique, un peu trop fort…

« Si tu ne peux pas te rendre en boîte, c'est la boîte qui vient à toi ».

Pour coller à l'ambiance, elle se servit un RedBull vodka. Il était dix heures du matin. Épluchant les légumes pour les purées infantiles des quinze prochains jours, la cuisinière sifflotait. Elle était ravie de prodiguer à sa progéniture de bonnes vitamines, de savoureux ingrédients achetés frais, dans des quantités industrielles, mais qu'importe. Elle devait tout laver, tout découper, tout cuire, puis réduire en bouillie, placer en petits pots et surgeler. Elle espérait que ses enfants seraient enchantés de manger cela plutôt que de la pâtée pleine de conservateurs du commerce, vu le mal qu'elle se donnait. Son verre était vide. Elle se concocta un nouveau cocktail. Avec quelques glaçons, et une paille. Un vrai délice. La vie était courte. Puisque personne ne lui faisait plaisir, elle se faisait plaisir. Dodelinant de la tête au rythme des basses, elle sirotait sa boisson en épluchant ses carottes. Elle jeta un œil à la pendule analogique, 11 h. Encore un chou-fleur et elle pourrait lancer la cuisson. Encore un RedBull vodka. Encore un morceau de Malicia Darkwave puis un autre de Boris Brejcha, ce talentueux compositeur allemand de musique techno minimale. Comme c'était bon ! Remuant comme en discothèque, elle jonglait avec les légumes, se resservit un peu d'alcool, glaçons…

« Plus de raide bulle, zut. »

Un peu de sirop de grenadine et eau pétillante. Il y avait toujours de quoi fabriquer des mélanges délicieux et organiser des réceptions chez Élise. Réceptions avec des amis imaginaires. Secouant le menton, en tête à tête avec Boris Brejcha, l'amatrice de pulsations coupait encore une courgette et ce serait bon. Mince ! Onze heures trente ! Elle alluma la cocotte et programma le minuteur. La fatigue était de plus en plus présente.

« Allez ! » fit elle en se tapotant les joues puis elle se resservit un verre. Elle était vraiment épuisée. Faire un somme… autocuiseur en marche… danger… d'abord attendre la fin de la cuisson…

« Bon, et maintenant… Un petit dernier, on va se refaire un petit cocktail. Je mérite d'être bien. Au point où j'en suis, un peu plus un peu moins… On s'en fout, personne ne saura de toute façon. »

Elle regarda sa bouteille de vodka, vide. Elle eut comme un trou de mémoire. Elle n'était pas pleine, ce matin, si ? Où a bien pu passer toute cette vodka ? Le questionnement dura un quart de seconde, elle fut ramenée à la réalité par une douleur intense au niveau de sa cuisse qui avait rencontré le coin de la table, « *espèce de !* ». Vingt minutes après, elle ouvrit le couvercle en sifflotant. Elle avait esquivé la vapeur brûlante avec grâce et s'évertuait à écraser les légumes en purée. C'était sûr, les enfants seraient ravis. Quelle maman formidable elle était ! Ayant rempli une trentaine de récipients, elle laissa refroidir un moment puis rangea toutes les denrées au congélateur. Le lavage de la cocotte serait pour plus tard. Presque quinze heures, elle pourrait s'octroyer le temps de dormir une heure avant l'arrivée de Fabrice prévue pour seize heures, c'était impeccable. Ce soir, il devait garder les enfants pour que la cheffe de famille puisse assister à la réunion de rentrée des classes, tous les engrenages de la journée étaient parfaitement en place. Élise ne se dévêtit pas et s'allongea, en robe, sur son lit, une petite heure, histoire de récupérer un peu.

« Le problème, avec les rejetons, c'est que tu ne peux plus te comporter comme si tu étais tout seul maître de toi-même et faire ce que tu veux quand tu veux. Les enfants, ça te flingue une vie.

Il faut que tu arrêtes de considérer tes gosses comme des boulets, tu les as faits avec la mauvaise personne, c'est tout ; maintenant, ils sont là et ils n'y sont pour rien, ce n'était pas censé se passer comme ça.

Oui… ce n'était pas censé se passer comme ça ; j'ai du courage et tout, super, ça me fait une belle jambe. Et après, on fait quoi ? Ma vie, je m'assieds dessus »

Un bruit. Répétitif. Pénible. Chiant. Un réveil ? Le téléphone ? Élise mit un oreiller sur sa tête. Suffit, ce vacarme ! Qu'on la laisse tranquille. Elle ouvrit des yeux brumeux, interrogea la pendule, n'imprima pas du tout l'information qu'elle venait de lire. Au bout d'un temps indéfini, elle comprit que le son provenait de la porte d'entrée, oui, c'était la sonnette. Elle se leva, longea le mur, décrocha, appuya sur n'importe quel bouton, a priori, cela fonctionna. Ne pouvant se résoudre à attendre son hôte, elle repartit se coucher. C'était censé être Fabrice, il avait l'habitude de la maison, il n'aurait qu'à la réveiller.

« Soupe chinoise, soupe chinoise, ça fait plus de six mois qu'il m'en parle… la soirée n'est toujours pas bloquée, ce n'est quand même pas si compliqué de convier des gens, si ? Alors, c'est quand !? Il me gonfle avec cette saleté de soupe chinoise… je la connais par cœur, la recette, mais quand est-ce qu'il va la lancer, son invitation, bon sang de bonsoir ! »

Élise sentit des caresses sur son corps, c'était doux. Une voix lui demanda :

— Ça va ?

Et tout à coup, tout le malheur du monde s'abattit sur elle. Elle s'effondra en sanglots incontrôlables, s'étouffant entre les larmes, son maquillage dégoulinant et ses draps, en hoquetant :

— Non, ça ne va pas, tu vois bien, ma vie c'est de la merde !

*

Élise se réveilla dans son lit. Il y avait quelque chose d'étrange. Il faisait nuit. Elle entendit les enfants qui rigolaient dans le bain. Ils faisaient tellement de bruit…

« Qu'ils se taisent, assez, assez ! »

Élise se retourna et mit sa tête sous l'oreiller. Il était 21 h et quelques… Elle essaya de rassembler ses idées. Il était arrivé quelque chose… ou pas… Élise prit son téléphone. Il y avait des quantités d'appels en absence et des messages à la pelle.

« Qu'est-ce que… »

Elle entendit Fabrice dans le salon, qui regardait la télévision. Elle se rendormit. Elle se réveilla de nouveau et plissa les yeux pour déchiffrer quelques SMS :

— Qu'est-ce qui se passe ?

— Je suis inquiète, rappelle moi.

— Tout va bien ?

Élise ne comprenait vraiment rien. Que répondre ? Qu'était-il arrivé ? Elle n'en avait pas la moindre idée. Vaseuse, elle chancela jusqu'à Fabrice pour lui demander de l'éclaircir. Elle fit son apparition, penaude, et s'assit sur le clic-clac. Il regardait le foot. Elle tenta :

— Je vais un peu mieux, je crois… tu peux me raconter ce qui se passe ?

— C'est plutôt à toi de me dire ce qui se passe ! fulmina-t-il.

L'hébétée, sous les yeux écarquillés de son conjoint, avoua ne plus se souvenir de rien. Black-out total depuis qu'elle s'était allongée pour « une petite sieste ». Elle le supplia de détailler. Il vit qu'elle avait sérieusement perdu la mémoire.

— Je suis arrivé comme convenu vers 16 h. La porte était ouverte, je t'ai trouvée sur le lit. On a fait l'amour, tu souriais, j'ai cru que c'était un jeu, c'est seulement quand tu t'es mise à pleurer que je me suis rapprochée de toi, j'ai senti l'alcool… Alors j'ai vu que tu étais ivre. T'imagines, tu étais allongée et ivre sur ton lit, la porte ouverte, ça aurait pu être n'importe qui ! Ensuite, je t'ai portée jusqu'à la salle de bains et je t'ai douchée, puis je t'ai enfilé un jogging, je t'ai habillée de la tête aux pieds avec ce que j'ai trouvé et je t'ai portée plus ou moins pour aller chercher Christophe à la crèche. Tu as signé un papier, je ne sais pas quoi. Après, l'école a appelé, ils étaient furieux pour le retard, parce moi, je n'ai pas l'autorisation, il a fallu que tu marches, tu ne marchais pas droit. Tu te souviens que tu as vomi, quand même ?

Élise n'osait pas regarder Fabrice. Elle avait un vague souvenir… non, en fait non. Rien.

— Du coup, on est rentrés, je t'ai couchée, j'ai nourri tes enfants, je les ai lavés et couchés à leur tour.

L'incriminée était rouge de honte.

— Mais comment c'est possible que tu ne te souviennes de rien ? Combien tu as bu donc ? J'ai vu une bouteille de vodka vide, ne me dis pas que tu as bu toute la bouteille !

Elle haussa les épaules. Il rugit :

— Mais ça, ce que tu as bu, c'était avant ! Dans l'après-midi, ou… je ne sais pas ! Ne me dis pas que tu as bu la bouteille d'une traite, c'est pas possible ! Tu dois bien t'en souvenir, quand même !

— Je ne me souviens pas avoir bu toute une bouteille… balbutia-t-elle.

Puis elle secoua la tête. Fabrice était furibond.

— Franchement, je vais être clair, Élise. Je ne veux plus que tu boives. Rien du tout, de surcroît, si je te retrouve encore une fois, ou même si j'entends par quelqu'un que tu as picolé, tu ne me reverras plus jamais, je suis bien clair ? menaça Fabrice en marquant un point d'orgue pour s'assurer qu'Élise avait saisi l'enjeu. Il y a bien quelque chose, ou quelqu'un qui t'a poussé à faire ça ! Tu ne veux rien me dire ?

« Comme si tout était si simple ! Franchement, si mes malheurs se cristallisaient sur un élément, mon cher, ça ferait longtemps que ce serait réglé ! »

— Je bois parce que je ne vais pas bien, tu peux comprendre ça ?

— OK, appelle-moi con aussi, fit-il dans un mélange de pitié et de colère.

Puis il mit sa mâchoire inférieure en avant et commença à grincer des dents. Il essayait d'imaginer ce qu'Élise avait vécu. Avait-elle reçu un message de son ex ? Une mauvaise nouvelle ? Quelqu'un était venu lui causer du tort ? Un homme, une femme, un fantôme... Quelque chose ? Rien à faire, elle était fermée comme une huître. On ne pouvait pas descendre une bouteille entière de Vodka sans s'en rendre compte, enfin !

— Je ne suis pas en état de t'apporter des explications ; je vais me recoucher. Si tu ne désires pas dormir avec moi ce soir je comprendrai, mais j'aimerais que tu restes, tu veux bien ?

Le quadragénaire maugréa quelque chose s'apparentant à un Oui.

*

Le lendemain, après avoir déposé les enfants sans regarder personne dans les yeux tellement la honte l'habitait, Élise refit le tour de ses SMS, l'esprit un peu plus clair. En effet, tout le monde s'était inquiété de ne pas avoir de nouvelles, et lorsqu'elle avait répondu, ses messages ressemblaient à :

— Todo bien, no soucy, pas de souci.

Saoule, elle devenait multilingue. Intéressant. Matthieu s'enquit également de son état par un :

— Dis donc, tu m'as fait quoi, hier soir ?

Élise chercha à en savoir plus. Qu'avait-elle bien pu faire encore ? Elle fouilla dans l'historique de son téléphone et constata avec effroi qu'il y avait eu des dizaines de textos échangés, mais le contenu avait été effacé. Elle demanda à Matthieu s'il les avait conservés et s'il voulait bien lui envoyer une copie. Elle put donc lire une conversation datée de la veille, entre elle et lui, dont elle n'avait absolument aucune trace ni souvenir :

— Hello, Matthieu, ça va bien ? aurait écrit Élise.

— Un peu malade, mais on fait aller ! aurait répondu Matthieu.

— Faut te couvrir lol, tu as déjà une infirmière pour te soigner.

— Ah non je n'ai personne ! Et chez toi ça biche ?

— Oui, mais je ne suis pas seule.

Élise se gratta le front. Avait-elle rédigé cela dans un demi-sommeil alors que son portable était sur sa table de nuit ?

— Ah, et tu viens me causer ? Tu t'ennuies ? demandait Matthieu.

— Pourquoi je ne devrais pas ?

— Si, bien sûr que si. Tu passes à la casserole ce soir ?

— Je ne sais pas encore !

L'amnésique essayait vainement de se rappeler si ces phrases lui évoquaient quelque chose ou non.

— Tout le monde baise sauf moi ! pleurnichait Matthieu.

— Tu penses que je devrais ? sondait « Élise ».

— Je pense que tu es assez grande pour t'éclater si tu as envie.

— Ben faut trouver un casse-croûte. Tu es chaud ce soir, toi ?

— Ah, tu n'as rien à manger ? En manque oui, avouait Matthieu.

— Ben tu attends quoi ?

— Euh je ne claque pas des doigts et ça apparaît, hein !

Pas moyen de se souvenir. Elle se concentra sur le style en lisant attentivement chaque phrase. Elle ne reconnaissait pas sa prose. Soudain… Une réminiscence de Fabrice avec le téléphone d'Élise en main. Il lui avait dit que c'était pour décrocher à sa mère, qui appelait sans cesse, inquiète… et si…

— Qui cherche trouve, non ?

— Ben je t'ai trouvée ! blaguait Matthieu.

— Ah oui carrément. Ça au moins c'est direct ! Et pourquoi je devrais faire ça ?

Élise retint sa respiration et mit sa paume devant sa bouche… Fabrice n'avait quand même pas osé usurper son identité pour tirer les vers du nez à son ami… ce serait… pervers !

— Ah c'est pas ce dont on discutait ? sondait Matthieu, comme une question piège.

— Je t'écoute fais-moi rêver qu'est-ce que je disais ?

L'autrice écarquilla les yeux. « Fais-moi rêver », c'est clair que cette prose n'était pas d'elle, à moins qu'elle ait subi un dédoublement de personnalité. Non, non… restons sérieux… Elle avait déjà entendu cela… dans la bouche de Fabrice ! « Qu'est-ce que je disais » … Oui, il essayait d'extorquer des informations à Matthieu pour la compromettre !

— C'est louche tout ça, ça sent le coup fourré, disait Matthieu.

— Non j'ai juste un peu abusé sur l'alcool.

— Ben avec ton mec à côté ça ne donne pas trop envie de se lâcher en fait !

Élise croisait les doigts craignant de découvrir la suite des messages ; dans son ventre, un poulpe dansait le charleston. Matthieu était son meilleur ami, elle lui confiait absolument tout…

« Matthieu, pitié, Matthieu… tu le sens, qu'il y a un loup, fais pas le con… »

— Bon OK je comprends.

— Je croyais… pas en SMS ? doutait Matthieu.

Lorsqu'Élise était encore avec son ex, Matthieu et elle avaient décidé de ne jamais discuter de sujet sensible par SMS, mais plutôt via une autre application. C'était… leur petit secret.

— S'il est là et qu'il dort ?

— Quoi ? Ouais donc tu ne vas pas t'éclater ce soir alors ! disait Matthieu.

— Oui comme je t'ai dit jamais par SMS, mais là je peux pas te parler de vive voix. Voilà, et sa te fait rire.

Visiblement, avec les fautes d'orthographe et le fait qu'Élise propose de discuter « de vive voix », Matthieu n'était plus dupe.

— Ça remonte à quand la dernière fois ? se méfia Matthieu.

— On en avait pas parlé ? Pas eu le temps peut-être.

— Ça ne ressemble pas trop à Élise, c'est bien ce qu'il me semblait.

— J'étais avec ma mère au téléphone, je te laisse, bonne soirée.

— J'ai rien compris.

Et la fin de la discussion coïncidait au moment exact où Élise était allée voir Fabrice dans le salon.

Matthieu avoua qu'il était désolé d'avoir saisi l'imposture un peu tard, qu'il espérait ne rien avoir lâché de compromettant et s'excusait auprès d'Élise, mais cette nuit-là lui non plus n'avait pas les yeux en face des trous. Franchement, il n'aurait pas imaginé Fabrice capable de cela. Pourquoi diantre Élise restait-elle encore avec lui ? Parce qu'il lui avait sûrement sauvé la vie ? Est-ce que ça justifiait le droit de s'immiscer dans son téléphone à la recherche d'on ne sait quoi ?

*

« Il m'a aguichée avec ses fausses promesses, sur le papier… je me rappelle très bien le premier rendez-vous… il racontait qu'avec son ex, il lui coulait des bains et lui préparait à manger à son retour du travail, fatiguée, elle n'avait plus qu'à enlever ses chaussures, se mettre à table ou alors se détendre dans la baignoire, juste profiter en attendant qu'il fasse à manger et ensuite ils

regardaient la télévision et il la coiffait parce que "vous aimez ça les filles quand on vous brosse les cheveux".

Où sont les repas, les relaxations parfumées, les brushings ?

Pourquoi n'y ai-je pas droit ?

Il m'a vendu du rêve lorsqu'il me disait qu'il adorait masser, car c'est un sportif, évidemment, il connaît bien les muscles et les bienfaits des modelages ! Il dispose de nombreuses huiles, d'onguents et autres produits esthétiques pour la peau. Un vrai Institut, s'était-il vanté, à tel point que je m'étais demandé s'il préférait les freluquets…

Ils sont où, mes massages ?

Fallait-il quémander ? Et obtenir toujours la même réponse, une variante de "Je prendrai soin de ton dos, chouchou, et de tes pieds, promis, mais là je n'ai plus de crème."

Il m'a vendu du rêve lorsqu'il disait rouler en Audi, mais en fin de compte il conduit les véhicules de ses clients, en vérité son carrosse est une ruine de plus de vingt ans. »

Élise tournait dans son lit sans trouver le sommeil. Une nouvelle nuit sans lui ; une nouvelle réponse du type :

— Si je viens chez toi ce soir ? Ça peut se faire. Je ne te dis pas oui, je ne te dis pas non, ça va dépendre du boulot, parce que si je dis oui et que j'ai un appel qui s'éternise là tu vas me faire la gueule…

Et finalement, elle était seule, encore, à ressasser. Lui revinrent en tête les événements de la veille. Tournèrent dans ses méninges les attitudes de Fabrice : le fait qu'il officiait au sein d'un groupement politique, qu'on le qualifiait de « grande gueule », qu'il briguait – pourquoi pas – le prochain mandat de maire. Ce petit côté hâbleur l'avait séduite, mais justement, est-ce que ça n'était pas un profond problème ? Comment se positionner en face de quelqu'un qui utilise des périphrases, des contextes flous sans donner d'exemples précis et concret, sans jamais s'engager sur des dates et s'offusquer lorsqu'on osait souligner ce qui n'allait pas ? Comment discerner le vrai du faux chez un commercial chevronné doté de dizaines d'années d'expérience ? Comment scruter la vérité cachée sur un visage de joueur de poker ?

La question sous-jacente était plutôt claire… Comment garder confiance en Fabrice après son intrusion dans le téléphone, lui qui s'insurgeait : « bien sûr que non ! jamais il n'aurait envoyé des messages en se faisant passer pour elle ».

Élise doutait. Était-elle donc folle ?

« Ne pas me laisser happer par la paranoïa, non, il n'est pas mon ex, il n'est pas un pervers manipulateur narcissique, non, ce n'est pas possible que je tombe deux fois de suite dans les mêmes pièges, pas ça ! »

Quand même, plus elle analysait, plus elle s'apercevait, effarée, du nombre de similitudes entre Alexandre et Fabrice. Désormais en sueur dans son lit, elle sentait sa respiration accélérer comme si elle s'apprêtait à fuir un démon.

« Mon Dieu, et s'il l'était ! Ça pourrait expliquer tellement de choses ! »

Élise gémissait, les muscles tendus de douleur, le cœur battant, la bouche tordue par le chagrin. Crise d'angoisse.

« On m'avait prévenue… c'est moi qui l'ai choisi… tant que je ne changerai pas moi-même, les hommes que j'aimerai seront toujours les mêmes… »

Elle s'était désormais complètement recroquevillée sur elle-même, en position fœtale, les bras autour du corps, et hoquetait en essayant de se raccrocher à une réalité qui lui échappait.

« Il faudrait que je modifie drastiquement quelque chose chez moi, que je ne sois plus moi-même, que je joue un rôle pour enfin tomber sur quelqu'un qui serait capable de me dorloter, de me déifier ou juste de ne pas tarir d'éloges, ça changerait… un piédestal, ce serait ennuyeux ? »

Élise arrêta un instant de larmoyer pour s'accrocher à cette piste.

« Avec Fabrice, c'est déjà ennuyeux ! Difficile de faire plus rasoir que ça ! Il ne se passe… rien ! Mais ce n'est pas forcément de sa faute puisqu'en fin de compte, j'ai les enfants tout le temps donc au final, il ne reste… rien… J'ai une vie de merde. »

Si elle n'avait pas eu peur de réveiller les petits, elle aurait hurlé. Même hurler son désespoir, Élise n'en avait plus le droit.

« Mais enfin, c'est si difficile d'avoir des relations qui conviennent ? À moins que… »

L'inconsolable s'arrêta de respirer.

« À moins que ça ne soit véritablement moi, le problème. »

*

La vie reprit son cours. Élise se sentait en sursis. Elle s'était juré à elle-même de ne plus toucher à une goutte d'alcool. Sauf occasion exceptionnelle, sauf breuvage exceptionnel, sauf… non, il fallait qu'elle tienne bon. Pour elle, pour Fabrice, pour les enfants. Avec son compagnon, elle marchait sur des œufs, s'efforçait à être la plus lisse possible, à n'échapper aucun grain de sable dans la machine et à garder une oreille attentive aux indices qui pourraient laisser entrevoir qu'il était effectivement un odieux manipulateur pervers narcissique.

Lorsqu'il disait à Christophe :

— Regarde-moi ces bonnes cuisses, c'est du bon cuissot ça ! C'est du bon cuissot qui va courir sur un terrain de foot !

Elle entendait :

— Je vais transformer la prunelle de tes yeux en poursuiveur de ballon, comme moi, et personne ne devra dire quoi que ce soit.

Lorsqu'il annonçait :

— Pour ce week-end, écoute, fais ton planning. Je ne sais pas encore, ça va dépendre de mes clients ; fais ce que tu as à faire et moi je me grefferai dessus.

Elle entendait :

— Laisse-moi, je n'ai pas envie de passer du temps avec toi, j'ai beaucoup mieux à faire, et si vraiment je m'ennuie, j'aviserai si je viens une heure ou deux.

Et lorsqu'il racontait :

— Tu comprends, je ne peux pas dormir tous les soirs chez toi, parce que sinon les chats, ils ne me voient plus… tu comprends, j'ai les chats et puis sinon j'ai du travail ! Toi qui es chef d'entreprise, tu peux comprendre ça, non ? J'espère que tu peux comprendre ça, parce que sinon, ça ne va pas le faire ! Je te rappelle que j'ai une boîte à lancer.

Elle était à dix mille lieues de fonctionner comme lui, elle qui procrastinait pour passer du temps en couple. Elle marmonnait :

« Une boîte à lancer, une boîte à lancer, ça va, ça fait neuf mois, elle est lancée, ta boîte, au bout d'un moment ! »

Respirant profondément, se remémorant que l'individu l'avait probablement sauvé d'un coma éthylique, elle relativisait, prenait sur elle, tentait de garder le bon côté des choses, comme la fois où il était venu sans sourciller changer son pneu crevé, voilà à quoi ça servait, un homme.

Le preux chevalier aux pieds de sa Belle en détresse, en train de s'occuper de la mécanique, et avec le sourire en prime, c'était parfait ! Ou presque. Il y avait le rêve, et la réalité…

— Au fait, s'était-elle aventurée, tu es sûr d'avoir bien placé le cric ?

— Je te signale que je bosse dans l'automobile, s'était offusqué Fabrice.

— Justement là, euh… tu ne lèves pas du tout la bagnole. Tu déformes le bas de caisse.

Fabrice avait continué son mouvement rotatif sans écouter Élise jusqu'à un « crac » anormal. Il s'était arrêté enfin, devant le regard désespéré de sa compagne, avait examiné la carrosserie tordue du passage de roue, avait tourné dans l'autre sens puis repositionné l'outil un peu plus loin.

— Hum, elle est mal faite, ta bagnole.

Élise avait fait l'effort de lui épargner le « je te l'avais dit ».

*

La trentenaire, jamais à court d'idées, ne comptait plus les fois où elle intervenait par inadvertance chez Fabrice, des sandwiches ou des viennoiseries à la main selon l'heure, plus pour tenter de surprendre quelque chose que pour le satisfaire réellement – il n'avait pas l'air d'apprécier d'ailleurs. Elle avait même réitéré l'opération alors qu'il dormait, en lui concoctant un plateau petit-déjeuner : croissants et jus d'orange, qu'il découvrirait à son réveil, sans remerciement extatique à la clé. À quoi bon continuer, à quoi bon…

Comme les épisodes tragiques attiraient toujours d'autres épisodes tragiques, Élise dut subir l'acharnement du destin sans déroger à la règle.

D'abord, il y eut le courrier du Juge aux Affaires Familiales. Le délibéré avait été prononcé en faveur de la conservation du sacro-saint lien papa-enfant. Élise s'enferma et pleura dans sa chambre toute l'après-midi.

« Le lien papa-enfant ! Il est où le lien ? Il n'y a pas de lien ! Une pension a été fixée ? Il ne la payera jamais ! »

Lorsque Fabrice lut le contenu du verdict, il haussa les épaules :

— Je ne vois pas où est le problème, tu fais appel.

— Tu es fou ! Au moins là, j'ai un versement mensuel qui a été décidé ! Si je conteste, je peux tout perdre !

— On va voir mon avocat, je l'appelle lundi et je te prends rendez-vous. Il va prendre en main ton dossier.

— Ton avocat d'affaires ? Euh, non, c'est un magistrat expert en sociétés, chacun sa spécialité…

— Arrête de voir tout en noir, il va t'aider. T'inquiète !

Le lendemain, Élise chercha à savoir si Fabrice avait contacté son bâtonnier. Non, il n'avait pas eu le temps. Le mardi ? Non, il y avait eu des clients, et le ménage à faire. Le mercredi ? Non, il a fallu qu'il passe prendre un café avec son oncle qui n'allait pas bien. Le jeudi, Fabrice s'énerva, il s'imaginait harcelé. Élise se sentait abandonnée, acculée. Si elle devait interjeter appel, elle avait un délai très court à respecter, il ne fallait pas rire avec ça. Pour finir, Fabrice balança le nom de son avocat et Élise chercha sur Internet. Elle découvrit effectivement que c'était un avocat spécialiste des entreprises.

« Ma foi, faisons confiance à Fabrice »

Elle cala une date dans l'agenda aussi rapidement que possible. Fabrice devait l'accompagner. Il était en retard. Finalement, le magistrat lui avait répondu :

— Je m'occupe principalement de litiges commerciaux des entreprises, je ne pourrai pas vous aider. Je ne vous facture pas le rendez-vous d'aujourd'hui, mais normalement mon conseil est à 175 de l'heure.

En sortant, Élise était furieuse d'avoir perdu son temps, elle aurait dû s'écouter, Fabrice pensait peut-être bien faire, mais il fallait qu'il arrête ça. Immédiatement.

— Bon, tu vois, c'est bien, au moins tu as la confirmation maintenant qu'il te faut un avocat spécialisé dans les affaires familiales !

Élise ressassa ses idées noires.

*

Le week-end suivant, les amis de Fabrice jouaient à un tournoi de pétanque, sauf Élise, occupée à surveiller ses enfants pour qu'ils ne tombent pas dans le lac, à trouver une activité pour leur âge, à courir derrière le petit qui s'échappait, tout en se faisant enguirlander dès qu'elle passait trop près du terrain de boules. Si les émotions se matérialisaient sous forme de nuages surplombant les crânes, le monde aurait vu à quel point celui d'Élise était sombre, bouillant, crépitant, au bord de l'apocalypse. Mais comme il n'y avait pas de bulle au-dessus de la tête de la rêveuse et qu'elle affichait un sourire de circonstance malgré ses yeux bleus remplis de toutes les larmes de l'océan, personne ne s'apercevait rien.

Le soir, lasse, elle voulait rentrer chez elle et en finir avec cette journée pour vite passer à la suivante. On la persuada de rester encore pour grignoter une pizza. Bonne idée, elle n'aurait plus qu'à coucher les enfants. Sur la suggestion du propriétaire du terrain, elle déplaça sa voiture pour la rapprocher et ainsi charger les sacs plus rapidement et pouvoir partir dès qu'il le faudrait.

Des cumulonimbus se condensèrent. La météo reflétait désormais le nuage émotionnel invisible d'Élise. Le vent s'était levé et l'horizon s'obscurcissait. Avait-on annoncé de la tempête ? Des gouttes commencèrent à tomber, de plus en plus fort ; les pétanquistes engloutirent la pizza à l'abri sous la tonnelle en se disant que c'était peut-être le moment de rentrer. La pluie se changea en grêle. Le ciel grondait de toutes ses forces. Élise confia la fratrie à Barbara et rassembla les affaires à la hâte pour les jeter dans la Jag. Les enfants ne pleuraient pas et avaient eu le temps de manger, c'était déjà ça. Fabrice lui prêta main-forte. Alors qu'Élise revenait vers le carport pour chercher sa progéniture et déguerpir, elle entendit un craquement de tous les diables dans son dos. Elle écarquilla les yeux, elle discernait des clameurs de terreur et n'osait se retourner. Elle fit volte-face au ralenti, comme dans un mauvais film d'horreur et détailla Fabrice, trempé jusqu'aux os, à quelques mètres seulement de l'automobile, recouverte par un arbre.

Les petits ne pleuraient pas, ils n'avaient pas l'air d'avoir peur, mais Élise ne pouvait plus supporter une émotion de plus et s'effondra en larmes devant l'assistance, interdite. Fabrice prit les choses en main et, assisté des quelques gaillards disponibles, souleva les branchages qui enveloppaient entièrement la voiture de luxe. Élise observait la scène, tétanisée. Fabrice avait disparu sous les feuillages. Les éclairs zébraient le ciel et le vent balayait tout. Ne pas paniquer, ne pas communiquer de terreur aux enfants. Quelqu'un qu'elle ne connaissait pas avait enserré Élise dans ses bras et ânonnait des phrases du genre :

— Ce n'est pas grave, ce n'est que de la carrosserie, regarde, Fabrice arrive à la conduire, il la rapproche par ici, tu vas pouvoir rentrer.

Fabrice vint rendre compte de la situation, dégoulinant de pluie et frissonnant de froid.

— Le pare-brise est enfoncé, mais pas percé. Le capot est enfoncé et le parechoc, je crois. Le toit est aplati, le coffre a pris un pète aussi, mais a priori, ça roule. Il faudra juste faire doucement, et attention, il y a des morceaux de verre un peu partout. Voilà, je t'aide à installer les gamins.

— Merci. Et toi, tu v…

— Moi je file, puce, rentre bien, fais attention !

Sur la route du retour, Élise se sentait dans un état second. Cette fois-ci, elle n'avait pas eu besoin d'alcool. La visibilité, déjà réduite par la tempête, l'était encore plus par le filet de larmes devant ses yeux. La priorité était de regagner l'appartement, coucher la progéniture, se mettre à l'abri… Une heure après l'incident, Barbara prit des nouvelles. Élise endossa son attitude de déesse inébranlable. Ensuite, Fabrice appela à son tour.

— Comment tu te sens ?

— Comme quelqu'un qui a frôlé la mort, le destin rigole avec moi en ce moment, c'est un signe, non ? Je me dis… heureusement, quelque part… à deux minutes près, j'étais en dessous… à deux minutes près, il y avait les enfants…

— Ah, mais tu as oublié qu'à deux minutes près, moi aussi j'étais en dessous, parce que j'ai chargé les choses dans ton coffre ! Encore une fois, tu penses qu'à ta gueule !

*

Barbara décrocha son téléphone :

— Oui, Fab ? Je te manque déjà ? Tu viens de m'appeler, je sais ce que tu vas me dire et non, je n'ai pas encore rappelé la concession en Allemagne parce que le mec il est en réunion et…

— Non, Bab, je ne t'appelle pas pour le boulot.

— Ah, pour une fois !

— C'est Élise.

— Qu'est-ce qui lui arrive, encore ?

— Comme tu dis, « encore », un vrai chat noir, cette fille. Elle s'est pris un camion.

— Comment ça, elle s'est pris un camion ? Attends, d'abord l'arbre, maintenant un camion ? Elle va bien au moins, les enfants aussi ? Il y a une malédiction qui se passe ?

— Bah, non, rien de grave, juste un camion qui s'est rabattu sur elle sur l'autoroute ; il ne l'avait pas vue. Je te dis : un chat noir.

*

Le samedi 20 septembre était le grand jour. En théorie. La date était marquée d'une croix depuis plusieurs mois, pour assister à cette fameuse course nocturne sur l'Anneau du Rhin.

Élise, avec un sourire forcé, se disait que, finalement, oui, ils étaient toujours ensemble.

Au bout du compte, la soirée prometteuse fut aussi fade que les autres. L'instant mémorable finit aux oubliettes quasiment au moment où ils mirent les pieds près des stands automobiles.

Et dire qu'elle avait vécu des souvenirs tellement forts avec Alexandre au Rallye d'Alsace, alors qu'aucun des deux n'était, à la base, féru de mécanique, c'était un comble.

Regretter Alexandre à cause de Fabrice en était un aussi.

*

Élise circulait avec une berline froissée de toute part comme une boîte de conserve en recyclage. La Jaguar était roulante, alors au cas où une météorite s'écraserait sur son habitacle, la propriétaire préférait achever la voiture et toucher une prime à la casse, ce serait peut-être mieux qu'une mauvaise vente. Fabrice avait fait le tour de l'épave, Élise lui avait fait confiance pour relever chaque chose qui n'allait pas en vue du compte-rendu à l'assurance. Fabrice travaillait dans l'automobile, il pilotait des quantités d'engins différents, si Fabrice disait à Élise que le capot n'était pas droit, c'est que le capot n'était pas droit, CQFD. Cependant, en face de l'expert, outils de mesure en main :

— Votre capot est parfaitement droit mademoiselle, c'est bien le seul détail qui est d'équerre dans votre véhicule suite aux deux incidents. D'ailleurs, vous avez eu de la chance, vous savez, le tronc est tombé pile côté conducteur ! Vous l'avez échappé belle !

Élise eut la confirmation de deux choses : elle était une survivante ; il ne fallait plus prendre ce que disait Fabrice au pied de la lettre. Toujours garder l'esprit critique et le suspecter, même dans ses domaines d'expertises. C'était terrifiant.

Elle était odieusement égoïste… Et si Fabrice avait raison ? Et si c'était vraiment Élise le problème dans l'histoire ? Que tout capotait à cause d'elle ? Pourquoi ne pas le quitter, tout simplement ? Pour essayer de reconstruire une vie à deux, l'existence dont elle rêvait depuis des siècles ? Fabrice n'était clairement pas le bon !

« J'ai arrêté d'avoir peur d'Alexandre quand j'ai compris qu'il n'était pas le plus fort ; avant, je me disais : "comme il raisonne vite ! Waouh, quelle sagacité d'analyse ! Il sort des justifications, des bobards au tac au tac sans sourciller !"

Il est devenu faible à partir du moment où je me suis mise à penser comme lui, à réfléchir mieux et plus rapidement que lui.

C'est malsain. L'image que j'avais de Fabrice se désagrège ; je commence vraiment à le voir… comme un idiot. »

Élise s'interrogeait sur son mal-être dans tous les sens sans parvenir à l'expliquer. Était-elle une vampire ? Une personnalité malfaisante qui tentait de profiter de tout, de s'approprier chaque chose afin de la rapporter à elle, détourner la focalisation des gens pour se repositionner au centre du débat par quelconque moyen que ce soit ? La lumière, aspirer l'éclat des autres pour diluer sa propre noirceur…

Oh non, ils avaient raison, tous autant qu'ils étaient… Il n'y avait qu'elle qui comptait… C'était elle, la manipulatrice perverse narcissique.

Chapitre 10 ÇA DEVRAIT FAIRE PEUR

— J'aime bien Mylène Farmer, lança Élise en essayant de briser le silence, en se basant sur ce qui passait à la radio pendant qu'ils travaillaient.

— Ça ne m'étonne même pas, avec ses clips osés, ses paroles pleines de sexe et toujours à double sens.

Élise fit des yeux ronds. Qu'est-ce que c'était que ces allusions ?

— Je ne parlais pas de ça, je voulais dire : l'artiste et ses compositions, tu vois musicalement, en général sa voix vaporeuse, etc.

Fabrice ne releva pas le nez de son ordinateur. Le décalage dans la communication, le fossé avec lui se creusait de plus en plus. Ils n'étaient plus en phase, sur la même longueur d'onde. L'avaient-ils un jour été, d'ailleurs ?

« Ce mec est lisse ; il ne montre aucune émotion ; si, il en a éprouvé au décès de sa tante vite fait… mais sinon, rien. C'est un colosse inébranlable…

Ce n'est pas possible ; il y a un loup, il y a un loup, je suis sûr qu'il me cache quelque chose. Il y a toujours un loup. »

Élise se confia à Matthieu, plus prudent dans ses messages, depuis l'incident de septembre dernier.

— La différence d'âge, tu penses ?

— Ça ne signifie rien.

— À mon avis, c'est un lâche qui n'osera pas te quitter, il patiente jusqu'à ce que ça soit toi qui le fasses.

— Tu crois ça ?

— Qui veut noyer son chien l'accuse de la rage. Alors, tu guettes un présage pour le laisser tomber ?

Élise hésita. Sous couvert d'humour, elle lâcha :

— J'attends qu'il vende ma voiture, me trouve une bonne Audi et refasse la peinture de mon appartement.

Matthieu bascula sur un nouveau sujet de conversation et la questionna sur le dossier aux Affaires familiales. Élise lui raconta qu'elle avait saisi une avocate à la Cour d'appel. Impossible de présumer de sa compétence, mais au moins elle était spécialiste des Familles et non des Sociétés. En plus, ça ne lui coûterait pas un sou grâce à la décision de l'Aide Juridictionnelle, quel soulagement ! Élise en avait pleuré à la réception de la notification.

Matthieu rétorqua :

— Hum, faut que tu fasses gaffe… comme c'est toi qui démarres la procédure, alors que c'est toi la victime, si tu te changes en bourreau, c'est lui qui devient le martyr ! Tu devras poser tes conclusions en premier. Il aura plus de temps pour se préparer et pour revenir sur des points futiles, dans le seul but de t'épuiser à démonter ses mensonges et à rétablir la réalité des choses… à l'audience, c'est le défendeur qui parle en dernier : s'il ne raconte que des calomnies, personne ne peut reprendre la parole et rectifier.

Élise soupira. Fabrice était toujours plongé dans son travail.

— Tu me fais flipper.

— Je sais, c'est ce qui a failli arriver avec mon ex-femme. Et moralement, tu vas comment ?

— Tu imagines : en février dernier, je pouvais m'octroyer un dîner gastronomique ; aujourd'hui, je suis à moins 100 sur mon compte régulièrement. Bon sang, tout est difficile, les enfants, mon ex, le restaurant, et maintenant Fabrice…

— Et donc là, tu vis de quoi ?

— Eh bien, j'ai créé ma société.

— Encore une boîte ! Ça ne t'a pas suffi, la première ?

La battante se dit qu'il faudrait peut-être qu'elle se mette sérieusement à trouver des clients, si elle ne voulait pas lancer son entreprise pendant neuf mois comme Fabrice.

— La première, j'étais associée à une planche pourrie ! Maintenant, je suis seule, j'ai des décisions à prendre en accord entre moi et moi-même, ça simplifie quand même les choses ! Justement avec cette liquidation, je connais exactement les bonnes procédures désormais.

— Hum. Tu sais, pour Fabrice… Ne traîne pas trop. Quand on commence à se poser des questions, c'est qu'il n'y a plus de question à se poser.

Elle décolla le nez de son téléphone, Fabrice n'avait pas bougé d'un pouce. Puisque le sujet « musique » était un échec cuisant, Élise se leva de sa chaise et alla titiller Fabrice avec plus de proximité en laissant courir ses doigts sur ses solides épaules. Cherchant la tendresse plutôt que quelconque provocation sexuelle, elle dessinait sur ses muscles de douces volutes, descendant sensuellement vers son torse. Ce faisant, elle sentit pourtant le désir surgir de ses entrailles comme un tigre affamé. Tout en se rapprochant de sa nuque, pressant sa poitrine contre son omoplate et humant son parfum, elle susurra :

— Tu veux faire une pause ?

— Hum, faut que je finisse ça.

Il n'avait pas compris le principe ou il faisait exprès ? Ça commençait à devenir pénible ! Élise planta ses ongles dans la chair de son costaud et dit d'un ton franchement explicite :

— Je suis en manque de câlins, quand est-ce qu'on se câline, ici ?

— Mais puce, je t'en fais tout le temps des câlins.

Ses doigts s'enfoncèrent de manière violente, pour provoquer réellement une douleur, cette fois. Fabrice se dégagea en émettant un son étrange.

— Je voudrais un gros câlin, susurra-t-elle en roulant les R. Je t'attends dans la chambre.

Élise se dévêtit à moitié – l'essentiel – et écarta les jambes dans une position on ne peut plus suggestive. Il n'y avait franchement pas d'interprétation possible. Élise patienta un temps certain, au point d'être à la limite de la rupture musculaire et du dessèchement. Enfin, Fabrice arriva d'un pas nonchalant, poussa la porte et… éclata de rire. Élise se rhabilla avec rage.

— Oh, mais non, puce, je n'avais pas compris que tu m'attendais comme ça !

Elle chaussa ses bottes.

— Chouchou… tu fais la gueule ?

Elle enfila son manteau.

— Non, t'es sérieuse ?

Elle récupéra son ordinateur portable et Fabrice lui barra la route.

— Doudou, faut que tu comprennes, je ne suis pas dans le bon état d'esprit, y'a madame Moirel qui veut absolument une réponse pour ce soir.

— OK, communique donc avec madame Moirel jusqu'à cette nuit si ça te chante. Moi, je m'en vais.

*

Qu'est-ce qui restait s'il n'y avait plus de désir charnel dans un couple ? Les exemples de frustration se multipliaient. Élise se remettait en cause et s'apitoyait sur son sort. Elle faisait des efforts considérables pour être la plus parfaite possible, sentir bon, porter des tenues affriolantes, poser une voix sensuelle et des mots doux, mais tous ses essais demeuraient vains. Cru ou subtil, son effet sur Fabrice était nul. Pas de relation sexuelle, pas de caresse ; parfois de rares effleurements, presque aucun contact.

— Viens me faire des câlins, je t'attends sous la douche !

Une demi-heure de lessivage et… personne. L'excuse ?

— Je n'ai pas entendu, je ne pensais pas que tu me parlais à moi, je pensais que c'était une autre douche… plus tard.

Un soir, Élise n'en pouvait plus de cette attitude et finit par exploser. Elle lui fit part de sa frustration permanente, alors qu'elle avait explicitement informé Fabrice qu'elle était demandeuse de douceur, de caresses et de sexe ! Que fallait-il qu'elle fasse ? Lui rédiger un mail ? Planifier une relation sur l'agenda trois semaines à l'avance, parce que, les rares occasions où il daignait venir chez elle, il passait son temps devant la télévision tandis qu'elle s'évertuait à lui envoyer allusion coquine sur allusion graveleuse, jusqu'à prendre à nouveau des positions ultra suggestives, penchée en avant sur le bureau, en mini-jupe, jambes écartées… ? Et la seule réponse à cela était :

— Tu ne serais pas mieux installée sur un siège pour bosser ?

— Franchement à ton avis, tu crois que j'ai envie de travailler, là ?

Qui se refuserait à cette tentation ostentatoire ? Si encore les échanges étaient épanouissants… Mais dernièrement, Fabrice discutait comme un disque rayé :

— Moi j'ai un planning de fou, aujourd'hui ; j'étais très occupé, j'ai appelé deux clients, j'ai envoyé trois mails, j'ai fait complètement le ménage chez moi, comme ça tout est rangé et j'ai été courir une heure ce matin…

Ou encore :

— Aujourd'hui, il faut que je fasse mon sport, il faut que je fasse ma vaisselle et puis que je réponde à un client…

Élise avait sur la langue de le corriger chaque fois qu'il prononçait « client ». À l'entendre, il avait un million de clients. Il faudrait qu'il sache un jour qu'un client, c'est lorsque c'est signé, sinon ce n'est qu'un prospect… mais ce serait minimiser son travail.

En cherchant bien, de temps à autre certains dialogues étaient un peu plus substantiels :

— J'ai bien dormi et toi, bien dormi ?

Si elle osait raconter ses songes nocturnes, cela durerait une demi-heure et ça n'intéressait personne, car toujours il rétorquait :

— Mais dis donc, ça ne va pas bien dans ta tête, il faut que tu te reposes, arrête de rêver !

Puis il enchaînait :

— Et sinon ça va, tu as bien mangé à midi ?

Ou parfois, pour changer :

— Qu'est-ce que tu as mangé à midi ?

Et Élise retenait au bout du compte :

— Tiens au fait demain, j'ai une réunion du conseil municipal. Je ne pourrai pas te voir. Ce soir, il y a foot donc je ne pourrai pas te voir, en fait puisque la saison a recommencé il y a un match à peu près tous les soirs… et dimanche matin je vais courir donc je ne pourrai pas te voir…

Parfois, elle osait relever :

— Mais il fait froid !

— Oui, mais il faut bien que j'aille courir, et puis je vais récupérer le vélo elliptique de Barbara pour courir chez moi une heure le matin, une heure le soir, il faut que je me mette en condition, répondait-il tout naturellement.

« Je pense encore au prince charmant, je songe de nouveau aux rencontres fortuites… une voiture que je croise, tiens, il roule en Mercedes, quel beau gosse ! Et si je reculais en marche arrière, je manquerais de l'emboutir, on commencerait par s'invectiver et on tomberait complètement amoureux d'un simple regard… mais ça n'existe que dans les films ces histoires-là, n'est-ce pas ? C'est donc ça la vraie vie ? C'est ça un couple normal ? Purée, qu'est-ce qu'on se fait chier. »

Comme un mauvais sort répétitif, les événements négatifs s'enchaînaient. Ou alors, et c'était sans doute le cas, Élise ne mémorisait qu'eux, faisant fi des bons moments, ne retenant que les erreurs, les déceptions, les faux-pas de son zigoto avec un certain défaut de lucidité. Elle tanguait entre deux eaux, se laissait porter par le courant, se heurtant à tellement de rochers dans le ressac… Comme un zombie, elle attendait décatie, qu'il ait une révélation, ou au moins l'honnêteté d'avouer qu'il ne la désirait plus.

*

— Tu veux manger où ?

Élise et Fabrice s'étaient rendus dans la capitale pour la journée. L'organisation avait été plus ou moins scabreuse et il était temps de se sustenter avant de reprendre la route, avec une magnifique Audi flambant neuve, qui n'appartenait donc pas à Fabrice.

— On est à Paris, autant se permettre un truc de fou qui n'existe qu'à Paris ! Tiens, un restaurant où l'on déguste des plats atypiques sur un plan incliné, ça doit être complètement barge, ça... Oh, celui-là, on dîne dans le noir ! s'extasiait Élise qui consultait avidement, sur son mobile, une liste des établissements à proximité.

— Non, moi je veux quand même voir ce que je mange, sans en foutre partout.

— Un gastro ?

— Hum, on n'a pas trop le temps non plus.

— Bah, on a la voiture, on part quand on le décide !

— Financièrement, je n'ai pas envie de dépenser plus de quarante euros par personne, tu vois…

— Parfait, alors quoi ?

— Choisis, je t’ai dit : c’est toi qui choisis.

— Celui-là ?

— Non.

— Celui-là ?

— Pas envie de viande, plutôt du poisson.

— Hum, celui-là c’est du turbot, c’est trop bon le turbot !

— 39 euros le plat, puce !

— Bah c’est du turbot, hein, pas de la sardine !

Élise soupira et reprit sa recherche.

— Tiens, celui-là. Ils ont du poisson, de la viande, un peu de tout, pas trop cher, et en prime, une magnifique terrasse.

— Tu ne veux pas manger ici, à vingt mètres, là au niveau du Trocadéro ? suggéra Fabrice.

— C’est à dire dans ces pièges à touristes, face à la tour Eiffel et hors de prix ? gémit Élise.

— Regarde, là on a la place pour la voiture, elle est garée, c’est une bonne place, on a juste à marcher vingt mètres et c’est bon.

— Ne me demande pas de choisir un resto, alors !

En grognant, Fabrice se mut vers l’habitacle, côté conducteur. Sans regarder Élise, il lança :

— C'est où ?

— Opéra.

Il émit un borborygme. Dans le doute, Élise interrogea :

— Je réserve ?

— Ben oui, déjà qu'on ne se bouge pas pour rien !

— OK, pour dans trente minutes, le temps d'y aller, trouver un stationnement, on est large.

Quarante-cinq minutes plus tard, après avoir enguirlandé un deux-roues circulant en inter file alors qu'il en avait le droit, Fabrice tournait en rond autour du Palais Garnier, en pestant contre les cars de touristes et les hordes de piétons qui déboulaient n'importe où, n'importe comment. Élise écoutait son ventre tordu qui attendait de recevoir ces merveilleux mets, sans vin, en essayant de ne pas absorber l'angoisse du conducteur. Enfin arrivé, Fabrice arrêta l'Audi sur le côté et héla un serveur qui faisait le pied de grue devant le restaurant.

— Bonsoir, il est où votre parking ? C'est indiqué sur votre site que vous avez un parking.

— En fait, je suis voiturier, monsieur. Je prends votre véhicule et je le gare un peu plus loin.

— Dans la rue, comme ça ?

— Oui, rue Gluck, par exemple, répondit l'homme en complet, tout en désignant un emplacement. Et cette prestation est facturée 15 euros.

— OK, puce, on fait demi-tour, je ne laisse pas ma caisse ici en lâchant 15 euros au passage.

Fabrice fit donc le chemin en sens inverse pour revenir au point de départ, ignorant Élise recroquevillée de faim et d'amertume. Quarante minutes plus tard, il pestait, car le stationnement trouvé était nettement plus loin que l'initial :

— Je savais qu'on n'aurait jamais dû quitter Trocadéro !

Ils marchèrent pour remonter l'avenue pendant une dizaine de minutes. Élise était fatiguée de la journée, elle avait mal aux pieds. Puis, s'adressant enfin à sa compagne, il fit :

— Bon, tu veux manger où ?

— Je n'ai plus faim, déclara-t-elle.

Puis elle haussa les épaules et corrigea :

— Peu importe, n'importe où.

Celui-là était évidemment trop cher, celui-là, bondé… Ils effectuèrent deux fois le tour du gigantesque rond-point et finirent, après avoir fait la queue comme dans un parc d'attractions, dans un piège à touristes hors de prix face à la tour Eiffel.

— On est bien, là, non ?

— Ouais, super, maugréa Élise.

— Tu peux comprendre que j'étais stressé à cause de la route, et tout ?

— Oui, oui.

— Je suis fatigué, Élise. Tu sais à quelle heure je me suis levé cette semaine tous les matins ?

Elle retroussa le nez et replaça une mèche de cheveux derrière son oreille.

— 8 h ! s'exclama-t-il.

« ... euh oui et alors... moi 6 h 30, réveillée par les enfants, enfin comme d'habitude, quoi. »

Elle ne voulut pas répondre. Fabrice connaissait très bien son emploi du temps, et surtout ses réveils nocturnes à cause des enfants ou des cauchemars. Que cherchait-il ? De l'empathie ? Il n'en avait pas besoin. La voyageuse, qui avait pourtant osé imaginer une virée parisienne idyllique, mangea sans appétit un plat dont elle n'avait pas envie, respira profondément cet air suavement pollué, et se concentra sur la tour Eiffel scintillante. Cela suffisait à combler de bonheur les Parisiens, paraît-il.

*

Alexandre recommençait à menacer Élise par tous les moyens possibles et imaginables. Aux dernières nouvelles, « des gens d'Internet » auraient réussi à dialoguer avec Fabrice pour lui soutirer des informations personnelles. Malgré les avertissements d'Élise, il n'aurait pas assez sécurisé ses comptes sur les réseaux sociaux. Alexandre envoyait des SMS à Élise à un rythme terrifiant de quinze par minute, et elle entendait très bien son ironie et son ton narquois auquel elle avait été habituée pendant près de dix ans :

— Patou, Patou, Patou. Ton Fabrice ne te dit pas tout ! avait l'air de chantonner son ex.

Lorsqu'elle avait épaulé Fabrice pour sa comptabilité, Élise avait eu l'une ou l'autre occasion de fureter dans son ordinateur à la recherche de mails, photos ou documents compromettants. Elle n'avait rien trouvé. C'était étrange. Elle n'avait pas eu l'envie ni la possibilité de scruter son téléphone, verrouillé par empreinte digitale, mais elle avait maintenant un prétexte légitime de regarder ce qu'il trafiquait sur les réseaux sociaux. L'après-midi même, tandis que Barbara dégustait un café chez lui, elle débarqua en trombe, à la limite de l'état de choc :

— Il paraît que tu as une taupe qui t'espionne, à qui tu as livré des informations privées, je t'avais mis en garde de ne pas accepter n'importe qui en ami.

— Je n'ai pas accepté n'importe qui comme ami, toutes les personnes liées à mon compte, je les connais !

Élise, qui entrevoyait l'étendue des possibilités d'arnaque sur Internet, argumenta :

— Tu dois avoir un problème de confidentialité alors, ou bien quelqu'un a créé un faux avatar et usurpe l'identité d'un de tes contacts, tu permets que je vérifie ?

Fabrice bougonna en haussant les épaules :

— Je ne sais pas ce que tu cherches, je n'ai rien à cacher, mais fais comme tu veux.

Élise éplucha soigneusement la liste des « amis » qui avaient accès à la page de Fabrice. Elle cliqua sur chaque profil pour déterminer s'il s'agissait d'une vraie personne ou d'un compte frauduleux. Elle eut quelques doutes, mais rien de pertinent. Les amitiés liées avec ces personnes remontaient à un an ou plus, donc non concernées.

Cependant, mue par on ne sait quelle curiosité, Élise fut chatouillée par l'envie de vérifier les discussions. Elle ne découvrit pas le déballage de quelques informations privées… elle trouva… ce qu'elle cherchait plus profondément.

Aurélie, conversation du 16 août:

Aurélie — J'ai hâte de reprendre le boulot.

Fabrice — J'ai une chambre pour deux, tu me rejoins ?

Aurélie — Lol, j'arrive [smiley tirant la langue] !

Fabrice — Tu n'as rien fait d'excitant.

Aurélie — Ben non allongée sur le canapé mal de dos à nouveau

Fabrice — Personne pour te masser et déguster tes délices

Aurélie — Non, personne ne m'aime

Fabrice — Mais si…

Aurélie — Ben non, la preuve, je suis toujours seule !

Fabrice — Pauvre doudou, je viendrai m'occuper de toi un soir quand je pourrai.

Aurélie — Oui pauvre femme. Ta copine ne sera pas d'accord, canaille.

Fabrice — Elle est libertine aussi.

Aurélie — OK

Fabrice — Alors, tentée ?

Aurélie — Tu es avec quelqu'un donc non.

Fabrice — Oh, dommage.

Élise était pétrifiée d'horreur à la lecture de ces lignes, qu'elle faisait fiévreusement défiler à l'écran.

— Tu veux un café, doudou ?

Elle se figea dans un espace-temps proche de l'enfer lorsqu'elle entendit « doudou ». Il appelait ainsi tout le monde doudou : ses chats, ses chattes... !

Linda, conversation du 23 septembre:

Fabrice — Le volcan est toujours actif ?

Linda — Nan, c'est fini.

Fabrice — Ah cool, donc si je me pointe à La Réunion tu feras mon guide ?

Linda — Hi hi oui avec plaisir

Fabrice — Tu as prévu de partir en vacances toi ? Dis-moi juste, c'est quand la bonne période pour venir ?

Linda — C'est toujours la bonne période, mais je n'ai plus de congés, j'ai déjà tout pris.

Fabrice — Oh, gourmande !

Élise se changeait en statue de pierre.

— Doudou !

— Hein ?

— Tu veux un café ?

Élise ne répondit pas, complètement clouée par l'effroi, les engrenages de son cerveau occupés à échafauder toutes les théories complotistes possibles. Le 29 octobre, Fabrice démarrait un nouveau dialogue avec Olivia :

Fabrice — Alors, bien dormi ?

Olivia — Coucou, oui bien, on se demande grâce à qui [smiley aux anges] !

Fabrice — Je n'ai rien fait de particulier. Tu fais quoi de ton après-midi ?

Olivia — J'étais chez ma meilleure amie.

Fabrice — Ah cool, moi je viens de rentrer de la ville après un passage à mon assurance. Alors tu fais quoi, beauté fatale ? Ton moral va mieux et physiquement tu es plus légère ?

Olivia — Oui ça va je suis mieux, aujourd'hui. Pas de nouvelles de lui, mais je n'en attends plus.

Fabrice — Oui, je constate que tu as + de nouvelles de moi et on s'est + vus aussi qu'il n'aurait fait.

Olivia — Clairement.

Devant l'absence de réponse, Fabrice changea radicalement de ton.

— Qu'est-ce qui t'arrive, tu as trouvé quelque chose ? Je sais que je n'ai rien à me reprocher, dis-moi ce que tu es en train de lire.

La voix de Fabrice était devenue sèche, agressive. Barbara murmura :

— Oui, là je crois qu'il y a quelque chose… Tu veux que je m'en aille ?

— Non, ben non ! aboya Fabrice. Je n'ai pas de problème, moi.

Les yeux du sportif lançaient des éclairs tandis que ceux de sa compagne restaient écarquillés sur l'écran, seuls son doigt et son poignet bougeaient pour commander la souris. Les prénoms et les dialogues féminins s'enchaînaient :

Mélodie — Coucou ! Ça va et toi ? Alors comment ça va avec ta copine ?

Fabrice — C'était limite il y a une semaine, mais on verra avec le temps. Et toi ? Installée ? J'espère que tout se passe bien pour toi. On s'appelle quand ? Ben alors tu me fais la tête ?

Mélodie — Non, pas du tout ! On s'appelle dans le week-end, je viendrais bien te voir un week-end en décembre !

Fabrice — Oui, oui, tu peux avec plaisir !

Fabrice était maintenant à côté d'Élise et tentait de donner une explication pour ce qu'il voyait à l'écran.

— Mélodie ? Oui c'est une ancienne coloc, une très jolie fille. Canon, top model.

Élise regarda son colosse avec des yeux de merlan frit pour deviner s'il était sérieux ou s'il se moquait d'elle. Barbara se racla la gorge. Il reprit :

— Je n'ai pas couché avec elle, si tu veux savoir, c'est le genre de fille inaccessible, beaucoup trop belle pour moi.

Élise ouvrit la bouche, le souffle coupé. Qu'est-ce qu'elle devait comprendre ?

— Bon, qui d'autre, Olivia ? Oui c'est une amie, je t'en ai déjà parlé.

Son ton était toujours aussi sec. Élise ne se souvenait absolument pas d'une Olivia.

— Aurélie, pareil. Maintenant si tu n'as pas trouvé ce que tu cherchais, tu laisses mon pc.

Élise émit une sorte de grognement de protestation.

— J'n'ai rien à me reprocher. Maintenant, tu quittes mon pc. Je ne te propose pas encore une fois un café.

— Non, effectivement, je vais partir.

— Tu t'en vas ? répéta Barbara avec un regard éloquent vers Fabrice.

— Oui, fit Élise, amère.

Puis, reprenant les mots et le ton de Fabrice :

— J'ai besoin de digérer.

Polie, elle fit la bise à Barbara, adressa un signe d'au revoir à Fabrice qui ne la retint pas, et sortit de l'appartement en claquant ostentatoirement la porte.

L'idéaliste s'était assurément bien fourvoyée ; comment avait-elle pu se bercer d'illusions à ce point, encore ! Les bougres étaient-ils décidément tous de méprisables animaux ? L'avait-il trompée ou n'avait-il rien à se reprocher comme il avait l'air de la convaincre ? Devait-elle lui accorder le bénéfice du doute ? Franchement, les conversations étaient éloquentes !

« Fuis, tu as assez souffert, fuis donc ! », se disait-elle entre deux sanglots.

*

Le lendemain matin, ignorant complètement son existence, sans même daigner répondre à son louable « Bonne nuit », de la veille, Fabrice faisait le mort. Élise avait mal à la tête, mal au ventre, mal au cœur. Ses réflexions étaient une torture et les phrases de ces filles dansaient sous ses yeux dès que son esprit vagabondait.

Pourtant à 19 h devait avoir lieu la soirée soupe chinoise. La fameuse soupe chinoise. Elle était conviée depuis longtemps, mais dans ces conditions, elle ne s'y rendrait pas ; qu'ils aillent tous au diable. Fabrice n'avait qu'à inviter Mélodie, Olivia, Aurélie, ou qu'importe, il avait l'embarras du choix, visiblement ! Barbara avait demandé naïvement par texto comment se portait Élise. Elle lui avait rétorqué qu'elle voulait mourir. « Mais non », avait répondu Barbara en souhaitant de plus amples explications. Alors Élise lui avait retranscrit presque mot pour mot les dialogues.

— Il n'a pas écrit ça !

— Bien sûr que si.

Barbara avoua que si Martin lui avait fait un coup pareil, elle serait partie. Pourtant, envers et contre tout, la délaissée désirait connaître les tenants et aboutissants de ces discussions afin de laisser une chance à leur couple. Une chance, encore. Respirant une immense goulée d'oxygène, elle composa le numéro de Fabrice :

— Allô ? fit-il.

— Oh, tu décroches ?

— Ben oui.

— Tu ne répondais pas à mes messages.

— Pas vus.

« Pff, c'est ça. », pensa Élise, le ventre noué, en secouant la tête de désespoir.

Elle reprit :

— Je voulais avoir le cœur net sur quelque chose. Olivia, notamment... Tu ne m'as pas dit ce que tu as fait avec elle. Tu lui as fait un massage ?

— Holà, tu es en train de relire les conversations ? Tu as piraté mon compte ou quoi ! beugla Fabrice.

Élise ne se laissa pas perturber :

— Réponds à ma question ! Tu lui as fait un massage, oui ou non ?

— Oui, cingla Fabrice.

À ce moment, toutes les souffrances imposées par Alexandre resserrèrent le cœur d'Élise et résonnaient dans ses oreilles toutes les injonctions, les grandes phrases et les menaces de Fabrice, cet été. Là-dessus, il ajouta :

— Mais je n'ai pas dormi chez elle, moi !

La torturée ferma les yeux et des larmes commencèrent à couler.

— Eh bien tu vois, inviter une nana à boire un café et lui faire un massage, c'est déjà beaucoup à supporter, pour moi.

— Je lui ai massé les épaules parce qu'elle était tendue, je lui ai rendu service !

— Alors quoi, explosa Élise. Tu es masseur ? Si elle était tendue du string, tu lui aurais massé aussi ?

— Élise, franchement ! Avant de faire des remarques aux autres, hein, on balaye devant sa porte, n'est-ce pas !

— Ce n'est pas vrai, enfin ! Tu vas me reprocher l'épisode du mois d'août combien de temps ? Il ne s'est rien passé, tu entends ! Il – ne – s'est – rien – passé, martelait l'innocente.

— Élise, tu vas te calmer un peu, hein ! Je ne te hurle pas dans les oreilles, moi !

— Tu fais pire ! Tu reviens sans cesse sur les mêmes choses ! Comment veux-tu qu'on progresse ?

— Eh bien, au moins, comme ça, tu vois ce que ça fait.

— Quoi ?

— Hé oui, ma grande. Œil pour œil, dent pour dent.

— C'est ça pour toi, la vie de couple ? C'est la guerre ? La loi du talion ? Œil pour œil, dent pour dent ? s'étrangla Élise

— Je ne viens plus dormir chez toi ; pose-toi les bonnes questions ! fit le quadragénaire en donneur de leçons.

« Mais de quoi parle-t-il, de nouveau ? »

— Tu es un véritable chat noir, poursuivit Fabrice dans sa lancée lyrique. Il t'arrive toujours plein de trucs, on n'est jamais tranquille avec toi ; tu es toujours négative ! Ah et au fait, ça ne sert à rien de se plaindre à Barbara, elle m'a raconté vos discussions, ça la saoule. La preuve, la dernière fois, ce n'est même pas elle qui répondait à tes messages, c'est sa fille... Le seul moment où je te vois rayonnante, c'est quand tu as passé plus de vingt-quatre heures avec moi !

Élise s'effondra réellement en sanglots. Il continua :

— Tout est négatif chez toi : ta façon de penser, ton entourage, ton ex, ta belle-famille, ta maman qui se fait du souci tout le temps et puis toutes tes affaires qui sont encore en cours qui te prennent la tête et du coup tu dors mal et du coup ça se répercute sur ta journée...

Après un bref silence, Élise demanda, presque sur un air de défi :

— D'après toi, la solution, c'est quoi, dans ce cas ?

— Ce soir, comme je t'ai dit, je fais la soupe chinoise. Tu es toujours invitée. Tu viens ou tu ne viens pas, c'est à toi de voir. Par contre si tu ne viens pas, je saurai à quoi m'en tenir !

« Putain, mais qu'est-ce qu'il me gonfle, lui ! Qu'il s'étouffe avec sa cochonnerie de bouillon asiatique ! »

— D'accord, je viendrai, prononça Élise, se rendant compte qu'elle avait une attitude totalement schizophrène.

Le soir même se déroula cet illustre événement qui s'était laissé désirer, un moment gastronomiquement et socialement parfait, si Fabrice n'avait pas, quelques heures auparavant, poussé Élise aux limites de la rupture. Elle se comporta de manière cordiale en évitant soigneusement d'adresser la parole à Fabrice, qui savait – en théorie – très bien pourquoi. Pour une fois, elle ne proposa pas son aide et se fit servir.

— Ah, la voilà, la légendaire soupe chinoise ! s'exclama Élise lorsque Barbara, désignée employée domestique, posa le récipient gigantesque devant elle.

Elle ne put, malgré tout, endosser ce rôle de princesse bien longtemps et finalement, débarrassa les bols – de la taille d'un saladier – et distribua les cafés en bonne maîtresse de maison.

Au fil des discussions, elle laissait traîner ses oreilles, qui accrochèrent « Sabine ». Elle eut un début de régurgitation de vermicelle à l'évocation de ce prénom. Manquait plus que ça.

— … Planifier les gardes pour Sabine ?

— Alors j'ai vu avec « belle-maman », déclarait Fabrice. Tu sais, Marie, elle ne pourra pas les garder tous les soirs, il faudra que je te donne son numéro pour que tu voies avec elle pour l'organisation. Je lui ai dit que je voulais bien, mais comme je n'ai aucune certitude par rapport au boulot, tu vois, je ne peux pas prendre d'engagement, pourtant ça aurait été avec plaisir, tu sais bien.

Élise tendait l'oreille en remuant la cuiller dans son café, faisant mine de s'intéresser à une autre conversation en bout de table.

« Sabine, encore Sabine. Quand on écoute, c'est la reine du monde… je suis déjà jalouse avant de la connaître, je l'ai croisée dix secondes, j'ai remarqué qu'elle me ressemble à peu près physiquement… ce n'est pas normal… et puis quand il en parle, c'est vraiment la fille merveilleuse, et cetera qui a sauvé sa maman, qui est tellement dévouée… c'est Sainte Sabine !

Comme lui, irréprochable Saint-Fabrice…

Et puis, je tombe sur les messages Internet… Toutes ces filles à qui il sert du chouchou, doudou… qu'est-ce que cela signifie ?! Il discute plus avec elles, qu'avec moi ! »

— Et donc là, ils repassent en ligue deux ?

La jeune femme était focalisée sur les convives d'en face comme si le foot la passionnait soudainement.

« C'est de ma faute, je me disais : y'a un loup. Le loup, je l'ai provoqué… j'ai regardé son ordinateur, je n'aurais peut-être pas dû… maintenant qu'il sait que ça me fait mal, il va être attentif ? »

— Non, pas du tout, ils ont encore un match, c'est pour ça, rien n'est joué !

« Mais non, il ne va pas me ménager : le voilà à table qui se met à parler de Sabine ! Il le fait exprès pour que j'entende, comme c'est pervers. Le fait-il exprès ? »

— Mais du coup, ils ont gardé le même entraîneur ?

« Il ne le fait pas exprès… »

— Bien, sûr, tu sais bien ! Il fait de la merde, mais il n'y'a personne d'assez couillu pour lui dire !

« Il appelle la maman de Sabine "Belle-maman", même pour rire, ce n'est pas malsain ça ? »

— En fait, il entraîne, il fait son job, juste ce qu'il faut pour ne pas se faire virer, mais c'est un abruti, y'a bien quelqu'un qui va finir par s'en rendre compte et le congédier, avec un coup de pied au cul !

« Quand j'ai demandé des informations par rapport à ça, il disait que c'était pour la déconne… parce que ce serait sa belle-mère idéale… mais en fin de compte, je pense qu'il est amoureux.

Oui c'est ça… derrière l'humour c'est exactement ce qu'il pense ! »

Élise but une gorgée de café trop chaud et faillit se brûler. Elle s'étrangla et devint rouge tomate.

— Élise, ça va ?

— Oui, oui, j'ai avalé de travers, c'est bon.

« Quand j'y repense… Il m'avait dit qu'il avait eu des sentiments, mais que ce n'était pas réciproque… et s'il les ressentait toujours ? Et si j'étais sa Sabine de substitution ? »

Chapitre 11 Le retour des morts

Élise avait dû travailler, ce premier week-end de novembre, à une heure de route, dans un salon du livre. Ses enfants étaient gardés, le samedi soir était réservé pour un moment en amoureux avec Fabrice. Cependant, suite aux tensions des derniers jours, rien n'avait franchement été décidé. Elle estimait que c'était à lui de se rattraper, d'honorer ses promesses. Après une journée laborieuse dans le bruit et le froid à languir de ses nouvelles, elle s'imaginait franchir le seuil de son appartement, et là oh joie, le bain moussant chaud serait coulé, les bougies parfumées allumées et le repas en cours d'élaboration… ce qui avait été évoqué plus ou moins au début de la relation et qu'Élise espérait encore naïvement. N'en pouvant plus de rester comme la dernière des priorités, Élise envoya un texto un brin agressif :

— Toujours OK pour ce soir ou tu fais autre chose ?

— Non, c'est OK.

Sans plus de précision. Où, qui, quoi, comment, débrouillez-vous mademoiselle. Après son travail, comme rien n'était convenu et qu'elle attendait, rêveuse, sa surprise à la maison, Élise rentra chez elle. Elle tourna la clé dans la serrure, prête à recevoir les effluves du savon moussant ou du poulet rôti dans le four, et poussa la porte. Silence. Noir. Peut-être une odeur de vieille poubelle de couches, à la rigueur. Certainement pas de bain parfumé ou de volaille en train de dorer. Elle attendit. Elle attendit. Encore. Fabrice savait très bien qu'elle finissait à 18 h, que faisait-il, nom d'une pipe, chercher du champagne à Reims ? À 23 h, sans nouvelles de lui, elle envoya :

— 23 h. Foutage de gueule. Je vais me coucher.

Son téléphone sonna immédiatement. C'était lui :

— Comment ça, tu vas te coucher, puce ? Je t'attendais, moi !

Élise eut envie d'éclater. Elle préféra l'ironie :

— Ça tombe bien, moi aussi je t'attendais. On partage des choses finalement !

— Hein ? Comment ça tu m'attendais, c'était prévu que tu viennes chez moi !

— Absolument pas. C'était prévu qu'on dorme ensemble, pour une fois, mais on n'a parlé d'heure ni de lieu ! J'ai patienté pour avoir l'information toute la journée. Comme tu n'as rien dit, je suis rentrée chez moi.

— Mais c'est logique, enfin ! Chez moi, c'était plus près !

— Chez toi, c'était plus près ! C'est la meilleure ! s'esclaffa Élise. Non, il n'y a rien de logique. Ta logique, elle t'appartient à toi et bien à toi. Tu ne me racontes rien, il ne se passe rien ! J'étais sur le salon et j'ai attendu l'information toute la journée ! insista-t-elle une nouvelle fois.

— Je suis exténué, puce. J'ai fait énormément de choses aujourd'hui, j'ai fait presque toute ma compta, puisque tu ne veux plus m'aider, c'est-à-dire j'ai fait au moins les deux premiers mois, tu ne te rends pas compte il y a au moins trente feuilles par mois, c'est-à-dire une par jour... je les ai toutes classées par ordre alphabétique, non euh, comment on dit... chronologique à partir de là où tu t'étais arrêté, du mois de juillet au mois d'août, tu vois en commençant par 1er juillet, 2 juillet, et cetera. Tout classé par ordre chronologique. Ensuite, j'ai ouvert une boîte en carton... ah oui avant, bah j'ai rentré les chiffres dans le tableau que tu m'avais préparé... donc j'ai recopié tous les montants. Il fallait que je vérifie si c'était les bons chiffres puis une fois que c'était fait, j'ai collé sur des feuilles bien par chronologie, vu que c'est très très important de ne pas se tromper, après j'ai pris les feuilles – il y en avait au moins soixante ! – je les ai mises dans des pochettes et tout… les soixante pochettes – quel boulot de dingue – je les ai mises dans le carton que j'avais déplié et après, tu vois, je suis fatigué, parce que, le carton, je l'ai pris, je l'ai mis là et comme ça n'allait pas, je l'ai replié et je l'ai rangé un peu plus loin… et puis en fait, ouais, je l'ai rangé dans l'armoire donc oui, j'ai rangé toute ma compta, ça m'a pris un temps de ouf, je suis vraiment très fatigué.

Élise hésitait encore entre ouvertement exploser de rire ou s'effondrer, atterrée.

« Concrètement, il a pris soixante feuilles, a recopié soixante nombres et les a rangées dans un classeur. »

En soupirant, elle tenta :

— Et donc, tu viens maintenant ?

— Ben non, puce, tu comprends, là il est trop tard ! Et puis il pleut, les essuie-glaces de ma voiture ne fonctionnent pas.

*

Emberlificotée dans ses draps, Élise revivait une scène de dispute avec Fabrice :

— Tu dis que je suis un manipulateur ? Bon sang, si Nicole entendait ça, elle viendrait t'en coller une, direct !

— Tu parles de ta sœur, celle dont tu ne connais même pas l'adresse parce que tu ne sais pas lire ?

Dans son rêve, Élise se mettait à emprunter le vocabulaire d'Alexandre et regardait Fabrice avec dédain, du dégoût, à vrai dire. Elle reprit, méprisante :

— D'abord, je n'ai pas dit que tu étais manipulateur. Par contre, quand j'ai en face de moi un joueur de poker qui s'active en politique, qui a été commercial et qui emploie des formules qui s'apparentent à des techniques de manipulation – ce sont les mots que j'ai utilisés – oui, je me méfie.

— Alors maintenant c'est une tare de faire de la politique ? pestait Fabrice en faisant de grands gestes. C'est une tare de jouer au poker ? Comme si maintenant, tu allais me dire « tu n'as pas le droit de jouer au foot» ? Est-ce que je t'ai déjà interdit quelque chose, moi ? C'est la meilleure, ça !

— Tu me mens, Fabrice ! Tu m'as menti pour Olivia !

— Oui, elle m'a fait un massage parce que le massage... parce que c'est son métier, figure-toi !

— Mais... ce n'est pas elle qui t'a fait un massage, c'est toi qui lui as fait un massage !

— Ah, n'essaye pas de m'embrouiller, là c'est n'importe quoi ! Moi je te parle de Pierre, quand tu vas chez lui et que tu passes la nuit chez lui ! Moi je ne sais pas ce que vous avez fait, s'il t'a fait des massages ou pas, parce qu'en plus, je parie, ce n'est pas son métier !

— Ben tu vas rire – ou pas, d'ailleurs – il est kiné ! Donc si j'avais souhaité, il aurait pu me tripoter entièrement, mais ça ne s'est même pas produit. Pourquoi on aborde Pierre, là ? On parlait de toi !

— Écoute, quand on n'a pas le cul propre, on s'abstient de donner des leçons. Écoute bien ce que je te dis, je suis toujours de bon conseil.

— Toujours de bon conseil, comme pour le carrossier que tu m'as recommandé. Je t'ai fait confiance pour réparer la Jaguar, et là, quand je veux la vendre, on m'apprend que ça a été repeint en « peau d'orange », pleine de bulles d'air. Merde, une Jaguar, quoi !

Élise se réveilla en sueur, les yeux écarquillés, elle fixa l'horloge. 3 h 00. Elle luttait contre le désir violent de tout envoyer valser. Elle-même en premier. Elle réfléchit. Plus une goutte d'alcool dans la maison, plus de paquets de cigarettes non plus. Pas de drogue évidemment. Il restait quoi… les médicaments ?

« Mon ex, mon mec, mes enfants, les ex-beaux-parents, ma mère, le resto, l'avocat, la voiture, mais merde, y'a-t-il donc pas moyen d'être un peu en paix dans cette foutue vie ? »

*

À la mi-novembre, Fabrice, content, informait Élise qu'il avait installé une nouvelle application qui lui permettait de regrouper ses SMS et les discussions instantanées de son compte Internet. Élise s'en moquait royalement. La seule chose qui l'aurait intéressée, ce serait qu'il augmente la cadence de ses SMS échangés avec elle… ou de « zieuter » la teneur des conversations en question, notamment celles d'Olivia, de Mélodie, des autres, et évidemment, de Sabine.

— D'ailleurs, tu as reçu mon message de ce matin ?

— Non, puisque je t'ai écrit y'a cinq minutes : « tu m'as oubliée ». Ça veut bien dire ce que ça veut dire.

— Bah si, je t'ai envoyé un message ce matin !

— Je n'ai rien.

— Bah si, je vois bien, sur mon écran !

— Je te dis que je ne l'ai pas !

— Je viens de le renvoyer là.

— Je n'ai rien, répéta Élise avant de se souvenir de ce logiciel. Je suis sûre que c'est à cause de a nouvelle installation qui regroupe texto et Internet. Je parie que tu me l'as envoyé sur Internet, pas par téléphone.

— Alors, tu as qu'à aller sur Internet.

— Quoi ? Je ne vais pas me connecter à Internet maintenant exprès ! Adresse-moi ta prose en SMS basique, enfin !

— Télécharge l'application ; t'as un smartphone, bon sang, c'est fait pour ça.

— Mais ! Je n'ai pas envie de paramétrer un programme pour recevoir des messages uniquement de toi, et que tu peux me transmettre normalement, qu'est-ce que c'est que ton délire ?

Élise voulut poursuivre :

« Ça ne sert à rien. Laisse tomber, tu n'as qu'à communiquer en bête SMS nom d'un chien. Tu es complètement demeuré ou quoi ? Tu ne sais même pas envoyer un SMS ou mieux, reconnaître que tu ne l'as pas diffusé correctement ?! »

Sur un ton consensuel, elle déclara finalement :

— Il relatait quoi, ton message ?

— Oh, je disais que ton fils a une tête de fou, je l'emmènerai chez le coiffeur un de ces quatre.

Elle raya de son cerveau que son garçon avait une « tête de fou ». Elle répondit :

— Un de ces quatre. Au fait « un de ces quatre », tu attaques la déco chez moi ?

— Oui, oui, comme je t'ai dit, par contre, ce n'est pas moi qui vais le faire, c'est mon oncle qui est peintre, il fera ça beaucoup mieux et beaucoup plus vite, je lui en parle et on démarre ça. Comme la fin d'année approche et qu'il va arrêter de bosser, ce sera avant.

Chapitre 12 Joyeux Noël et…

— Bonjour ! fit Fabrice sur un ton mélodieux.

— Hello, répondit Élise, neutre.

Nous étions début décembre et aucun élément nouveau n'avait déclenché la séparation. Toujours dans l'espoir d'une amélioration, elle attendait d'être vraiment certaine de sa décision. Peut-être que les fêtes de fin d'année seraient salvatrices.

— Bien dormi ? questionna Fabrice.

— Comme d'habitude. J'ai eu froid… Par contre, pour une fois j'ai fait un rêve plutôt cool, j'étais une sorte de racine ou de liane et je me battais contre des dinosaures… Je m'infiltrais partout comme j'étais une herbe, tu vois ! On ne fait pas gaffe, c'est inoffensif, une plante !

— Eh ben, ça travaille du chapeau là-dedans ! Sinon, tu vas faire quoi aujourd'hui ?

— Déjà, il faut que je purge mes radiateurs parce que je n'ai pas de chauffage : il y a de l'air dedans, du coup, pas de chaleur.

— Comment ça, il faut que tu purges ? Tu as de l'électricité chez toi, non ? Donc c'est un chauffage électrique que tu as.

« Ça y est, Fabrice est de nouveau sur sa planète. Ou bien il confond avec celui… de Sabine. »

— Non, ce n'est pas de l'électricité. C'est une chaudière au gaz collective.

— Mais c'est encore pire, alors ! Il ne faut surtout pas que tu ouvres sinon tu vas faire s'échapper du gaz !

— C'est de l'air que je vais évacuer. Quand il n'y a plus d'air, c'est de l'eau qui sort. C'est de l'eau qui se trouve dans les tuyaux.

— Pas du tout, c'est un chauffage au gaz, tu viens de me dire !

— Mais enfin, Fabrice, c'est la machinerie qui fonctionne avec du gaz ! Le circuit, c'est de l'eau !

Élise était sidérée qu'un prétendu bricoleur comme Fabrice ne connaisse pas les rudiments d'un système de chauffage classique ; elle expliqua :

— C'est une centrale thermique au gaz qui est un peu plus loin et qui régit tout le quartier, mais dans les serpentins ce n'est pas du tout du gaz qui circule, c'est de l'eau chaude !

— Bien, vas-y alors. Ouvre donc ton radiateur à tes risques et périls.

— Oui, je sais très bien comment ça marche. C'est comme ça que ça fonctionne, un chauffage au gaz. J'ai déjà purgé mes radiateurs l'hiver dernier ; ça signifie : faire échapper l'air qui est prisonnier dans le circuit.

— Fais comme tu veux.

Encore une fois, Élise rit nerveusement. Elle tenta de poursuivre sur un sujet plus adéquat pour son badigeonneur du dimanche :

— Tu as parlé à ton oncle pour la peinture, quand est-ce qu'il pourrait t'aider à démarrer les travaux ? Avec les enfants et le temps que ça sèche et tout…

— Non, franchement, puce, j'ai eu trop de boulot ces derniers temps, je n'ai même pas eu le temps de voir mon oncle. D'ailleurs, on va commencer à réfléchir à l'organisation de Noël, on fera sûrement ça chez ma sœur… Tu as déjà une idée de ce que tu voudrais ?

— Comment ça ? Pour Noël ? Comme cadeau ?

— Oui, c'est ce que je viens de te demander !

— Euh, pas la moindre idée. Ah si, du coup, la peinture de mon appartement, ce serait chouette !

*

Le défaut d'Élise était son imagination et la croyance en de nombreuses chimères qu'elle se fabriquait. Elle visualisait, par exemple, un Fabrice satisfait de lui annoncer, un soir, alors qu'elle rentrerait chez elle, qu'il avait terminé la décoration de son domicile avec son oncle, qu'ils avaient trimé comme des fous pour elle, mais ça y était, c'était fait, son appartement était rénové entièrement, c'était le coup de blanc sur son passé, sur son ex : la promesse d'une nouvelle vie. Au lieu de ça, elle regardait, dépitée, les morceaux de papier peint défraîchis çà et là, les traits de crayons des enfants, et les tests de couleur dégoulinants dans les toilettes. En noircissant le tableau comme elle savait très bien le faire, elle disait se sentir vivre dans un chantier permanent, à la limite d'un squat inhospitalier.

Comme il n'y avait pas d'amélioration concernant son couple, elle avait pris le parti de multiplier efforts et sous-entendus de plus en plus explicites. Elle osait dire ce qui n'allait pas, ce qu'elle voulait, précisait les allusions et annonçait finalement ouvertement les choses. Pour elle, c'est comme ça que des amants devaient avancer.

— Ah, là je me sens désirée !

Pourtant, chaque fois, Fabrice s'étonnait, sans chercher plus loin que le bout de son nez :

— Tu ne te sens pas désirée, d'habitude ?

À nouveau, il mettait sa mâchoire inférieure en avant et commençait à grincer des dents.

*

Un après-midi, chez Fabrice, alors que la télévision occupait le plan sonore, Élise travaillait sur une de ses premières missions professionnelles en lui tenant compagnie. Ils étaient séparés de plusieurs mètres, des collaborateurs plus que des amants. Elle sirotait son café tranquillement ; brusquement, Fabrice rompit le calme relatif :

— Tiens, ils viennent de parler des cliniques IIS[7].

Elle leva un sourcil. Elle s'en fichait royalement de ce que pouvaient bien beugler les informations.

— Mais si, c'est le groupe qui rachète des bâtiments un peu partout. Ils ont agrandi leur domaine, pas loin, c'est top.

Élise répondit par le silence.

— C'est là où travaillait Marie.

— Marie ?

— Oui, la maman de Sabine.

Élise sentit chacun de ses poils se hérisser.

— C'est un chouette hôpital, moderne, et tout. Tu devrais aller voir. Peut-être même que *quelqu'un pourrait t'aider.*

L'intellectuelle plissa les lèvres et laissa mourir ce sujet de conversation ; pas la moindre envie d'analyser le message humiliant en filigrane de ces dernières phrases. Elle aurait souhaité qu'ils partagent quelque chose ensemble, ne serait-ce qu'une playlist musicale plutôt que ce « blabla » informatif assourdissant.

---

[7] À retrouver dans « Paranoïa, le jour où la pluie commença ».

— Pff, maintenant ils parlent du réchauffement climatique. Ça fait des mois qu'ils nous bassinent ces trucs à la télé, c'est toujours la même chose !

Elle ne put s'empêcher de rétorquer :

— Ah oui, ça doit fait des mois aussi qu'on parle de ma peinture.

Cela faisait des jours et des jours que Fabrice devait solliciter son oncle. De manière naïve, ou au contraire, totalement calculée, Fabrice enchaîna :

— Y'a Mélodie qui arrive le 18. Pour la dépanner, je lui ai dit qu'elle pouvait dormir chez moi. Je pense que tu n'as rien contre ?

Élise faillit s'étrangler avec sa gorgée de café. Les rouages de son cerveau se remirent à fonctionner à toute vitesse. Avait-il fait une insinuation, là ?

— Mélodie ? interrogea-t-elle simplement.

— Mais si, tu sais, je t'en ai parlé. Mon ex-colocataire…

Élise entendit « ex » et se braqua ostentatoirement. Quittant momentanément son business, Fabrice s'était levé et poursuivait son discours :

— Elle passe me voir pour Noël et tout. Tu imagines, elle traverse la France pour me faire un coucou, elle est tellement sympa. Je te la présenterai. Tu verras, c'est une fille magnifique, elle est sublime, elle fait beaucoup de choses… elle est super intelligente, elle voyage tout le temps, on a du mal à la suivre, c'est une vraie pile électrique ! Et puis, elle aussi n'a pas eu de chance avec ces mecs, à croire que vous le faites exprès, vous les filles – ou alors c'est moi qui les attire ? – la pauvre, franchement c'est une fille super jolie, on a envie de la placer sur un piédestal, c'est une déesse, c'est le genre de nana avec qui tout le monde a envie de coucher, bien sûr, moi aussi, sauf que c'est un rêve inaccessible, je te l'ai déjà dit, tu sais c'est le genre de fille complètement inaccessible, c'est comme si toi, maintenant, tu disais que tu voulais coucher avec Brad Pitt.

Élise l'écoutait en le regardant fixement. Dans ce contexte, la chanson « elle avait les yeux révolver », était une berceuse pour nourrisson.

Élise noya son amertume dans celle de son café, respira très profondément et décida laisser ce nouveau problème pour plus tard en changeant de sujet ; jouer sur l'émotion, le sentiment, chose qui avait pourtant l'air totalement inhibée chez son acolyte.

— Je flippe, lança Élise.

— De quoi ? répondit Fabrice, préoccupé à verser les croquettes dans la gamelle des chats.

— Noël… reprit-elle, songeuse.

— Quoi Noël ? s'impatienta son petit-ami qui versait désormais les croquettes à côté de la gamelle.

— Dans ta famille, ça me fait peur, avoua l'agoraphobe en entortillant une mèche de ses longs cheveux autour de son index et en se mordillant la lèvre.

Fabrice tenait à présent une pelle en mains et nettoyait le sol avec la balayette.

— Il n'y a pas de raison, tu les connais presque tous ; ils sont gentils…

— Non, bien sûr, je me doute bien, affirma Élise entre deux gorgées de café tiède pour lui laisser le temps de masquer son trouble et choisir de meilleurs mots. C'est juste que ça va être mon premier Noël normal.

— Ton premier Noël normal ? s'étrangla Fabrice, cessant tout mouvement.

— Tu sais, par rapport à mon ex… ça va être les premières fêtes qui vont se passer de manière naturelle, sereine et joyeuse…

*

L'an passé, pendant le réveillon, Élise tentait d'ignorer Alexandre, en train de cuver sur le divan. Le lendemain, les « festivités » se poursuivaient avec les beaux-parents, qui n'ouvrirent pas la bouche de tout le repas, pas même pour remercier Martha de les avoir invités.

Aucun paquet pour les enfants : « on n'a pas besoin de la naissance de Jésus pour offrir des cadeaux aux petits. On fait ça quand on veut ».

Noël d'avant ? Toujours *lui*, allongé sur le canapé d'Élise, cette fois, en train de cuver… pardon. Version officiellement acceptable : malade à cause d'une huître pas fraîche. Et devant les fourneaux,

Martha s'inquiétait de ce qu'elle pouvait faire pour soulager sa fille puisqu'elle était enceinte de Christophe, qu'elle courait dans tous les sens pour que le homard et les Saint-Jacques soient une merveille, en laissant traîner une oreille appréhensive vers le salon où Roselynn, la belle-mère, s'occupait de... enfin gavait Céline, alors même que la consigne était : tout le monde mange les plats préparés par Élise. Le bébé était parfaitement apte à déguster les mets de la restauratrice au lieu de la purée spécialement apportée par Roselynn. Bien sûr, Élise ne lâcha pas prise, et cuiller en bois à la main, elle l'avait apostrophée :

— On avait dit qu'on déjeunait tous ensemble !

Quelques secondes plus tard, l'ascendance d'Alexandre déboulait en furie dans la cuisine :

— Mais je sais pourquoi tu te plains tout le temps que ça ne va pas, siffla-t-elle avec les yeux révulsés d'une hystérique. En fait, c'est *toi* qui fous la merde !

*

— « C'est *toi* qui fous la merde » ! Elle a quand même osé me dire *ça* ! Alors qu'elle connaissait parfaitement la situation ! Cette fois-là, j'ai crié, j'ai craqué, j'ai tapé du poing sur la table comme si je voulais passer à travers, à m'en mettre une attelle au poignet !

— T'exagères, ricana Fabrice.

— Non, je te jure !

Élise se rappela quelques détails, mais ne les dévoila pas à Fabrice de peur qu'il ne la prenne, elle aussi, pour une hystérique. C'était peut-être d'ailleurs le cas. Élise se souvint s'être effondrée en pleurant de désespoir dans les bras de Martha au milieu de la cuisine. Roselynn justifierait quelque temps plus tard son comportement avec des excuses étranges et un accent espagnol comme si tout à coup elle avait oublié le français, du style : « Yé réagi de manièrr violenté parsé ké yé tou connsidérr comm ma propré fille ! »

L'année encore avant… devait-elle vraiment la raconter à Fabrice ? Cette fois, c'était Élise, malade et alitée dès l'arrivée des convives. En cachette, elle avait bu en préparant le festin : une gorgée de Diplomàtico en entraînant une autre, le cognac de la sauce ? Un peu pour elle aussi. Elle devait « se mettre bien » pour encaisser tout ça. Supporter tous ceux-là. Eux. Son Alexandre, le beau-père lunatique taciturne, la belle-mère histrionique hypocondriaque, sa mère inquiète en permanence, son père, un colosse fragile, bon vivant qui n'était plus tout à fait bon ni vivant… La coupe de champagne de l'apéritif et les sourires faux-cul l'avaient achevée jusqu'au dessert. Élise abonnée absente. Laissez un message, elle vous rappellera dès que vous cesserez cette hypocrisie.

Non, vraiment, Noël et les fêtes de famille en général avaient pour elle un goût d'insoutenable. À la réflexion, c'était depuis longtemps sa propre vie qu'elle ne supportait plus.

Fabrice continuait d'entretenir son logis ignorant Élise noyée dans son café et dans ses pensées. Elle avait si souvent le regard flou et l'air mélancolique qu'il n'y faisait plus trop attention. Que pouvait-il faire, d'ailleurs ?

« Un bourreau et sa famille, les entreprises, les deux petits à gérer par-dessus le marché... »

Élise ruminait et énumérait ses difficultés comme un mantra funèbre. À moins que cela ne lui servît à y voir plus clair. Éliminer les problèmes un par un, aussi facilement que l'on raye un nom d'une liste…

*

Le lundi 17 décembre, les choses s'accélérèrent. Fabrice, pour qui cette fête était le summum du bonheur, s'évertuait à se charger d'un maximum de tâches pour soulager ceux et celles qui invitaient officiellement.

— Donc pour Noël, on s'organise : jeudi soir, je dors chez toi, ensuite on va ensemble faire les courses, et Barbara nous rejoint. Ma sœur ne pourra pas venir, mais elle m'a dit quoi prendre, ma cousine sera présente pour le réveillon avec les enfants, ça, c'est bon ; par contre mon oncle, je l'ai vu aujourd'hui, il n'est pas dans un état d'esprit très festif, donc il ne viendra pas. Il sera avec les voisins ; j'ai eu des nouvelles de mon cousin, en fait, il y a un gros litige avec la famille : il ne veut plus entendre parler de personne, il veut couper les ponts avec tout le monde… bref, lui non plus ne viendra pas chez ma sœur à Noël. Personne ne sait ce qu'il a, on ne sait pas, il a pété un câble. Pourquoi il réagit de la sorte ? J'en sais foutre rien, personne ne sait, enfin bref, c'est pas la joie de ce côté-là. Mon frère a acheté des cadeaux pour les enfants, en fait il m'a appelé et je lui ai dit quoi prendre, énuméra Fabrice.

— Nous serons combien en fin de compte, le 24 ? questionna Élise.

— On sera seize, sans mon oncle… Le 26, chez mon père, je ne sais pas combien on sera. Le 25, à midi, je comptais faire un truc chez moi avec ma mère et si tu veux, pour que les enfants se reposent un peu, on les met dans une chambre… t'inquiète pas, ça va le faire. Par contre, le 25 au soir, on mange chez mon oncle ; il veut que les gens viennent.

— OK, en résumé : le 24 chez ta sœur, le 25 à midi chez toi, le 25 soir chez ton oncle, le 26 chez ton père, et le 27, 28, 29 je repars à Metz pour le fêter de mon côté… récapitula Élise. Et en attendant, jeudi soir, tu viens chez moi pour les achats du vendredi matin, comme ça on aura tout. C'est ça ?

— Je te jure, je suis en train de courir partout sans arrêt.

Sur ces bonnes paroles, Élise raccrocha et se balança en arrière sur sa chaise pour regarder le plafond. Il fallait qu'elle surmonte son appréhension ; ça allait bien se passer, cette fois… Elle ne boirait pas d'alcool, c'était déjà un plus pour demeurer maîtresse de ses émotions et garder le contrôle sur les événements. Elle fut tirée de ses pensées par un message de Matthieu :

— Alors tu en es où avec Mister Audi ? Il n'y en a pas un qui s'est enfin décidé à quitter l'autre ?

— Toujours pareil, j'attends ma voiture et ma peinture.

— Je croyais que tu blaguais [smiley de travers] !

— Moi aussi, répondit-elle énigmatiquement..

Pour noyer le poisson, car, pour le coup, elle était en désaccord avec elle-même, elle illustra rapidement sa dernière phrase par un emoji avec tête renversée et un second qui soufflait dans une trompette. Même en essayant d'interpréter, ça ne voulait rien dire du tout.

— Et donc, la peinture c'est pour quand ?

— Ce mois-ci a priori.

— Et la voiture ?

— C'est pas gagné… l'autre jour, il m'a pourtant annoncé qu'il me facturerait sa prestation pareillement à n'importe quel client ; je lui ai rétorqué : « je ne suis pas n'importe quel client », il m'a prétendu : « je suis obligé de te faire payer, c'est pour être couvert par l'assurance », mais je lui ai répondu « n'importe quoi ! Avec ton assurance pro, tu es couvert ! Peu importe le montant que tu mets sur ton contrat ! » Je me suis déboîté les méninges à lui expliquer par A plus B comment ça fonctionne, il n'a rien voulu savoir.

— Mais il n'était pas commerçant à la base ?

— Si, il avait une boutique ! Mais il n'a rien compris.

— C'est pour ça qu'il a fait faillite !

— Mauvaise langue ! Ceci dit, cette fois-là, on est encore partis au clash.

*

Le mercredi, 22 h 30 :

— Ben alors, tu m'as oubliée ?

— Non, non, du tout.

— Tu es prêt pour ton convoyage de demain ?

— Prêt, oui… Ai-je le choix ? Barbara est déjà au lit, puisque c'est elle qui m'emmène. J'essayerai de t'envoyer un petit SMS quand je serai dans le train, à l'arrivée.

— Tu as pu parler à ton oncle, puisqu'il devait venir samedi ?

— Euh non, du tout, puce ! Et vu le contexte actuel, je vais éviter, parce que je t'ai dit ce qui se passe avec mes cousins, là c'est le bordel en ce moment dans la famille.

Élise soupira.

— Bon, je vais t'expliquer le pourquoi du comment. C'est juste que les médicaments sont à portée des enfants, parce que j'ai décroché, comme tu me l'as recommandé, l'armoire à pharmacie. Donc je suis en stress permanent par rapport à ça. Puisque ça ne se bouscule pas de ton côté, ce que je prévois, c'est de demander à Matthieu demain, un coup de main pour la peinture, comme ça ce sera fait.

— Ça n'a rien à voir avec le truc c'est que… laisse-lui le temps de venir !

— Le temps, d'accord : ça fait deux mois maintenant que l'armoire est décrochée et que les médicaments sont à portée des enfants ! C'est super dangereux ; donc il faut que ça avance, je n'ai pas envie de vivre dans les travaux à moitié entamés avec la pharmacie par terre ad vitam æternam !

— En attendant, tu peux la remettre en place !

— Je ne vais pas l'enlever pour la remettre pour l'enlever pour la remettre ! Déjà, j'ai galéré à décrocher ce truc avec mes petits bras tous mous.

— Nous on l'enlèvera et on la remettra, ce n'est pas un problème, ce n'est pas un souci ! Tu la remets en place pour l'instant normalement, tu remets et lui, il te dira où quand comment en temps et en heure, voilà !

— Mais je n'aime pas, c'est horrible l'état de l'appartement : tout est au sol depuis plus d'un mois et demi maintenant ! Si tu m'annonces qu'on ne doit pas bousculer ton oncle, eh bien, je ne le presse pas et je trouve une autre solution !

— C'est toi qui vois, écoute. Si tu n'as pas envie d'attendre, bah t'attends pas. C'est toi qui vois.

— Je comprends le contexte. Si tu me dis clairement que ton oncle ne peut pas, il ne peut pas !

— Tu veux quoi, tu veux qu'il fasse quoi ? Qu'il le fasse entre Noël et Nouvel An ? Il ne va pas le faire entre Noël et Nouvel An !

— Euh, le plus tôt possible, en fait !

— Mais ce ne sera pas avant janvier, de toute façon !

— Tu m'avais annoncé qu'il arrêtait de travailler à la fin d'année et qu'il n'aurait plus accès au matériel ! C'est complètement irrationnel ce que tu dis ! Je t'avais suggéré que… mon cadeau de

Noël… j'aurais aimé que ça soit un coup de peinture dans mon appartement, ça signifie que j'aurais souhaité que ça soit fait avant le 25 décembre ! Tu n'as rien répondu à ce moment-là. Maintenant, je constate que ce n'est pas possible. Les semaines passent, tu n'entends pas quand je dis que je désirais que ça soit fait. Dans ce cas, je prends les devants et je m'en occupe, ce n'est pas grave.

— C'est toi qui vois, fais comme tu veux. Je ne vais pas t'imposer quoi que ce soit. Si tu estimes que Matthieu sera plus apte à le faire, ben qu'il le fasse, alors.

— Il ne sera pas plus apte, il sera plus disponible.

— Ce n'est pas une question de disponibilité, c'est juste une question de temps et de patience, c'est tout, voilà ; ça aurait pu être fait ! Maintenant, si tu n'es pas patiente et que tu préfères que ça soit lui qui le fasse, qu'il le fasse.

— Je suis persévérante dans une certaine mesure, mais tu me promènes depuis deux mois que c'est en cours…

— Ouais, je ne vais pas m'énerver pour ça, je te rassure.

— Je t'explique les choses : tu as attendu déjà trois semaines avant même de lui en parler ! Là en ce moment, il ne va pas très bien, soit… y'a toujours un truc. Donc tant pis, je ne compte pas sur lui !

— C'est toi qui vois, si tu veux appeler quelqu'un d'autre, appelle quelqu'un d'autre, c'est tout. Qu'est-ce que tu veux que je te dise ?

— Tu comprends le danger imminent pour les enfants ? Médicaments à portée de main !

— Mais, attends, puce, personne ne t'a demandé de le faire, toi ! Déjà, à l'origine. Tu t'es lancée dans un truc… Tu remets deux vis sur le mur, tu remets le truc et voilà ! Dès qu'il est prêt, il te le fera, point ! Maintenant, si c'est trop compliqué, bah, j'y peux rien, qu'est-ce que tu veux que je te dise ! Voilà, c'est tout, au moins le problème est réglé ; point barre, moi je ne vais pas m'énerver pour ça, je te rassure, hein !

— Quoi ?

Élise avait compris une phrase sur deux. Elle était totalement incapable de percer la cloison pour réinstaller des chevilles et ne disposait d'aucun matériel pour cela. En plus, cette armoire pesait vraiment une tonne. Mais... C'était bien Fabrice qui l'avait sommée de préparer les murs pour la venue de son oncle, non ? Elle ne l'avait pas inventé, ça ! Elle reprit :

— Mais il n'est pas question que tu t'énerves pour quoi que ce soit, enfin !

— Moi je vois très bien ce que tu veux faire, mais ça ne se fait pas du jour au lendemain, ça ne se fait pas comme ça ! Eh oui, moi aussi j'ai dû patienter pour avoir ma peinture chez moi, je te rassure ! Je te dis juste de faire en sorte d'attendre qu'il soit disponible, c'est tout, point !

La demanderesse tenta de rattraper le prolixe avant qu'il ne s'égare à nouveau et réexpliqua :

— Tu comprends ma position ? Y'a du danger pour les enfants, martela-t-elle. Et ça fait deux mois que c'est comme ça : ça me gonfle !

— Oui, j'entends bien ! Je te dis dans ce cas-là, tu prends toutes tes affaires, tu les mets dans un carton et puis voilà. Tu prends l'armoire de Christophe, tu les mets tout en haut et puis basta ! Voilà. Tu as des emplacements très hauts, où les enfants n'ont pas accès, tu peux les mettre là-haut comme ça, si tu veux, et tu es tranquille ; c'est à disposition. Mais comme tu es pressée, tu appelles Matthieu demain, tu lui dis de le faire et puis basta ! Débrouille-toi avec lui ; moi je m'en fous, au moins le problème est réglé.

— OK, OK… On s'appelle demain ?

— Ouais ça marche, pas de souci.

— Bonne soirée.

— Salut.

— Bisous, quand même ?

— Ouais, bisou.

*

Jeudi, aucune nouvelle de la journée. Le soir, vers 17 h, un SMS :

— Je ne viendrai pas dormir chez toi ce soir.

Élise, qui était au volant sur le chemin habituel pour chercher les enfants sentit son cœur serré prêt à imploser. Perturbée, elle corrigea de justesse de sa trajectoire pour éviter un accident. Parcourue par un frisson d'adrénaline, elle tapa frénétiquement :

— Comment ça tu ne viens pas ? Tu as eu un problème avec l'Audi ?

Elle se doutait bien que la raison était beaucoup plus perverse qu'un souci technique. Fébrile, elle regardait son smartphone toutes les cinq minutes. Pas de réponse.

— Tu es coincé en Allemagne ?

De retour chez elle, Élise préparait le repas des enfants, le téléphone vissé à la main. Pas de réponse.

Elle nourrit les petits au lance-pierre. Pas de réponse.

Elle donna le bain les yeux rivés sur son mobile. Pas de réponse.

« Mais enfin, est-ce que ce sont des manières de traiter les gens, ça ? »

Vers 21 h, lorsqu'elle envisageait de subir la soirée encore seule, dans son lit, Fabrice l'informa qu'il venait quand même. Elle l'attendit. À 21 h 45, il débarqua chez elle, l'air fermé. Élise était plutôt détendue et soulagée qu'il soit arrivé et l'accueillit avec un sourire à faire fondre un iceberg, mais elle ne remarqua pas son sac de vêtements pour passer la nuit. Elle sentit que quelque chose n'allait pas, ce qui fut confirmé par le ton de Fabrice qui aboya, à peine apparu :

— C'est quoi, le coup de Calgon que tu m'as fait là ?

L'interlocutrice effectua un effort de mémoire pour tenter de déceler le problème. Qu'est-ce qu'elle avait fait… Oh, la discussion sur la décoration ?

— Rien de grave, déclara sereinement Élise en souriant, j'ai simplement dit que si tu ne faisais pas la peinture, je le demanderais à Matthieu. C'est juste une question d'organisation.

Calmement, elle prit appui sur un coin de table et poursuivit :

— Quand tu t'engages à quelque chose, c'est bien, mais il faut donner une date, sinon je prends mes dispositions.

Fabrice devint rouge de colère, mais bomba le torse pour ne rien laisser paraître :

— Mais tu crois que tout le monde tourne autour de toi, c'est maladif, chez toi ! Cesse de te regarder le nombril ! *Tout ceci fait partie d'un projet qui ne concerne pas que toi, c'est bien plus grand que tu ne peux l'imaginer* !

Pour réfléchir, Élise mit ses yeux dans le coin supérieur gauche si intensément que ses globes oculaires finirent par chatouiller sa cervelle. C'était clair : Fabrice était à nouveau traversé par une quelconque illumination cosmique, ces paroles ne provenaient pas de lui, car elles étaient complètement décrochées du contexte ; pourtant, il poursuivit d'emblée, comme si de rien n'était :

— Je t'ai dit que c'est dans les *tuyaux*, que ça sera fait ! Maintenant, je ne peux pas te dire ni pourquoi ni comment…

— Tu te rends compte que ce que tu racontes n'a *aucune* cohérence ? Écoute, s'impatienta Élise, cela fait des mois que tu me promènes avec cette histoire de déco, que tu dois en parler à ton oncle, patati patata, et au final, toujours rien.

— Quand je dis quelque chose, je le fais !

— Quand ?

— Je viens de te le dire.

— OK, il n'y a pas de date. Demain, un jour, jamais.

Fabrice afficha un ton terrifiant :

— Quand je dis quelque chose, je le fais !

Élise hésita entre la panique et l'affront. Elle choisit l'attaque, avec une pointe de nonchalance pour désarmer son adversaire :

— Je croyais que tu étais venu dormir chez moi, mais je constate que tu es là uniquement pour me prendre la tête… Tu désirais simplement pourrir ma soirée ? C'est bon, c'est fait, tu peux repartir.

— Tu veux que je parte ?

— Manifestement, tu n'envisages pas de passer la nuit ici : oui, tu peux partir. Salut.

Fabrice claqua la porte derrière lui en laissant Élise immobile dans son salon. L'interdite resta un moment à analyser la scène et ne put s'empêcher de se remémorer son ex. Annoncer de fausses promesses, afficher de la bonne volonté de façade, ne jamais donner d'exemples concrets et… ne jamais s'engager sur des dates : c'était typique du pervers narcissique. Malgré tout, en allant se coucher, contenant sa rancœur, elle envoya un petit SMS à son borné :

— On se voit demain pour les courses, comme convenu… bisous.

Pas de réponse.

*

Vendredi, 7 h 20. Élise écrivit à Fabrice pour lui rappeler, à nouveau, les obligations du jour et l'informer qu'elle serait sur les lieux vers 9 h 30.

— J'ai pris mes dispositions.

« Comment ça ? Il a pris ses dispositions ? Il me laisse sans nouvelles et il m'annonce qu'il a déjà fait ses courses ailleurs ? Ça n'a pas de sens ! »

Élise lui réclama des précisions, aucune réponse. Après avoir déposé les enfants, elle se dirigea vers le magasin en rédigeant un nouveau texto au grognon pour lui demander s'il était sur place. Arrivée devant sur le parking, pas de SMS, pas de Fabrice. Message à Matthieu :

— Fabrice me gonfle, j'en peux plus.

En poussant son chariot, Élise se remémora ce dont elle avait besoin et hésita à se charger des articles de Fabrice. Elle voulait l'envoyer au diable. Elle n'acheta ni la viande ni les entrées, mais prit quand même un paquet gigantesque de biscuits apéritifs et de bonbons. Au moins, s'ils se séparaient aujourd'hui, ce ne serait pas perdu. Juste avant le passage en caisse, elle reçut enfin des nouvelles. Peut-être venait-il seulement de se réveiller.

— Fais ce que tu as à faire.

Élise répliqua, énervée, que ce n'étaient pas des manières de se comporter. S'il n'avait pas l'intention de se déplacer à ce rendez-vous « courses », il aurait quand même pu avoir la décence de l'informer !

« Le maintien dans l'ignorance, me laisser sécher comme une bouse, avec son ego surdimensionné de Saint-Fabrice… c'est sûr que c'est un pervers narcissique. »

— Tu m'as informé trop tard que tu comptais toujours aller faire les courses.

C'était le pompon, le summum de la mauvaise foi, l'apothéose de l'état de sidération. Il n'y avait plus rien à dire. Simplement, demeurer figé, la bouche ouverte. Mais comme Fabrice regorgeait de tours dans son sac, il ajouta la touche finale, sa petite cerise sur la Forêt-noire[8] :

— Le pire, c'est que j'avais mes affaires avec moi pour dormir chez toi, mais vu que tu m'as foutu dehors, moi, j'allais pas rester.

*

10 h 20. Sur le parking, Élise rangeait les courses dans son coffre ; elle s'était changée en cocotte-minute vibrant sous la pression. Cela faisait un moment déjà qu'elle sifflait, elle était au bord de

---

[8] Pâtisserie allemande.

l'explosion. Oh non, elle n'allait pas se laisser marcher dessus ! Élise tremblait de rage et jetait les victuailles sans ménagement. Fabrice n'étant absolument pas dans l'empathie et dans l'intelligence, arriva un point de non-retour ; Élise écrivit :

— Compte tenu de la situation, j'ignore si j'ai envie de passer du temps avec quelqu'un qui me prend la tête.

— Tu as raison, il vaut peut-être mieux que tu ne viennes pas à Noël.

« Quoi ! »

Son sang ne fit qu'un tour. Il n'était décidément pas pour l'apaisement ! Comment pouvait-il écrire ça ! Élise envoya un SMS à Barbara. Il fallait la tenir au courant de l'histoire, demander conseil, qu'elle tente de raisonner Fabrice, quelque chose. Mais comme les textos n'allaient pas assez vite pour éteindre le feu, Élise, au volant de sa voiture, après avoir activé le Bluetooth, se résolut à l'appeler.

— Bab, c'est Élise. Je t'explique : telle que je vois la situation, lui il ne bronchera pas ; selon ses messages, il ne veut pas que je sois présente pour Noël ; c'est en train de complètement partir en cacahuète, il ne se remet absolument pas en question : c'est encore à moi de faire des efforts et accepter qu'il me traite comme la dernière de ses chaussettes.

— Oui…

— Je vais chez lui, quitte à ce qu'on en vienne aux mains ou je fais quoi, dis-moi, qu'est-ce que je dois faire ?

— Ben qu'est-ce que t'as fait, là ?

— Mais je n'ai rien fait !

— Qu'est-ce que tu veux déposer chez lui ?

— C'est une excuse, en vérité, ce sont des bricoles qui peuvent attendre. Surtout, je souhaiterais qu'on dialogue en face à face.

— Vas-y. Le plus important c'est que vous discutiez.

— Je veux discuter, confirma Élise. Le problème, c'est que ce type, il parle tout seul ! Il ne m'écoute pas.

— Ouais, je vois que c'est à sens unique, là.

— Il s'enfonce dans une théorie, je ne sais pas, je ne suis même pas au courant de la moitié de ce qu'il me raconte, il n'entend pas mes remarques. Moi, pour cette histoire de peinture, tout ce que je voudrais, c'est une date ou du moins, un ordre de grandeur, une période de l'année : printemps-été-automne-hiver ! Quelque chose : une réponse, quoi !

— Hum.

— Il part en sucette complètement pour des conneries. Je te demande à toi : tu le connais bien, ça fait dix ans que tu le côtoies. Je ne comprends pas, on dirait que je parle à un chinois.

— Bah écoute, je n'en ai pas la moindre idée, euh, pff.

— C'est un truc de fous, je n'ai jamais eu autant de soucis de communication avec quelqu'un, franchement… j'ai l'impression qu'il vient d'une autre planète. Ou alors c'est moi, mais il y a un problème.

— Bah je commence à penser que c'est lui… il fait le tour et il remet toujours tout en balance.

— Ah merci !! C'est ça ! Il place dans la discussion les compétences de son oncle… je n'ai jamais douté des compétences de son oncle ! Je veux juste une date ! Ça fait six mois qu'on parle de la déco de mon appartement. Mais oui, alors, faisons-le ! Mais quand !?

— Hum.

— Je lui ai posé la question : quand, quand, quand ? Je lui ai dit : « oh, ce serait super une peinture pour Noël ». Parce que je commence à trouver le temps long. Et au bout du compte, comme je vois que rien ne se passe, je vais demander à quelqu'un d'autre, il se met dans tous ses états ? C'est quoi cette attitude ?

— Mouais.

— Ensuite, il prétend que c'est moi qui pars en vrille ? Puis il ose me dire de ne pas venir à Noël ? Mais on va où là ?

— Tu lui as envoyé quoi, comme message ?

Dans le feu de l'action, Élise essaya de se remémorer les mots justes.

— Je lui ai écrit que je n'avais pas forcément envie de passer les fêtes avec quelqu'un qui me rentre dans le lard !

La conductrice refit un point sur la situation, dont Barbara n'était a priori pas totalement au courant :

— Hier soir, il devait dormir à la maison. Il me dit : « non, je ne viendrai pas »… euh OK… bon, finalement il apparaît – oh joie ! – je lui suggère même de stationner l'Audi dans mon garage parce que soi-disant j'habite un quartier qui craint et c'est pour ça qu'il ne s'amenait plus chez moi.

— Oui.

— Je lui propose ça et il me répond : « je ne reste pas » puis il me balance ses quatre vérités en pleine tronche puis il part sans bisou, sans rien.

— Bizarre.

— Donc punaise, j'ignore quoi faire !

— Le mieux, c'est d'aller chez lui…

— Je te laisse imaginer que je n'en ai pas dormi de la nuit ; lui ça a l'air de lui passer au-dessus, je ne sais pas.

— OK…

Barbara ne semblait plus du tout dans la conversation, pourtant Élise n'arrêtait pas de déblatérer, elle devait vider son sac.

— Après, il paraît qu'il m'aime, mais pour le coup, à juste titre, je n'en ai pas l'impression. Quand on déclare à quelqu'un qu'on aime : « ne viens pas à Noël », ce n'est pas exactement l'attitude escomptée.

— Je te comprends là-dessus. Je ne sais pas trop quoi te conseiller…

— Le gros foutage de gueule, se lâcha Élise, c'est que je lui rappelle ce matin : « je vais faire les emplettes, comme prévu ». Il me répond : « j'ai pris mes dispositions ». Non, mais c'est une blague ? Ne vas pas m'affirmer qu'il a déjà fait ses achats à 7 h du mat !

— OK… ben je ne comprends pas trop…

— Il a complètement craqué.

— Franchement dit, je ne sais pas trop ce qu'il a en tête.

Élise tâta le terrain. Elle enchaîna :

— Tu pourrais essayer de creuser pour sonder son état d'esprit ?

— Ben écoute, ce matin je sais qu'il est chez lui parce qu'il devait travailler, et après il partait faire les courses.

— Ah voilà, il n'est pas encore parti faire les courses !

— Non, il n'est pas encore parti.

— Donc il se fiche vraiment de moi !

— Ben il a peut-être prévu autre chose, je ne sais pas moi. Je suis désolée, c'est tout ce que je sais. Je ne sais pas tout.

Dans une exagération théâtrale, l'amoureuse en colère déclara :

— Bon, je vais ranger mes achats puis pointer mon nez chez lui, on verra bien ce que ça donne… Pugilat, bain de sang ? Advienne que pourra.

— Je te jure, ça avant Noël… tu me tiens au courant.

— Bref, je te fais un bisou ! Au fait, toi, tu fais quoi ? lança Élise sur un ton conventionnel, en se moquant éperdument de la réponse.

— Ben je devais aller chez Fab pour laisser des cadeaux à 16 h, mais là, du coup, je ne sais pas trop.

— Si ça se passe comme j'ai envie que ça se passe, je suis chez lui jusqu'à 16 h 30. Bon, je vais ranger mon fourbi. Salut à toute !

La conductrice gara la voiture en diagonale, débarqua en trombe dans son logement, déversa ses courses dans le réfrigérateur et reprit le volant pour déposer le seau de biscuits salés et la boîte de bonbons chez Fabrice. La voyant débouler, il fit mine de ne pas être surpris et déclara simplement :

— Ah, t'es là.

Élise, décontenancée, se ressaisit et rétorqua :

— J'ai apporté des petites choses pour l'apéro de Noël, Nouvel An, ou je ne sais pas, quand tu veux…

Analysant la posture de son hôte, elle remarqua qu'il ne semblait pas en colère ou renfermé, alors elle poursuivit en présentant les sucreries :

— Et du réconfort.

Fabrice sourit, glissa les victuailles dans un coin, pour les oublier, et questionna sur un ton chantant :

— Tu as fait les courses toute seule ? C'est dommage, il faut qu'on y retourne, parce qu'il faut acheter des choses pour Noël.

Élise voulut matérialiser un fusil et commettre un carnage digne des films d'horreur les plus gores. Pourtant, elle fit ressurgir une autre personnalité, et répondit avec le même sourire que Fabrice :

— D'accord, allons-y vite maintenant, parce qu'il faut encore que je travaille un peu et que j'aille chercher les petits.

— Oh, tu ne restes pas avec moi toute l'après-midi ?

Élise plissa les yeux, glissa sa langue sur ses lèvres et regarda en diagonale pour réfléchir. Sans formuler d'ultimatum et répétant que son appartement était toujours en bazar, elle demanda à Fabrice de se positionner sur une date de début de chantier. Il lui promit qu'il passerait avec son oncle établir un diagnostic en janvier. Finalement, elle annonça :

— Hum, je reste jusqu'à 16 h 30.

*

Élise passa son premier Noël sans son ex, sans alcool, presque sans stress. Les enfants étaient ravis, l'invitée faisait acte de présence. Durant tout le réveillon, elle ne parvenait pas à s'intégrer malgré ses efforts et cherchait des prétextes pour qu'on la laisse tranquille.

Le malaise était apparu dès lors que les amoureux franchirent le seuil ; ils furent accueillis par une exclamation adressée à Fabrice :

— Alors, quarante-cinq piges, toujours pas marié, pas de gosses ?

Élise ne put décrypter si l'intéressé avait été blessé par la remarque, mais il rétorqua :

— Si, deux. Ils sont à Élise.

— Ouais… d'adoption quoi.

Arriva l'heure des cadeaux. En se basant sur ses investigations, la romancière redoutait le choix de Fabrice, puisque ce n'était pas la peinture, elle craignait une machine à café. Pour sa part, elle lui avait sélectionné un robot aspirateur autonome pour retirer automatiquement les poils des chats toute la journée.

Les enfants furent couverts de jouets à n'en plus finir ; arriva le déballage des paquets pour les « grands ».

« Pourvu qu'il ne m'offre pas une machine à café à capsules… pourvu qu'il ne m'offre pas une machine à café à capsules », répétait-elle comme une prière en arrachant le papier.

« Eh si, une cafetière à capsules. »

Le truc inutile, dont Élise avait annoncé mot pour mot :

— Pas besoin de ça, je déteste les capsules, c'est cher et pas écolo.

En essayant la machine quelques jours plus tard, elle rajouterait :

— En plus, elle fait un bruit monstrueux. Rendez-moi ma vieille cafetière.

Mais en ce réveillon de Noël, les remerciements et les figures heureuses étaient de mise. Fabrice, avec un petit sourire malicieux, demanda au milieu du brouhaha :

— Tu l'aimes, ton cadeau ? Je l'ai pris exprès avec un grand réservoir comme ça, tu peux faire plein de café, je sais que tu aimes le café.

La romantique revêtit son visage « Masque numéro 159 – Fille ravie », associé à un laïus commercial et argumenté :

— Oh, oui, super, on peut même faire du café filtre, c'est tellement mieux que ma vieille machine qui met deux heures à couler !

Chapitre 13 Encore une

— Maman, pourquoi tu pleures ?

— Je ne pleure pas, ma chérie, c'est le rhume. J'ai le nez qui goutte, les yeux qui larmoient, tout qui ruisselle.

La nouvelle année ne s'annonçait guère plus reluisante que la précédente. Élise avait célébré la Saint-Sylvestre dans l'appartement de Fabrice en compagnie de Barbara et de quelques autres convives autour d'une redondante partie de poker, sympathique, mais pas inoubliable. Elle avait retrouvé les enfants chez Martha le premier janvier et préparait le repas du soir sans entrain. L'avantage de ne plus boire, c'est qu'elle n'avait plus besoin de vingt-quatre heures pour récupérer.

« Après la fête, opérationnelle, hop, tout de suite au travail ! Mais non, voyons… les gamins sont adorables, ce n'est pas du labeur, ce n'est que du bonheur ! »

Les marmots étaient en train de brailler dans la chambre du petit parce que l'un frappait l'autre qui lui avait tiré les cheveux et volé un jouet ou vice-versa. Le couteau dans la main droite en épluchant une pomme, Élise voulut glisser « malencontreusement » sur son poignet.

Ce serait idiot et statistiquement faible en taux de réussite. Elle obtiendrait, au mieux, quelques regards compatissants, mais plus probablement de l'interrogation, de l'incrimination, un soutien psychologique médical, voire médicamenteux, jusqu'au retrait de la garde de sa descendance. Non… elle n'avait pas le choix. Elle devait supporter sa dépression seule, surtout ne pas en parler, surtout pas.

Bientôt la rentrée scolaire, elle allait pouvoir de nouveau souffler la journée pendant que les enfants seraient entre de bonnes mains.

*

Le samedi avant la rentrée, Fabrice et Élise se promenaient dans un magasin de sport afin de profiter des soldes. Le but était d'investir dans une combinaison de ski et des chaussures adéquates pour chaque enfant, dans l'idée de batifoler dans la neige, comme ils avaient eu l'occasion de le faire l'année passée. Cependant, en février dernier, Fabrice avait régulièrement rabâché à Élise que les rejetons n'étaient pas équipés pour le froid, alors cette fois, elle prenait les devants. L'unique question était : quand iraient-ils à la montagne ? Et la réponse serait sûrement : ça dépend du boulot, puce.

Hésitant à acheter un imperméable molletonné pour Christophe, le mieux adapté, mais non soldé, Élise se mordait les lèvres en additionnant les dépenses du jour. Malgré la procédure judiciaire, le père des enfants n'avait toujours pas versé un sou, il fallait jouer avec un budget serré, cela faisait plus de dix ans que la gérante d'entreprise n'avait pas ainsi compté les centimes. Fabrice l'interrompit dans ses calculs :

— J'ai parlé à mon oncle.

— Hum ? De quoi ?

— Ben de ta peinture !

« Ah, enfin ! »

— Ce sera sans doute pour fin janvier, poursuivit-il. Si tu veux, il peut jeter un œil mercredi soir pour voir ; il reprend le boulot le 7 et il te passera un coup de fil, alors en attendant, ce que tu peux faire pour gagner du temps, c'est décrocher tout ce qu'il y a au mur, pas seulement l'armoire à pharmacie, mais tout le reste, le but c'est d'enlever tous les tableaux, parce que mon oncle peut débarquer n'importe quand et quand il dit « go, on y va », il faut que tous les murs soient vides et on y va ; en fait, il ne faut plus rien d'accroché aux murs.

— OK, je ferai ça cette semaine.

— Je te les offre, si tu veux.

— Pardon ?

— Les chaussures des enfants, c'est pour moi, je les paye.

*

Dans la nuit du dimanche au lundi de rentrée, Élise dormait toujours seule dans son lit. En vérité, elle luttait et survivait au milieu des cauchemars et réveils intempestifs provoqués par les enfants : l'un cherchant sa tétine, l'autre réclamant du sirop pour la toux. Vers 4 h du matin, après plusieurs heures d'insomnie, elle parvint enfin à sombrer dans le sommeil, exténuée. 5 h 15, le téléphone sonna. Un message de Fabrice.

« Pour une fois qu'il m'envoie quelque chose, lui ; qu'est-ce qu'il me veut à 5 h du mat ? », maugréa Élise.

Elle saisit le smartphone et lut :

— Ça ne va pas, j'ai besoin de ton aide.

— Qu'est-ce qui se passe ?? écrivit-elle immédiatement.

Elle escompta une vaine réponse. Épuisée, elle s'endormit le mobile à la main. À 6 h 50 lorsque le réveil sonna, elle essaya de joindre son compagnon. Il ne décrochait pas. Elle épia les réseaux sociaux, lui envoya de nouveaux messages, pas de retour. Habillant les enfants en quatrième vitesse, elle rédigea un ultime SMS :

— Réponds, je suis inquiète !

Puis à Barbara :

— Tu as des nouvelles de Fabrice ?

Elle craignait sérieusement qu'il lui soit arrivé quelque chose. « J'ai besoin d'aide » et puis plus rien ? Il n'aurait tout de même pas accompli le geste fatal qu'elle avait imaginé pour elle ! Allait-il si mal sans qu'elle n'en sache rien ? Avait-il eu tout simplement un problème pour allumer sa télé ? Enfin, est-ce que c'étaient des façons de faire, de la laisser en plein stress, sans répondre ?

L'angoissée pressa ses enfants dans la voiture et partit en trombe chez Fabrice. Elle agrippa Christophe sous le bras, tira Céline par la main et parcourut l'immeuble comme une furie jusqu'au trois-pièces de son tendre conseiller municipal. Fébrile, elle glissa la clé dans la serrure, s'attendant à toutes sortes d'éventualités.

Pas un bruit dans l'appartement. Pas d'odeur suspecte. Pas de Fabrice dans la chambre.

Elle avança à pas de loup, gardant ses petits derrière elle, et découvrit le quadragénaire allongé sur son canapé. Elle resta un moment à observer ; son ventre montait et descendait : il ronflait. En préparant deux cafés, elle somma les enfants de s'occuper silencieusement avec les félins. Les consignes, répétées de multiples fois, étaient à présent intégrées : « on ne tire pas la queue des chats, et Nounou, on la laisse tranquille si elle est sur une chaise ».

Le bruit de la machine ne réveilla pas l'endormi, alors elle s'approcha pour le secouer délicatement, puis plus fermement. Par la même occasion, elle scruta tout autour pour détecter des traces de médicaments ou autres. Rien à signaler. Elle remua son bras encore plus fort.

— Hum ? fit-il. Ah, c'est toi ? Je me suis assoupi.

— Je vois, oui ! répondit-elle, presque furieuse.

— Qu'est-ce que tu fais là ?

— Comment ça qu'est-ce que je fais là ? Tu te souviens que tu m'as envoyé un message d'appel à l'aide ? Et tu te demandes ce que je fais ici ? C'est à toi de m'expliquer ce qui se passe !

— J'ai eu une insomnie…

« Super, tout ça pour ça.. »

— Et... ? s'impatienta Élise, exaspérée de devoir en plus lui tirer les vers du nez. C'est à propos de ton boulot, c'est ça ?

— Oui, j'ai peur de ne pas y arriver.

« Comme tout le monde. », fulminait-elle.

— Je comprends. Allez, je t'embarque.

Devant un Fabrice baba, Élise partit en trombe à la recherche d'un pantalon, de chaussettes et d'un pull dans la chambre.

— Pas le choix. Tu te lèves, tu avales le café que je viens de te concocter, tu t'habilles et on y va. Dépêche-toi, je ne dois pas être en retard pour l'école.

L'ahuri resta figé, pantois. C'est à peine s'il avait remarqué la présence des enfants. Élise engloutit sa boisson chaude, rassembla tout le monde dans la voiture à coup de « hop hop hop » et démarra. Sur le chemin, elle scrutait Fabrice, toujours zombifié. Il demeurait silencieux, immobile, mais en revanche, il activait parfois son pouce sur son téléphone pour envoyer un texto à on-ne-sait-pas qui.

— C'est Barbara qui s'inquiète. Tu lui as dit quoi ? prononça-t-il, inquisiteur.

— Que j'avais reçu un message louche. Que veux-tu que je lui dise de plus ? Je ne suis pas au courant de ta situation, dit-elle avant de reprendre, plus aigre : quand t'as envie, tu me parles.

— Il faut que je réponde à mes clients, j'ai trop de boulot…

— Je dépose les enfants et je passe la journée avec toi, conclut Élise.

Hors de question de laisser Fabrice dans cet état. Elle imaginait qu'il aurait fait la même chose pour elle…

Durant la matinée, elle le traîna comme son ombre à son rendez-vous. Au déjeuner, elle l'emmena au restaurant ; il disait ne pas avoir faim, mais il apprécia tout de même le plat de moules gratinées au roquefort. Ensuite, elle le déposa chez lui et demeura avec lui toute l'après-midi à lui proposer des massages, ou tout ce qui lui passait par la tête pour le détendre et restituer son sourire. Il avoua qu'il avait une dette de son opérateur téléphonique qui lui avait coupé Internet, alors Élise, sans se questionner, sortit sa carte bleue, régla la facture de plus d'une centaine d'euros, et partagea la connexion de son smartphone pour qu'ils puissent travailler tous les deux. Vers 17 h, obligée de chercher les enfants, elle s'assura qu'il pouvait rester seul et lui ordonna de donner de ses nouvelles dans la soirée. Sans lâcher son ordinateur, il regarda quand même Élise qui s'en allait, esquissa son premier sourire de la journée et murmura un subtil « Merci ».

*

Toute la semaine, Élise s'accommoda afin de travailler depuis le domicile de Fabrice. Elle ne voulait pas le lâcher d'une semelle. S'efforçant de toujours sourire, elle s'évertua à aborder uniquement des nouvelles réjouissantes.

— La Jaguar est vendue !

— Ah, enfin !

Élise outrepassa le ton désagréable de Fabrice pour conserver son rôle de distributeur de bonne humeur.

— Et tu l'as vendue combien, cette caisse de merde ? railla-t-il.

— Euh, pas assez cher. Mais puisque c'est une voiture de merde, comme tu dis…

— Tu vas pouvoir importer une Audi, alors.

— J'aimerais bien, mais il me manque un peu d'argent dans ce cas ; je roule avec la Renault de ma mère en attendant, mais il faudrait que je choisisse vite une petite citadine pour moi, ça risque d'être compliqué si je me retrouve à pied…

— Bah, si tu veux, j'ai celle-là qui est dispo, fit Fabrice en tournant son écran vers sa compagne. Il faut sauter dessus, il n'y en a pas beaucoup, des A3 comme ça, sur le marché et c'est marqué que c'est un très bon prix.

Élise fit la moue et expliqua ses réticences vis-à-vis de ce genre de notification. Pour elle, tout le monde était censé connaître le mécanisme des accroches commerciales : « très bon prix », « nouveauté », « liquidation de stock » !

— Eh là, minute. D'accord… qui dit ça ? Est-ce que c'est le site de vente lui-même ou un indice Argus ? Comment est mesuré cet indice ? Par rapport à quoi ?

Elle annonça qu'elle souhaitait en savoir plus : comment il se calculait et sur quoi il se basait, comment ça fonctionnait, avant de pouvoir juger si oui ou non elle y accordait du crédit.

— Mais fais confiance une fois, bon sang ! s'emporta le drôle d'oiseau. Tu remets toujours tout en doute, c'est pénible !

— Avoir de l'esprit critique et ne pas ingurgiter pour argent comptant ce qu'on nous sert...

— OK bah, je ne vais pas me battre, hein, si tu ne la prends pas, elle sera pour un autre client, c'est pas grave.

*

Le samedi suivant, Élise dormit chez Fabrice avec les enfants. C'était définitivement pénible de déménager tout cet attirail pour une quelques heures. En plus, comme les petits étaient avec elle dans le lit, Fabrice avait opté pour le canapé.

« Pff, tu parles d'une vie de couple », bougonnait-elle en se levant sans un bruit à 6 h du matin, après une nuit épouvantable à jouer la fliquette entre ses deux mômes.

En regardant le calendrier perpétuel au-dessus de la machine à café – elle aurait besoin de deux ou trois tasses ce matin –, elle replaça le marqueur sur la date du jour.

« Tiens, ça fait un moment qu'on ne s'est pas pris la tête, c'est louche. », se dit-elle.

Elle se délassa sous une douche en ressassant cette réflexion. Tout le monde dormait encore. Puis, à pas de velours, elle se glissa devant l'ordinateur et tomba sur la messagerie instantanée de Fabrice. En lisant ce qu'elle avait sous les yeux, elle fut à deux doigts de laisser les trois cafés s'échapper par son nez.

Sabine, Lundi à 16 h 34 :

Fabrice — Tu as essayé de me joindre ?

Sabine — Bah oui, tu ne répondais pas, alors j'ai tout essayé.

Fabrice — Désolé chouchou, j'étais en vrac et je le suis toujours.

Sabine — Fatigué ou autre ?

Fabrice — Non autre.

Sabine — Faut quand même répondre à tes clients !

Fabrice — Insomnie et bad trip dans mon sommeil.

Sabine — Oh…

Fabrice — Je le fais, t'inquiète, mais ce matin j'étais sous silencieux, c'est calme le matin. Et toi elle est où ta fille, là ?

Sabine — Je la cherche tout à l'heure. Prends soin de toi, tu m'as fait peur.

Fabrice — Ça me fait du bien ce que tu dis… Et encore plus venant de toi… oui c'est mon objectif principal.

Sabine — Oui je me doute.

Fabrice — Tu es mon essence de vie en tout cas, merci d'être présente.

Sabine — Essence de vie je pense que le mot est vraiment fort, mais bon. Je suis là si tu as besoin. Tu le sais.

Fabrice — Non, mes mots sont bien pesés.

Sabine — Tu sais, quand tu dis ce genre de chose ça me met un peu mal à l'aise, parce que je n'ai pas les mêmes sentiments et que je pense que tu en souffres.

Fabrice — Non j'en souffre pas. Tant que tu es présente, ça me suffit.

Sabine — Oui, mais si Élise ne te convient pas ce n'est pas une raison pour rester seul.

Fabrice — Ce n'est pas ma priorité seul ou pas c'est pas important. Moi c'est le boulot, la santé et que toi tu sois présente, le reste je m'en fous.

Sabine — Tiens tes objectifs.

Fabrice — Je fais en sorte de les respecter, oui.

16 h 34, ce lundi. Il discutait avec Sabine alors qu'Élise était avec lui depuis l'aube pour le soutenir. Sabine, « chouchou ». Sabine, son « essence de vie ». Sabine, pour qui « Élise ne convient pas », et lui de rétorquer « ce n'est pas important, seul ou pas ». Voilà, c'était écrit : Élise, on s'en foutait. Élise était au bas de l'échelle, en dessous du meuble, plus insignifiante qu'un objet. L'accessoire au moins, lui, était utile ; elle, elle n'était rien.

Les enfants venaient juste de se réveiller. Elle les habilla, rassembla tout son fourbi et enfila son manteau. Mince, Fabrice émergea et sortit de son canapé à ce moment.

— Oh, tu t'en vas ?

— Oui, je pars, fit-elle laconiquement.

— Mais comme ça, comme une voleuse, sans dire au revoir ?

— Dans ce cas, au revoir.

*

— J'en ai fait des cauchemars cette nuit.

— Tu la connais ? interrogea Matthieu, se rappelant qu'il côtoyait lui-même une pulpeuse créature du nom de Sabine, imaginant furtivement que cela puisse être la même personne.

— Je vois bien qui c'est ; je l'ai croisée dans l'immeuble. C'est selon lui, une fille formidable, vois-tu… elle a tellement souffert dans sa vie et puis elle est altruiste, bénévole, etc., sa mère a soigné celle de Monsieur, elle a le cœur sur la main ; cette fille a vécu tant de trucs horribles qu'il faut la protéger, la chouchouter, elle est vraiment géniale…

— C'est une ex à lui ?

— Ils sont sortis trois semaines ensemble, mais en fin de compte, elle n'a pas de sentiment à ce qu'il paraît, mais bizarrement, elle me ressemble physiquement. Il m'a planté un dîner en amoureux pour aller la dépanner de je ne sais quoi ; il s'est arrangé pour que sa meilleure amie garde ses gosses, parce que la pauvre Sabine, en ce moment, elle travaille le soir, alors tu comprends…

— C'est malsain ça !

— Il connaît, avant tout le monde, ce qui se passe pour elle. Ah j'oubliais… la mère de Sabine habite le quartier aussi. Ils se croisent tous les jours quasiment pour boire un café ou pour manger un truc… et tu te rends compte, elle est tellement cool cette madame Marie : « c'est une belle-mère comme ça que j'aimerais bien ». Il l'appelle belle-maman… « pour rigoler.... » Tu vois, madame Marie, c'est la belle-mère idéale : elle est super sympa, elle ne juge personne – pas comme la mienne, a priori – et puis elle est si gentille et patata.

À travers ses messages, Élise relatait à Matthieu en détail son week-end. Elle ne se sentait pas bien, pas bien du tout, et savait que Barbara trouverait n'importe quelle excuse à « Saint Fabrice », encore. Il fallait qu'elle obtienne du soutien quelque part. Le soutien s'appelait Matthieu. Elle lui exposa la crise de panique du lundi, son appui infaillible, sa nuit chez lui, sa terrible découverte.

Elle raconta que le dimanche, effectivement, Fabrice avait envoyé un ou deux messages de plus que d'habitude et lui avait quand même proposé de passer l'après-midi ensemble. Pour la Strasbourgeoise, c'était un comble. Bien sûr qu'on passait l'après-midi ensemble quand on était un couple, plutôt que chacun de son côté à buller ! Mais étaient-ils un couple ? Non. Élise n'était rien, c'était écrit.

*

Le dimanche en question, vers 14 h, la trentenaire avait pesé le pour, le contre ; finalement, elle était revenue chez son marchand d'autos. À peine arrivé, Fabrice lui avait avoué sur un ton étrange qu'il avait dû écourter son déjeuner :

— Madame Marie est venue m'apporter un couscous pour mon repas de midi, tu vois, il m'en reste même pour ce soir au frigo, c'est quand même vachement sympa de sa part, non ?

— Comme elle est gentille, madame Marie, avait rétorqué Élise entre ses dents.

« Et la couette en duvet que ma mère t'a offert, qui coûte un bras, tu ne lui as même pas dit merci alors que tu avais juré de le faire… »

L'écrivaine avait posé son regard dans l'évier de son conjoint. Trois tasses à laver.

— Elle est passée seule, comme ça, t'apporter un couscous ? Elle est venue te rendre visite avec sa fille ?

— Non, Sabine bosse tout le week-end.

« Super, il connaît son emploi du temps par cœur et concernant le mien, pourtant réglé comme du papier à musique, il galère. Il est au courant qu'elle travaille ce week-end. Comment serait-il au courant ? Ces trois tasses… pourquoi y a-t-il trois tasses à café, c'est quoi cette tasse supplémentaire ? Qui a bu du café ici à midi ? »

Élise n'avait plus écouté. Obnubilée par ces tasses sur lesquelles elle louchait depuis plusieurs minutes, elle ne voulait plus l'entendre disserter à propos de la merveilleuse Sabine ni de quiconque ayant un rapport avec elle.

« Alors quoi, il aime sa belle-maman, il aime cette belle-famille, cette famille qui n'est pas la sienne et il fantasme bien qu'il soit resté avec elle trois semaines ; il n'arrête pas de lui parler...

Mais en fin de compte, elle n'est pas là ! Elle est où, hein ? Elle est où, Sabine ? C'est elle qui lui apporte les croissants le matin ? C'est elle qui s'évertue à lui concocter des petites surprises, qui lui fait des massages, qui lui applique de la crème dans le dos ou de l'huile sur les pieds, sur les genoux, sur les cuisses comme il le souhaite ? C'est elle qui fait toujours des trajets pour venir le voir et même travailler chez lui ?

Ah non, elle ne peut pas, elle a un métier tellement plus louable… Il préfère rester amoureux d'une idée ? Eh bien qu'il demeure collé à cette idée et surtout loin de moi ! Et qu'il essaye de fonder une famille dans son immeuble duquel il n'est jamais sorti, cette espèce de brute sans cœur au milieu de ce quartier de consanguins ! »

Bercée par un flot acoustique continu provenant des paroles de Fabrice, elle avait regardé par la fenêtre un monde duquel elle ne semblait pas faire partie, en se focalisant sur des feuilles d'arbres encore accrochées en plein hiver, souriant automatiquement devant des gens, qui avaient l'air si petits vus du haut de cette tour, si insignifiants, tellement ignorants et pitoyables... Comme pour une victime en état de choc, il y avait eu une déconnexion de son cerveau, un débranchement des sens, une mise en veille du système, pour ne plus jamais connaître l'ignominie de ce sentiment : le cœur brisé. Non, jamais, plus jamais.

« Je perds pied, mon Dieu, je perds pied, c'est horrible, je perds le contact avec le tangible ; est-ce que je suis bien dans le monde matériel ? Qu'est-ce qui différencie le concret du… où suis-je ? Je suis en train de toucher un volant. Je suis assise. J'ai chaud. Tout va bien… mais je ne peux pas me fier à mes sens, parce que dans le subconscient nocturne, on ressent aussi des choses comme si c'était réel… alors qu'est-ce qui est vrai ?

Est-ce que je suis dans une hallucination ? Oui, ça se pourrait bien… Je fais quoi ? Je suis en train de regarder la route, c'est quelque chose de connu, j'arrive à lire les panneaux…

Non, je suis bel et bien dans le réel parce que le rêve, ce n'est jamais aussi fade. »

*

Élise revint à sa discussion avec Matthieu.

— Et après il ose me sortir des phrases du genre « Les gens se séparent à la moindre difficulté ».

— Élise… quitte-le ! Son « essence de vie », quoi ! C'est irrattrapable, ce mec est foutu, lais-se tom-ber ! Tiens, pour rigoler, il t'a trouvé une Audi maintenant que la Jag est vendue ? Il t'a fait la peinture, comme promis ?

Élise raconta à Matthieu que cela faisait maintenant près de deux semaines qu'elle avait vidé son appartement de tout ce qui était suspendu aux parois. Elle vivait dans un chantier sans que ça n'en soit un, sans tableaux, sans miroir, sans armoire murale, sans décoration, sans personnalisation. Elle avait d'ailleurs éprouvé des difficultés avec certains objets, car il fallait de la force pour soulever et décrocher ; elle s'était fait un tour de reins sans le dire à personne, mais au moins, elle, elle était prête.

— Mais tu vas habiter dans un appartement vide pendant cent ans, tu sais, ça ? Je pose des congés au mois de mars, promis, je te le fais à ce moment-là ; je te parie que ce ne sera pas fait.

La petite Céline demandait régulièrement pourquoi il n'y avait plus rien sur les murs, et Élise pestait chaque fois qu'elle devait chercher un médicament dans l'armoire à pharmacie transformée en carton provisoire. Avec les rhumes, les bobos de la crèche et les maux de ventre, cela signifiait tous les trois jours environ, c'était fabuleux.

Tout en communiquant par messages avec Matthieu, elle s'observait dans le miroir de la salle de bains. Alors qu'elle n'avait pas encore trente-cinq ans, la blondinette paraissait fatiguée, presque ridée. Elle saisit un pot de crème et tenta de se redonner un petit coup d'éclat. « Prends soin de toi », lui disait-on à longueur de temps. Pour quoi faire, à quoi bon, soupirait-elle pendant que le sérum disparaissait dans son visage au rythme d'un verre d'eau sur le sable du désert, tant son épiderme était desséché. À propos d'esthétique, elle se remémora également une déclaration de Fabrice réitérée à plusieurs reprises, ce qui la fit rire nerveusement :

— Tu as des petits boutons dans le dos... t'inquiètes pas, tu verras, je vais m'occuper de ta peau…

Seule, dans son appartement, elle se mit à vociférer : « Mais arrête donc d'annoncer des choses que tu ne feras pas ! » avant de s'effondrer en larmes.

« Courage, ressaisis-toi ! Quelles sont tes options ? Pleurer, t'affaisser comme une motte de terre, baisser les bras et mourir, ou bien te redresser, sauver ce que tu peux sauver et ne pas avoir de regret ? »

Élise secoua la tête, elle voulait s'arracher le cerveau. Allez, elle se donnerait encore un mois, accordant à Fabrice une dernière chance, le tout pour le tout.

Puisqu'il y avait un mur, autant foncer dedans tête baissée.

*

Pendant les deux semaines qui suivirent, Élise endossa le rôle de la femme parfaite, irréprochable, se pliant en quatre pour se soumettre… aux quatre volontés de son chéri. Elle n'avait pas encore porté ce masque-là, peut-être était-ce le bon ? Elle était « au taquet ». Tous les jours, elle lui rendait un service ou plus si affinité.

Ainsi, pour lui plaire, elle repassa trois sacs de linge qui traînaient depuis des mois dans la chambre de son bien-aimé. On lui dit merci.

Chaque jour, elle était aux côtés de Fabrice en se décarcassant pour lui.

Elle lui apporta de bons petits plats venant du restaurant indien du coin, car il avait signalé un jour apprécier la cuisine indienne ; mais attention, elle avait pris soin de sélectionner la version poulet pour adhérer au régime strict de sportif qu'il tentait de s'imposer. Il n'y eut pas de chaleur, d'effusion quelconque, de remerciement ; ce geste eut l'air de passer pour quelque chose de basique.

Tout ce qu'Élise s'évertuait à organiser n'avait que peu d'effet. Normal, dira-t-on, pour quelqu'un d'invisible.

Elle avança les finances sur quelques factures. Elle effectua les courses à plusieurs reprises, sélectionnant avec soin les produits qu'il appréciait. Pourtant, la petite voix, qui lui disait initialement de tout donner, martelait désormais :

« J'en ai pour cent euros rien que pour lui. Pourquoi je fais ça, alors que je sais pertinemment qu'il ne m'aime pas ? Est-ce que c'est pour tenter de l'acheter ? Pourquoi j'ai fait ça ! Est-ce que je regrette ou est-ce que je suis d'accord avec moi-même ? Est-ce que ce n'est pas encore une fois de la manipulation ? Est-ce qu'un jour je me sentirai enfin vraiment respectée ? Je ne sais plus du tout où on en est… »

Et pendant que cette voix tournait en boucle, elle rissolait pour son compagnon un magret de canard, sauce au miel et petits fruits rouges sur lit de purée de topinambour.

— Magret ? On se fait plaisir ! dit-il sur un ton qui ressemblait à de la moquerie.

Stoïque, elle rebondit :

— Je cuisine pour nous deux.

Lorsqu'elle énonça l'intitulé du plat, il ne broncha pas. Elle essaya de lui tirer les vers du nez pour connaître son opinion, pour savoir si au moins tout le mal qu'elle se donnait en valait la peine ; il répondit simplement qu'il n'était pas familier avec le topinambour. Est-ce que ça lui plaisait ou pas ? Elle ne le saurait jamais.

Au bout d'une quinzaine de jours de ce grotesque manège sans résultat, Élise décida de changer radicalement de stratégie, arrêter sa pression et sa présence permanente et au contraire, le laisser venir, faire en sorte que Fabrice quitte son petit confort, descende de sa tour d'ivoire, se bouge un peu pour elle, lui manifeste de l'intérêt ! Elle proposa restaurant, cinéma, promenade. Elle s'enfonça d'échec en échec. Le vendredi, elle fit une dernière tentative argumentée pour le dimanche suivant : une escapade à la montagne avec les enfants. Puisqu'ils étaient désormais équipés pour la neige, il fallait utiliser les bottes et manteaux qu'ils avaient achetés exprès !

— En plus, là, ça fait une semaine qu'on ne s'est pas vus, quoi !

— Hum, ils prévoient une météo de merde.

« OK, il me met déjà en condition pour un refus. »

En fin de semaine, alors que Fabrice n'avait pas daigné donner signe de vie depuis plusieurs jours, Élise n'en pouvait plus. Elle saisit son téléphone :

— On est dimanche, il est 11 h, on ne s'est pas vus de toute la semaine. On fait quelque chose ensemble ou j'ai le temps de dessécher ?

— Je viens de me réveiller là, je suis en mode grosse fatigue. Ça ne va pas le faire pour aller à la neige, franchement, t'as vu la météo ?

Élise se pencha pour observer les hauteurs à travers la fenêtre. Le ciel était nuageux, mais sans plus.

« Il se fout de moi. »

— Je suis fatigué, je n'aime pas être comme ça, en plus. Aujourd'hui, je vais tâcher de me reposer.

— Parfait, je ne vais pas te déranger avec les enfants et tout ça, dans ce cas, conclut-elle, sans objection de la partie adverse.

Élise fit une dernière tentative désespérée. Elle appela Barbara pour lui proposer de passer. Elle savait que l'opulente copine n'avait pas d'équipement pour la neige, alors elle fit une croix sur sa sortie en montagne et opta pour un café à la maison.

— Bon, et sur le chemin, j'embarque Fabrice ?

« Aïe, non, je n'ai pas envie de le voir, il me gonfle. »

— Euh, je ne suis pas sûre que ce soit une bonne idée.

— Je l'embarque en passant et on vient chez toi, il faut que vous parliez tous les deux.

Élise lança une réponse « à la Fabrice », elle avait remarqué que cette phrase passe-partout fonctionnait bien et permettait de se dédouaner de beaucoup de choses :

— Fais comme tu veux.

Vers 15 h, Barbara et Fabrice déboulèrent. Tiens, finalement il n'avait pas l'air si fatigué… et il avait dit oui à Barbara pour sortir ! Élise avait le ventre noué. Elle éprouvait tellement de rancœur à son égard qu'elle ne parvenait même plus à comprendre pourquoi elle s'était donné autant de mal pour sauver son couple. C'était peut-être ça l'amour ?

— Ah, tu as coupé les cheveux de ton fils ? fit Fabrice à peine le seuil de la porte franchi.

Puis, se tournant vers Christophe, il ajouta :

— Tu verras, mon bonhomme, quand ça aura repoussé un peu, je t'emmènerai chez un vrai coiffeur, maman a encore fait n'importe quoi.

Dire qu'Élise était une bombe à retardement prête à exploser serait un euphémisme. Pourquoi personne ne s'en apercevait-il ? Ou bien, les gens faisaient-ils exprès ? Étaient-ils tous pervers et sournois, pour rire enfin d'elle lorsqu'elle aurait éclaté en déversant larmes et boyaux sur la place publique ?

Élise se remémora soudain un détail qui ne lui avait pas sauté aux yeux lors de l'enterrement du mois de mai. Il y avait une tante – donc la sœur de la disparue – qui clamait de ne pas se fier à Fabrice : « c'est un fourbe, un manipulateur, un serpent ! » et le quadragénaire en question avait détourné l'attention d'Élise en lui disant que cette femme était folle, qu'elle s'était mis à dos toute la famille et qu'elle avait répandu mensonge sur mensonge pour diviser tout le monde… et finalement, si c'était vrai, et si Fabrice était une créature vicieuse ?

En bonne hôtesse, Élise servit café et petits biscuits à la pomme. Son compagnon commença à raconter des choses sans intérêt sur un ton mielleux :

— Tiens, je me suis fait des crêpes, hier, mais je n'ai pas utilisé la crème comme la dernière fois.

Fabrice marqua une pause. Élise vit qu'il attendait une réaction ; elle tiqua en tâchant de se souvenir qui avait bien pu oser cuisiner la pâte à crêpes avec de la crème.

— Quelle dernière fois ?

— Tu sais, les crêpes, ça avait attaché.

Élise sentit son cœur doubler de rythme et lança un regard désespéré à Barbara comme si elle était une bouée de sauvetage. L'opulente haussa les épaules. La maîtresse de maison fouilla aussi profondément que sa mémoire lui permettait. Impossible de se rappeler de quelconques crêpes, avec ou sans les enfants.

« Mais je deviens folle, vraiment, ou c'est encore une technique de manipulateur pour que je perde pied ? »

Sentant son cerveau en ébullition, elle déclara sèchement :

— Tu ne m'as jamais fait de crêpes.

— Mais si.

— Non, ce n'était pas avec moi.

« C'était avec Sabine, sûrement. »

— Pas de ma faute si tu ne t'en souviens pas !

Élise, exaspérée, se leva de la table et quitta le salon. Elle fit semblant de refaire du café. Elle entendait tout de même les deux badiner.

— Qu'est-ce qu'elle fait ? demanda Fabrice au bout de dix minutes.

— Je ne sais pas, elle est à la cuisine…

Encore cinq minutes plus tard, Barbara se décida à aller voir ce que fabriquait Élise :

— Qu'est-ce qui t'arrive, ma belle ?

— Je l'ignore, j'ai mal au ventre… fit Élise mystérieusement. Je savais que ce n'était pas une bonne idée qu'il vienne…

— Pose-toi au salon. Moi, je m'occupe des enfants, allez. Faut que vous discutiez tous les deux, ordonna-t-elle en poussant son interlocutrice.

Élise se rassit sur sa chaise, devant la table, prostrée comme si elle subissait une punition. Elle n'osait pas regarder Fabrice dans les yeux. Ils n'avaient eu aucun contact physique depuis qu'il était là, si ce n'est le petit bisou conventionnel du bonjour. Sur un ton faussement empathique, il lança :

— Faudrait aussi que tu ailles mieux, toi. Je te parle de crêpes et tu me dis que tu as mal au ventre…

— Hum, fit la jeune femme.

Elle lui envoya un regard plein d'animosité. Il se mit à balbutier :

— Tu connais ma situation, si je ne suis pas venu depuis une semaine, c'est simplement que je suis en galère d'essence.

— Et sinon, m'appeler ? Ou au moins, me le dire ? rétorqua-t-elle. Au lieu de ça, tu m'as raconté quoi ? Vaguement un doute sur la batterie de ta voiture, que ton oncle devrait vérifier…

— Ce n'est pas évident à dire ces choses-là.

— Tu l'as dit à Barbara.

— OK, je suis pas souvent présent en ce moment, mais c'est normal, tu comprends très bien la situation dans laquelle je suis ; j'ai le droit de ne pas être au top en ce moment et tu comprends très bien comment c'est, ce que ça veut dire… c'est-à-dire que j'ai le droit à un peu de répit, je suis dans une mauvaise passe donc c'est pour ça que je ne peux pas être présent pour toi.

— Et Sabine, on en parle ?

— Sabine, quoi Sabine ? On se connaît depuis vingt ans, c'est la seule qui a le droit de m'appeler par le petit nom que mes parents me donnent !

— Tu me montres les échanges avec elle ?

— Si tu veux, je n'ai rien à cacher.

Fabrice sortit son téléphone et fit défiler des dizaines et des centaines de messages à une allure ne permettant pas d'en appréhender la substance.

— Ben dis donc, ça communique ! grinça-t-elle. Beaucoup plus qu'avec moi ! Et on peut savoir ce que tu lui racontes, que tu ne me racontes pas à moi ?

Élise souhaitait que Fabrice remonte de lui-même à la conversation de début janvier, mais il n'était peut-être pas nécessaire de mettre le doigt directement dessus, ce serait avouer qu'elle avait espionné son profil.

— Oui, bah, je lui donne des coups de main, je lui rends service parce que c'est quelqu'un qui compte pour moi… mais entre parenthèses je ne vais pas dormir chez elle.

— Tu ne dors pas chez moi non plus !

— Si tu vois ce que je veux dire... parce que là tu me reproches aussi par rapport à Barbara.

— Quoi, Barbara ?

— De lui avoir présenté Barbara.

« Ça y est, il repart dans tous les sens. »

— Mais je n'ai jamais parlé de Barbara !

— C'est un truc de fou les discussions, avec toi ! Je devrais enregistrer tout ce qu'on se dit, ma parole !

« JE devrais dire ça ! »

Agitez un chiffon rouge devant un taureau, la bête foncera sur l'objectif. Secouez-le sous le nez de Fabrice avec un balisage rétroéclairé, une piste d'atterrissage, un fléchage et des barrières, il fera trois fois le tour du tarmac et s'envolera vers Sirius avant de s'enfoncer dans les entrailles d'un vortex. C'était surréaliste.

— Bien sûr, je mets le boulot en premier, c'est comme toi : je vais pas te dire « non viens chez moi » alors que tu as un rendez-vous de boulot ça tombe sous le sens !

— Attends, attends ! fulmina Élise pour que Fabrice stoppe enfin son allocution. On parlait de Sabine, là ! Canalise-toi, je t'en prie !

— Sabine, c'est la seule qui s'inquiète de savoir comment je vais.

— Je ne suis pas d'accord avec toi, mais bon bref, passons… enchaîna Élise, de guerre lasse.

Elle prit une grande inspiration pour aborder le sujet crucial et regarda son coureur de jupons avec sévérité.

— Il paraît que je ne te conviens pas.

— Je me suis posé des questions, oui. Et c'est vrai que j'en parle avec Sabine ; on partage nos sentiments, comme à une amie, quoi, se sentit-il obligé de préciser.

Élise aurait dû clairement demander : « et maintenant, tu en es où ? Est-ce que je te conviens, oui ou non ? », mais elle n'avait pas osé – de peur d'obtenir la réponse, sans doute – et Fabrice abordait déjà un nouveau sujet. Elle redoutait toujours d'être en sursis ; ah oui, il l'aurait rassurée momentanément, mais elle n'avait pas posé cette fichue question et désormais devait vivre avec ce soupçon, cette incertitude.

Barbara fit irruption dans le salon prétextant chercher un jouet pour les enfants, sentit l'ambiance polaire et murmura avant de s'éclipser à nouveau :

— Oh, je croyais que vous aviez fini !

Élise n'était pas redescendue en pression. Il fallait que Fabrice comprenne à quel point il était odieux avec elle. Il semblait sûr de son bon droit, bien dans ses baskets, fidèle à lui-même, imperturbable. Que dire de plus à quelqu'un d'insignifiant pour lui, d'ailleurs ?

— Au fait, si tu me rabâches encore des griefs vieux de plus de six mois, on ne va pas avancer. Je n'ai pas aimé ta petite insinuation par rapport à août : je me suis déjà expliquée en long et en large, je n'ai rien à me reprocher. Moi également, j'ignore ce que tu fais de tes journées ou ce que tu as fait quand Mélodie a dormi chez toi, donc faut que tu arrêtes.

— J'ai fait un massage à Mélodie, rien de plus.

— Quoi ?

— Oui, tu sais, après avoir visité la ville dans tous les sens, elle avait mal aux pieds.

Élise soupira. Qu'attendait-elle au juste : une bonne surprise, un changement de comportement, une révélation ? Fabrice la décevait chaque fois qu'il disait ou faisait quelque chose… ou ne faisait rien, d'ailleurs.

— Perso, poursuivit-elle alors qu'elle connaissait pertinemment l'entière vérité, je suis carrée, donc je ne mérite pas de me prendre des pics là-dessus. Stop. Et la moindre des choses, c'est d'être honnête avec moi : si tu n'as pas d'essence, ne m'invente pas un vulgaire mensonge : « je suis fatigué, je n'ai plus de batterie sur ma voiture » et ton oncle vient te dépanner ou je ne sais plus ce que tu m'as sorti encore. Dis la vérité et basta. Tu crois que je ne peux pas comprendre ? Comment te faire confiance, si tu me promènes déjà là-dessus ?

Il restait de marbre. Elle relança :

— En l'occurrence, pendant deux semaines j'ai fait passer l'humain avant le boulot. Je veux juste un peu plus d'ouverture et de considération de ta part. Et que tu le montres. Partage avec MOI tes photos de bouffe ou toutes les conneries que tu envoies à Sabine, bon sang. Stoppe les « Chouchou, doudou » avec une autre !

Pour être certaine que son message soit limpide et intégré, elle martela :

— J'espère que tu as compris ce que j'attendais de toi. Je tenais à préciser tout ça ; on ne pourra pas prétendre que je ne t'ai pas dit les choses.

Après cette mise au clair de la dernière chance, l'optimisme d'Élise était grand. Avec l'amélioration des finances de Fabrice, tout irait pour le mieux. Du moins, elle l'escomptait.

*

De retour à Metz pour une visite familiale, Élise en profita pour retrouver son vieil ami Pierre et lui narrer son désespoir. Elle n'en informa pas Fabrice au préalable et n'avoua pas à Pierre qu'il était au cœur d'un débat houleux. Elle fixa le rendez-vous dans un lieu public ; perspicace comme il l'était, il sentit le malaise. Elle confia :

— J'ai l'impression qu'il va exploiter la moindre faille : « tout ce qui sera dit sera retenu contre toi » ; pourquoi cette crainte d'aller vers Fabrice ? J'ai envie, je n'ai pas envie… pourquoi l'assimiler sans cesse à Alexandre ? Je me surprends à croire que c'était mieux avant, tellement plus confortable, plus intense, plus trop… tout !

— Je présume que Fabrice ne te convient pas, tout simplement. Par contre, de là à idolâtrer Alexandre, je suppose que tu as oublié que c'était, lui, un vrai pervers narcissique. Si tu le compares, c'est que tu as sûrement des raisons de penser qu'il l'est aussi. À ton avis, il veut te faire du mal ?

— Je ne sais pas, je ne sais plus, je ne crois pas. En fait, Alexandre m'a tellement endormie avec ses cadeaux, ses voyages... il m'a rendu accro tant et si bien que Fabrice a l'air fade. J'ai déjà raconté tout ça à Matthieu ; pour lui, mon couple est mort depuis des mois. Tu en penses quoi ?

— Je n'en pense rien, mais je constate qu'il y a plus de chaleur dans ta voix quand tu parles de Matthieu que lorsque tu parles de Fabrice.

Élise piqua un fard. Pierre poursuivit sur une citation de l'humoriste Florence Foresti ; dans le sketch « La femme amoureuse », elle pointait du doigt le fait que les filles se séparaient souvent de leur compagnon justement sur le critère qu'elles avaient choisi au départ. Selon Élise, ils ne se quitteraient pas à cause de la platitude de leur relation, mais plutôt, parce que Fabrice ne manifestait aucune attention à son égard. En regardant de près, ils ne partageaient vraiment pas grand-chose.

— Je ne vais pas te dire de le quitter ou de ne pas le quitter, mais rappelle-toi : après Alexandre, tu aspirais à retrouver une certaine accalmie ; aujourd'hui… la tranquillité, ça te fait chier. Ce n'est plus ce dont tu as besoin.

Il ajouta en riant :

— Sans mauvais jeu de mots : il y a des mèches plus courtes que d'autres !

Chapitre 14 DE QUOI ON PARLE ?

« À partir de quand ça a commencé à se détériorer entre nous ?

Quand j'ai arrêté de fumer ? Quand j'ai cessé de boire, en remplaçant dans la cave toutes les bouteilles – sauf deux ou trois grands crus classés ou vins de garde – par les archives du restaurant ? Quand j'ai monté ma société ?

Quand, finalement, tout allait mieux pour moi ? »

Contrairement à son ex, Fabrice n'était pas très exubérant, pas très drôle, il ne riait franchement pas beaucoup. Du moins, pas avec elle. Elle regrettait Alexandre... certains aspects, oui, d'autres, surtout pas !

« Allez, un de perdu, dix de retrouvés !

Je n'en veux pas dix ! J'en veux un. Un bien. »

Élise plongeait sa cuiller à soupe dans la boîte de raviolis bon marché et engloutissait le contenu au rythme de ses pensées. Il fallait qu'elle arrête de se remplir de nourriture.

« J'ai envie de bouffer. Ce n'est même pas de la faim. J'ai faim d'amour. Vivre ? Je m'en fous de "vivre". Je veux ***VIVRE****. EXISTER. »*

Son ami Pierre avait su, lui, déceler ce qui n'allait pas. Lui avait bien vu qu'elle compensait ; elle devait se rassasier de ce qui lui manquait et Fabrice n'était pas la solution. Elle jeta la boîte de raviolis vide à la poubelle et la cuiller à soupe dans l'évier, enfila ses chaussures, prit un sac et emprunta la direction du domicile de son vendeur de voitures. Elle expérimentait un nouveau visage, celui de la sportive, pour tenter le mimétisme, parler le même langage que lui.

Ce jour, comme la veille, et le précédent, elle passerait au minimum quarante-cinq minutes sur son vélo elliptique, en jogging, suant et soufflant, mais elle tiendrait bon. Elle guettait la réaction de son partenaire, un sourire, un encouragement, une stupéfaction, des félicitations… Rien, toujours rien. Lorsqu'Élise arriva pour sa séance, elle entendit la voix de Barbara, qui était sur place :

— C'est qui ?

— Ouais, c'est Élise, répondit Fabrice.

« Comment ça : ouais c'est Élise… C'EST ÉLISE ! Tambour, trompette, il est né le divin enfant, sonnez hautbois, résonnez musettes ! »

Barbara s'était étonnée de cette activité soudaine. En guise de justification, la trentenaire arrangea ses véritables motivations par une explication valable :

— C'est gratuit, et plus convivial que la salle de sport !

« Je fais ça pour lui. Et quitte à ne pas me remplir d'amour, ou de nourriture, je vais tenter de bouffer des endorphines à outrance… »

Après sa séance, juste avant de se doucher, Élise entendit Barbara prononcer intelligiblement :

— Oh, je prendrais bien un dessert, moi !

Fabrice dit en souriant qu'un exercice musculaire intéressant était de descendre et de monter les escaliers. Barbara renchérit en riant :

— Élise, je te donne un billet et tu vas me chercher deux parts de tarte à la boulangerie en bas ?

— Et en courant ! compléta Fabrice.

Élise plissa les yeux, saisit l'argent tendu par Barbara et tourna les talons.

— Elle va le faire ?

— Elle est folle.

En moins de cinq minutes, la nouvelle sportive dévala les dix étages, acheta les pâtisseries et grimpa les marches afin de les apporter à la rondelette assistante de Fabrice.

— Y'en a une pour toi !

— Non merci, surtout pas, répondit sèchement Élise, résolue à devenir anorexique. Si plus personne n'a rien à me demander, je vais prendre ma douche.

Alors qu'elle se lavait, elle entendit la conversation des deux compères :

— Ça va mieux, toi, au fait ?

— Début janvier a été une période un peu compliquée, j'avoue, fit l'importateur de berlines en riant. Je ne l'avais pas vue arriver, cette galère-là.

— Tu devrais sérieusement penser à mettre de l'argent de côté, franchement. Au moins mille balles, pour pouvoir assurer, si un cas comme ça se reproduit !

— Mais ça va aller mieux, j'ai plein de livraisons à faire, là… et regarde, j'ai une bombasse en face de moi, fit-il avec un mouvement de menton, indiquant Élise enroulée dans un grand drap de bain.

La désignée ne sut pas si c'était sincère ou ironique. Barbara tira sa révérence à ce moment.

— Au fait, comment vont les enfants ? demanda Fabrice sur un air mélodieux une fois sa secrétaire partie.

— Christophe était malade, il a contracté une gastro. Il se sentait presque guéri hier donc on s'est rendus à un spectacle, mais le soir il était de nouveau fiévreux, alors, avec un peu de paracétamol, il a quand même dormi paisiblement. Aujourd'hui, il a pu rester à la crèche.

— OK je comprends.

Soudain, il changea radicalement de ton ; il devint froid, sec, voire méchant et incisif :

— Mais c'est vous là, qui voulez sans arrêt faire sortir les gosses et après on s'étonne qu'ils soient malades !

— Eh, c'est bon, calme-toi, il va bien !

*« Il a un problème avec les enfants ? C'est qui "vous" ?... »*Fabrice commença à donner des conseils pédagogiques par rapport au fait que Céline ne devrait pas sortir, que Christophe ne devrait pas sortir, qu'on devrait faire ci, qu'on devrait faire ça, qu'Élise et sa mère avaient toujours tort à propos de l'éducation des petits, qu'elles étaient trop rigides...

— Oui, mais vous avez voulu la mettre dans cette école, soit disant la meilleure, en passant j'en sais rien, mais à l'autre bout de la ville, alors maintenant il faut assumer ! C'est vous qui avez choisi l'école, ce n'est pas Céline ! C'est vous qui voulez lui faire faire de la musique, et tutti quanti, ce n'est pas elle !

— Euh, elle a trois ans.

« Mais il n'y connaît rien ; de quel droit il va étaler sa science, de quoi il se mêle ? Et il se permet de critiquer ceux qui font exactement la même chose... Qu'est-ce qui lui prend, encore ? »

*

Un vendredi de début février, Élise se débrouilla pour faire garder les enfants. Elle espérait cette nuit en amoureux depuis plus de dix jours. Dix jours, c'était énorme, voire inconcevable pour elle et l'idée qu'elle se faisait du couple.

Elle fit irruption chez Fabrice le soir, afin de créer la surprise, et l'emmena au cinéma.

Le film, qu'Élise avait choisi expressément au goût de Fabrice, ne généra aucun commentaire. Elle n'obtint aucune réaction à l'issue de la séance, au point où elle se demanda si cette sortie l'avait embêté.

Au retour, après avoir grignoté un fruit, ils s'installèrent sur le lit gigantesque. Ça faisait si longtemps ! La trentenaire attendait que son dévoué se retourne vers elle, mais il resta loin, de son côté, et dit :

— Tu es fatiguée, toi aussi ?

OK… les ébats d'amants fougueux ne seraient donc pas pour ce soir non plus. Soit. De 22 h à 1 h du matin, les cinq félins firent un bazar monstre ; même les enfants d'Élise étaient moins bruyants. C'était un complot ? Pour qu'ils se taisent, Fabrice se leva et partit s'assoupir sur le canapé. Les fauves se calmèrent aussitôt et Élise passa le reste de la nuit seule.

Au petit matin, Fabrice la réveilla :

— Je t'ai laissé dormir et j'ai fermé la porte pour que les chats te laissent tranquille.

— Quelle heure est-il ?

— 8 h 30. Tu as un train à prendre ?

Élise se figea à cette remarque acide hors de propos.

— Non, mais… viens un peu près de moi !

— Tu veux un café ?

Sans vraiment entendre la réponse, Fabrice s'éclipsa, puis revint avec une boisson beaucoup trop chaude. Elle le laissa de côté pendant qu'il lui parlait de la météo, debout devant la fenêtre. Elle, toujours dans le lit, attendait qu'il la regarde enfin, mais il ressortit de la pièce.

— Tu m'abandonnes encore ?

— Je vais aux toilettes, j'ai le droit ?

Alors elle patienta en sirotant son café. Le temps parut long. Elle entendit la chasse d'eau. Il ne réapparut pas.

— Il était parti laver la vaisselle, ce couillon. Chaque fois, il me fait le coup. La seule chose qu'il trouve à faire quand je suis là, c'est du boulot ou le ménage !

— Et tu lui as demandé pourquoi il n'est pas revenu ? Il n'a pas compris ce que tu voulais ou quoi ?

Élise relatait ses récentes mésaventures à Matthieu.

— Si je ne le force pas, il n'essaye même pas… je crois qu'il n'a pas envie ou il attend que je fasse quelque chose de plus explicite, je n'en sais rien.

— Il est asexuel ?

— Quand même ! N'importe quel mec se doute bien que si je viens dormir dans son appartement, ce n'est pas juste pour roupiller dans un lit chez lui... non ? Il me prétend qu'au contraire, il était libertin, etc. Alors, c'est seulement avec moi ? Ah et comme il travaille à la Saint-Valentin, il me dit qu'on se fera un truc la semaine suivante…

— Pas le lendemain ? Sept jours après ? Arrête de t'accrocher, sérieux…

« *Qu'est-ce que tu fous, quitte-le, mais quitte-le !*
Tu restes avec lui pour les mauvaises raisons. »

*

— Coucou Sabrina ! Ton cousin m'a raconté que tu déménageais, j'aurais voulu te donner un coup de main, mais ma maman n'est pas là donc je ne peux pas placer les petits. À moins que je les prenne avec moi ?

— Hello Élise ! Fabrice ne m'avait pas dit que tu étais dispo. C'est super sympa ! Moi ça ne me dérange pas si tu emmènes tes loulous, à toi de voir.

— Comment on s'organise ?

— Fabrice va chez mon père pour 7 h 30 demain matin, comme ça, on ne commence pas trop tard. Tu viens avec lui ?

— Il ne m'a rien dit. Donc, a priori, non, déclara Élise.

— Ah OK, mais tu peux nous rejoindre à l'appart si tu veux dans l'après-midi. On va essayer de charger un maximum le matin pour pouvoir commencer à remonter les meubles l'aprèm.

— Je redoute de vous importuner plus qu'autre chose... dans ce cas, tu m'informeras quand c'est le bon moment. En attendant, je ne souhaite pas m'imposer avec mes deux déménageurs en mousse…

— Oui, je te dirai quand on aura fini de faire les allers-retours comme ça, tu nous rejoindras à l'appart. T'inquiète, ils ne m'embêtent pas, tes loulous, et il y aura aussi ma gamine.

Le planning du samedi était tout tracé ; un bon week-end bien chargé en perspective, parfait. Élise et ses enfants devaient passer donner un coup de main ou, du moins, soutenir moralement la cousine de Fabrice dans l'après-midi, et le soir, c'était l'anniversaire de la fille cadette de Barbara qui alignait ses dix-huit bougies.

Puisqu'elle avait compris qu'elle ne compterait plus sur Fabrice pour planifier quoi que ce soit, Élise le prévint de son intention de les rejoindre, qu'elle attendrait le signal, puis ils étaient invités chez Barbara jusqu'à 19 h environ, car ensuite cette dernière avait prévu une fête sur le thème « personnes majeures ». Pour être sûre de l'organisation, elle doubla l'information :

— Quand vous avez fini les allers-retours et que vous êtes dans l'appartement, tu m'appelles pour me dire quand je peux venir. Tu me donneras l'adresse.

— OK, on fait comme ça, je t'appelle, répondit-il.

À midi, elle fit manger la fratrie, l'œil rivé sur le téléphone. Elle poursuivit avec la sieste des marmots ; elle mit le mobile en vibreur pour que la sonnerie ne les perturbe pas. 15 h, ils se réveillèrent, toujours pas de nouvelles. Elle se permit d'envoyer un SMS à Fabrice ; pas de réponse. Vers 16 h, elle embarqua donc ses enfants en direction de la maison de Barbara. Sur l'autoroute, elle contacta Fabrice pour l'informer de son départ.

— Ah, s'exclama-t-il, mais tu n'as pas appelé donc du coup je me suis dit que ce n'était pas le moment. Mais t'avais qu'à nous rejoindre !

— Hein ? fit-elle, estomaquée. Puisque *TU* devais me téléphoner pour me donner l'adresse de Sabrina, comment je pouvais venir ?

— Ah oui, c'est con, j'ai oublié... parce qu'en fait tu pouvais venir, mais maintenant on vient de finir.

— Ben là je vais chez Barbara, comme convenu.

— Oui c'était prévu qu'on passe, oui... OK ben je prends ma douche et j'arrive.

Chez Martin et Barbara, la maîtresse de maison occupa les enfants avec un jus de fruits, une part de gâteau puis des crayons de couleur. Au bout d'une heure et demie, toujours pas de Fabrice.

— Mais il t'a dit qu'il venait ? interrogea Barbara.

Élise hocha la tête en haussant les épaules.

— Bon, je vais l'appeler... Ouais, Fab ?

Monsieur Fabrice était encore chez lui. Il avait été retardé par le coup de fil d'un client. Barbara le convia alors à dîner.

Christophe et Céline commençaient à s'agiter, Élise opta pour un dessin animé qui les hypnotiserait le temps d'attendre Fabrice. Cependant, à 19 h, les invités de Barbara arrivèrent.

L'une d'entre eux, en saluant Élise, déclara de manière ostentatoire :

— On n'avait pas dit que c'était une fête sans enfant, interdite aux mineurs et tout ça ?

Élise se raidit, éteignit la télévision, et annonça à Barbara qui était dans la cuisine en train de préparer un gigantesque Mojito :

— Bon, je vais te laisser profiter de la soirée, j'y vais.

« OK, j'ai compris. On me claironne ouvertement que je suis indésirable, je ne vais pas m'imposer. »

Barbara ne prononça aucun démenti pour défendre Élise devant la nouvelle arrivée. La trentenaire salua tout le monde, rassembla le barda et les dévoreurs de dessins animés, puis tira sa révérence.

20 h 15, les petits étaient couchés, Élise reçut un appel... de Fabrice.

— Tu es chez toi ?

— Ben oui, où veux-tu que je sois à cette heure-ci avec les enfants ?

— Mais c'est ballot, je viens d'arriver et on me dit que tu es partie... Qu'est-ce qui s'est passé ?

— Tu sais bien, c'était un anniversaire interdit aux mineurs.

— Il faut que tu prennes les choses avec plus de philosophie, que tu arrêtes de prendre les choses comme ça, quand on te fait des réflexions. C'est dommage, on s'est raté et là, je vais rentrer chez moi, je vais me coucher parce que je suis fatigué.

— Oh, donc je ne te propose pas de me rejoindre... Remarque, ça ne m'étonne pas. Ce n'est pas comme si j'avais attendu de tes nouvelles toute la journée. C'est gonflant !

— C'est quoi ces réflexions de merde, putain ? Ce n'était même pas sûr que je vienne chez Barbara, avec la semaine de boulot que je viens de passer.

— Tu te fous de moi ! C'était prévu qu'on aille au moins la saluer, et ce avant 19 h !

— Non, ce n'était pas sûr. J'y allais juste pour te voir. En plus, là avec le déménagement, j'ai seulement envie de me reposer, je n'avais vraiment pas envie de faire encore des bornes.

— Et la Saint-Valentin, on en parle ?

— Ah oui, c'était cette semaine… bah, t'inquiètes. Tu l'auras ta p'tite rose !

— Ouais, OK, bon, repose-toi bien, salut.

*

— Alors, vous avez fait quoi pour la Saint-Valentin ?

— Saint-Valentin ? Non, y'a pas eu de Saint-Valentin. Il y a eu du boulot.

— Vous n'avez rien fait ?

C'était le 20 février. Élise avait tout prévu. Chambre d'hôtel, tenue ultra sexy, fragrances, bougies. Dans une sacoche, elle avait des fruits et une bouteille de chocolat liquide et dans une autre, des accessoires coquins. Elle avait imaginé un scénario digne des plus grands films.

D'abord, il y a de cela une dizaine de jours, elle avait glissé un billet manuscrit très personnel et parfumé, dans la boîte aux lettres de Fabrice. Elle s'était adressée à lui en utilisant le petit surnom que seuls très peu de gens connaissaient.

Ce message énigmatique typiquement dans le goût de ce qu'elle avait planifié en juillet dernier, mais en une seule étape, cette fois, donnait rendez-vous au destinataire dans un fameux hôtel, proche de la demeure de Fabrice. Elle avait élaboré une stratégie beaucoup plus abordable, ce coup-ci, il n'y avait pas de jeu de piste. En guise de signature au coin du billet, elle avait inscrit un peu partout :

« mi, ré#, mi, ré#, mi, si, ré, do, la ». Avec une recherche rapide on trouvait facilement l'auteur de ces quelques notes : Ludwig von Beethoven, la *Lettre à Élise*. Elle avait d'abord imaginé des charades autour de son prénom, mais s'était rabattue sur l'analogie la plus simple à ses yeux.

Elle avait ensuite aperçu le courrier ouvert sur le bureau de l'entrepreneur. Donc il l'avait lue. Mais il n'avait rien dit. La missive, anonyme, lui donnait rendez-vous dans cet hôtel, en ce 20 février.

À 18 h, elle avait inséré une nouvelle carte SIM dans son téléphone pour obtenir un identifiant inconnu de Fabrice ; elle lui avait rédigé un message personnalisé lui rappelant le rencard du soir même. Pas de réponse. Une heure plus tard, elle envoya le numéro de la chambre. Il fallait qu'il soit sur place avant 21 h, sinon les grilles seraient fermées et il faudrait qu'Élise descende lui ouvrir. Avec ses talons de quinze centimètres, sa jupe microscopique et ses bas résille, elle n'avait pas très envie de déambuler sur le parking.

À 20 h, elle commença à se dire que son plan tombait à l'eau de manière monumentale et échangea des messages avec Matthieu.

— Pour l'instant, je ressasse mon dégoût. Échec cuisant.

— 20 h 10, toujours personne ? Tu ne t'es pas trompée de boîte aux lettres ?

— Certainement pas. J'ai vu l'enveloppe ouverte sur son bureau, je sais qu'il l'a relevée. Franchement, même si j'enrobe d'un peu de mystère, il doit avoir déchiffré que c'est moi, non ? Il me snobe peut-être... De toute façon à 21 h, ils ferment la réception : il ne pourra plus rentrer.

— Pff. Au moins, tu as clairement ta réponse là ! Tu ne crois pas ? C'est un imbécile qui ne comprend rien à tes jeux de pistes ni à tes désirs, même lorsque tu les exprimes intelligiblement. Dis-toi que c'est un idiot en moins !

— Quel crétin, je m'étais imaginé plein de scénarii, mais pas celui-là...

— Pour ce soir, tu veux dire ? Tu étais persuadée qu'il viendrait ?

— Ben ouais ! Trop conne ?... Je devrais lui envoyer un message, mais c'est la colère qui parlerait… Du genre « Je vais être on ne peut plus claire. Prouve que tu tiens à moi ou rends-moi les clés de chez moi. »

— Euh non. Désolé, mais là il te l'a montré une fois de plus, qu'il se fichait de toi ! Qu'est-ce que tu vas encore lui poser comme alternative ? Non, y'a plus de choix maintenant, c'est juste « redonne-moi mon trousseau » et basta. Sinon oui, je vais te dire que tu es trop conne ! T'en es à la combientième tentative ? Combien de chances de se rattraper ? De venir, de participer, etc. Et après ? « Merci mon essence de vie d'être là et présente dans ma vie » ? Mais bordel réveille-toi !!

Au même moment, Élise constata l'heure de la dernière connexion de Fabrice sur son profil.

— OK il était en ligne sur Internet il y a à peine une heure donc il a décidé de ne pas me parler. Voilà. Fin de l'histoire.

— Je suis désolé pour toi, sincèrement.

Dans le désespoir, à 20 h 30, elle demanda à Barbara si elle savait ce que faisait Fabrice.

À 20 h 35, elle dévoila son véritable numéro et ordonna à Fabrice de se pointer « fissa » à l'hôtel, tant pis pour le début du scénario. Elle avait tenté de le joindre, par Internet, par téléphone, avec les deux identifiants différents, et même en appel masqué, histoire de se faire passer pour un chercheur de voiture, il répondait toujours aux clients… Puis le message de colère à propos du trousseau était parti.

À 20 h 50, Fabrice réagit enfin aux textos de sa compagne.

— OK si tu veux OK pour les clés, tu continues dans tes bêtises.

— Dans mes bêtises ?

— Désolé, puce, mais je suis HS des dix derniers jours sérieux... si ça tu ne comprends pas t'as un souci ; ça fait sept nuits que je ne dors pas beaucoup.

Élise rit nerveusement, seule, allongée sur le lit de la chambre d'hôtel. Elle relata les faits à Matthieu, qui répondit du tac au tac :

— Il avait envie de venir ce soir ou pas ? Il a oublié ?

— Il ne m'en a pas parlé.

— Et c'est toi qui racontes des bêtises ? OK l'excuse… Laisse tomber. Il a un souci et tu ne peux pas l'aider.

— C'est quoi son problème sans déconner !?

— Il avait donc zappé la lettre ? Il aurait au moins pu te le dire qu'il ne bougerait pas… Le mec s'en branle complètement.

En parallèle, Élise communiquait avec Fabrice pour obtenir des explications.

— Il dit qu'il a cru à une blague.

— Wow. Désolé, mais non. Tu demandes, bordel ! « C'est sérieux ton invitation ? » Mais quel.... L'excuse à deux balles. Tu reçois une lettre, tu n'y vas pas parce que tu penses que c'est une connerie. Mais surtout, tu ne te manifestes pas. Et après tu déclares que c'est l'autre qui a un souci. Désolé, Élise, mais là... prends tes jambes à ton cou et fuis !

La jeune Alsacienne envoya une photo des ingrédients de l'événement, avec un « voilà ce que tu as raté ce soir » cinglant. Les messages de Fabrice n'avaient ni queue ni tête. Élise proposa d'en parler tranquillement en face à face le lendemain, mais Fabrice n'avait pas l'air de cet avis, alors elle opta pour l'appel vocal.

— Mais qu'est-ce que tu fais comme truc, toi ? lança-t-il à peine la communication établie. Sérieux, puce, qu'est ce qui t'arrive ? Tu craques ou quoi ?

— Je ne comprends pas le sens de ta question.

« *Qu'est-ce que c'est que cette attaque ?! C'est moi qui suis en colère !* »

— Bah ça part déjà de samedi, je ne sais pas pourquoi t'es partie en vrille, alors qu'on aurait pu se voir, si t'étais restée !

— Je croyais qu'on parlait de tout ça demain ?

— Bah, si tu veux, mais pourquoi tu me dis rien pour ce soir, je ne savais pas qui c'était, moi ! Moi, je me suis dit que c'était un truc à la con, cette lettre n'était pas signée, rien du tout…

— Donc toi, tu découvres un petit mot personnalisé avec ton surnom, un numéro de téléphone, des notes de musique, *mi ré mi ré mi si do la*, parfumé et tout directement adressé à chez toi, et tu imagines que c'est une ânerie ? accusa Élise.

— Si t'avais marqué ton nom, limite, j'aurais pu comprendre le jeu !

— Ensuite, tu reçois des SMS et tu crois que c'est toujours une boutade ?

— Mais là, ce soir, je dormais, puce !

— Franchement toi, sérieusement, à moins de te mettre le truc sous le nez, tu ne captes rien, en fait !

— Je dormais, ce soir, puce ! Attends, j'ai fait dix jours d'affilée ; ça fait sept nuits que je ne dors pas, quasiment ; là tu m'envoies limite au charbon, je suis rentré cet après-midi… ce matin, j'étais déjà à moitié dans le gaz ; j'arrive cet après-midi, je me dis : « il est 16 h », je n'ai même pas bossé, j'ai pris une douche, je me suis couché ! Je n'ai pas pris ça au sérieux, très honnêtement ! L'intention est bonne, je ne dis pas le contraire, mais signe ton truc dans ce cas-là !

— Pff, s'il y avait que ça…

— Parce que je bosse, parce que je machin, tu n'es pas contente de ci, de ça, mais attends, qu'est-ce que tu veux que je te dise ? J'entends bien que tu n'es pas contente, ben oui, OK. Moi aussi j'aurais aimé faire autre chose, je te rassure, hein !

— Bref, ce n'est pas grave. On en parle demain.

— Tu veux venir, là ?

— Non, je ne veux pas venir, là.

— Pourquoi ?

— Parce que je suis posée en porte-jarretelles, dans le lit, toute seule, voilà, lança l'aigrie en se demandant si elle ne devait pas finalement envoyer un message à Pierre – le sexfriend. Et je vais ressasser toute la nuit, c'est très bien.

— C'est n'importe quoi, viens là !

— Non.

— Pourquoi tu es aussi têtue, c'est un truc de fou, quoi !

— Oh ! Ne commence pas à me parler de « têtu », hein ! réagit Élise en riant nerveusement.

— Non, mais puce, ce n'est plus une question d'être têtu ou pas, là, franchement. Nous on s'est posé plein de questions depuis samedi, honnêtement.

« *Vaindiou, comment ça "on", il est plusieurs dans sa tête ?!* »

— Qui, quoi ?

— On ne comprend pas pourquoi tu as réagi comme ça samedi !

Élise prit une grande inspiration et se lança en articulant distinctement :

— Bon. Je vais t'expliquer le pourquoi du comment pour samedi... Toute la journée, j'ai attendu de tes nouvelles. Ce n'est pas la première fois que je te dis que j'ai besoin d'organiser les choses, avec les enfants : de savoir quand on se voit, si on se voit – on ne se voit déjà pas beaucoup en ce moment, parce que tu bosses beaucoup. On devait se retrouver chez ta cousine. J'attends, pas de nouvelles. À 16 h, je pense : « bon, il m'a oubliée, j'ignore ce qu'il fait, tant pis ». Il m'a oubliée, il n'en a rien à…

— Pff. N'importe quoi.

— Eh, laisse-moi terminer ! Il m'a oubliée, il fait autre chose, et donc je file chez Barbara. Lorsque j'arrive à Fegersheim…

— Oui, mais attends, t'avais quand même prévu d'aller chez elle la veille, hein.

— C'est ce qu'on avait dit ! Qu'on irait lui faire un coucou avant sa soirée de 19 h ! Du coup, je pense que tu vas foncer directement là-bas. Je gagne du temps, je me rends chez Barbara avec les enfants ; tout se déroule très bien jusqu'au moment où il y a… les invités qui débarquent, d'accord ? Toi, dans l'intervalle tu annonces : « je prends une douche et j'arrive ». Une heure et demie plus tard – eh ben elle est vachement longue, la douche –, silence radio, rien !

— Attends, attends !

— Ah, non, j'achève ma version !

— Non, non !

— Laisse-moi terminer, tu auras le temps de réagir après, je clos d'abord ma version des choses. Au bout d'une heure trente de douche, je me fais la réflexion : « pas de nouvelles de Fabrice, il n'en a encore une fois rien à secouer… » ; les convives arrivent comme prévu à 19 h et bim, je me prends directement dans la tronche :

« Qu'est-ce qu'ils font ici, ces enfants ? C'était une fête entre adultes ! »

— Mais qu'est-ce que t'en as à foutre ?

— Laisse-moi terminer. Là-dessus, réaction de Barbara, qui ne dit pas : « Oh, mais non, c'est moi qui l'ai invitée, elle peut rester, bien sûr ! »

Élise imposa un temps de pause dramatique, puis poursuivit :

— Elle dit : « oui, effectivement, c'était une soirée adulte ».

Elle marqua à nouveau un silence, et relança :

— Bon, j'ai compris, je prends mes gosses et je m'en vais, quoi.

— Elle t'a encore proposé de rester, puce. Elle m'a fait venir, de surcroît, et c'est ce qu'on disait avec Barbara, de un : très clairement, c'est – comment elle s'appelle... c'est Laure qui t'a dit ça… De deux : ce n'était pas à elle de dire ça… C'est ce qu'on se disait avec Barbara, et Barbara est d'accord… et Barbara n'a pas entendu ça, elle n'a pas entendu ! C'est effectivement, après, sa fille, qui lui a dit : « écoute je crois que ça fait suite à ce que lui a dit Laure, elle l'a mal pris, je crois ». Mais, voilà, elle n'a pas percuté là-dessus !

— Euh, peut-être que Barbara aurait dû légitimer ma présence aux yeux de tous en annonçant : « oh, elle n'est pas ici par hasard, et s'il y a les enfants, c'est parce que j'ai invité toute la famille ». Mais bref, ça, c'était avant 19 h…

— Si elle ne voulait pas que tu restes, elle ne m'aurait pas appelé en disant « viens ». En plus, je lui ai dit : « j'arrive, mais d'abord je viens de rentrer, effectivement, il est 17 h 15, laisse-moi juste le temps de prendre… »

— Non, mais là tu mélanges le temps. Ça, c'était avant.

— Non, non, c'était à 17 h 15. Je sais très bien puisque je venais de rentrer, je devais prendre une douche…

Élise souffla un grand coup et coupa :

— Les invités sont apparus à partir de 18 h 30, 45...

— Tu me dis à 17 h 15 : « je suis chez Barbara », je… elle me dit, euh, je dis OK à Barbara sur le fait que je venais… Puis je prendrai certainement un peu plus de temps : faut que je prenne ma douche, et effectivement entre-temps, j'ai reçu un coup de fil pour le boulot. Ce que j'ai fait, j'ai donc pris le coup de fil pour le boulot, ça a duré plus d'une demi-heure, je reconnais effectivement, je l'ai fait, ensuite je suis venu ! J'arrive, et toi tu ne me préviens même pas que tu pars ! Alors que moi, j'ai dit à Barbara la veille, et même le jeudi, que vu mon état de fatigue, je risque de ne pas venir samedi soir, je l'ai prévenue.

— Déjà, ça, je n'en savais rien. Tu ne me l'as pas dit. Ensuite, je considère que si tu vas visiter Barbara pour l'anniversaire de sa fille, ce n'est pas pour me voir, *moi* !

Fabrice invectiva.

« Ça y est, j'ai mis le doigt sur un truc, je l'ai énervé. »

— Si tu souhaitais me voir *moi*, asséna Élise, tu avais dix millions d'occasions au préalable ! Je veux bien croire que tu avais des soucis pour sortir, OK… mais maintenant tu as une voiture qui roule !

— Le problème, attends, c'est que toute la semaine j'étais en déplacement, qu'est-ce que tu me racontes ? fit Fabrice sur un ton largement accéléré.

— Hum, juste à titre d'interrogation, ça fait combien de temps que tu n'es pas venu chez moi ?

— Et alors, c'est grave ?

— Ben, quand on est un couple, ouais quand même !

— T'es venue dormir à la maison, t'es venue !

— Parlons-en de la fois où je suis venue « dormir à la maison ». Y'a dix jours… J'ai dormi dans ton lit, chez toi. C'était chouette, insista-t-elle ironiquement.

— Et alors ?

— Si je passe la nuit chez toi, ce n'est pas pour le loisir de me reposer dans ton lit, je m'en fiche pas mal de ton lit !

— Tu veux quoi ?

— Oh, mais tu es con ?

— Tu veux passer un peu de temps avec moi, ben voilà, on passe un peu de temps ensemble, c'est bien, c'est cool !

— Je veux qu'on passe du temps ensemble, je veux qu'on dorme ensemble, je veux qu'on couche ensemble, c'est clair ou pas ?

— Pff.

— M'enfin, y'a rien de sorcier dans ce que je demande, si ? Y'a rien de compliqué, on est un couple oui ou non ?

— Oui, oui, tout à fait, oui, je confirme.

— Voilà, eh bien, faut qu'on fasse des activités de couple !

Élise martela ses exigences comme si elle tapait sur un tambour :

— Dormir. Dans le même lit. Ensemble. En même temps. Et faire l'amour. Et passer du temps ensemble. Et discuter. Et pas chacun de son côté en colocataires. Même pas des colocataires.

Puis elle s'emporta :

— Tu parles du boulot, tout le temps ! Quand il n'y a pas de boulot, tu dis que tu n'as pas de boulot. Quand tu as du boulot, tu dis que tu as trop de boulot. J'étais avec toi jeudi après-midi, qu'est-ce que t'as fait ? Ton ménage, toute l'après-midi, euh, s'il te plaît ! Oh !

— Sans déconner… et alors ? J'ai très peu de temps en ce moment : j'optimise, articula Fabrice. Excuse-moi.

Élise prit une bouffée d'air frais et enchaîna :

— Eh bien, quand tu auras quelques heures à consacrer à une copine, à ce moment-là, tu as mon numéro. En attendant, demain matin, je récupère mes clés, salut.

— OK, bah tu réagis de nouveau comme…

— Tu as d'autres arguments ?

— C'est bien, c'est bien, de toute façon tu as toujours réponse à tout.

— Très bien, vas-y, raconte ta version des faits maintenant, alors, je t'écoute. Ça te plaît… cette version du couple, là ? Ça te plaît la relation qu'on a en ce moment ?

— Mais pour l'instant, tu crois que j'ai demandé, que... tu crois que ça me plaît comme ça ?

— C'est la question que je te pose.

— Non, ce n'est pas le cas ! Quelque part aujourd'hui je me donne des priorités, excuse-moi !

— Ça fait un bout de temps que ça dure.

— Et maintenant que ça démarre, tu veux que je coupe, quoi !

— Mais qu'est-ce que tu racontes, ça fait un an qu'on est ensemble et ça fait peut-être six mois que je t'alerte à propos de nous et ça me gonfle ! Je suis tout le temps la bouche ouverte en train d'attendre que Monsieur Fabrice me donne quelques heures, que dis-je, quelques minutes ! Je n'ai pas envie de me contenter de… miettes !

Après une longue pause, Fabrice déclara sur un ton presque trop posé :

— Je pense qu'effectivement, t'as… parfois tu as des, euh… ta façon de voir les choses effectivement, et ton discernement par rapport à certaines situations est quelque peu simpliste entre parenthèses ; tu ne cherches pas effectivement le pourquoi du comment, tu penses qu'à ta gueule. On va dire clairement les choses ! Aujourd'hui, tu ne penses qu'à baiser, boire, fumer, baiser.

« Ouaiiiii ! Ça, c'est la VIE ! »

Élise voulut exploser de rire, mais la rancœur prit le dessus. Fabrice continuait :

— Moi, ce que je pense, avant tout, c'est peut-être déjà, de bien s'entendre, à ce que ça se passe bien, avec tous les aléas qu'on a déjà eus effectivement, par rapport à certaines situations, et c'est ça le plus important. Après, le reste va en découler tout à fait naturellement. C'est tout. Après, je veux dire, si effectivement, toi tu vois les choses inversement, dans l'autre sens, c'est-à-dire tu vois effectivement, d'abord faut qu'un couple baise et après effectivement, peut-être qu'on s'entendra. OK moi, c'est pas trop ma version, très honnêtement… après effectivement, y'a d'autres priorités, et ça, c'est la priorité des priorités aujourd'hui, très clairement aujourd'hui, c'est le boulot ! Moi demain, si je n'ai pas de rentrées d'argent – et tu le sais aussi bien que moi, tu le sais pertinemment – il faut impérativement que je rentre de l'argent, donc aujourd'hui ne me reproche pas ça ! S'il te plaît !

— Mettons le sexe de côté, mettons le travail de côté. Est-ce que tu peux me citer un exemple de démonstration d'affection de ta part ?

— Quand tu viens régulièrement, ça fait… alors déjà d'une, je tiens à préciser, parce qu'il faut que je précise tout avec toi, c'est un truc de ouf quoi, je veux dire, avec toi, si on ne met pas la virgule, si on ne met pas les trucs, c'est comme l'histoire de samedi, c'est débile, quoi, c'est n'importe quoi, mais bon après c'est, je t'ai dit, tu pars en vrille pour un rien. Tu sais que je suis au déménagement, tu sais que ci, tu sais que ça, tu sais tout : sauf que ça ne te convient pas. C'est ça la différence. Ça ne te convient pas, c'est-à-dire, bon, je peux l'entendre, mais ne pars pas en vrille par rapport aux gens ! Il n'y a pas une soirée où t'es invitée où il ne se passe pas un truc.

Élise sentait la rage monter ; elle soupira. Elle savait très bien que désormais Fabrice était englué dans sa boucle d'unique vérité et dans ces cas-là, elle ne pouvait même pas désamorcer son argumentaire, caresser l'espoir de le ramener à la réalité, et à la problématique du début.

— Ou c'est parce que tu n'es pas contente, ou parce qu'y'a quelqu'un que t'aimes pas, alors tu te barres, ou machin, y'a toujours un truc ! Quand est-ce que tu passeras une soirée normale ? Quand, dis-moi ! Je te pose la question, ça aussi ça se pose comme question.

— Là, tu viens de changer de sujet, en fait, déclara l'éconduite blasée.

— Non, non je ne change pas de sujet ! C'est un tout !

— La question, à la base, c'est : « Est-ce que tu as des exemples de démonstration d'affection quand je suis présente ? »

— Oui, ben, moi je te donne juste effectivement des exemples puisque tu me reproches des choses, je te dis juste qu'il y a ça. Après des exemples d'affection… quand tu es là ça me fait plaisir que tu sois là, les après-midi, quand tu peux passer, ou le matin, effectivement, et que tu es disponible, ça m'a fait super plaisir que tu m'aies soutenu aussi, à un moment donné, dans l'aspect effectivement compliqué que j'ai eu, très honnêtement, et ça je te le dis ! Je te l'ai répété, je t'ai remercié, et t'inquiète pas, je n'oublie pas ! Bien au contraire, il y a très peu de personnes qui l'auraient fait !

— Et donc aujourd'hui, tu me reproches de souligner les choses qui me gonflent ? Ce qui m'est pénible, je n'ai pas le droit de le révéler ? Je dois tout accepter, avancer, et basta ?

— Ce n'était pas compliqué, le programme de samedi a déjà été établi et ça, tu le sais très bien !

— Justement, mais oui, c'était convenu que je vous rejoigne. Ah, voilà, c'était acté, c'était ça : *que je vous rejoigne* !

— À partir du moment où, effectivement… Attends, tu voulais nous rejoindre où, on n'a pas arrêté de faire des allers-retours, on t'aurait laissée à l'appart toute seule ? Mais c'est d'une débilité, quoi !

— C'était entendu que je vous retrouve au nouveau domicile de ta cousine. J'ignore comment vous avez organisé vos trajets ! C'était acté, qu'on me tienne au courant, qu'on daigne m'informer !

— Je t'ai appelé à 17 h justement pour te dire « j'ai fini ». Mais en attendant, je veux dire, quelque part, t'aurais servi à quoi ? T'aurais été dans l'appartement avec les gamins, tu nous aurais plus emmerdés qu'autre chose !

— Au moins qu'on ne me laisse pas à part. Et peu importe, c'est ce qu'on avait décidé. Mais on m'a complètement mise à côté, informée de rien, Élise on s'en fout, on ne la tient même pas au courant… à 17 h : « j'ai fini, machin », alors qu'il était décidé qu'on passe l'après-midi chez ta cousine !

— Quoi ? Mais y'avait le déménagement, comment tu veux que je sois avec toi, c'est n'importe quoi ! Je t'ai dit effectivement, limite, je t'appelle à un moment donné pour te dire c'est à tel endroit, mais on était en phase de déplacement systématique ! Je n'allais pas te dire de venir ! Après le déménagement, en une demi-heure, le temps de revenir, c'était fait, tu serais venue, c'était fini, bah, je m'en vais, voilà, on aurait fait quoi ? Mais un peu de jugeote, un peu de… je ne sais pas moi ! Un peu de… avec ton intelligence, un peu de discernement, quoi !

Élise fut blessée par les dernières phrases de Fabrice. Celui-ci ne comprit pas sa réaction puisqu'il venait de déclarer qu'elle était intelligente. Elle répéta qu'il n'y avait aucun recul à avoir sur un programme validé depuis plusieurs jours. Manifestement, il y avait eu un problème de coordination horaire.

— Et j'attends, et j'attends, soupirait Élise, en boucle. J'ai patienté toute la journée, et je ne fais que ça, je t'attends, je t'attends encore…

Fabrice poursuivit sa réécriture des faits. Au téléphone avec Barbara, il avait annoncé son éventuel retard.

— Et là, elle me dit « t'inquiète pas, si t'arrives à 18 h ce n'est pas grave, si t'arrives à 19 h, ce n'est pas grave », voilà. Même Martin, j'ai entendu derrière « ouais même 20 h ce n'est pas grave ! » Mais je n'allais pas venir à 20 h ! Sauf que j'ai pris une douche, je me suis changé, je me suis préparé, effectivement j'ai euh… eu des coups de fil, j'ai répondu, oui effectivement, j'ai fait mon boulot. Et ça, t'as pas le droit de me le reprocher. Et quand je te l'explique, tu devrais être un peu plus compréhensive par rapport à ça !

« C'était vraiment des clients au téléphone ou bien Sabine ? Un samedi après-midi, c'étaient des appels ou une visite imprévue ? … ou prévue ! »

— Moi, jamais, je dis bien *jamais*, reprit Fabrice, quand t'as eu un coup de fil de boulot, ou par rapport à ton boulot, ou quand tu me parles de boulot, jamais je t'ai dit « non, ne bosse pas »…

En soupirant encore, Élise indiqua que Fabrice était à nouveau hors sujet.

— C'est *ça* le sujet, rétorqua Fabrice. C'est toi qui ne comprends rien. Quand je suis là, je te soutiens, dans tout ce que tu fais, peu importe, et si c'est du boulot, je te soutiens.

— Quand ce n'est pas le boulot, c'est le ménage, quand ce n'est pas le ménage, c'est les chats, quand ce n'est pas les chats, c'est ton oncle, quand ce n'est pas ton oncle, c'est la fatigue, ou la reine d'Angleterre… Il y a toujours un truc.

— J'ai quand même le droit de faire des trucs à gauche, à droite, excuse-moi ! Quoi, le truc, quel truc ! Depuis quinze jours, tu connais mon programme, de surcroît ! Tu prévois un truc pour ce soir, en sachant très bien que pendant dix jours, je suis overbooké.

Alors Élise expliqua son idée : puisqu'ils étaient de toute manière ensemble le lendemain midi, elle avait songé à ce qu'ils passent la nuit à deux : pas nécessairement agitée, mais plutôt érotique, câline, douce et sucrée… une soirée d'amoureux à la Saint-Valentin. Sans considérer les arguments de sa compagne, Fabrice exprima à nouveau sa fatigue, recompta le nombre de jours sur la route et se plaignit de son rythme de travail.

— J'ai le droit de mettre le frein à main et dire stop, je m'arrête et je dors un peu ? Cet après-midi, je dormais à moitié, et pas que hier, déjà lundi aussi, même chose ! Et ça se comprend ça, c'est logique !

Au-delà de cet aspect, il reprocha à Élise son manque de compassion. Lui, à sa place, il aurait été le premier à conseiller du repos et à différer toute activité, avec des excuses et une tartine de bienveillance. Il martela ses horaires improbables, ses siestes inconfortables dans le train, les kilomètres avalés sur le trajet du retour à bord des berlines afin de les livrer aux quatre coins de la France.

— Enfin, je ne sais pas, ça se comprend, ça ! Après tu me dis effectivement, y'a le déménagement qui est prévu, ben il est prévu ! Je me suis levé à quelle heure ? 6 h 30 ! Et j'ai passé toute la journée à déménager ! J'arrive le soir, je suis crevé ! Je n'avais pas envie d'aller chez Barbara ! Mais en sachant que t'es là-bas, je viens quand même ! J'arrive sur place, t'es pas là ! Pourquoi ? Oh ben, elle a piqué son truc machin, parce qu'elle n'était pas contente d'une réflexion ; sans me prévenir, en plus ! Toi, tu me reproches, à moi, d'être venu un peu trop en retard, mais je suis venu, et toi tu te barres sans me prévenir ! Alors avant de me faire des reproches, fais-toi des reproches aussi ! C'est trop facile, tout ça ! Avant de critiquer les autres, il faut nettoyer devant sa porte !

Élise lâcha un profond soupir. Impossible de lui faire comprendre que tout ce qu'il disait ce soir, il l'avait dit à Sabine, à Barbara, à tout le monde sauf à elle. Si elle se permettait cette remarque, l'énervé aurait renversé la vapeur d'une façon ou d'une autre. Fabrice continuait :

— Sans déconner, quoi. Je veux bien prendre sur moi, je veux bien prendre les choses, je veux dire, effectivement, par rapport à certaines situations, mais là sur le coup de samedi, je n'ai rien à me reprocher ! Non seulement je bosse, je donne des coups de main, et je me fais encore engueuler à l'arrivée, quoi ! Oh ! Et ce n'est pas sans avoir prévenu, ce n'est pas comme si tu n'étais pas au courant, franchement, c'est abusé quoi ! Tu veux me reprocher des choses, vas-y fais toi plaisir ! Mais sans déconner, quoi à un moment donné faut arrêter ! Je veux dire, moi, je veux bien prendre sur moi, mais reconnais que toi t'es pas toute blanche non plus, hein ! J'espère que tu le comprends. À moins que tu aies raccroché, et là je parle dans le vent…

— Comme d'habitude, tu es persuadé de ton fait et tu n'écoutes pas ma version. Ce n'est pas grave, j'ai l'habitude.

— Ce n'est pas une habitude que je te demande.

— Oh, pourtant je commence à appréhender ta façon de penser, c'est-à-dire : toi tu as raison, tu prends les torts que tu veux bien reconnaître.

— Quels torts ?

— Je suis seulement en train de reformuler ce que tu viens de me raconter là, pendant un quart d'heure ! s'esclaffa Élise.

— Le tort de quoi ? Le tort d'effectivement ne pas avoir eu le temps de m'occuper de toi ? Parce qu'effectivement je suis en permanence et actuellement effectivement sur « bosser », « bosser », « bosser » ? Oui, je reconnais. Je ne peux pas dire plus, je reconnais.

— Donc, est-ce que j'ai le droit de dire que cette situation ne me convient pas ? J'ai le droit de le dire ?

— Oui !

— Ah bien, merci ! Enfin, on y arrive !

Élise imaginait avoir traité la question : Fabrice semblait finalement admettre qu'il la délaissait et que cela ne pouvait plus continuer ainsi. Pourtant, il repartit pour un tour, incriminant Élise pour son manque de compassion, son égoïsme incommensurable, ses exigences démesurées. Elle, au moins, elle travaillait dans un bureau et de fait, était dénuée d'empathie. Alors qu'elle connaissait les rouages du métier d'importateur, malgré tous les efforts de Fabice, cela ne lui convenait pas. Sur ces paroles, Élise plissait les yeux pour l'aider à synthétiser les mots décousus, c'était franchement fatigant.

— Ça fait des mois… débuta Élise.

— Ça fait dix jours, corrige Fabrice.

— Je ne te parle pas des dix derniers jours, je te parle de mois…

— Mais, parce que, je suis d'accord, baragouina Fabrice.

— Donc, si ça ne me convient pas depuis des mois, que je prends sur moi en silence, essaya d'expliquer la littéraire. Et maintenant…

— Tu veux que je change de boulot ? Pour trouver quelque chose qui te plaise ?

Tournant sa langue dans sa bouche, Élise tentait d'expliciter pour marquer l'empathie soi-disant manquante. Elle comprenait parfaitement que les raisons professionnelles soient prioritaires, mais cela ne la satisfaisait pas que Fabrice n'ait plus une minute de présence à lui consacrer. Sans cesse interrompue dans ses propos, l'érudite cessa finalement de reformuler pour en venir au fait :

— Dans ce cas, tu n'as pas le temps pour avoir une copine, point barre ! réussit-elle à glisser.

— Non, mais toute la problématique qui se pose, puce, et j'en parle depuis maintenant des mois aussi, c'est systématiquement tes piques, tes attaques, machin et tout en permanence...

— Holà holà holà, mais qu'est-ce que tu racontes ? Tu mets quoi sur le tapis là ?

— Allez, un exemple ! De me reprocher ici en permanence, le fait d'avoir déménagé, le fait de ne pas avoir donné de nouvelles en connaissant, en plus, ce n'est pas comme si effectivement, où j'aurais compris effectivement si maintenant, je ne t'avais pas prévenue en disant : « tiens je ne t'ai pas dit pour le déménagement, au fait je ne t'ai pas dit qu'y'avait ça, au fait je ne t'ai pas dit que... »

Et la conversation revenait en boucle comme si tous les deux étaient piégés dans une diabolique farce temporelle.

— Mais c'était prévu qu'on se retrouve l'après-midi ! articula Élise, à bout de patience.

— Quel après-midi, quand ?

— Mais ! Tu parles du déménagement, on ne parle pas d'autre chose là, on ne parle pas du président ! soupira-t-elle.

Fabrice expliqua, avec des mots dans le désordre, qu'il ne pouvait pas deviner à l'avance à quelle heure cette opération finirait et qu'il avait laissé le téléphone dans sa poche ou dans la voiture pour éviter de le briser.

— Tu devais m'appeler pour que je vienne dans l'après-midi... et il ne se passe rien !

— Mais où ?

— Bah ! Chez ta cousine !

— Où ?

— Dans son nouvel appartement ! sortit Élise avec une voix grave qu'elle ne connaissait pas. Pas à Tombouctou !

— Elle n'était pas là ! Qu'est-ce que t'aurais fait ? Elle a fait le déménagement, les allers-retours avec nous !

— Qu'on me prévienne à ce moment-là !

— Mais putain faut arrêter d'être débile, quoi ! Réfléchis un petit peu !

— Mais réfléchir à quoi, bon sang ? On me raconte depuis des jours : « rendez-vous samedi après-midi chez ta cousine ». Ensuite toi tu me confirmes : « ça tombe bien, comme ça tu verras le nouvel appartement ». Je valide : « OK, génial ! » . J'attends qu'on me communique l'adresse, et le moment pour arriver, et puis... rien !

— En plus de surcroît, j'apprends par Barbara effectivement qu'en plus tu vas chez elle le soir, je me dis : elle est là-bas, parfait, nickel ! Au moins, elle sort, elle bouge, c'est bien !

— Mais c'était prévu, ça aussi, enfin !

— Non, mais prévu… moi je n'étais pas au courant, c'est Barbara qui me l'a dit, toi tu ne m'as rien dit, hein !

— Mais c'était prévu !

— Non !

À ce moment, Élise ne se rappelait pas que la déformation des faits et des souvenirs, pour rendre l'autre fou, était aussi une technique innée du manipulateur pervers narcissique. Elle répéta :

— C'était prévu qu'on rende visite à Barbara ! se fâcha-t-elle, à bout de nerfs.

— Non, parce que, du fait que c'était, comme tu l'as dit, une soirée entre adultes, tu ne voulais pas y aller à l'origine. D'accord, et c'est Barbara qui t'a demandé de venir.

— Non, c'est nous deux. On s'est dit : « on lui passera un petit coucou ».

— Vous avez fait en sorte que toutes les deux, vous avez décidé que samedi après-midi, vous vous voyez ensemble…

— Je n'avais pas de nouvelles de toi ; je me suis mise en route et… oh, mais c'est pénible à la fin !

— Hum, j'ai bizarrement la même version que… ta version là, c'est pas la même que Barbara, hein ! Et en plus de surcroît elle m'a transféré les messages que tu lui as envoyés.

« Oh la pute. »

— Donc à un moment donné, stop ! trancha Fabrice.

— Cette conversation est insupportable et j’ai envie de raccrocher.

Élise justifia son désir de couper court par la lassitude d’entendre sans arrêt les mêmes sornettes. La version des faits narrée par Fabrice l’exaspérait, surtout lorsqu’il se mettait à valider ses dires par : « Barbara est d’accord ». Non, elle n’était pas forcément toujours d’accord avec lui, c’était un peu trop simple de prendre en permanence pour alibi un absent.

— Ben écoute, on lui demandera, alors, ricana Fabrice.

— Si tu veux !

Loin de s’arrêter, Fabrice se vanta de pouvoir au moins compter sur Barbara. Il répéta qu’elle n’aurait pas compris la réaction d’Élise, samedi dernier. Lorsque Fabrice était arrivé, tout de suite, elle lui aurait dit : « rentre, ce n’est pas la peine que tu restes, tu es fatigué, ce n’est pas la peine ». Par courtoisie, Fabrice avait tout de même partagé un cocktail. Puis, de retour à Ostwald, la première chose qu’il avait envisagée était de dormir. Il s’était réveillé le lendemain à 11 h 30 pour avoir le temps de planifier sa livraison de 16 h.

— Donc il fallait que je prépare mes affaires, il fallait que je range tout, et effectivement que je m’occupe de tout ça… Voilà, bon, entre parenthèses, si tu veux tout savoir, que tout soit carré.

En résumé, Fabrice n’avait pas pu souffler une seconde puisqu’il roulait à nouveau de nuit pour repartir encore le lundi soir. Dans le flot d’information, il révéla qu’il était rentré seulement à 16 h le jour suivant, car il avait raté son TGV et qu’il accumulait, au fur et à mesure de ses péripéties, énormément de fatigue. Pour étayer cela, il calcula qu'il ne s'était reposé que quelques heures pour être en forme en début de semaine. Il avait même demandé à Barbara de l'appeler vers 23 h pour le réveiller au cas où – et effectivement, il dormait – afin de sauter dans le train de 0 h 44. Il était donc arrivé le mardi matin à 8 h en Allemagne, avait parcouru quelques centaines de kilomètres sans encombre malgré l'épuisement. Ensuite, il était revenu à son appartement, puis à celui de Barbara vers 13 h ou 14 h et elle lui avait généreusement offert un bol de soupe.

« Je ne suis pas capable de lui offrir un bol de soupe, moi ? »

— Parce qu'elle voyait effectivement que j'étais en vrac et je voilà… de toute façon, je vais faire ça et je me pose, je prends une douche et je ne touche à plus rien, je vais me coucher. Et c'est exactement ce que j'ai fait. Alors après on m'envoie des messages « ouais, tu ne réponds pas, y'a ci, y'a ça »… Encore une fois, il y a un problème de discernement, et en connaissant effectivement le planning et le truc était chargé et je l'avais dit...

— Un problème de discernement, encore ? Mais arrête d'utiliser des mots qui n'ont rien à voir avec le contexte ! Est-ce que ça mérite de me laisser trois jours sans un coup de fil, sans une nouvelle ?

— Par rapport à ta réaction de samedi soir ? Bien sûr ! Ce n'est pas à moi d'appeler, tu m'as raccroché au nez, tu crois que je vais te rappeler derrière ?

— Je ne t'ai pas raccroché au...

— On était en train de discuter.

— Non, on était en train de ne rien dire, exactement comme aujourd'hui : une conversation qui n'a aucun sens, qui tourne en rond. Ce n'est pas constructif du tout.

— Ben justement moi quelque part j'ai envie de te dire à un moment donné, faut être constructif, moi personnellement quand j'entends les attaques que je me prends à chaque fois dans la gueule…

— Mais quelles attaques !

— Tes attaques à toi en permanence ! « Ouais, je n'ai pas ci, ouais je n'ai pas ça », on dirait une enfant quoi ! Putain. Est-ce que moi, je me plains que je n'ai pas ci, que je n'ai pas ça ? Ou que tu fais ou que tu ne fais pas ? Est-ce que je te le dis systématiquement, non !

« Dire les choses qui ne vont pas pour résoudre les problèmes et avancer c'est se plaindre ? »

Élise tenta de rétablir un dialogue – si possible – enrichissant.

— Pour moi, c'est constructif : annoncer ce qui va, ce qui ne va pas. Je souhaite communiquer…

— Madame n'est pas contente, ouais, machin, regarde ! Quand je te dis un truc qui ne te plaît pas : t'es pas contente !

— Ça s'appelle la communication !

— La communication de quoi, t'es pas contente. Tu fais la gueule et tu te barres comme une enfant susceptible. Susceptibilité de merde là… Et je préfère…

— Tu m'entends ?

— Ouais, je n'entends rien, et en attendant, je préfère me taire.

— Hein ?

— Moi, je te le dis.

— Waouh, mais c'est quoi cette discussion de fous ? s'esclaffa Élise. Selon toi, je dois faire quoi ?

— Si ça ne te plaît pas, puce, encore une fois, chacun a le droit de faire ses propres choix ! Moi ça fait des mois et des mois que je cumule ! Et ce n'est pas pour autant que je claque la porte, entre parenthèses, parce que ça fait longtemps que j'aurais pu le faire. Que les choses soient claires !

Élise sentit son cœur se serrer. Quoi ? Des sentiments ? Du ressentiment ? Ou bien de l'orgueil ?

— C'est quoi, ça, une menace ? bondit-elle.

— Non, c'est pas des menaces, t'as rien écouté de ce que je te dis.

— Si tu veux que ça marche, dans un couple, quand on a des…

— Toi, tu veux que ça marche, trancha-t-il.

Sur l'instant, Élise ne comprit pas la portée de cette toute petite phrase. Elle reprit :

— Oh écoute, je suis restée pendant dix ans avec une certaine personne avant toi, donc je pense qu'en termes de compromis, je suis capable d'en supporter pas mal !

— Justement, j'entends bien que tu étais avec un mec un peu bizarre, même si effectivement tu as fermé les yeux, c'est ton problème ! Je veux dire, c'est que tu l'as bien voulu ! Vouloir et pouvoir, ce n'est pas la même chose ! soliloqua-t-il.

« *Hein !?* »

— Je te dis comment j'aimerais fonctionner. Tu as un souci avec moi, on en discute, on le résout, posa Élise. Tu as *tel* problème avec moi, on en parle, on met des *mots* dessus, on le clôt et on *avance*. Est-ce que tu es d'accord avec moi pour ça ?

— Mouais, éluda-t-il.

— Pour l'instant, il semblerait que tu encaisses depuis des mois, et tu aurais voulu claquer la porte. Si c'est ça, ta vision des choses, demain je prends mes clés et on arrête là : ce n'est pas ma vision du couple. Les problèmes, on en parle, on les traite, et on passe à autre chose ! Est-ce que c'est possible de faire ça ?

— Bah, tu vois ! Moi, entre parenthèses, je ne claque pas la porte au premier problème ! J'accumule, parce qu'à chaque fois, il y a quelque chose. Si ce n'est pas toi, c'est ta mère…

« *Mais qu'est-ce que ma mère vient faire là-dedans ?* »

— Mais c'est réglé, ou ce n'est pas réglé tout ça ?

— Oui non, mais d'accord, ben justement ! marmonna Fabrice.

— Alors, arrête de ressasser, bon sang, c'est terminé !

— Oui non, mais d'accord ! La question que je me pose, c'est : « mais qu'est-ce qui va se passer demain ? ».

Avec un brin d'autosatisfaction, Élise plaça une réflexion philosophique :

— Mais il se passera toujours des choses, sinon, c'est qu'on est mort !

La pause intellectuelle se dissipa aussi rapidement que la tramontane dans les nuages, Fabrice poursuivit ses attaques :

— Excuse-moi, mais à un moment donné, les problèmes vous les cherchez plus qu'autre chose ! Vous cherchez des problèmes, là où il n'y en a pas. À chaque fois !

— Qui te parle de problèmes, maintenant, je te parle de vivre, vivre la vie ! Tu pars du principe qu'il y aura forcément des soucis avec moi, demain ?

— Bah je n'en sais rien. Déjà, arrêtez de les provoquer ! Comme on dit, y'a le verre à moitié…

— Écoute, Fabrice ! Ça va être très simple : est-ce qu'en continuant avec moi tu envisages… une suite de difficultés ?

— Je n'en sais rien, c'est à toi de me dire.

— Mais tu crois que je suis devin ?

— Bah, oui.

Élise éclata d'un rire nerveux tonitruant.

— Tu es assez grande pour savoir qui tu es, comment tu peux réagir et comment tu seras ! Tu connais ton caractère !

— Oh, si tout pouvait être aussi facile… soupira-t-elle encore. Y'a pas d'évolution. Tu stockes tout comme une cocotte-minute et après, tu vas exploser et à chaque discussion, tu reviens sur des sujets qui sont censés être réglés… si tu ne gardes que le côté négatif de la relation, on ne peut pas continuer comme ça !

— Tu vois, c'est comme un truc qui ne va pas te plaire, ça fait des mois que je t'en parle.

— Tu me parles de quoi depuis des mois, dis-moi ? chantonna Élise, ironique, mais attentive.

— Tu me demandes pourquoi je ne te fais plus l'amour. Tu t'es jamais posé la question ?

— Oui… incita-t-elle, avide de connaître enfin le dénouement de ce sujet épineux. Bah, tu vas me donner la réponse !

— Je vais te la donner, si tu veux… Qu'est-ce qui me rebute le plus ?

— Mais donne des réponses ! Comment veux-tu qu'on s'en sorte ?

— Non, justement, on va voir si tu m'écoutes. Chez une femme, qu'est-ce qui me rebute le plus, tu le sais ! Une personne qui ne s'occupe pas d'elle, je te l'ai dit ! Oui ou non ?

— Euh… Qu'est-ce qui te dérange, exactement ? bouscula Élise sans deviner où il souhaitait en venir.

— Mais réponds à ma question ! Oui ou merde ? inversa Fabrice.

— Tu as un problème. Nomme ce foutu problème.

Elle fit un effort surhumain pour se rappeler de quoi il avait pu parler précisément. Pas moyen. Fabrice était toujours resté vague.

— Mais en fait, tu es bouché, reprit-elle. Je voudrais que tu mettes des mots sur les choses.

— La question n'est pas bouchée, c'est oui ou non ?... Voilà, tu ne m'écoutes pas et donc ça passe à la trappe.

— Mais tu m'as dit des trucs sordides, du genre… que je ne me lave pas ! lâcha-t-elle, avec l'estomac noué.

— Ça, c'était le cas à un moment donné !

— Euh ! … Alors quoi ? criait Élise, épuisée de devoir lui tirer ainsi les vers du nez, outrepassant le fait que son copain la traite encore de malpropre.

— Tu as rectifié une partie du problème, oui… Moi, ce dont j'ai horreur chez une femme effectivement, c'est… le *poil.* Tu sais, ça. Tu as remarqué, chez moi, je m'entretiens ! Tu as pu remarquer que je me rasais souvent. Non ? Tu l'as vu !

À vrai dire, qu'il soit rasé ou non, Élise s'en fichait éperdument.

— Tu ne m'as jamais confié que tu détestais « le poil ». Tu as dit : tu préfères les filles épilées. Ça ne veut pas dire que tu ne *supportes pas le poil* !

— Oh là là. Mais, si, je te l'ai dit ! Allô, épilée, ça veut dire quoi ? Définition d'« épilé » ! Sans déconner !

« Alors c'est ça, on en est à définir les termes, mon Dieu… Quel exemple simplissime je pourrais trouver, pour qu'il comprenne enfin ? »

— « Je préfère les pêches », ça ne veut pas dire « je ne supporte pas les pommes », il est con ou quoi ?! laissa échapper Élise.

Il y eut un silence pendant lequel Élise fut traversée par un courant électrique. Il fallait mettre les choses au clair de manière très précise. Poser une question, une seule, et très concrète.

« Est-ce qu'il m'aime ? »

— Écoute… interrompit Élise.

— Tu casses les couilles franchement !

— Écoute très attentivement, reprit l'éplorée d'un ton lugubre avec un soupçon de sanglot dans la voix. Je veux… une preuve de tes sentiments.

— Quelle preuve ?

— D'accord. Je passe demain, je récupère mes clés. Pff « quelle preuve »… Réfléchis ; en attendant, bonne nuit…

— Les choses se font au quotidien de manière naturelle.

— D'accord, répondit Élise, aigrie. Au quotidien, j'ai un travail, des enfants ; je n'ai pas le temps de...

— Eh, moi je bosse, et je fais en sorte…

— Ah t'as des enfants ?

— Et alors, c'est quoi le problème ? Les enfants, ils ne dorment pas à un moment donné ? T'as pas cinq minutes pour toi ?

— Non, je n'ai pas cinq minutes pour moi. Les cinq minutes, je les octroie au boulot, à mes enfants, ou en l'occurrence… à toi !

— Mais arrête donc tes conneries, bien sûr… après tu me reproches des trucs à la con, et tu me reproches, franchement, là ! Eh, c'est bien beau d'arroser les gens…

— J'admets, je regrette que tu ne puisses pas me donner de temps… et que tu préfères ton ménage à moi, résuma Élise.

— Je suis comme toi, effectivement, je n'ai pas beaucoup de temps, donc j'optimise, oui c'est vrai. L'optimisation de temps, ça te parle toi qui fais ça tous les jours… ça n'empêche pas de discuter, de parler, d'être là… de toute façon tu bosses aussi !

« Discuter et parler, tu peux demander à Mélodie, Sabine, et j'en passe ; tu sais bien le faire sans moi, ça. »

— Quand tu viens, reprit-il, bien sûr ça me fait plaisir. Et je te l'ai déjà dit plusieurs fois ; « merci puce, ça m'a fait super plaisir », je ne te le dis pas, ça ?

« Pas comme ça, non. »

— Le fait de venir derrière toi, te faire un bisou, te faire un câlin, des petites attentions…

« Un par semaine ? »

— Te faire un petit massage, cita Fabrice, je n'ai jamais fait, ça ? Une attention, ça peut être aussi : « tu veux boire quelque chose, tu veux un café ? »

« Comme à n'importe qui un client, un ami, un vendeur, une femme de ménage. »

— Ce sont des attentions, continua l'importateur automobile. Sauf que ça, tu ne le vois pas. Pour toi c'est banal, c'est basique. Toi, en fait, le truc qui y'a, qui entre parenthèses doit te marquer, c'est juste baiser, en gros c'est ça. Marquer le coup, le fait d'être ensemble, c'est baiser. Point barre. Qu'on ait des points en commun, limite on s'en fout, baiser c'est plus important.

— Qu'est-ce qu'on a en commun ? fit Élise en reniflant. Tu parlais à juste titre du quotidien. En ce moment, qu'est-ce qu'on partage, dis-moi ?

— Bah on a fait des sorties, on a fait une sortie dernièrement…

Fabrice expliqua l'impossibilité de passer du temps ensemble « à cause du boulot, puce », mais que ça ne dérangeait pas la plupart des gens. Cela renversait ce que racontait Fabrice à propos des petites attentions nécessaires tous les jours desquelles Élise n'avait connu que la théorie.

— Toi-même, tu as ton entreprise, poursuivait-il supposant Élise suffisamment intelligente pour comprendre cela. Tu as tes enfants à gérer, tu as plein de choses à… Au lieu de tirer à boulet de canon là, sur moi, en permanence, à un moment donné…

— Pff, arrête, arrête… Je ne *tire pas à boulet de canon* sur toi *en permanence.*

— Tu me donnes des coups !

— Mais qu'est-ce qu'on fout ensemble alors ?

— Tu ne fais même pas, limite, presque, je dirais de manière frontale, mais tes réflexions sont parfois un peu blessantes !

— Quoi, mais qu'est-ce que… où ? bégaya Élise.

— Mais comme là, l'exemple de samedi ! Je viens de bosser tout le samedi et je me prends dans la gueule « ouais, machin… », oh, sans déconner, je viens de bosser, je suis crevé quoi, poursuivit Fabrice en éludant totalement les questions.

— Par contre, toi, quand tu m'envoies : « tu es sale ! tu as des réactions de merde ! évolue ! », ce n'est pas blessant, ça ? Est-ce que tu as le droit de me dire ça ? gémit Élise entre deux reniflements.

— Oui, j'ai le droit de te le dire, parce que si tu ne l'entends pas, faut à un moment donné que tu aies une remise en question !

— Bien. Vachement équitable. Je ne peux rien revendiquer, mais toi tu peux me jeter, sans souci, toutes les crasses ignobles qui te passent par la tête…

— Mais non, tu me l'as dit j'entends, bah je te le répète pourquoi et comment…

— Moi, soi-disant, je te balance des tacles à longueur de journée, mon Dieu, mais comment tu fais pour supporter ça…

— Mais non.

— Tu me dis que je te *tire dessus en permanence.*

— Parce que tu m'en fais un par jour, y'a pas une fois où je me prends pas un carton rouge sur la gueule.

— Eh bien, on s'arrête là… puisque ça paraît tellement insurmontable ! conclut Élise.

— Je n'ai pas dit que c'était insurmontable, c'est toi qui es en train de monter la sauce, entre parenthèses, depuis samedi.

— Depuis samedi ? On ne se parle pas ! rit la malmenée devant l'aberration des propos de Fabrice.

— Ben justement ! C'est ça, le pire ! Samedi, tu as monté la sauce pour une histoire de merde !

— Samedi, reprit Élise avec des sanglots dans la voix, je t'ai patienté…

Elle marqua un temps d'arrêt, saisie par l'émotion.

« Je lui dis, ou pas ?… »

— J'en ai crevé de t'attendre, bon sang, parce que j'ai des sentiments pour toi, finit-elle par lâcher, tu comprends ça, oui ou non ?

Sur un ton à fendre l'âme, elle continuait :

— J'ai crevé d'attendre de tes nouvelles ! J'ai attendu comme une conne, tu comprends ça ou pas ? Je veux de tes nouvelles ! Je veux que tu me parles ! Je veux que tu m'envoies des messages, même des trucs idiots ! Je veux que tu m'envoies ce que tu as bouffé à midi !

Fabrice réfuta en bloc. Il ne pouvait pas, il n'avait pas le temps. Il répéta qu'il n'avait pas arrêté de courir de 6 h 30 à 17 h 15 ce fameux samedi.

— Je t'ai demandé ce qu'on faisait ! martela-t-il. Et j'ai encore eu Bab au téléphone : « attendez, je risque pas de venir tout de suite, hein, j'ai encore une douche à prendre ! »

Sans se rappeler qu'à ce moment il était en communication avec Barbara, il glissa qu'elle avait entendu qu'il avait besoin d'un peu de temps pour se rafraîchir. Puisqu'elle était au courant, il ne voyait pas où résidait le problème. Élise, elle, n'avait prévenu personne de son départ. Quel manque de tact, de courtoisie !

— Tu fais déplacer une personne que soi-disant tu attends dans la douleur, et en fin de compte tu te barres sans lui donner de nouvelles ! Tu trouves ça normal ?

Élise tenta d'indiquer qu'elle n'entendait pas à travers le téléphone de Barbara, mais ses phrases étaient interrompues par les envolées lyriques de l'importateur automobile. Elle souhaita encore une fois raccrocher devant l'impossibilité de communiquer, mais Fabrice n'écoutait aucun autre son que sa propre voix.

— Je ne suis pas débile non plus. Je lui ai dit que je ne viendrai pas au-delà de 19 h, je ferai en sorte. J'ai pris ma douche, après j'étais prêt, sauf que derrière ça j'ai eu un coup de fil…

Fabrice marqua une pause caduque pour se remémorer en fin de compte deux, puis trois appels. Élise aurait même la permission de consulter l'historique de ses conversations si elle avait un doute.

— Donc arrête de dire des bêtises, puce ! Tu parles de courtoisie ; moi je viens, t'es pas là ! Au lieu de me faire déplacer pour rien, je serais resté à la maison, je me serais reposé au moins !

— On tourne en rond là, je viens de te dire que…

— Mais il n'y a pas « tu viens de me dire que », c'est une notion de courtoisie !

« *Après le discernement, la courtoisie.* »

— Tu vas me laisser en placer une ?

— Non. Je vais te dire ce qui a été dit devant Barbara, et ce que j'ai dit depuis vendredi, même jeudi déjà. Avec Barbara, je dis : « je risque de ne pas venir, vu mon état de fatigue », elle me dit : « ouais, je comprends »...

— Tu as déjà dit ça.

— Écoute ce que je te dis aussi !

L'interlocutrice décida de ne plus articuler que des phrases courtes et incisives.

— Une question : tu étais convié à la fête de sa fille, oui ou non ? cingla-t-elle rapidement pour ne pas être encore coupée.

— Je n'étais pas obligé de venir, et ils le savaient.

— Tu étais invité pour l'anniversaire de sa fille ?

— Je leur ai dit que je ne venais pas !

— Tu aurais dû *me* dire : « je n'y vais pas ! »

— Toi, tu m'as téléphoné samedi pour me dire que t'étais là-bas. Tu m'as dit : « allez viens ». J'ai vraiment réfléchi avant de venir ! Je me suis dit OK j'y vais quand même, parce que t'es là-bas.

— Tu ne m'as jamais dit que t'y allais *parce que j'étais sur place.* À ce moment-là, si tu n'avais pas envie de t'y rendre, tu m'aurais proposé qu'on se retrouve ailleurs, ou chez toi !

— Bah quand j'entends : « tu viens, restes manger », etc. bon OK je vais organiser le truc !

— Rester manger ? D'où tu sors ça... bref. Moi, dans l'intervalle, je me suis fait incendier et Barbara ne m'a pas soutenue.

— Ce n'est pas vrai. Franchement, t'abuses ! Tu veux quoi, tu veux qu'on te dise quoi, qu'on te cire les chaussures… Si elle t'a dit de venir, c'est qu'elle était d'accord pour que tu viennes, point barre. Arrête donc, tu crois qu'elle va te lécher le cul, encore ? Non, mais sérieux, il faut que t'arrêtes, puce, hein ! Tu es chez elle, d'un coup tu pètes ton câble, tu veux rentrer, bah rente, qu'est-ce que tu veux que je te dise ! Si t'es pas capable de prendre sur toi deux secondes une réflexion à deux balles d'une gamine qui a, je dirais quelque part, dix ans de moins que toi, excuse-moi, y'a un problème, hein ! Tu la remets en place et puis c'est tout ! Si j'avais été à côté de toi et que j'avais entendu ça, je l'aurais remis en place !

Allongée sur son lit, Élise commençait à s'ennuyer de ce monologue abracadabrantesque et jouait avec le câble de son téléphone, branché pour économiser la batterie.

— J'ai deux questions à te poser. Premièrement : est-ce que tu penses sincèrement que je mérite tout ce que tu viens de me dire, et qu'en réponse à l'incident de samedi je me retrouve punie par trois jours de silence ? Tu crois vraiment que je mérite ça ?

— Oui effectivement, le fait que tu me raccroches au nez l'autre soir, effectivement, je n'avais pas envie de te parler, si c'était pour me prendre la tête… J'ai encore dit bizarrement tout à l'heure, non à midi, à Barbara : « je suis persuadé que ce soir je vais me prendre la tête, je suis crevé, mais je vais me prendre la tête. Je suis sûr et certain. » Ça n'a pas loupé ! Mais bon, faut passer par là, il n'y a pas le choix !

— Si au moins c'était constructif, mais ce n'est absolument pas le cas. Tu me « tires dessus à boulet de canon » depuis le début de la conversation, pour réutiliser tes expressions, et je dois dire « merci, Fabrice » ?

— T'as été sympa samedi ? Tu as été logique dans tes choix ? Non, alors arrête de me reprocher un truc à moi ! C'est tout ! Moi je n'ai rien fait samedi. Tu n'as rien à me reprocher pour samedi ; et j'ai pris dans la gueule pour des choses que je n'ai pas faites. Alors déjà, baisse d'un ton par rapport à ça. Parce que c'est parti de là, que t'es pas contente, parce qu'on ne s'occupe pas de toi, et qu'on ne t'a pas soutenu, oh ! T'as quel âge ?

« Mais quel donneur de leçons de merde, il mélange tout, encore. »

— Affirme-toi un peu, là ! poursuivit-il. Quand une gamine te dit quelque chose et te fait une réflexion, tu dois dire : « c'est Barbara qui m'a invitée, si tu as quelque chose à dire, tu vas voir Barbara », point barre…

« Sauf que Barbara m'avait clairement conviée jusqu'à 19 h, l'heure d'arrivée des adultes en question. »

— Que tu la connaisses ou pas d'ailleurs, continuait le quadragénaire. Je m'en fous moi… les gens, je ne les connais pas, je m'en fous, je leur dis, hein ! Barbara t'a invitée, si elle ne voulait pas que tu restes elle t'aurait dit dans l'après-midi : « écoute, tu rentres, je veux pas que tu restes », ça n'a pas été le cas, elle t'a dit : « tu restes ? », elle t'a proposé de rester, non ?

— Ben non.

— Ben si !

— Hé hé, eh bien non ! C'est bien ça le problème, t'as toujours pas compris ? Elle m'avait conviée jusqu'à 19 h, l'heure d'arrivée des convives. Ils ont sonné, il y a eu cette remarque, je n'ai pas cherché midi à quatorze heures, je suis partie !

— Pff, n'importe quoi ! C'est n'importe quoi ! En plus à ce qui paraît, les gamins étaient calmes et tout gentils… Tout ça parce que t'as pris une réflexion par une gamine ! Fallait la remettre en place et le sujet aurait été clos.

— Ce n'est pas à moi de recadrer quelqu'un qui est invité et que je ne connais pas, par respect, justement…

— Quel respect ? Quand quelqu'un te fait une réflexion à la con, bah tu rétorques ! Connaissant Laure en plus, honnêtement, sa réflexion, ça ne m'étonne même pas.

Élise déglutit. Son compagnon raconta qu'il appréciait très moyennement cette personne dont il avait entendu « les antécédents » : elle s'était déjà accrochée avec la fille de Barbara à propos de propos déplacés du genre.

— Donc ce n'est pas nouveau ; si j'avais été là, elle n'aurait pas dit la même chose, ça, c'est sûr…

« On y revient. Il était 19 h, et effectivement tu n'étais pas présent. »

— Parce qu'après coup, s'éternisait Fabrice, il y a même son père qui est venu s'excuser : « Oh, si j'avais su que c'était ta copine, mais je ne savais pas, moi ! ». Qu'est-ce que tu veux que je te dise ? « Elle aurait dû rester ! Pourquoi elle est partie comme ça aussi vite ? », même lui, il ne savait pas pourquoi tu es partie ! Il me dit : « c'est dommage on aurait pu s'amuser, on aurait pu boire un coup », je n'en sais rien moi, j'étais pas là ! On se prend la tête pour des trucs, franchement on est invités chez des gens, et on arrive à se prendre la tête pour une histoire à la con ! Il n'y a pas une soirée où ça se passe bien, quoi !

« Allez, encore un sujet qui tourne en rond. »

— En plus, enchaîna Fabrice, je ne suis même pas là, j'arrive, je découvre. Je ne peux pas faire plus, moi, l'histoire de samedi, je ne suis pas responsable. J'arrive gentiment, j'étais prêt et tout, après une journée de boulot je m'attendais effectivement à passer un petit moment avec toi tranquille, « non non, elle est partie ». Hein ? Pourquoi ? Bon OK, puis je t'ai envoyé un petit message puis tu m'as répondu… Putain, pourquoi tu pars comme ça, quoi ?

Après un long silence, Fabrice reprit :

— Donc tu as deux solutions pour ce soir, soit tu restes dans ton coin, tu restes seule, c'est ton problème, je ne vais pas te forcer, la deuxième solution c'est d'être là, plutôt que d'être seule, sinon bah tu attends demain matin, tu viens et puis voilà, ça changera rien. De toute façon, tu as mes clés, si tu veux venir, tu viens, je suis là. Et quand tu organises des trucs, signe tes papiers à la con, je ne suis pas censé savoir que tu organises des trucs à la con.

— Mais qui voulais-tu que ce soit ?

— Je n'en sais rien !

Puisque sa surprise était définitivement grillée, la belle esseulée entreprit de revêtir sa nuisette et de se glisser dans le lit de l'hôtel tout en poursuivant la conversation. Ce serait déjà du temps de gagné.

— Je n'ai même pas percuté, je l'ai lu une fois, je l'ai mis de côté. Je ne savais pas qui c'était !

— Tu reçois beaucoup de mots doux, comme ça ?

— Mais non justement, je n'ai même pas fait attention à ça ! Ça par contre ça te passe au-dessus du bourrichon quand je te dis ça ! Je pense que là, maintenant, on peut se dire les choses : « tiens je vais organiser un truc » OK, tu me fais un truc, un genre de rébus, mais tu signes !

— Si je signe, elle est où la surprise ?

— Mais au moins, je sais qui c'est, que ce n'est pas un truc à la con !

— Ça avait l'air d'un prospectus publicitaire ?

— Il peut y avoir des personnes qui s'amusent à faire des trucs à la con, ça m'est déjà arrivé !

— Des gens qui t'écrivent, en utilisant *le pseudonyme de ton enfance* ? Tu m'as dit que quasiment personne ne le connaissait. Réfléchis !

— Oui, mais et alors ? Il y en a qui le connaissent, effectivement puisque ma mère m'appelait comme ça dans l'immeuble…

— Sur une lettre parfumée, avec des notes de musique ?

— Mais je n'en sais rien, puce ! T'es con ou quoi ?

— Ah c'est moi qui suis con ?

— La prochaine fois, tu fais les choses bien, tu signes correctement !

La blasée suggéra pour « la prochaine fois », l'envoi d'un mail, doublé d'un fax et d'une convocation en courrier recommandé.

« Oh, Fabrice, attention ! Tel jour, telle heure, il y'aura un truc organisé par Élise, mais faut pas que je te le dise parce que c'est une surprise, mais je signe, hein ! »

— Non, tu prévois le coup, tu n'es pas obligée de me dire ce qui va se passer, mais quand je fais ça, voilà, je signe et puis c'est moi ! Prévois le jour l'heure, prends tes dispositions. Là, en plus de surcroît, tu sais que je sors de dix jours… je ne veux pas faire la fête encore le soir même, excuse-moi. Je suis désolé, j'ai la tête à aller me coucher, effectivement, et à me reposer.

— Toi qui me parles d'intelligence et de discernement, je vais de révéler quelque chose : quand on signe une lettre surprise, ce n'est plus une lettre surprise.

— Tu marques – ça aurait été très simple – tu aurais marqué : « prévois tel jour telle heure », mais signé. L'effet effectivement aurait été sympa, c'était sympa de recevoir une petite lettre effectivement dans la boîte aux lettres, l'effet était plutôt sympa. On n'en avait pas parlé, tu n'avais rien dit ! Je t'aurais laissé faire, je ne t'en ai même pas parlé de ce truc-là. Je n'ai même pas fait attention, j'ai pris la lettre, j'ai mis de côté. Elle est sur le bureau, là. Aujourd'hui, n'importe qui – en plus avec ton histoire d'Alexandre et tout le bazar, tout peut se faire, je me méfie ! Tu m'as toujours dit de me méfier, c'est ce que je fais !

— Et par rapport aux SMS ?

— Ben le numéro, je ne le connais pas ; ce numéro-là, je ne le connaissais pas, et de deux, je n'ai même pas vu de suite parce que je dormais, entre parenthèses, j'avais mon téléphone en silencieux, à titre d'information. Parce que je voulais dormir. Donc j'ai eu des coups de téléphone client, j'ai eu cinq ou six coups de téléphone de ce numéro-là, que tu m'as appelé a priori, si je ne dis pas de bêtise. J'ai dit à Barbara : « moi ce soir, je dors ! », elle me dit : « ouais, je comprends, tu as vu l'état dans lequel tu es ! » donc je rentre, je prends une douche, je dors. Je n'ai pas bossé, j'ai posé mon sac, j'ai posé mes affaires, j'ai pris une douche, j'ai soufflé un peu, je suis sous la couette et j'ai dormi. C'est mon truc perso, je suis fatigué, ça fait deux heures, voilà. Je pense que si t'avais fait ces dix jours, tu aurais peut-être pensé de la même manière. Moi je dois comprendre quand tu es fatiguée à cause des enfants, mais tu ne comprends pas quand moi je travaille. Parce que si tu comprenais, tu ne ferais pas cette soirée-là à ce moment-là.

— Je comprends tout à fait… c'est pour ça que je vais (enfin) raccrocher et te laisser te reposer.

— Comme tu veux.

— Puisque tu es exténué.

— C'est le cas, mais ce n'est pas pour autant que je ne veux pas te parler !

— Après tu vas me le reprocher !

— Maintenant, c'est trop tard.

— Je vais te laisser dormir. Quoi que je fasse, j'ai faux de toute façon. Donc : bonne nuit.

Fabrice éclata de rire.

— Bonne nuit alors, qu'est-ce que tu veux que je te dise, c'est tellement facile…

— Ben... je fais quoi, dis-moi ce que je dois faire ?

— Ce n'est pas la question de faire quoi ! C'est comment le faire et comment le dire, qui est important ! C'est un truc de fou ! Toi, l'art et la manière comme on dit, y'a un souci, putain ! Parce que tu me le reproches à moi, par ce qu'on est d'accord a priori l'art et la manière ce n'est pas mon truc non plus, a priori…

— La manière de me laisser trois jours sans aucune nouvelle, c'est clair, ce n'est pas cool. Mais vraiment pas.

— Bah écoute, à un moment donné…

— Est-ce que je fais ça, moi ? Ce n'est pas toi qui me disais : « la communication c'est ce qu'il y a de plus important » ? La claque ! La grosse déconvenue, là !

— Mais attends, puce, tu crois que le samedi effectivement, quand tu m'as envoyé chier et qu'effectivement j'ai passé une journée de boulot après déjà une semaine de travail, je pense effectivement que t'as pas été très compréhensive sur la situation et t'avais pas à faire ton cake et penser qu'à ta gueule. Ça, on est d'accord !

— Samedi au téléphone, tu t'es comporté comme maintenant : tu n'arrêtais pas de me pourrir les oreilles ! tonnait Élise, désespérée, avec une voix partant dans les aigus. Il n'y a pas d'amour ! Fabrice, putain Fabrice, mais Fabrice écoute moi : tu ne m'aimes pas ! Tu – Ne – M'aimes – Pas !

— Bah si tu le dis, s'esclaffa l'intéressé. Ça, c'est ton ressenti personnel.

— Tu ne peux pas m'aimer, en me balançant ce que tu me dis ! Et après je me plains ? Bah oui, je me plains ! Est-ce que je dois supporter ça ? Encaisser trois jours de néant… On n'a rien en commun.

— Ah bon, tu considères qu'on n'a rien en commun ?

— On ne partage rien !

— C'est vrai qu'en ce moment, on ne partage pas grand-chose, mais c'est parce que j'ai du boulot, tu peux comprendre ça ! Écoute, alors effectivement, très clairement je vais te dire, autant j'ai pris sur moi, j'encaisse beaucoup sur moi par rapport à toi, et ce n'est pas pour autant que je ne t'aime pas, autant toi de ton côté t'es pas capable d'encaisser quand on te dit quelque chose, bah dans ce cas-là faut pas rester avec moi. Vu mon caractère, tu sais comment je suis, quand je dis quelque chose, c'est du concret ! Et je ne me cache pas !

Élise déglutit. Son cerveau bravait la tempête.

— Quand tu fais des conneries, comme tu l'as fait toute la journée, samedi, il faut assumer après ! Ce que tu dis et ce que tu fais !

Faisant fi de ses soi-disant « conneries toute la journée », elle rétorqua :

— Parfaitement. Quand je ne suis pas désirée à un endroit, je me retire.

— Bah il faut que tu changes ta sensibilité par rapport à ça ! Parce que tu crées des problèmes là où il n'y en a pas !

— Je suis une intruse quelque part, je m'en vais, c'est de la bienséance et c'est… normal ! Je ne vais en aucun cas faire le « forcing » et imposer ma présence…

— Sachant que je viens ? Sans prévenir ?

—... aux autres invités alors que la soirée, de base, c'était adulte : elle a raison !

— Qu'est-ce que tu en as à foutre ? Là, tu fais l'autruche, c'est quelqu'un que tu ne connais pas, tu lui rentres dans le lard ou tu t'en fous… Et en plus, je devais venir…

— On a déjà eu cette discussion, reprit Élise après un soupir à s'en vider les poumons. Tu n'étais pas invité *parce qu'il y avait ma tronche* ! Finalement, que je sois là ou non, quelle importance ?

— Justement, si tu n'étais pas là, je ne serais pas venu. Si je viens, ce n'est pas pour la fille de Barbara !

— Eh bien si, hé, c'est pour ça que tu es convié ! Pour son anniversaire, pas pour l'inestimable présence d'Élise ! J'en savais rien que tu venais pour moi.

— Pff, t'en savais rien. Ben c'est simple, quand tu ne poses pas de questions, tu ne sais jamais rien ! Tu t'imagines des choses parce que tu ne sais jamais rien. Tu ne savais pas à quelle heure on terminait, tu ne savais pas ce qu'on faisait…

— Forcément, quand on ne me parle pas pendant trois jours… Oh, écoute ! C'est toujours pareil ! Parle-moi ! Parle avec moi !

— Une heure avant, tu savais que je venais, arrête de dire des conneries ! Tu savais.

— Jamais à une seule seconde tu ne m'as dit ne te déplacer QUE pour me voir.

— Ben oui, voilà, tu ne sais pas. Tu vois quand tu ne sais pas !

— Parle-moi !

— Y'a pas de « parler », c'est logique ! Tu vois, puce, tu ne veux vraiment rien comprendre, tu veux juste faire à ta sauce, tu sais très bien que je bossais ; j'ai prévenu tout le monde, j'ai prévenu Barbara, Martin, et même sa fille, ils m'ont dit : « oui, je comprends, si tu ne peux pas samedi soir vu le contexte, je comprends, y'a pas de souci », alors quand j'ai su que tu étais là, que tu étais effectivement invitée et que tu étais présente, je me suis dit, la moindre des courtoisies, c'est de venir te voir ! Parce que j'ai envie de te voir, aussi, t'étais là-bas ! Donc j'y vais ! Sauf que madame se barre. Parce qu'elle n'était pas contente, parce qu'on lui a fait une réflexion, comme les enfants ! On dirait Céline quand on lui dit un truc : « ouais, je m'en vais, je vais dans ma chambre ! » et en attendant t'es même pas capable de m'envoyer un SMS en me disant : « je pars parce qu'il y a eu ça ». Alors, arrête de me reprocher des trucs ! C'est facile de tirer sur les gens, moi je ne t'ai rien dit par rapport à tout ça. Je te le dis ce soir. Et voilà, maintenant tu ne dis plus rien. C'est du concret, hein, c'est la réalité !

— Tu veux que je dise quoi ?

— Que t'as tort !

— Sur quoi ?

— Le fait que tu ne m'aies pas envoyé un message.

— Je n'ai pas envoyé de message, s'esclaffa Élise. Oh, la blague.

— La moindre des corrections, c'était de me prévenir.

« C'est le monde à l'envers. »

— Si tu souhaitais être avec moi, tu aurais pu proposer autre chose, replaça Élise.

— On en avait déjà parlé, le mardi je disais déjà à Barbara : « vu la semaine, je ne suis pas sûr de venir », rebelote le jeudi…

— Tu l'as dit à Barbara, pas à moi ! Comment veux-tu que je le sache ? Toute la semaine déjà, tu m'as montré que tu n'en avais rien à faire de moi…

— Ben voilà, tu pars du principe que. Donc encore une fois tu ne penses qu'à ta gueule.

— La barbe ! Je viens de dire que, monsieur Fabrice, j'ai l'impression que vous ne m'aimez pas ! … à toi de me prouver le contraire !

— Qu'est-ce que tu veux prouver ? Je t'ai prouvé qu'effectivement je suis venu, t'étais pas là, tu es importante, donc je viens. Sauf que madame effectivement fait son petit caca, fait sa petite fille susceptible…

— Ce qui est sûr : autant je suis censée accepter tous les « coups de canon » que tu es en train de me tirer parce que c'est « dans ton caractère », autant il va falloir que tu apprennes à composer avec *mon* tempérament soupe au lait, car oui je suis sensible. C'est moi, Élise, eh oui, ça fait un an que tu me connais pourtant…

— Tu crées des problèmes avec tout le monde.

— Quoi ? Je crée des problèmes avec personne !

— Parce que là, très honnêtement, tu crois que Barbara va vouloir être sympa avec toi, maintenant, avec ça ?

— Je n'ai aucun souci avec Barbara !

— Tu l'as plantée !

— N'importe quoi !

— Tu l'as plantée, tu t'es barrée parce que t'étais pas contente, machin…

« Oh, punaise, il me réécrit la soirée du samedi, là. »

— Mais arrête d'extrapoler ! Je n'ai aucun problème avec Barbara !

— Ah, toi, peut-être…

— Qu'est-ce que tu racontes ?

— Non, mais aujourd'hui, très honnêtement, tu crois que c'est correct ?

— C'était plus que correct, j'ai scrupuleusement respecté ce qui était convenu. Au moment de partir, j'ai salué tout le monde, et avec le sourire en plus…

— Y'a rien de correct là-dedans. Et encore moins vis-à-vis de moi.

— Je ne sais même pas de quoi on parle, pensa Élise à haute voix. Bon, bref…

— Je vais te dire à la prochaine soirée où on m'invite très honnêtement, je n'ai même pas envie d'y aller, parce que je sais qu'il va se passer un truc.

« Il est en train de me jouer la phase de l'exclusion sociale, typique des pervers narcissiques. »

— Rhaa, mais on a toujours la même discussion qui tourne en rond, c'est un truc de fous ! Bref, OK, parfait. On a encore des choses à se dire ?

— Pour ce soir, non.

— Je peux te dire « bonne nuit » et tu ne vas pas le prendre mal, parce que ce n'est pas le ton adéquat ou je ne sais…

— Non, c'est bon.

— Bien ! Alors bonne nuit, repose-toi, à demain.

— OK, si tu veux, pas de problème, conclut Fabrice sèchement.

Après avoir raccroché, enfin, Élise sentait sa tête exploser et elle avait beau débriefer mentalement ce qui avait été dit, ça n'avait aucun sens. Ne trouvant pas le sommeil avec son négligé sexy dans ce couchage étranger et froid, elle mit ses écouteurs sur les oreilles et s'assourdit de musique à s'en vriller les tympans.

Avant d'éteindre la lumière, elle envoya un dernier message à Matthieu :

— Hey, je viens d'en apprendre une bonne sortie du chapeau. Une toute nouvelle, toute fraîche… On ne fait plus rien au lit ensemble parce qu'il... déteste les poils ! Pour lui : « j'aime les filles qui prennent soin d'elles » = « je préfère quand c'est épilé » = « je ne supporte pas les poils ». Diantre, que c'est compliqué, les nuances de la langue française.

*

« Le nombre d'occasions ou j'aurais pu me plaindre des odeurs ou même des goûts pas géniaux et alors… je n'ai rien dit ! Parce que c'est blessant ! Et au contraire, on s'en fout ! On passe à autre chose tant que ça ne se reproduit pas à chaque fois. C'est ça aussi, l'amour, faire l'impasse sur des petits désagréments, non ?

Ce n'est pas ça qui est important ! Quand on apprécie véritablement quelqu'un, on fait une croix sur certains défauts et on change de sujet ! Je suis réellement unique à penser ça ?

Les poils, les poils… ils sont archi clairs, on ne voit rien ! Quand on est avec une personne, c'est pour un ensemble, on ne peut pas se quitter sur une histoire de pilosité, ce serait vraiment trop con !

Je devrais me raser partout tout le temps ? L'enfer ! L'épilation définitive ? Pff, ça ne fonctionne pas.

Et d'abord, lui il fait quoi pour correspondre à mes attentes, lui ? Il est de plus en plus le calque de mon ex qui ne pensait qu'à lui, lui aussi… et il retournait des situations en miroir, exactement comme ce qui vient de se passer… Il me reproche, à moi, des choses que moi, je lui reproche ! Et il ne prend aucunement en considération mes désirs et mes besoins… c'est un pervers narcissique, c'est certain.

Comme ça, il est persuadé que je ne me préoccupe que de ma tronche ? Attends, ça devient tordu, là ! »

Élise se réveilla à l'heure habituelle, comme si elle avait entendu Christophe glapir, pourtant elle était toujours seule dans sa chambre d'hôtel. Elle aurait pu profiter d'une grasse matinée, mais le cœur n'y était pas. Elle engloutit un café, un yaourt, ne toucha pas aux viennoiseries. Elle devait crever l'abcès et se rendre chez lui. Reprendre ses clés ou lui laisser l'ultime chance de rattraper quelque chose ? Faire des efforts, encore ? Elle ne savait pas. Elle déciderait en se douchant.

Pendant qu'elle se délectait de l'eau chaude sur son ventre altéré, elle se scrutait dans tous les sens. Fabrice avait vraiment un souci. Parler d'hygiène pour un peu de pilosité naturelle et quasiment translucide ? Il ne pouvait pas être sérieux ; c'était une technique de pervers narcissique, ou de psychopathe, ou de maniaque, ou quelque chose de pas normal. Pas sain. Pas faisable. Elle ne pouvait pas envisager une seule seconde de se raser de la tête aux pieds tous les trois jours. Dans une existence, il y avait autre chose de plus important à considérer. C'était décidé, elle reprendrait ses clés.

Dans la petite Renault de sa mère en direction de l'appartement de Fabrice, elle jetait des coups d'œil dans le rétroviseur pour se scruter encore. Elle était plutôt jolie, allait-il vraiment lui retourner le cerveau en lui prétendant désormais que c'était une fille sale, velue, qui sentait mauvais, dégoûtante ? Qui causait des problèmes avec tous ses amis, de plus ? La rage lui fit dresser… les poils.

*

Sitôt arrivée dans l'appartement de Fabrice, sans se donner la peine de se dévêtir ou d'accrocher son sac à main, elle posa les clés en évidence sur la table. Elle constata que les siennes étaient également sorties. Pourtant, histoire de provoquer un ultime éclair de lucidité chez ce malabar, elle s'était délibérément habillée aussi sexy que la veille et avait laissé ostentatoirement son manteau ouvert. Avec une nonchalance frôlant l'incorrection, elle se servit un café et annonça, après un « bonjour » formel :

— Alors, je prends mes clés et on en reste là, ou bien on a des choses à clarifier ?

Fabrice la regarda de haut en bas, mais demeura stoïque. « Poker face ».

— C'est compliqué, avec toi, hein ! finit-il par déclarer. Vous, les intellectuels, vous faites toujours des phrases avec des détours, il faut préciser tout, tout le temps, comme les politiciens, y'a jamais rien qui est simple et droit. Je te l'ai déjà dit !

— C'est toi qui es conseiller municipal, s'esclaffa Élise. Pas moi !

— Tu vois, c'est ce que je te disais, tu ramènes toujours tout à toi, c'est pénible. Encore une fois, tu penses qu'à ta gueule.

— Tu vas me laisser en placer une, oui ? Je ne suis pas venue pour avoir une discussion identique à hier soir, pendant une heure en boucle ! Je voudrais juste que tu me précises quelque chose…

Elle s'accouda à une chaise pour prendre de l'assurance.

— Donc pour toi, l'hygiène, en fait, c'est les poils.

— Mais l'hygiène enfin, je ne vais pas t'expliquer ce qu'est l'hygiène ! Même les gamins savent ça ! Je suis sûr que tu demandes à Céline…

— Attends, attends, reste concentré. A l'origine, pour moi, les poils c'est de l'esthétique, mais…

— Tu vois, encore à jouer sur les mots !

Elle tendit son avant-bras de manière ostentatoire pour qu'il observe les fins poils translucides.

— Ces poils, là, je les enlève aussi ?

— Mais non… c'est du duvet, ça.

— Ben alors, tu vois que les définitions sont importantes ! Déjà, dans ce que tu dis y'a poil, et… poil ! Comment veux-tu qu'on se comprenne ?

— Mais regarde, moi, en tant que sportif, je prends soin de moi ! Tu ne verras jamais un poil sur mes jambes, enfin !

— Euh…

Élise fit les gros yeux. Fabrice était velu comme un ours, des cuisses aux mollets, aspect dont la demoiselle se fichait éperdument, par ailleurs.

— Sauf comme là où je n'ai pas le temps effectivement ! Mais quand je vois ça, ça me dégoûte, alors imagine ! Et tu me fais toujours des sketches, tu pètes des câbles pour rien, on dirait une gamine. Il y a toujours un truc qui se passe pendant les soirées, il n'y a pas une soirée qui se passe normalement, comme ce samedi…

— Stop, je connais l'histoire…

— … ou tu pars parce qu'une gamine t'a fait une réflexion, franchement…

— Il s'est passé quelque chose à Nouvel An ?

— Je ne te parle pas de Nouvel An.

— Moi je te parle de Nouvel An. Dis-moi, il s'est passé quelque chose ? Je veux bien que tu me le dises, parce que je ne suis pas au courant. Alors, il s'est passé quelque chose ? enchaîna Élise à la vitesse de la lumière pour éviter que Fabrice n'embraye sur un nouveau sujet comme l'exigeait sa fâcheuse habitude.

— Non, avoua-t-il à demi-mot.

— OK, next. La soirée poker où j'ai distribué les cartes, il y a eu quelque chose ?

Fabrice resta muet.

— Alors ? OK, je me disais aussi. La première soirée poker en septembre, il s'est passé quelque chose ?

— Ah, ben regarde, par exemple oui quand on était chez Daniel…

— Non, je te parle de septembre, chez toi.

— Tu ne parlais pas.

— Certes, je ne parlais pas : je ne connaissais ni les joueurs ni le jeu. Au bout du compte, je suis restée en duel avec Martin jusqu'à 4 h du matin. Donc ça fait trois événements où il ne s'est rien passé ? N'est-ce pas ? Tu oses prétendre que je fous la merde à *chaque* soirée !

— Et la soirée soupe chinoise alors ? Tu faisais la gueule.

— Tu sais très bien pourquoi j'étais morose pendant ce repas-là. J'étais en colère contre toi. J'ai été correcte et courtoise avec tous les invités ; personne n'a rien remarqué.

— Ce n'est pas ce que pense Barbara, à mon avis, elle ne voudra plus jamais t'inviter.

— Mais laisse donc Barbara en dehors de ça ! Si j'ai des comptes à régler, je verrai avec elle. En attendant, j'ai des choses à éclaircir avec toi !

— Ah, c'est ça, donc c'est moi qui ai tous les torts ? OK, je prends note…

— Si j'ai des torts, il faut que tu m'en parles, car si tu ne me dis rien, pour moi tout va bien, je suis au courant de rien, et ce n'est pas en m'ignorant trois jours que…

— Tu sais très bien que tu me tacles en permanence ! Que tu m'envoies des coups de taquet dans la gueule, tu sais très bien ce que tu dis en permanence contre moi puisque c'est toi qui le dis, arrête de dire que tu ne fais pas exprès ou sinon c'est que tu as un sérieux problème ! Je te l'ai déjà dit : tu es une personne intelligente, peut-être même la plus intelligente que j'ai jamais côtoyée…

— Ouais, OK, justement. C'est quoi les « coups de taquet » que je te « mets dans la gueule en permanence » ?

— Mais enfin, puce, t'es sérieuse ?

— Oui, dis-moi ! La seule chose que je te demande c'est de passer du temps avec moi...

— Ben voilà, sans arrêt tu me reproches ci par rapport à mon boulot, mais il faut bien que je bosse !

— Donc mes revendications, tu les prends comme des attaques personnelles à ton encontre ?

— Tu connais ma situation, tu sais très bien comment ça se passe par rapport à mon boulot, fais pas comme si tu ne savais pas, tu le sais, tout ça !

— OK, j'ai compris. On fait comment pour ce midi ?

— Quoi ce midi ?

— J'avais réservé un restaurant pour la Saint-Valentin, tu avais annoncé que tu serais libre jusqu'à 15 h, tu te rappelles ?

— J'ai un client à 13 h 30.

« Il le fait exprès, ma parole ! »

— Mais si tu veux, on va manger un truc, une merguez, tu sais, ça me fait plaisir – malgré ce que tu peux penser – de passer du temps avec toi, on mange un petit truc, au pire tu m'accompagnes, tu restes dans la voiture le temps que j'explique au client et ensuite on passe une partie de l'après-midi ensemble… ?

— Je crois que je vais rentrer. Je te laisse mes clés, ça peut encore servir, mais pour aujourd'hui, j'ai besoin de « digérer »… et puis « j'ai du boulot ».

*

Dans sa voiture, Élise fondit à nouveau en larmes. Lui laisser une chance de se rattraper comme une ultime tentative… avait-elle pris la bonne décision ? Elle savait que la fin de l'histoire avait sonné. Pas de Saint-Valentin, des promesses non tenues, les discussions avec les autres femmes, et… Sabine… Élise avait mal au cœur à en avoir la nausée.

Elle rédigea un message à l'attention de Pierre, son vieil ami chez qui elle avait dormi au mois d'août :

> — Tu crois que pour le prochain mec, je devrais adopter la version « toutou » ? Ça pourrait être sympa, ça changerait, un bonhomme pour qui je compterais enfin a minima, ça me fera du bien… à ton avis ?
>
> — Je pense que tu te ferais chier.

Il ne poursuivit pas l'échange, alors Élise envoya un texto à Barbara, histoire de clarifier les choses quant au samedi où elle était partie :

— Fabrice m'a dit que j'aurais un problème avec toi. Et que je dois faire profil bas, parce qu'on ne va plus m'inviter ? Que je devrais avoir honte ?... Dis-moi, j'ai un problème avec toi, Barbara ?

— Non, je n'ai pas de problème avec toi, répondit simplement l'intéressée.

*

Les jours défilèrent comme si de rien n'était, même si Élise contenait sa rancœur.

Le mardi suivant, alors que Barbara travaillait chez l'importateur de véhicules allemands, Élise s'invita pour un café. Le climat avait l'air cordial en apparence. Les discussions étaient légères, pour ne pas dire ennuyeuses. Quand il fut l'heure pour Élise de partir récupérer les enfants, elle demanda sans détour au volubile Fabrice :

— Et donc, ça fait presque deux mois que tu n'es pas venu, quand est-ce que tu passes la nuit chez moi ?

Fabrice eut l'air de réfléchir, puis exulta :

— Le 29 !

Élise grimaça. Le 29 février était inexistant, évidemment. Barbara se tordit de rire devant tant de démonstration d'humour, de finesse et de tact. Personne bien entendu ne releva un quelconque malaise. Les yeux de l'amoureuse éconduite lancèrent des éclairs, mais comme ce n'était visiblement pas suffisant pour provoquer une réaction, elle appuya :

— C'était une vraie question. Quand ?

Fabrice eut l'air embêté, mais s'engagea sur le jeudi 28. Élise valida, mais elle avait un pressentiment.

Le fameux jeudi, vers 17 h, le quadragénaire appela sa « puce » pour lui annoncer que son assistante avait eu un problème de voiture : il fallait qu'il aille la secourir, et le lendemain il fallait qu'il se lève à 6 h, pour s'occuper… des rejetons de Sabine. Et à ses enfants à elle, qui s'étaient attachés… il s'y intéresserait de nouveau quand ?

— Tu veux vraiment que je vienne ce soir ? Parce que tu comprends, le temps que je dépanne Barbara…

— Oui, et puisque tu dois émerger très tôt pour garder la progéniture de Sabine, tu as le cœur sur la main, Fabrice, je ne peux pas te reprocher cela et t'empêcher de rendre service !

Il ne saisit pas l'ironie et conclut par un « on s'appelle demain, alors, bonne soirée, puce ! »

« C'est quoi son problème, à lui ? Il part à la recherche de filles qui sortent d'une rupture catastrophique pour jouer à l'ange gardien ? Et quand ça va mieux, il n'y a plus aucun intérêt ? »

Chapitre 15 … ET ÇA REPART

— Tu as vu ? J'ai mangé du poisson !

— Pourquoi tu me dis ça ?

— Bah regarde !

— Regarde quoi, où ?

— Mais la photo !

— Mais quelle photo, qu'est-ce que tu me chantes ?

— La photo que je t'ai envoyée !

— Mais quelle photo bon sang, explique ! Y'en a marre de te tirer les vers du nez !

— Sur ton téléphone !

— Bah non, je n'ai rien ! Renvoie-la.

— … c'est fait.

— Je n'ai rien.

— Pas de ma faute si tu as un téléphone de merde.

— Oh, c'est le même modèle que le tien !

— Non, moi j'ai la version Plus.

— Attends, je suis sûre que c'est encore ton application louche… qu'en fait tu me l'as envoyé sur Internet.

— Ben va sur Internet.

— L'ordinateur est éteint.

— C'est nouveau, ça. Bah qu'est-ce que tu veux que je te dise ? Sois dans l'air du temps, fais comme moi, installe l'appli.

— Je ne vais pas installer ce truc, rien que pour pouvoir communiquer avec toi, enfin ! Je n'ai pas envie d'aller sur Internet, je n'y suis pas, ça ne sert à rien, laisse tomber, tu n'as qu'à savoir envoyer un SMS, nom d'un chien ! Tu es complètement demeuré ou quoi, tu ne sais même pas envoyer un SMS ?

— Pourquoi tu as encore coupé les cheveux de Christophe ? J'avais dit que je l'emmenais chez le coiffeur.

Élise se réveilla en sueur. Trois heures du matin. Un cauchemar, encore un. Pour une fois, son lit était bouillant, brûlant de fièvre et de transpiration, et totalement défait. Dans l'obscurité, elle effectua un tri sommaire entre le drap, la couverture, la couette, les oreillers, puis se pelotonna en empilant les tissus de façon ésotérique de manière à laisser un pied dehors, mais les épaules au chaud. Elle n'avait pas besoin de toutes ces tracasseries, il y en avait largement assez avec Alexandre, les enfants, la liquidation du restaurant… Elle avait mal au cœur, mal au cerveau… il fallait trouver du répit, du soulagement, cela devenait impératif. Malheureusement, l'issue qui se profilait déjà depuis plusieurs semaines paraissait inéluctable.

*

En ce premier samedi de mars, Barbara avait convié Élise à boire un café et à manger une part ou deux de gâteau qu'elle confectionnait si bien. Pour lever le doute, la mère de famille préféra obtenir la confirmation du fait que toute la petite tribu était invitée.

— Nouille, va !

— Ça veut dire oui ? fit Élise au téléphone, prudente, alors que Barbara l'imaginait riant à son sobriquet.

— Bien sûr que tu viens avec tes enfants !

Barbara communiquait à travers le haut-parleur. Élise entendait Fabrice s'esclaffer en arrière-plan.

— Et moi, je ne suis pas invité ? demandait-il ironiquement.

— Bah, si tu veux venir, viens, répondit Barbara.

— C'est vrai, je n'ai pas besoin d'être invité, moi je suis VIP, je suis invité permanent.

— Je n'ai pas fait du gâteau pour toi…

— Ce n'est pas grave, je te payerai en bisous.

Élise raccrocha, dubitative.

Deux heures plus tard, après la sieste, les enfants, repus de sucre, jouaient avec des gommettes dans un coin du salon de Barbara tandis que l'entrepreneuse ressassait en remuant la cuiller dans son café, chez son amie. Fabrice était absent.

— Tu aurais voulu qu'il se passe quelque chose avec Fabrice ? dit-elle enfin à Barbara.

— Pourquoi cette question ?

L'invitée leva ses grands yeux bleus vers son hôtesse.

« Ne pas pleurer. »

— Oui, il me plaisait au début, avoua Barbara. D'ailleurs, toujours. Mais je ne suis pas son genre de fille : petite, rondelette, cheveux courts… non pas son genre. Mais j'aimais et j'aime toujours Martin donc ça s'est changé en une belle amitié… ça te rassure ou pas ?

Barbara émit un rire léger.

— J'essaye d'être honnête, reprit-elle, comme je suis honnête avec Martin qui sait tout ça. Dis-moi ce que tu as en tête…

Élise répondit par le seul tintement de la cuiller dans la tasse de café.

Après quelques échanges sans intérêt, elle prit congé avec ses enfants.

*

— Bonjour.

« Oh, Fabrice m'envoie le premier message de la journée, qu'est-ce qui lui arrive ? »

Il était aux alentours de 9 h. Élise venait de déposer les enfants à la crèche et à l'école, et rentrait tranquillement. Au volant de sa voiture, pour ne pas le laisser patienter, elle lui envoya une réponse sommaire. Elle ressassait toujours le fait de ne pas avoir eu le privilège de passer un moment avec son Hercule depuis… combien de temps déjà ?

« Mince, je ne lui ai pas écrit Bonjour, Bisou ou ce genre de chose ; je n'ai pas demandé s'il a bien dormi… ça y est, il va me dire que je ne le respecte pas. »

Échanger avec Fabrice devenait une source d'angoisse. Il était clair que ça n'allait plus.

« Bon, on va l'appeler comme ça, il ne pourra pas dire que je ne téléphone pas. Je devrais le laisser m'appeler peut-être ? Il roupille encore ? Je vais le réveiller ? Bon sang, il va me reprocher de le réveiller… je l'appelle ou je ne l'appelle pas ? Allez, j'appelle. »

En composant le numéro de son partenaire à l'aide du dispositif sans fil de la voiture, Élise avait la boule au ventre. Fabrice décrocha avec une voix joviale et badina, tout semblait au beau fixe.

— Et sinon, quoi de neuf ?

— Y'a Matthieu qui doit passer ce midi déposer des cartons dans mon garage…

« Et regarder combien de litres de peinture sont nécessaires pour mon appartement. »

— Mais tu lui as filé les clés de ton garage, non ? Il n'a pas besoin de te voir !

— Effectivement, mais ça ne l'empêche pas de venir boire un café…

Silence au bout de la ligne. Puis Fabrice reprit, sur un ton radicalement opposé :

— Et sinon, des nouvelles de ton ex ? De l'ex-belle-famille ?

— Non, ça va. Mais ça coupe, je t'entends mal…

— C'est ton système qui déconne.

— Je n'ai ce bug qu'avec toi, quand tu es en haut-parleur : c'est haché, je te l'ai dit depuis des mois. Comment tu veux que ça soit mon dispositif qui dysfonctionne ? Ça fonctionne très bien lorsque j'appelle ma mère, les clients, la crèche... et j'ai le même souci quand je t'écoute avec mon téléphone directement ou… tiens, avec mon précédent mobile, ça le faisait déjà, arrête de dire que c'est moi.

— C'est bizarre, y'a qu'avec toi que ça fait ça. Je voulais savoir si ton ex continuait de te harceler.

— Évidemment que oui, pour un prétexte ou pour un autre, il n'y a pas d'amélioration. Si ce n'est pas lui, c'est ses parents, comme d'habitude… c'est toujours la même chose. Je ne t'en parle pas, parce qu'après tu vas dire que je suis entourée de négatif et de toute façon, on ne peut rien y changer.

— Ouais, je sais bien, mais ça, tu n'y peux rien ; ça ne t'empêche pas de me parler… Je t'entends mal…

— Je suis en train de me garer…

— Ça coupe !

— Je te rappelle.

Élise sortit de son véhicule et se fit couler un café une fois chez elle, tout en recontactant Fabrice.

— Voila. J'étais dans le sous-sol, ça a déconnecté. Pas que tu croies que je t'ai raccroché au nez…

— Je sais bien… et donc tu ne veux plus me parler de ce qui se passe dans ta vie, donc on ne dit plus rien ?

— Ah, quand il ne se passe rien de grave, ça nous empêche de converser ? Pourtant, comme tu adores le faire, on peut discuter de la pluie, du beau temps, du boulot…

— Mais qu'est-ce qui t'arrive ?

— Rien, tout va bien. Tout va bien, tout va bien, pour une fois, réjouis-toi. Je te l'annonce en quelle langue ? En allemand : Alles gut.

— Bon bah, si c'est comme ça, bonne journée, salut.

Élise rit nerveusement. Fabrice allait lui « raccrocher au nez ».

— Oh, désolée, j'avais cru enfin comprendre ton mode de pensée. Tu me l'as dit, la « loi du talion » : on donne un coup, tu rends le coup… ce n'est pas comme ça que tu fonctionnes ?

— Ben non, c'est pas génial, ça…

— Flûte ! J'étais persuadée que c'était ta manière de réfléchir, j'ai dû me tromper. Bah, c'est de bonne guerre…

— Mais qu'est-ce qui t'arrive ? Bon, je te laisse.

« Non, mais celui-là, quand je lui parle de mes soucis, il me le reproche et quand je ne lui parle pas de mes soucis, il me le reproche ! Ça commence à devenir sérieusement pénible ! »

Dans la foulée, elle envoya un message à Barbara pour l'informer que ce serait chouette de passer le samedi après-midi chez elle, à boire du café, manger des sucreries, coller des gommettes… Elle le formula avec humour comme si la petite Céline en avait été l'autrice. En vérité, c'était un prétexte pour s'échapper de son domicile et accaparer les enfants, car elle savait pertinemment que Fabrice ne proposerait aucune activité ensemble.

— Un gâteau de fleur ? Je n'ai pas ça, moi.

Elle n'avait pas compris.

— Non, c'est Céline qui a dit ça, bref, je passe alors ?

Barbara répondit par la négative. Ce ne serait pas possible ce week-end, car elle serait très occupée surtout le samedi, « beaucoup de travail avec Fabrice ». En réalité – mais Élise le sut après coup –, son travail chez Fabrice consistait à boire des cafés et organiser un anniversaire-surprise pour son mari.

Fabrice devait initialement passer la nuit du vendredi chez sa compagne, mais compte tenu de l'échange de la matinée, cela semblait encore compromis, ce serait comme toujours « en fonction du boulot, puce ».

Effectivement, Élise attendit toute la soirée. Oui, non, peut-être, plus d'espoir, c'était non. Pas même un texto pour prévenir de ce qu'il en était, un « bisou, bonne nuit », quelque chose… rien de rien. Forcément, elle se demanda s'il était toujours fâché.

Le samedi en début d'après-midi, Élise tournait en rond entre son café froid et la marmaille. Essayant d'échapper à son enfer, elle envoya quelques messages à Barbara :

— Fabrice va bien ?

— Oui, il va bien, pourquoi ? Je suis chez lui, là.

— Pas de nouvelles de lui alors que je l'avais invité.

Presque immédiatement après, alors qu'Élise attendait un signe de vie de Fabrice depuis la veille, elle reçut :

— Bonjour, J'espère que ça va ? Je n'ai pas souvenance d'avoir prévu de venir... Et là, je bosse de chez moi... J'ai demandé à Bab de venir, car trop de boulot.

« Ouais, tu parles, mais il se fout vraiment de moi ! »

— Je n'ai pas dit que tu devais venir. Juste que c'était une éventualité. Ça n'empêche pas un petit message, hier soir, du genre : je ne passerai pas, bonne nuit, etc.

— Mais je t'avais déjà prévenue que je ne venais pas.

— Non ben non ! Tu as dit : « je ne te promets rien, mais ça peut se faire. Ça dépend du boulot, etc. ». Donc ni oui ni non.

— Bah voilà donc dans l'absolu ce serait non.... et si c'est bon, je viens si je finis pas tard...

— Tant qu'il n'y a pas de prononciation « oui je viens » ou « non je viens pas », ça reste oui ou non, il n'y a pas de décision ! Comment veux-tu que je me rende compte de la progression dans tes dossiers ? Si tu constates que tu n'y arriveras pas, tu m'envoies un petit SMS : « je travaille encore, bonne nuit », ce n'est pas compliqué !

— Et dire que tu m'as invité cet après-midi comme je le vois sur le SMS de Bab.... non, c'est pas le cas...

« Hein, mais qu'est-ce que c'est encore que son délire ? »

Élise reprit, tout en chauffant son cerveau à la vitesse de la lumière pour tenter de comprendre ce qui se passait :

— Si tu ne m'écris pas de texto pendant tout ce temps, je ne sais pas si c'est parce que tu bosses ou que tu fais la gueule ! Ça devient franchement pénible ! Par contre, je n'ai jamais parlé de cet après-midi. Bab, elle a craqué ! Tu vois que dalle sur le SMS de Bab, je n'ai jamais dit ça.

— Oh mon Dieu... bref next.

L'écrivaine tomba des nues. Dans le doute ; elle relut ce qu'elle avait envoyé à Barbara pour être sûre de ne pas avoir oublié ou inversé des mots… Non, elle n'avait jamais parlé d'inviter Fabrice ce samedi après-midi ! Elle envisagea de se gifler pour sortir de ce cauchemar. Plutôt, c'est lui qu'elle voulait secouer.

— Preuve ! Preuve ! Tout de suite !

— Oui, j'ai vu ce que tu as dit à Bab par SMS, pour aujourd'hui. Mais bon pas grave.

— Copie-colle le SMS de Bab, s'il te plaît, et relis-le, relis-le bien. Ça commence à suffire.

— C'est pas grave, mauvaise compréhension alors.

— Si ! C'est on ne peut plus grave ! Parce que je sais exactement ce que j'écris ! Toi et Bab, vous interprétez de travers ou j'ignore comment ça s'est passé, mais du coup, tu considères que je dis sans arrêt des âneries !

— Non je dis rien, je me suis posé la question si j'avais oublié… mais je n'avais pas souvenance de cela... C'est tout simple.

Élise but d'une traite son café tiède, jeta un œil à sa progéniture redevenue calme, respira aussi profondément qu'elle le put, et écrivit, avec son double visage « femme amoureuse et acide » :

— Je viens tout à l'heure avec les enfants ou ça te dérange dans ton boulot ?

— Non tu peux passer…

*

Dimanche 8 h, après un samedi après-midi très bref en compagnie de Fabrice, d'une platitude sans nom. Un SMS de Bab.

— Ça va ? Toujours fâchée ? ?

— Fâchée contre qui ? Pourquoi ?

— Contre moi, pour hier.

— Parce que je-ne-sais-pas-qui interprète mal ce que j'exprime et après on pense que je suis folle ? Pff je n'espère rien de mieux, au stade où j'en suis.

— Lol, mais arrête, tu deviens paranoïaque !

— OK, tu n'as pas lu les messages qu'il m'a envoyés, toi.

— Il n'a rien dit.

— Dans le genre respect et considération, on a vu mieux.

— Il est parfois bizarre.

— Mais non, c'est moi qui suis parano.

— Rhoo, c'est prévu que vous passiez la journée ensemble, non ? Et nous, on se voit demain !

12 h 30. Texto de Fabrice.

— Coucou toi, j'espère que tu as bien dormi ? Moi non, en vrac et malade j'ai mal aux reins. Je sens que je couve un truc... Je vais rester au chaud et me reposer.

Élise ne put s'empêcher de s'esclaffer :

— Comme je m'en doutais !

— Qu'est-ce que tu dis, maman ?

L'intellectuelle se rendit compte qu'elle avait parlé trop intelligiblement.

— Bon, changement de programme, les loulous, pas de Fabrice aujourd'hui.

Elle eut beaucoup de peine à répondre aux questions et à supporter la déception, encore, dans le regard de ses enfants. Aigrie, elle informa Barbara qu'elles ne se verraient pas chez Fabrice le lendemain, contrairement à ce qui avait été établi ; elle ne révéla pas la vraie raison ni ne dévoila sa rancune, mais laissa planer une odieuse suspicion.

— Je ne viendrai sûrement pas demain.

— Pourquoi [smiley interrogateur] ?

— Fab est malade. Il ne t'a pas dit ?

Soit il était véritablement souffrant et dans ce cas, il l'aurait déclaré à Barbara : personne n'irait chez lui, soit, comme elle le supposait, c'était un scandaleux prétexte, encore, pour ne pas côtoyer Élise. Dans ce cas, Barbara n'était certainement pas au courant. Élise attendait une réponse, qui ne vint pas. Ça sentait mauvais.

15 h, texto de Barbara :

— Non. Il appellera peut-être ce soir.

— Il appellera « Peut-être ».

Élise ponctua son dernier message par un smiley qui s'esclaffe à en pleurer. Mais elle ne voulait pas plaisanter, pas du tout, malgré ce qu'elle pouvait écrire. Ultime SMS du dimanche à destination de Barbara :

— 21 h 15 pas d'appel, je préfère en rire.

Et elle glissa sa tête sous les oreillers pour étouffer son chagrin.

*

Mardi, 15 h 30, premier SMS de Fabrice depuis celui de dimanche :

— Bonjour, quand tu auras un moment il va falloir que l'on discute. Merci de me dire quand moi je serais dispo, à partir de vendredi. Cordialement, Fabrice.

« Cordialement, Fabrice ! » releva Élise avec un petit rire jaune.

Elle n'était pas dupe. Elle renvoya un message dans la foulée pour annoncer à son futur ex qu'elle n'aimait pas les situations qui pourrissent et elle ne se déplacerait certainement pas trois jours plus tard : elle viendrait pour les explications sur-le-champ. La réponse passe-partout de Fabrice :

— Comme tu veux.

Ni une, ni deux, elle sauta dans la voiture et partit en trombe. Il lui restait une petite heure avant de devoir entamer son marathon-taxi du soir pour les enfants.

En arrivant, elle mit ostentatoirement les clés de Fabrice sur le comptoir et ne déboutonna pas sa veste.

— Il paraît que tu souhaites discuter, alors discutons.

Fabrice termina ce qu'il était en train de bricoler sur son ordinateur, Élise hésita à se servir un café, mais n'en fit rien. Elle patienta en tapotant ses longs ongles sur le plan de travail pour rappeler qu'elle était là.

— Oui, je voudrais revenir sur ce que tu m'as dit, fit-il enfin en quittant son poste et en arrivant au niveau d'Élise. Ça m'a comme qui dirait… interpellé. C'était quoi déjà ? Ah oui « c'est de bonne guerre »...

Élise haussa les épaules et leva un sourcil. Elle ne s'attendait pas à ce préambule. Il poursuivit :

— C'est de bonne guerre ? Depuis quand on est en guerre ? Je ne suis pas là pour faire la guerre, je n'ai pas envie qu'on se tire dessus, ce n'est pas le but ! Si c'est ça et qu'on est malheureux, autant prendre une décision…

La littéraire pouffa discrètement, mais son cœur battait la chamade.

— « C'est de bonne guerre »… c'est une expression ! Tu sais ce que ça veut dire, au moins ?

— Ça fait un moment que je suis en réflexion, répondit Fabrice de manière détournée.

— Ça fait un moment que tu ne t'investis plus, rétorqua Élise du tac au tac.

— Et tu m'attaques en permanence… poursuivit-il.

— Holà, coupa la trentenaire décidée à ne pas se laisser diriger dans une discussion extra-terrestre. Encore une fois, on a déjà eu cette conversation, je ne sais toujours pas où je t'attaque. Où diable dans ce que je fais ou ce que je dis, y a-t-il des attaques à ton égard ?

— Mais tout le temps ! Je te l'ai déjà dit !

— Je dois être bien stupide alors, parce que je ne vois vraiment pas en quoi j'ai une attitude belliqueuse contre toi ; ou bien je te fais du mal sans m'en rendre compte, il faut que tu me montres ce que je fais ; franchement, j'ai beau chercher…

Fabrice soupira en secouant la tête de dépit. Sans se laisser démonter, la trentenaire enchaîna :

— Je constate qu'il y a des choses qui ne vont pas, je les mets en exergue. J'ai des demandes, des besoins alors je les formule. Tu avais des engagements, moi j'aime sortir et faire des activités. Être avec toi, c'est bien, mais quand tu as le nez collé sur ton écran toute la journée et que tu me portes moins d'attention qu'à tes chats, c'est légitime de te rappeler que j'existe, quand même ! Tu as pris ça pour des attaques ?

— Ce qui ne va pas chez toi, c'est ton caractère perché et puis tes réactions : on ne comprend pas toujours. Regarde, la dernière fois chez Barbara où tu es partie sans dire un mot comme une voleuse et puis moi j'ai dû rattraper le coup derrière ! Bab m'a dit « alors tu te décides à lui parler, oui, non, quand ? »… Quand on te voit, on a l'impression que tu traînes quinze boulets. Moi je suis toujours positif, quoi qu'il arrive, alors que toi, ton grand défaut, c'est que tu vois toujours le verre à moitié vide.

— Mais non.

— Mais si. Tu es comme la météo. Quand il fait gris, tu es triste et quand il fait beau, tu es contente. Mais moi, il fait gris, ça ne m'empêche pas d'avoir le sourire ! Je le vois bien, quand tu as les semaines où tu vas bien, tu es radieuse et là je te retrouve.

— Bravo. C'est ça, je suis binaire, pour reprendre ta façon de penser. C'est oui ou c'est non. « Blanc ou noir ».

— Mais non, ça ne marche pas comme ça, ça ne peut pas marcher !

Élise sourit. En son for intérieur, elle venait d'obtenir la preuve de l'incohérence de Fabrice, de ses raisonnements erronés, de sa vision tordue des choses. Il perdait, à cet instant, toute crédibilité en se contredisant, une fois de plus. Élise gagna en confiance et constata qu'elle avait pris l'ascendant sur la conversation. Elle devinait déjà ce qui allait se passer et comment. Fabrice avait démontré que ce n'était pas un homme de surprises.

— Bon bah, ça ne peut pas fonctionner alors. Tu sais, j'ai tenté toutes sortes d'attitudes avec toi. J'ai essayé d'être comme j'étais… ça ne marche pas ; j'ai essayé d'être comme *tu* es… ça ne marche pas ; j'ai essayé la phase compréhension, dialogue, empathie… tu m'as dit que tu ne captais rien, que je parlais comme une politicienne, donc au bout d'un moment, j'estime que j'ai fait tout ce que je pouvais.

« Je peux tout faire, je suis un "caméléon", je peux changer, modifier mes comportements, être tout… sauf devenir Sabine. »

— Moi non plus, je n'arrive pas à être moi-même avec toi, parce que je suis obligé de peser chacun de mes mots, déplora Fabrice.

Élise ignora l'argument de Fabrice comme un pet de mouche.

— Ne me dis pas, reprit l'artiste, que tu n'as pas vu tous les efforts que je fais pour que ça fonctionne, justement depuis plusieurs mois, ne me dis pas que tu n'as rien vu ! Je n'ai pas du tout le sentiment d'avoir voulu t'attaquer en permanence. Tu crois ça ? Que j'ai souhaité t'agresser sans arrêt ? Si je rabâchais certains griefs, c'était pour te piquer un petit peu, pour que tu réagisses, pour que tu me fixes des dates, des engagements, pour te sortir de ton travail, pour te faire des surprises ! Je n'ai jamais eu la moindre impression d'un combat. Mais bon. Désolée si tu l'as ressenti comme ça.

— Ah tu vois, tu n'écoutes pas ce que je te dis : j'ai dit que je prenais mes torts... Je prends la moitié de la responsabilité, je sais très bien que je ne te donne pas ce que tu attendais, que je suis à fond dans le boulot et que tu étais déçue par rapport à ça. J'assume. Je ne suis pas Saint-Fabrice contrairement à ce que tu dis à Barbara – parce qu'elle m'a montré tous tes messages.

« Rhoo, mais celle-là ! »

— Tu fais des choses, je sais, admit Fabrice. Ça me touche énormément. C'est pour ça que j'étais en réflexion, parce que moi je vois la moitié du verre à moitié plein. Il y avait plein de points positifs par rapport à ce que tu es – même si tu es complètement perchée – par rapport aux enfants, par rapport à toi, je m'étais attaché quand même malgré tout... mais si on se rend malheureux, que tu m'attaques en permanence, je ne peux pas vivre comme ça. Tu vois, je t'ai demandé des efforts pour l'hygiène...

— Pour toi, je dois être lisse de la tête aux pieds, tous les jours... je veux bien essayer de temps en temps, mais bon.

— Mais si tu fais des efforts, ce n'est plus toi.

— Alors, c'est quoi un couple ? C'est une personne brute, plus une personne brute, et on voit si ça colle ? questionna Élise en mimant avec ses mains. Ou alors deux personnes qui évoluent ensemble ?

Fabrice s'arrêta de parler, l'air embêté. Élise dévoila ses dents blanches et conclut :

— Donc on est d'accord, ça ne marche pas.

En conservant son rictus de façade, elle reprit ses clés, elles aussi posées en évidence sur la table, et tira sa révérence élégamment. Dans l'ascenseur, face au miroir, face à elle-même, elle voulut fondre en larmes, mais elle maintint son sourire.

« Je souris ou bien je suis en train de faire une moue ésotérique ? »

Elle envoya son petit compte-rendu à Matthieu :

> — Voilà, c'est fait. Fin de l'histoire ; au fond, perdre sa copine à cause de son travail, c'est moche. Mais bon, on ne se comprend pas...
>
> — De toute façon, tu mérites mieux.

— Mieux ? C'est qui mieux ? Tu me le présentes ?

En sortant de l'immeuble, elle déambulait comme un automate, connectée avec une autre réalité. Les yeux rivés sur son sac à main à la recherche des clés de voiture, elle fut stoppée net par une silhouette devant elle qui l'empêchait d'avancer. Son cœur fut suspendu.

« Qu'est-ce que… »

Remontant ses iris à hauteur d'homme, entre surprise et espoir, elle détailla une silhouette aux cheveux châtain-roux noués en tresse, avec un visage tendant vers l'androgyne et une expression indescriptible. Le genre d'apparition qu'on retrouve dans les mangas.

— Pardon, balbutia Élise.

La demoiselle présenta ses excuses au même instant, avec une intonation identique, en véritable miroir.

Les deux femmes relevèrent le regard simultanément, leurs yeux du même bleu se synchronisèrent ; une gestuelle et une symétrie parfaite donnaient à cette rencontre fortuite un aspect électrique, hors du temps.

« Mais qui est-ce ? »

Encore chamboulée par ses émotions, Élise sourit timidement. Les joues de l'autre s'empourprèrent et elle lui rendit son sourire. Elles avaient l'impression de se connaître. Élise pensa :

« L'homme est un loup pour l'homme.

… quoi ?

Oh, je crois que je viens de comprendre cette expression ! Mon seul ennemi, c'est moi-même. »

Perdue dans cette réflexion, elle finit par poursuivre sa route en contournant cette silhouette étrange par la droite et regagna son véhicule, avec un certain apaisement presque anormal.

Élise conserva son air serein pour chercher ses enfants et profiter de la soirée avec eux, comme si de rien n'était. C'est finalement en retrouvant son partenaire de larmoiements – son oreiller froid – que le masque se brisa. Perplexe, soulagée et tendue, oppressée et libérée : elle éprouvait tout à la fois.

« Qu'est-ce qui se passe dans ma poitrine ? J'ai le cœur qui se serre... bon sang, j'ai un cœur !? Quoi ? Des sentiments ?

Alors, je suis triste de manière égoïste, parce que je me rends compte que je vais encore vivre seule, ou bien je me sens triste parce que, mine de rien, j'avais quand même des sentiments pour lui...?

Pff, ça aurait été plus simple de se disputer violemment, une bonne fois pour toutes. Claquement de porte et hurlements... parce que quand on se quitte fâchés, on n'est pas triste. »

Epilogue

Quelques jours plus tard, Élise reçut un SMS de Barbara :

— Hello, désolée, je me couche tôt en ce moment. Je suis au courant, de tout cœur avec toi.

« Ben mince alors ! Elle connaissait l'histoire et même pas un mot depuis des jours, pour savoir comment ça va… C'est beau l'amitié. Quand je vois ça, j'ai encore plus envie de "penser qu'à ma gueule". »

— Comment tu vas ? demanda Barbara comme si elle avait lu dans les ruminations de la célibataire.

— Je vis, répondit Élise en laissant le doute sur une faute de frappe.

— Tu viens boire un café ?

Élise hésita. Barbara avait formulé le souhait de rester son amie quoiqu'il advienne, mais ce serait peu probable.

Une soirée poker, en présence de son ex ? Difficile à surmonter. Un café, ça passait encore… Mais que lui raconter sans fondre en larmes ? Qu'elle avait le sentiment d'être désemparée, de tourner en rond sur elle-même comme une toupie ? Comme s'il lui manquait quelque chose ?

Avant de prendre la route pour se rendre à l'invitation, Élise activa sa page sur les réseaux sociaux – elle qui postait rarement quelque chose de personnel – et changea sa photo de profil. Elle mit une image de Cupidon écrasé contre un mur ; en commentaire : « L'existence n'a pas de goût sans amour. C'est une coquille creuse sans intérêt ». Qu'est-ce qu'elle espérait ? Que Fabrice le voit ? Qu'il formule des regrets ? Solliciter de la compassion ?

Sur le chemin, Élise ruminait.

« La nourriture n'a plus de saveur ; l'air printanier n'a plus d'odeur ; il n'y a rien. Juste le vide. Le silence. La perte. L'absence. »

Comme une adolescente, elle rêvait de la possible présence de Fabrice, mais une fois sur place, elle constata qu'il y avait seulement Barbara et son café.

Élise ne disait pas grand-chose et se retenait de fondre en larmes en écoutant Barbara raconter des banalités. La trentenaire était trop fleur bleue, avait trop d'imagination. Elle avait envisagé un traquenard ou peut-être se serait-il repenti, mis à genoux.

« Tout ça ne serait qu'une mauvaise blague ; je suis trop romantique, il faut que j'arrête.

Tu espérais quoi, Élise ?

Des retrouvailles, une demande à genoux, le changement de la bête en prince : ils se marièrent et eurent beaucoup d'enfants ? Non les enfants, tu les as déjà ; ce n'est plus pour toi.

Cesse de rêver, ma belle au bois dormant. Les contes de fées, c'est pour les petites filles. Les happy-ends n'existent pas dans la vraie vie. »

— Tu re-veux un café ? Un morceau de gâteau ? questionna Barbara, ramenant Élise au présent.

— Juste un café, si tu veux bien. Je ne peux rien avaler.

En observant Barbara s'éloigner vers la cuisine, Élise imaginait la teneur des discussions entre son hôte et Fabrice. Qu'avaient-ils bien pu dire sur son compte ? Que pourrait raconter Barbara, Martin ou leur fille, à son ex, dans son dos, le soir même ou les jours à venir ?

— Tu as fait une connerie, Fabrice, parce que je pense que même si elle était complètement folle, Élise t'aimait vraiment.

— Elle n'avait simplement pas les bons mots, peut-être, pour te le dire à cause de ce qu'elle a vécu, il fallait plus de temps, tu ne lui as pas donné ce qu'il fallait.

— C'est stupide de la perdre à cause du boulot, tu vas être là, tout seul, à bosser comme un damné et… quel est le but ? L'argent ? Pour quoi faire ? Pour qui ? Pourquoi ? Pas pour elle ni pour les enfants.

— Tu la laisses échapper comme ça, toi aussi tu devrais briser ta carapace, tu ne lui as pas montré que tu l'aimais.

— Fabrice, fais quelque chose ! Élise est en train de nous claquer entre les doigts !

— Fabrice, tu crains. Qu'est-ce que tu as fait ? Élise, elle était bien !

Mais Fabrice ne reviendrait jamais en arrière.

Fabrice allait de l'avant, Fabrice était fier.

Fabrice n'était pas triste.

Playlist

CHRIS BROWN & BENNY BENASSI – Beautiful People

DANKO – Savior (MARNIK Remix)

DAN STONE – Argento

DIVA VOCAL – Time To Say Goodbye (DJ Tarkan Remix)

E TYPE – I just wanna be with you

FEDER – Breathe

MALICIA DARKWAVE – Ahyes

NICK JONAS – Chains

NIGHTWATCHERS – Darkside Of My Dreams

RACHEL STARR – Till There Was You

THE MOODY BLUES – Nights in White Satin

UMMET OZCAN – Lose Control

WILIAM ORBIT – Barbers Adagio For Strings

Pas triste

DU MÊME AUTEUR chez ECHO Éditions

- Maman Ravie
- Di Succorbenorias
- 13 Histoires Obscures
- Pas de Loi
- Paroles d'une malicieuse vague sombre
- Les Histoires de Chloé (2)
- Parallaxe

Les éditions ÉCHO Éditions s'inscrivent dans une démarche de partage, afin de donner à tout un chacun la possibilité d'écrire et de promouvoir son œuvre, quel qu'en soit le genre :

- Roman, thriller
- Témoignage
- Société
- Technique & scientifique…

Plus d'informations ou envoi de manuscrit :

www.echo-editions.fr

Dépôt légal : mai 2022

Imprimé en France
FRHW010647040222
29819FR00011B/30

9 782381 022826